TIPO UMA HISTÓRIA DE AMOR

ABDI NAZEMIAN

TIPO UMA HISTÓRIA DE AMOR

Tradução
Vitor Martins

Rio de Janeiro, 2020

Copyright © 2019 by Abdi Nazemian
All rights reserved.
Cover illustration © 2019 by Dave Homer
Título original: *Like a Love Story*

Todos os direitos desta publicação são reservados à Casa dos Livros Editora LTDA. Nenhuma parte desta obra pode ser apropriada e estocada em sistema de banco de dados ou processo similar, em qualquer forma ou meio, seja eletrônico, de fotocópia, gravação etc., sem a permissão do detentor do copyright.

Diretora editorial: *Raquel Cozer*

Gerente editorial: *Alice Mello*

Editor: *Ulisses Teixeira*

Copidesque: *Marina Góes*

Revisão: *Luiz Felipe Fonseca* e *Paula Di Carvalho*

Capa: *Michelle Taormina*

Ilustrações de capa: *Dave Homer*

Adaptação de capa: *Julio Moreira | Equatorium*

Diagramação: *Abreu's System*

CIP-Brasil. Catalogação na Publicação
Sindicato Nacional dos Editores de Livros, RJ

N248t

Nazemian, Abdi
  Tipo uma história de amor / Abdi Nazemian ; tradução Vitor Martins. – 1. ed. – Rio de Janeiro : Harper Collins, 2020.
  352 p.

  Tradução de: Like a love story
  ISBN 9786555110463

  1. Romance americano. I. Martins, Vitor. II. Título.

20-65397
CDD: 813
CDU: 82-31(73)

Leandra Felix da Cruz Candido - Bibliotecária - CRB-7/6135

Os pontos de vista desta obra são de responsabilidade de seu autor, não refletindo necessariamente a posição da HarperCollins Brasil, da HarperCollins*Publishers* ou de sua equipe editorial.

HarperCollins Brasil é uma marca licenciada à Casa dos Livros Editora LTDA.
Todos os direitos reservados à Casa dos Livros Editora LTDA.
Rua da Quitanda, 86, sala 218 — Centro
Rio de Janeiro, RJ — CEP 20091-005
Tel.: (21) 3175-1030
www.harpercollins.com.br

Querido leitor,

No auge da epidemia da aids, um amigo meu da faculdade realizou uma pesquisa. Ele nos perguntou como enxergávamos o futuro ao passar de cada década. Onde estaríamos aos 20 anos? Aos 30? Dos homens gays que responderam à pesquisa — eu incluso —, nenhum conseguiu prever uma vida depois dos quarenta. Parando para refletir sobre aquele momento, o resultado não me surpreende.

Na adolescência, com minha sexualidade emergindo durante o final dos anos 1980 e início dos anos 1990, eu acreditava que era necessário escolher entre ser eu mesmo ou continuar vivo, o que não é uma escolha. Em ambos os casos, eu não estaria vivendo de verdade. Minha geração não era adulta o bastante para estar à frente dos protestos no começo da crise da aids, e fomos uma juventude que cresceu ainda sem tratamento amplamente disponível. Descobríamos nossa sexualidade atormentados pelo medo. Me abrir para o amor acabou sendo extremamente difícil, e é isto que eu quis explorar neste livro: o poder do amor diante do medo. Esta é, portanto, uma história de amor, mas também uma carta de amor — para os ativistas da ACT UP, para o espírito da cidade de Nova York e para Madonna, o ícone, a supernova que me mostrou, pela primeira vez, a celebração da vivência *queer* e que inspirou o título deste livro.

Hoje, já passei dos 40 e tenho a família que sempre quis, mas que nunca imaginei poder ter em minha adolescência aterrorizada. Escrever este livro foi a minha forma de celebrar os artistas e ativistas que me ajudaram — e ajudaram uma geração inteira — a sobreviver e florescer. Minha esperança é que, nestas páginas, uma nova geração de jovens apaixonados possa encontrar ajuda para criar revoluções de amor, independentemente do quão assustador seja o mundo ao seu redor.

De todo coração,
Abdi Nazemian

*Dedico este livro a Jonathon Aubry
por me proporcionar minha própria história de amor
e a todos os ativistas e artistas que
tornaram tantas histórias de amor possíveis.*

SETEMBRO DE 1989

"*É um grande choque descobrir aos 5, 6 ou 7 anos que a bandeira à qual você jurou lealdade junto com todo mundo não jurou lealdade a você. É um grande choque ver Gary Cooper matando todos os índios e saber que, apesar de você estar torcendo por Gary Cooper, os índios são você.*"
— James Baldwin

REZA

Deveria existir um limite para a quantidade de tempo que um ser humano precisa usar aparelho nos dentes. E o aparelho também deveria ter outro nome. Invasor de boca, talvez, ou terrorista das gengivas. Se bem que garotos iranianos não deveriam sequer *pensar* na palavra *terrorista* hoje em dia, então retiro o que disse. Talvez eu deva chamá-lo apenas de amigo. Ele me acompanhou nas nossas mudanças de um país para outro. Mas já faz três anos, e estou exausto. Amanhã começo o último ano do ensino médio em uma escola nova, em uma cidade nova. É isso. Minha última chance de não ser invisível.

Estou assistindo a dois programas ao mesmo tempo na maior TV que já vi. Tudo nesta casa e neste país vem em tamanho gigante. Não chega nem a ser uma televisão normal. É uma tela de projeção. Abbas diz que a qualidade da imagem é muito melhor. E dá pra dividir a tela e assistir a várias coisas ao mesmo tempo. Como se isso não fosse o suficiente, ele tem uma coleção infinita de VHS e um armário cheio de jogos de tabuleiro. Os únicos jogos que o meu pai jogava eram "Quão rápido eu consigo esvaziar essa garrafa?" e "Quantas vezes eu consigo abandonar minha família e voltar só para depois ir embora de novo?". Minha mãe quer que eu chame Abbas de "Baba" ou "Papai", mas isso nunca vai acontecer. Um homem com esse monte de versões de Banco Imobiliário nunca poderia ser meu pai.

Estou assistindo a *Supergatas* na TV e, em um quadro menor no canto da tela, está passando *A história sem fim*. Seguro com força a ponta do aparelho, a parte que está enfiada na gengiva, e puxo. Com força. Dou um puxão no negócio como se estivesse brincando de cabo de guerra, e logo ele começa a soltar. Sinto uma dor intensa, e, com ela, uma súbita liberdade. A sensação é boa. Talvez a liberdade sempre seja dolorosa. Era isso que meu pai costumava dizer sobre a revolução. Tem sangue também, muito sangue. Vejo em minhas unhas, que agora estão vermelho-rubi, como as da minha mãe.

Ela, que está sentada à mesa lendo uma revista de decoração de interiores, olha para mim e grita:

— Reza, o que você fez? Ficou maluco?

Olho para ela enquanto o gosto de sangue se acumula no fundo da garganta. Ela puxa um lenço de dentro de uma caixa dourada e se aproxima para ajudar a me limpar. Mas antes que consiga tocar meu rosto, eu a afasto e pego o lenço.

— Eu sei me limpar sozinho — digo.

Ouço o tom irritado na minha voz e imediatamente me sinto culpado. Como eu queria que ela soubesse a verdade, que só estou tentando mantê-la a salvo. Não sei se meu sangue é tóxico. Se eu contraí aquilo de tanto pensar em garotos no vestiário.

— Você realmente ficou maluco — afirma ela, com delicadeza o bastante para me deixar culpado mais uma vez.

Quero dizer que é óbvio que fiquei maluco. Como ela esperava que eu ficasse depois de tudo que aconteceu com a nossa família? Mas, em vez disso, apenas respondo:

— Acho que preciso ir ao dentista.

A gente se mudou para cá recentemente, e ainda não tenho um médico. Minha mãe suspira, sem saber o que fazer. Consigo sentir as engrenagens girando em sua cabeça enquanto ela murmura baixinho. Então pega a lista telefônica e a folheia até que suas unhas pintadas de vermelho-rubi parem em cima da imagem de um homem sorridente.

— Esse parece bom — anuncia.

— Não dá pra ter certeza — digo. — Todos eles têm dentes tortos.

Minha mãe finalmente sorri. Quase ri. Seus dentes, é claro, são perfeitamente alinhados e reluzem de tão brancos. Tem coisa aí; ela não quer ligar para Abbas e incomodá-lo no trabalho. Não quer que ele saiba que seu novo enteado é o tipo de garoto problemático que arranca o próprio aparelho. Quer lidar com os problemas de maneira reservada e silenciosa. Esse é o jeito dela.

— Não consigo lidar com isso agora — declara.

Mas ainda assim corre comigo até o dentista, provando que, de fato, consegue lidar com isso agora. Ela é assim. Sempre consegue lidar com tudo na hora.

Enquanto estou deitado na cadeira do dentista ouvindo minha mãe e o médico conversarem, minha mente divaga. Faço isso às vezes. Tenho medo de abrir a boca e acabar dizendo alguma coisa errada, revelando alguma coisa sobre mim que não deveria. Então escuto. E se escuto por muito tempo, as vozes começam a ficar abafadas, como se eu estivesse imerso no oceano. Quando era criança, eu costumava me afundar na banheira todas as vezes que meus pais começavam a brigar. Ou, especificamente, quando meu pai gritava e minha mãe tentava acalmá-lo. Eu ainda conseguia ouvi-los debaixo d'água, mas os sons pareciam distantes. E eu me sentia a salvo. Ou quase.

Saiu tanto sangue, doutor. Devo chamar você de doutor?

Tenho tantos pacientes persas. Eu amo seu povo.

Conseguimos resolver isso antes que meu marido volte do trabalho?

E é tão bonito. Todos os persas têm cílios longos assim?

O dentista veste suas luvas azuis, e isso me faz sentir um pouco melhor. Queria que todo mundo pudesse se cobrir com uma luva de látex gigante, como uma armadura. Não seria tão diferente de como era no Irã, onde as mulheres usam xador. Lá, acredita-se que essas vestimentas protegem os homens de pensamentos impuros. Quem sabe látex ao redor de todo mundo me proteja dos meus.

— Que criança quieta — comenta o dentista. — As minhas não param de falar.

— Eu não sou criança — digo, saindo do meu transe. — Tenho 17 anos. Deveria poder tomar minhas próprias decisões.

— Reza — repreende minha mãe. — Quando você tiver a minha idade, vai me agradecer. Prometo.

Minha mãe já fez muitas promessas para mim. Que a revolução nunca daria certo. Que meu pai mudaria. Que eu cresceria e me tornaria um homem bonito.

E nunca chegarei à idade dela, mas não faço esse comentário. Nem digo que sei disso desde o momento em que saímos do Irã e aterrissamos em Toronto. Eu tinha 11 anos, sem qualquer noção do mundo. Mas sabia que meu pai nunca mudaria e que minha mãe finalmente tinha sido forte o bastante para se separar dele. E havia algo mais que eu sabia. Algo que descobri quando fui nadar com os outros garotos pela primeira vez e um deles tirou a sunga. Eu sabia que desejava outros garotos, tocá-los, abraçá-los, estar com eles. Escondi essa descoberta e a enterrei. Mantive-a segura dentro de mim. Então pousamos em Toronto, e minha mãe e minha irmã foram até a banca do aeroporto para olhar as revistas de moda, escolhendo quais comprariam, comentando sobre a beleza de Isabella Rossellini.

Ela não parece levemente iraniana?

Bem, iranianos e italianos não são tão diferentes assim.

Sem xador. Eu não acredito.

Ela e a mãe são idênticas. Vocês dois se parecem com seu pai.

Eu acho que quero ser a primeira supermodelo iraniana.

Meus olhos estavam vidrados em outra seção da banca, na capa da revista *Time*. "A histeria da aids". Minha mãe e minha irmã estavam tão absortas analisando o tom de pele de Isabella que consegui folhear a revista discretamente e, naquelas páginas, vi doenças, enfermidades, lesões, homens jovens morrendo. Eu sabia que gostava quando os garotos tiravam suas sungas. Mas o fato de que aquilo poderia me matar era desconhecido para mim até aquele momento. Até a revista *Time* me informar que eu morreria em breve.

Vivo com medo desde então.

— Eu só queria conseguir sorrir este ano — digo à minha mãe e ao dentista em tom de súplica.

Antes de usar aparelho, meus dentes da frente eram tão escondidos dentro da gengiva que, mesmo quando eu sorria, eles continuavam invisíveis para o mundo. Essa tragédia era o que me impedia de sorrir, mas, honestamente, eu tinha muitas outras razões para não sorrir.

— É pedir demais? Conseguir sorrir sem assustar as pessoas? Começar o ano em uma escola nova sem ser o garoto quatro-olhos-boca-de-lata que é alvo de piada de todo mundo? Ter alguém que realmente... goste de mim?

Sinto o rosto esquentar.

Minha mãe sorri.

— Ah — diz ela, e então acrescenta mais algumas sílabas do jeito que adora fazer: — Aaaaaaah.

Não tenho ideia do que está se passando em sua mente hiperativa, mas ela revela:

— Agora eu entendi. Você quer uma namorada!

Ela não entendeu. Nunca vai entender.

Minha mãe se vira para o dentista.

— Existe alguma coisa que a gente possa fazer? Com o seu aval, é claro.

Não entendo por que ela trata o dentista como se ele fosse seu cúmplice, e não uma pessoa aleatória que ela encontrou na lista telefônica. Ou como um desconhecido esquisitão que gosta de comentar sobre seus belos cílios.

O dentista faz um acordo comigo. Ele vai tirar o aparelho fixo se eu me comprometer a usar um aparelho móvel todas as noites, sem falta. Dou de ombros e aceito. Um sorriso discreto de vitória se abre no meu rosto.

Quando voltamos para casa, corro até meu quarto, grande demais para mim, e paro na frente do espelho. Passo a língua pela boca, sentindo os dentes lisinhos. Talvez eu seja um pouco obcecado pelos meus dentes, talvez tenha passado tempo demais analisando-os, medindo com uma régua seus mínimos avanços dia após dia. Mas, agora que estou sem aparelho, consigo perceber que toda essa obsessão me poupou de pensar sobre o quão deprimente é todo o resto da minha aparência: meu corpo magrelo e não definido (baixo demais para ser esguio, fraco demais para ser atlético), as bochechas gorduchas de bebê (que eram apertadas pela minha irmã sem dó nem piedade), e o cabelo cheio e despenteado que mais parece um esfregão.

Minha aparência patética fica ainda mais evidente quando Saadi entra no quarto sem bater na porta. Minha irmã está na faculdade agora (ou, pelo menos, fingindo que está, já que ninguém acredita que ela seja capaz de frequentar as aulas ou ler um livro), mas acabei herdando um meio-irmão. Ele tem 1,82 metro de altura. E joga lacrosse, seja lá o que é isso. Tem a minha idade, mas o dobro do meu tamanho. Anda pela casa de cueca boxer e boné de beisebol branco e me chama de "pequeno príncipe", porque meu nome é uma homenagem ao antigo imperador do Irã, embora meu pai o odiasse. Acho que isso diz muito a respeito do quanto meu pai foi presente na minha vida, mesmo quando eu ainda era um recém-nascido. Acho que odeio o imperador também. Se ele tivesse sido poderoso o bastante para acabar com a revolução, talvez ainda morássemos juntos em um lugar onde as pessoas se parecem comigo.

Ele começa a abrir minhas gavetas.

— Cadê o meu CD do Fine Young Cannibals? — pergunta ele.

— Eu, humm, nem encostei nele.

Mantenho o olhar no espelho, mas, pelo reflexo, vejo Saadi se abaixando para abrir a última gaveta.

Por um momento, comparo suas pernas grossas às minhas esqueléticas, mas, assim que o momento passa, nem penso mais nas minhas pernas. Tudo que existe são as pernas dele, as costas, os ombros. Eu me odeio. Queria estar com o aparelho outra vez só pra poder arrancá-lo de novo. Queria morrer e, se existir vida após a morte, encontrar meu pai e dizer que sou tão fracassado quanto ele foi.

— Dá pra parar de me encarar? — diz ele.

Não é uma pergunta, é uma ordem.

Rapidamente, desvio o olhar para a janela e observo a rua lá fora. Vejo sacos de lixo empilhados perto de uma árvore e me sinto tão enjoado que quase consigo sentir o cheiro deles.

— Eu não estava observando você — desdenho.

— Por que você fala desse jeito?

— Desse jeito como?

— Tão formal. Como se tivesse acabado de chegar aqui. Se solta. Você não morou no Canadá nos últimos anos? Eles não falam que nem gente normal por lá? Estamos em 1989. Você fala como se estivéssemos em 1889.

— Eu não sei como gente normal fala — argumento, e é exatamente por isso que costumo ficar quieto.

— Sua família tinha que ter saído do Irã durante a revolução, como todo mundo fez — diz ele. — Não entendo por que vocês ficaram lá.

Ficamos porque meu pai acreditava nos ideais da revolução, embora minha mãe tivesse percebido quase imediatamente que era uma revolução corrupta. E também porque minha mãe ainda não estava pronta para deixar meu pai.

— Já falei pra você parar de ficar me olhando. Melhor que não seja bicha, hein? — comenta ele. — Um por escola já está de bom tamanho.

Meu coração acelera. Será que é porque essa besta peluda percebeu em tão pouco tempo o que a minha mãe não conseguiu enxergar em dezessete anos? Ou talvez porque agora eu saiba algo sobre a minha nova escola que não imaginaria nem nos meus sonhos mais loucos... que existe alguém como eu?

— Eu não sou bi... — mas a palavra não sai.

Eu quero dizê-la. Sei que, se eu disser, ele não vai achar que eu sou.

Ele abre outra gaveta, empurrando minhas roupas de baixo; cuecas brancas e engomadas que, comparadas às dele, parecem pertencer a uma criança. Esse quarto era de Saadi antes, mas ele precisou se mudar para o antigo quarto de hóspedes.

— Estou de sacanagem — falou ele. — Sei que você não é bicha. Minha mãe diz que, por sorte, a homossexualidade é um problema que os iranianos não têm. A gente não tem esse gene ou coisa do tipo. Mas o Art Grant com certeza tem.

Ele abre mais uma gaveta e finalmente encontra o que procurava.

— Achei — afirma ele, e com o CD nas mãos, olha para mim. — Ei, pequeno príncipe, meu pai pediu para eu tomar conta de você na escola.

— Ah. Hum, acho que não vai ser necessário. Sei cuidar de mim mesmo.

O que é uma mentira, mas sou bom em desaparecer no meio da multidão.

— Imaginei. Você parece mesmo um cara forte e independente — provoca ele com um sorrisinho. — Mas vou ficar observando de longe, só pra garantir que está tudo bem. — Ele abre um sorriso maior e acrescenta: — Tô de olho em você.

Ele fala como se fosse uma ameaça, e eu sei que é.

Quando ele vai embora, fecho a porta do quarto e coloco uma cadeira na frente. Preciso de privacidade. Encontro o anuário que a escola me enviou. Está na minha estante, ao lado dos livros da lista de leituras obrigatórias de férias (Maya Angelou, Bram Stoker, George Orwell) e dos livros de Homero que quero ler nos próximos meses. Folheio rapidamente as páginas, observando as pequenas fotos em preto e branco dos meus novos colegas de classe. A maioria é surpreendentemente parecida, os garotos com camisa de botão e cabelos repartidos para o lado, as garotas de rabo de cavalo e fazendo biquinho. Reparo em uma garota chamada Judy, que não se parece tanto com as outras. Ela usa muita maquiagem e tem um olhar penetrante, e acho legal que tenha mais alguém diferente na escola.

Mas estou procurando por Art Grant. Vou até a letra G, mas não encontro de primeira, então deduzo que Art deve ser apelido. Ele aparece na lista como Bartholomew Emerson Grant VI, e é bem difícil não notá-lo. O cabelo é raspado nas laterais, e um moicano cai suavemente sobre o lado direito do rosto, que está um pouco virado, provavelmente para mostrar o brinco na orelha esquerda. Art tem um sorriso malicioso, como se soubesse exatamente o que as pessoas pensam a seu respeito, como se desafiasse qualquer um que estivesse olhando a foto a chamá-lo de bicha mais uma vez, como se mandasse todos os Saadis do mundo para o inferno. Mesmo em preto e branco, seus olhos parecem os de um gato, desafiantes, contestadores. Certa vez minha mãe disse que não importa de onde observamos, sempre vamos achar que a Mona Lisa está olhando diretamente para nós. É assim que me sinto com essa foto. Como se Art olhasse diretamente para mim. Como se me enxergasse.

Impactado por aquela imagem, fecho o anuário rapidamente, mas o rosto dele ainda me assombra. Não consigo parar de pensar em Art, em sua cabeça raspada, sua orelha furada, os lábios diabólicos. Preciso parar com isso e sei que só existe uma maneira. Deito na cama, fecho os olhos e abro o zíper da calça. Vejo Bartholomew Emerson Grant VI criar vida, entrar no meu quarto e deitar comigo na cama. Ele me beija, tira a minha roupa, me diz para não ter medo. De repente ele desaparece e tudo que enxergo são imagens de homens morrendo, cheios de feridas.

Eu me odeio. Odeio esses pensamentos. Odeio Bartholomew Emerson Grant VI.

Fecho os olhos com mais força e sinto a respiração acelerar. Quando termino, expulso todo o ar que existe dentro de mim, torcendo para que o oxigênio leve junto essa doença. Sei que é só uma fase. Tem que ser. Depois que cresci, deixei de precisar do meu coelhinho de pelúcia o tempo inteiro. Depois que cresci, parei de odiar berinjela e querer colocar batata frita do McDonald's em todos os pratos persas que minha mãe faz. Sei que vou crescer mais e deixar isso para trás também. Preciso, porque não posso estragar o novo casamento da minha mãe. E porque, mesmo sabendo que ela consegue lidar com qualquer coisa, não creio que ela consiga lidar com a minha morte.

Preciso viver e, para isso, nunca vou poder ser aquilo que sei que sou.

ART

A ironia disso tudo é o que percebo primeiro. Nunca me senti tão vivo e estou cercado de gente morrendo. Em uma cidade completamente segregada, esse centro comunitário está lotado de pessoas de todas as raças, idades, gêneros e classes sociais. Banqueiros e dançarinos, todos no mesmo lugar, com um propósito em comum: lutar por poder, foder com o sistema e mostrar a todos os presidentes e CEOs do mundo do que somos capazes. Não existe nenhum outro lugar nesta cidade com tanta energia, com tantas cores, com tanta diversidade. Talvez a morte seja o que nos torne iguais. Só que não é. Porque os gays parecem morrer muito mais. A minha comunidade. A ironia é que, aqui, não tem problema eu ser gay. Tentei ser gay em casa, mas com os meus pais, com todo aquele julgamento e negação, com aquelas fotos de Ronald e Nancy Reagan me encarando em molduras prateadas, não deu muito certo. Nem na escola, onde somos obrigados a usar um uniforme engomadinho cinza e azul-marinho, que basicamente diz para nos conformarmos com as normas heterossexuais, sem mais nem menos. Aqui nesta sala, não preciso ser cinza ou azul-marinho; posso ser um arco-íris cheio de orgulho.

— Temos um novo caso — anuncia uma mulher.

Ela é bem alta, tem o cabelo raspado curtinho e veste um macacão por cima de um sutiã preto, o que me faz amá-la imediatamente. Parece o tipo de mulher que poderia ser a melhor amiga da Molly Ringwald em um filme adolescente. Levanto a câmera que está pendurada no meu pescoço, onde fica basicamente o tempo todo, e tiro uma foto dela. Sua voz está tensa, uma mistura de raiva e medo.

— Está escondido na última página do jornal, é claro. Eles não gostam de colocar nossas histórias na primeira página. Estão dizendo que os adolescentes são as novas vítimas da praga. *Adolescentes*.

Todos os olhos se voltam para mim e Judy. Tem quase trezentas pessoas amontoadas nesta sala suja, mas nós dois somos os únicos adolescentes. E somos os mais fabulosos também. Judy está usando uma camisa desfiada azul-clara, calça legging listrada e coturnos. Ela mesma criou esse look. Tipo, com uma máquina de costura. Judy é brilhante nesse nível. Ela costuma brincar dizendo que um dia será estilista porque a aids está acabando com toda a concorrência, mas isso não é verdade. Ela vai conseguir porque é muito talentosa.

Nos entreolhamos.

— Meu Deus — sussurra Judy para mim. — Por favor, me diz que eles não vão obrigar a gente a falar.

— A nossa cultura está em estado de severa negação — prossegue a moça de macacão. — ADOLESCENTES. Eles estão transando por aí. E ninguém está conversando com eles sobre os riscos. Precisamos protegê-los!

Quando ela diz a palavra *adolescentes*, o faz com um nível de paixão que me assusta, como se ser adolescente fosse algo tão intenso que a palavra precisasse ser proferida em tom de alerta.

— Acho que essa é uma das vantagens de ninguém querer transar com a gente — sussurra Judy. — Não vamos pegar aids.

Eu e Judy não fizemos um pacto de castidade nem nada do tipo, apesar de ser isso que nossos pais e o professor de Educação Sexual recomendariam. É apenas um fato que temos ZERO perspectivas românticas nesse mundo. A vantagem é que sempre teremos um ao outro. Eu sou o único gay assumido da escola, e Judy não é exatamente o tipo de garota que a maioria dos garotos procura, apesar de ela já ter ficado com alguns.

Eu acho ela maravilhosa, é claro. Uma mistura de Cindy Lauper com uma pintura de Botero. Mas, como ela sempre diz, não adianta de muita coisa ser maravilhosa só para os garotos gays. E ela tem permissão para fazer piadas sobre aids porque o tio dela, Stephen, tem aids e faz piada sobre isso o tempo todo. Ele diz que está perto demais da morte para NÃO se divertir com ela.

— Fale por você — digo. — O time de basquete inteiro quer transar comigo — faço uma pausa dramática, então completo: — Eles só não sabem ainda.

Judy sorri e dá um tapinha no meu ombro exposto pela regata que comprei aqui no centro comunitário, no encontro anterior. Faz alguns meses que eu e Judy comparecemos aos encontros. No começo, Stephen não nos deixava vir. Mas imploramos e acabamos conseguindo convencê-lo. Ele ainda não nos deixa ir aos protestos, mas estamos nos esforçando para isso.

— Cala a boca — responde Judy. — Isso aqui é um encontro sério, com pessoas sérias, discutindo uma questão séria sobre os *ADOLESCENTES*.

Stephen, o tio de Judy, se levanta, arruma o xale e limpa a garganta. Ele é totalmente dramático, e amamos isso nele. Houve uma época em que ele também era o homem mais lindo e carismático que já conheci. Hoje, parece um fantasma. Mas ao menos continua vivo. Seu marido, José, já se foi, no sentido de que não está mais com a gente, no sentido de que faleceu. O hospital jogou o corpo dele em um SACO DE LIXO. José é uma das 94 pessoas próximas que Stephen perdeu para a doença. Ele tem uma lista. E também uma jarra onde coloca uma jujuba toda vez que alguém morre. Diz que, quando estiver prestes a morrer, vai comer todas para que os amigos estejam sempre com ele. Quando Stephen começa a falar, eu tiro uma foto dele.

— Que tal um protesto em frente à secretaria de educação? — pergunta ele. — Poderíamos exigir mudanças nas políticas de educação sexual. Exigir distribuição de camisinhas. A gente poderia se fantasiar de bibliotecários. Tenho uma camisa perfeita pra isso!

Outro homem — extremamente magro, com bochechas cadavéricas — se levanta.

— Não podemos nos distrair, não temos tempo nem recursos para isso — retruca ele. — Sabemos quem é o verdadeiro inimigo. O preço do AZT está obsceno. Temos um plano, e vamos precisar de toda a atenção de vocês.

— Bem, é pra isso que esse grupo serve — diz Stephen. — Estou dentro. Como todos vocês, estou disposto a me arriscar e ir preso... de novo.

Algumas risadas enchem o salão, em solidariedade ao número de vezes em que todos eles foram presos e soltos. Geralmente, é assim que funciona. Os membros da ACT UP recebem um treinamento contra insubordinação e, geralmente, são liberados sem precisar passar pelo sistema carcerário. Mas existem exceções, e ninguém quer ser a exceção. No canto da sala, vejo um homem com uma jaqueta de couro observando um jovem dançarino bonitão. O olhar que trocam é bem intenso. Para uma reunião sobre um vírus sexualmente transmissível, esses encontros são um espaço surpreendentemente ótimo para flertar. Tiro uma foto dos dois.

— Mas também precisamos encontrar um jeito de impedir novos casos — prossegue Stephen. — E qual é o melhor lugar para começar a educar os jovens? — Ele olha para mim e Judy, acrescentando carinhosamente: — Nossos jovens puros e inocentes.

— Se a minha cara não for o bastante para assustar os jovens que ainda pensam em fazer sexo sem proteção — comenta o homem magro —, eu não sei como um protesto na secretaria de educação poderia ajudar.

Ele tem razão. Olho para seu rosto e percebo que essa é a imagem que tenho visto em todos os meus pesadelos desde que entendi o que é sexo e concluí que eu e Judy não vamos nos casar e ter filhos como costumávamos dizer, porque eu realmente quero transar com o time de basquete inteiro. E com o de futebol. E com todos os membros do Depeche Mode e do The Smiths. Basicamente, eu quero transar com qualquer um que se identifique com o gênero masculino. Mas o rosto desse homem — esquelético e coberto com uma maquiagem esfarelada que mal esconde seus hematomas roxos — é o que me impede de realizar todos esses desejos. É o rosto que eu e meu pai vimos, cinco anos atrás, quando estávamos sentados na área externa de um desses bistrôs franceses horríveis onde todos os homens usam ternos idênticos e todas as mulheres vestem animais mortos. Um desses rostos passou por nós, levando um poodle em uma coleira, e meu pai olhou para ele — para o rosto, não para o poodle — com cara de nojo e disse:

"Eles merecem. Talvez quando tudo isso acabar não teremos mais nenhum deles na cidade. Quem sabe até no mundo. Não seria incrível?"

Então, o rosto foi embora e fiquei ali sozinho com meu pai, um prato de filé com fritas e uma nova barreira entre nós.

Como ele poderia saber que alguns meses antes eu tivera meu primeiro sonho erótico com o Morrisey? Como poderia saber que eu havia descoberto — depois de passar toda a infância me achando igual a todo mundo — que eu era não apenas diferente, mas desprezado? Que ele tinha acabado de sugerir que o mundo seria um lugar melhor se o próprio filho morresse depois de alguns anos de lesões, diarreia e cegueira? Minha vontade foi me aproximar e estrangular meu pai. Exterminar a existência dele e a de qualquer pessoa com aquele tipo de ódio no coração. Eu conseguia até enxergar as manchetes: *A fortuna é antiga, mas o escândalo é novo! Banqueiro mesquinho é assassinado por filho afeminado* ou *A vingança de um gay: Filho estrangula pai brutalmente*. Mas eu não o matei. Apenas comi o bife em silêncio enquanto ele falava sobre suas últimas negociações.

— Temos dois adolescentes aqui hoje — declara Stephen, apontando para mim e Judy. — Minha linda sobrinha Judy e seu melhor amigo, Art. Não quero colocar pressão nem nada, mas talvez vocês possam nos contar um pouco sobre suas experiências.

— Nós não temos nenhuma experiência — diz Judy, meio alto demais. — Ao menos não nesse departamento. Nenhuma. Nada. Somos basicamente Doris Day e Sandra Dee.

Um homem no canto da sala, com cabelo cor-de-rosa, se manifesta:

— E mesmo se eles tivessem, vocês acham que iriam compartilhar em uma sala cheia de adultos, incluindo seu tio? Esqueceu de como é ser adolescente, Stephen?

— Dobre sua língua — retruca Stephen. — Acabei de fazer 19 anos.

Quando diz isso, Stephen parece estar em um dos seus filmes melodramáticos. Ele ama filmes antigos em preto e branco. É engraçado porque Stephen é a pessoa mais colorida que eu conheço. É a cor mais brilhante de todas. Uma pessoa em Tecnicolor.

— Tenho uma coisa pra dizer. — Lá estava eu falando. Minhas mãos suam, e minha voz treme. — Eu, humm, é uma coisa que eu acho, tipo, superimportante. É que, bem, eu acho que tem uma coisa que vocês estão esquecendo, mesmo se a secretaria de educação conversasse com os adolescentes.

Faço uma longa pausa, e Stephen balança a cabeça, me incentivando.

— São os pais — digo, finalmente. Isto é o resumo do que eu quero falar, mas, quando começo, não consigo mais parar. — São os pais que precisam mudar primeiro. Porque enquanto eles continuarem dizendo para os filhos que ser gay é pecado ou que essa doença é a arma de Deus para matar os gays, ou que abstinência sexual é o único jeito de não morrer, ou que a gente pode contrair a doença sentando em uma privada contaminada, nada mais importa. Porque adolescentes, bem, nós não contamos o que fazemos para os adultos porque já sabemos como eles vão reagir. A gente já sabe que eles vão fingir que nem ouviram, vão nos deixar de castigo ou colocar a culpa na gente. E, sabe, a maioria dos pais não é como vocês.

— Graças a Deus, eu seria o pior pai do mundo — admite um homem no fundo da sala, mas Stephen faz um gesto para que se cale.

— Eu nem sei o que estou querendo dizer — comento.

Stephen acena para mim mais uma vez. O que estou querendo dizer é: Stephen é o pai que eu gostaria de ter, o pai que eu deveria ter, o homem que eu considero meu pai espiritual. E a vida para pessoas gays é extremamente injusta, porque a maioria nasce em famílias que não as compreende. E isso no *melhor* dos casos. O pior é… ser agredido, expulso de casa, jogado na rua. Acho que tenho sorte da minha situação estar entre os dois extremos. Quer dizer, sei que meus pais acham que eu sou um pervertido, mas não me deserdaram nem nada do tipo. Provavelmente porque, se fizessem isso, inevitavelmente o nosso círculo social inteiro descobriria o motivo. E eles querem manter as aparências ao máximo. Eles só se importam com a forma que somos vistos pelo seu clubinho de gente rica. Quando contei o que os dois já deviam saber, levando em conta todos os pôsteres do Boy George no meu quarto, meu pai simplesmente saiu da sala, como se estivesse numa reunião de negócios que decidiu encurtar. E minha mãe... bem, minha mãe olhou para mim decepcionada, como se eu tivesse tirado uma nota baixa em matemática ou coisa do tipo. Então disse que ficaria tudo bem, desde que eu não fizesse nada e não contasse para ninguém.

Eles nunca mais mencionaram essa conversa, nem quando eu uso lápis de olho e regata, ou quando pinto o cabelo, ou boto Madonna para tocar tão alto que a casa inteira fica parecendo uma Parada Gay. Eles basicamente escolheram me ignorar, e eu escolhi dificultar essa tarefa para eles.

— Acho que o que estou querendo dizer é que alguém deveria protestar contra os pais. Talvez não, tipo, todos os pais. Mas alguém deveria protestar contra os *meus*.

Finalmente me calo.

— Me passa o endereço deles e deixa com a gente — diz o homem de cabelo cor-de-rosa, se virando para mim.

Me sento, com o rosto quente e as mãos trêmulas. Eu já estive em alguns desses encontros com Judy antes, mas era a primeira vez que eu me manifestava. Felizmente, o rumo da conversa volta para a próxima ação do grupo. Seis homens vão se vestir como investidores, usando crachás falsos, e se infiltrar na Bolsa de Valores de Nova York para protestar contra a companhia farmacêutica que está vendendo o AZT a preços proibitivamente caros. Ao ouvir isso, percebo como é difícil ser eloquente, o quanto estou irritado e como não faço a menor ideia de como ser um ativista. Então ergo a mão e me levanto novamente.

— Eu quero ajudar — digo, apenas.

Stephen me olha feio, mas eu o encaro de volta. Essa é uma das vantagens de ele não ser meu pai de verdade. Não preciso da sua permissão. E nada é mais importante para mim do que acabar com a aids. Sim, eu quero ajudar as pessoas e não quero morrer antes da hora, e estou tomado de amor por Stephen, inspirado e completamente envolvido pela energia que circula no salão. Mas há muito mais do que apenas isto. Não sei como vou começar a viver enquanto essa doença for tão violenta. Quem vai me amar se tudo que enxergarem em mim é a chance de eu matá-los? Judy vai acabar encontrando alguém. Ela provavelmente vai ter filhos, se tornar uma estilista famosa, viver em um apartamento de luxo no Upper West Side, aproveitando a vista do parque com seu marido arquiteto gostosão. E eu... ou vou morrer, ou ficar sozinho para sempre, porque todos os outros caras terão medo de mim. Não me resta escolha a não ser fazer alguma coisa para mudar isso.

— Art — cochicha Judy para mim. — Essas coisas são perigosas. A polícia sempre aparece...

Ignoro.

— Aham, mas eu quero ajudar — repito, com mais firmeza desta vez. — Só me digam aonde eu preciso ficar.

Não sei como, mas essa decisão vai mudar a minha vida. Sou meio sensitivo às vezes. Vejo cores. Não consigo descrever direito, mas sei que, neste momento, é como se um cor-de-rosa brilhante me iluminasse por inteiro, e tudo parece certo. Entrego minha câmera para Judy.

— Tira uma foto minha? — sussurro.

— Por quê? — pergunta ela.

— Quero me lembrar desse momento.

JUDY

A princípio, tudo que vejo são seus olhos. Eles me fitam por cima da porta comprida e azul do armário. Castanho não faz jus à cor destes olhos. Meus olhos são castanhos. Os dele são uma coisa completamente diferente. Olhos de outras cores evocam imagens tão bonitas. Os azuis me lembram um oceano profundo e um céu infinito. Os verdes me lembram vastos gramados ou pedras de esmeralda milenares. Mas castanho não evoca muita coisa, né? Lama. Terra. Excremento. Basicamente, a descrição dos meus olhos. Mas os dele são como o caramelo mais raro já criado. Parecem um deserto enorme, infinito, lindo, romântico, deslumbrantes como o deserto do Saara. Mas não é como se eu já tivesse visto qualquer um desses lugares, salvo em cenas de filmes antigos da Marlene Dietrich que meu tio escolheu em uma das nossas noites de cinema aos domingos.

Quando finalmente consigo desviar meus olhos castanhos e sem graça daqueles olhos caramelo, olho para baixo e vejo os pés descalços, também cor de caramelo, com alguns pelos escuros em cada dedão. Basicamente vejo seus olhos, a porta comprida do armário e os pés descalços, e é inevitável pensar que esse garoto misterioso está pelado e que, por trás desta porta, ele está mostrando a bunda para a escola inteira. Seu dedo indicador é maior do que o dedão. Percebo isso logo de cara porque uma vez Art me disse que caras com o indicador maior que o dedão são muito bons de cama ou vão acabar ficando muito ricos. Não lembro direito. Art tem um monte de teorias e superstições, tipo que pessoas com os dentes da frente separados têm mais chances de serem gênios, mas com certeza ele só acredita nisso porque ele e a Madonna tem um espaço enorme entre os dentes. Se eu fosse o Art, começaria a espalhar a teoria de que garotas gordas com um estilo à frente do tempo e franjas pretas cortadas bem retinhas são o povo escolhido.

— Você é a Judy, não é? — pergunta o garoto misterioso com a voz tímida, a boca ainda escondida atrás do armário.

Peraí, ele sabe seu nome, Judy. Talvez tenha vindo de uma terra distante só para te encontrar. Mas o que você vai vestir no casamento? Tudo menos um vestido branco e sem graça. Talvez um vestido de alcinha com um véu absurdamente longo.

Meu olhar vai de seus olhos (continuam perfeitos) aos seus pés (continuam perfeitos). Olhos. Pés. Olhos. Pés. Ah, e eu ainda nem falei sobre o cabelo: preto, denso, ondulado. Deixo minha mente viajar, imaginando que ele realmente está pelado atrás do armário e que, daqui a pouco, vai se mostrar completamente para mim: corpo, coração e alma. Art sempre diz que eu vou encontrar minha alma gêmea primeiro, e eu sempre digo ele está completamente errado. Mas talvez não esteja. Art diz que enxerga a aura das pessoas e das coisas. Acho que ele inventa essas coisas só para parecer mais interessante, mas pode ser que tenha razão.

— Hum, sim, eu sou a Judy — confirma. — E você quem é, garoto pelado?

Cala a boca, Judy. Isso não é um monólogo na sua cabeça. Ele consegue te ouvir.

— Perdão? — indaga ele, rindo, e percebo o sotaque sexy.

— Meu Deus, eu que deveria pedir perdão — digo. — É só que você está descalço, então, daqui, meio que parece que você está pelado aí atrás.

Estou parecendo uma idiota, mas qual é a novidade? É exatamente por isso que, em geral, eu só converso com o Art e meu tio Stephen. Sei que eles não vão me julgar, seja lá qual for a besteira que sair da minha boca. E, sim, eu tenho pai e mãe. E, sim, eles me julgam, na maioria das vezes em silêncio ou com comentários irritantemente solidários sobre como eu poderia emagrecer um pouquinho. Só pra deixar claro, minha árvore genealógica inteira está repleta de calvície feminina e câncer, então estar um pouquinho acima do peso é o menor dos meus problemas.

Ele fecha a porta do armário e mostra que, de fato, *não* está pelado. É, a fantasia acabou. Mas ele também não está com o uniforme da escola. A bermuda cáqui e a camisa polo branca são apropriadas para a onda de calor de setembro, mas totalmente impróprias para essa prisão na qual meus pais decidiram me matricular, mesmo que a mensalidade esteja acabando com eles financeiramente.

— Meu meio-irmão disse que o uniforme era esse — explica ele. — Por sorte, eu trouxe sapatos esportivos para a aula de Educação Física, então estava só guardando as sandálias.

Então percebo que, além do já mencionado — e muito sexy — sotaque do Oriente Médio, ele também escolhe as palavras de um jeito bem esquisito.

— Nós chamamos sandálias de chinelos aqui — digo. — E sapatos esportivos a gente chama de tênis.

Ele assente e amarra o cadarço do tênis.

— Obrigado, Judy.

Eu me imagino abaixando e amarrando os cadarços para ele, massageando suas pernas no processo. Meu Deus, eu sou uma pervertida. Art sempre diz que héteros são muito mais pervertidos do que gays e, se nós dois fôssemos as únicas variáveis nessa situação, ele provavelmente estaria certo. Art é muito mais boca suja, mas eu sou muito mais mente suja. Só pode ser, porque é impossível que a mente das outras pessoas seja tão nojenta quanto a minha. Porque, convenhamos, já estou esfregando as coxas desse garoto na minha imaginação.

— Ei, como você sabe o meu nome, senhor Mistério? — pergunto, tentando flertar, mas, no momento em que as palavras saem da minha boca, percebo que estou sendo patética de um jeito que beira o bizarro.

— Ah, me mandaram isso aqui — explica ele, tirando um anuário do armário.

— E você estudou isso de verdade? — pergunto.

Não olho o anuário da escola desde o segundo ano, quando eu e Art decidimos avaliar todos os garotos, odiando a nós mesmo por darmos nota dez para os maiores cuzões da escola, como se existisse correlação entre estupidez e beleza.

Ele confirma. Não quero fazer com que ele se sinta mal. Espero que não seja o caso.

— Eu não lembro de todo mundo, mas você se destacou.

É claro que se destacou. É a única gorda da escola.

— Então, hum... — gaguejo, tentando manter a conversa animada e fracassando. — Qual é o seu nome? Diferente de você, eu não estudei o anuário.

— Reza. Eu não estou no livro ainda. Não tiveram tempo de me incluir. Acabei de me mudar de Toronto e, antes, eu morava em Teerã.

— E depois você vai se mudar pra Tóquio? — pergunto, mas ele não entende a piada. — Sabe como é, cidades que começam com T.

— Ah — murmura Reza. — Entendi.

Se ele fosse o Art, estaríamos falando sem parar agora, listando todas as cidades com T que conhecemos. Tento pensar em outra coisa.

— Bem, eu queria que a minha foto fosse mais bonita. Fiquei parecendo uma garota que corta a própria franja em uma tentativa fracassada de parecer a Louise Brooks, mas acaba acertando no Primo It.

— Judy? — diz Reza com a voz tímida, e quando olho para cima, ele pergunta: — O que é franja? E quem é Louise Brooks? E Primo It?

Dou uma risada.

— Franja é essa coisa feia — explico, apontando para meu rosto — que o meu cabelo faz por cima da testa, que é tanto uma tentativa de cobrir as espinhas quanto um esforço para ficar parecida com a Louise Brooks, uma atriz de filmes mudos dos anos 1920 que nunca conseguiu trabalhar no cinema falado. E o Primo It é uma criatura peluda de um programa de TV chamado *A família Addams*.

Acho que ele quer me perguntar o que é cinema falado. Eu mesma precisei perguntar para o meu tio a um tempo atrás, mas ele simplesmente diz:

— Você está bonita.

Eu não digo nada porque, por dentro, estou surtando. Um garoto lindo acaba de me dizer que eu estou bonita. Preciso oficializar isso antes que alguma magrela o arranque de mim.

Outros alunos passam por nós, indo para suas salas, fofocando sobre as férias e, ainda assim, parece que eu e Reza estamos sozinhos. Ele tem uma coisa meio esquisita. Uma calma. Ele fala de uma maneira suave, escolhendo as palavras com cuidado. É perturbador e empolgante, talvez porque eu esteja acostumada com o Art, que cospe as palavras como se sua boca fosse um vulcão em erupção.

— Talvez você possa cortar meu cabelo qualquer dia — pede ele.

— Primeiramente, eu nunca encostaria no seu cabelo porque ele é perfeito — respondo. — Se os folículos capilares impecáveis do Rob Lowe e uma onda do mar perfeita tivessem um filho, esse filho seria o seu cabelo.

Qual é o seu problema, Judy? Por que você está falando assim?

— Em segundo lugar, a tentativa de cortar meu próprio cabelo foi um desastre que meu tio consertou. Se eu pareço minimamente uma pessoa normal, é graças a ele. Então, qual é a sua primeira aula?

Ele tira o horário das aulas do bolso e entrega para mim.

— Nós dois temos aula de inglês com o sr. Tompkins no primeiro tempo — comento. — Vem comigo.

Mas antes que a gente siga pelo corredor, Art vem correndo freneticamente em nossa direção, o rosto encoberto por um gorro, o que é uma escolha estranha para o calor escaldante de setembro. Ele já está desconfortavelmente perto de mim quando tira o gorro, mostrando o cabelo tingido com um tom estranho de lavanda que ficaria muito bem na crina de um pônei do *Meu pequeno pônei*.

— Ficou muito ruim?

— Ficou legal — minto, porque Art é meu melhor amigo e, como melhor amiga, sei que, se disser que ele está parecendo um pônei do *Meu pequeno pônei*, ele vai surtar.

Art diz que ele é dramático desse jeito porque os pais são muito rígidos e quase nunca demonstram emoções, então ele precisa compensar pela família inteira.

— Ok, você está claramente mentindo — retruca ele.

Art coloca o gorro novamente e se vira para a direita, percebendo a presença de Reza.

— Quem é você? — pergunta Art. — E o que você achou? Fala a verdade.

Reza encara Art com o que eu só poderia definir como medo ou nojo, e meu coração afunda um pouquinho. Percebo de repente que quando — e se — eu finalmente me apaixonar, as chances do meu amante heterossexual ser homofóbico são altas. E eu não posso amar um homofóbico. É totalmente inaceitável, junto com unhas sujas e garotos que não lavam as mãos depois de fazer xixi, algo que Art disse ser uma epidemia que as mulheres não têm noção de que existe por frequentarem banheiros diferentes.

— Alô! — exclama Art, chamando Reza. — Você sabe falar?

Reza claramente não sabe como lidar com a energia superintensa de Art.

— O que eu achei... — repete ele, parecendo perdido.

Reza continua encarando Art, como se o analisasse, o que me deixa um pouco irritada. Meu melhor amigo não é uma aberração de circo. Quero me convencer de que Reza está fazendo isso porque é curioso. Tento não tirar nenhuma conclusão negativa precipitadamente. Sei que posso ser defensiva, protetora, crítica. Você escolhe.

— Do meu cabelo de sorvete! — grita Art, sussurrando. — É a maior tragédia desde que a Pepsi torrou o cabelo do Michael Jackson?

Me viro para Reza e começo a explicar:

— Michael Jackson é uma estrela da música pop. Ele começou a carreira como membro do Jackson Five antes de lançar o que eu considero sua obra prima, *Off the Wall*, então...

— Eu sei quem é o Michael Jackson — interrompe Reza.

— *Thriller* é a verdadeira obra-prima, e não mudem de assunto, por favor. Preciso de uma opinião sincera.

Ah, essa é outra coisa a respeito do Art. Quando ele está na roda, tudo é sobre ele. Nem tente tirá-lo do centro das atenções.

Reza não dá sua opinião sincera. Ele não diz nada. E isso deixa o Art maluco.

— Tudo bem, que seja, se você não pode se dar ao trabalho de responder uma simples pergunta, eu vou indo nessa — diz Art.

Mas ele não vai embora. Continua andando ao nosso redor.

Reza mantém o olhar distante e dá de ombros.

— Eu preciso, hum, ir para a aula.

Reza me dá um beijo sem jeito em cada bochecha e, enquanto faz isso, apoia as mãos na minha cintura por um momento, como se ela fosse um travesseiro com essa finalidade. Queria não ter comido aquelas rosquinhas no café da manhã.

Finalmente Reza se afasta e sai andando pelo corredor. Quando já está a uma distância segura, eu me viro para Art e pergunto, irritada:

— Qual é o seu problema?

— Hum, oi? — indaga ele, levantando o gorro mais uma vez para mostrar o cabelo.

— Art, eu estava tendo um momento com aquele garoto.

— Ah — responde ele. — Um momento tipo *sexual-healing-superfreak-like-a-virgin*?

Faço que sim, envergonhada.

— Sei lá. Acho que sim. Ele é novo na escola, e fofo, e parece, sei lá, diferente. Talvez eles gostem de garotas como eu em Teerã e Toronto.

— Ou em Tulsa — brinca Art, e abro um sorriso porque amo como, às vezes, nossas mentes funcionam do mesmo jeito.

— Ou Türkmenabat — continuo.

— Há quanto tempo você estava esperando para usar Türkmenabat no meio de uma conversa casual? — provoca Art.

— Acho que desde que eu nasci — respondo, sorrindo.

Eu e Art somos assim. É assim que nos comportamos nos nossos melhores momentos. Como duas peças de quebra-cabeça que decidiram escapar da caixa porque nosso encaixe é perfeito demais.

— Olha, eu sou um babaca, desculpa. — diz Art. — Prometo que o meu objetivo número um a partir de agora, tirando irritar os meus pais pintando meu cabelo com a cor mais gay que existe com exceção do arco-íris, vai ser te ajudar nesse romance com aquele bonitão de coração gelado. Entendeu bem, Frances?

Ah, sim, às vezes Art me chama de Frances, geralmente depois que diz ou faz alguma coisa idiota e precisa do meu perdão. Meu tio me deu o nome Judy em homenagem a sua "*Homo sapiens* favorita de todos os tempos", e o nome verdadeiro da Judy Garland era Frances Gumm. Art gosta de acreditar que ele é a única pessoa que me conhece de verdade. O nome verdadeiro dele, aliás, é Bartholomew. Bartholomew Emerson Grant VI. Ele vem de uma longa linhagem de homens que, provavelmente, ficariam horrorizados de ter que dividir o nome com ele.

— Entendi — suspiro. — Você acha que esse ano eu finalmente vou arrumar um namorado?

— Espero que sim. E se for ele, sorte sua. A bunda dele é melhor do que *De volta ao Vale das Bonecas*.

Esse é um filme que o meu tio fez a gente assistir.

— Isso significa que sua quedinha pelo Ben Stark acabou? — pergunto a ele.

— Sim, acabou quando ele escreveu *fabricação* errado na carta do editor para o jornal da escola — respondo.

Balanço a cabeça, me perguntando como eu poderia ter uma quedinha por qualquer pessoa que não fosse o Reza.

— Vamos, meu querido pônei, temos que chegar na sala antes que o sinal toque.

— Sua piranha mentirosa. Eu fiquei horrível, né? — resmunga ele. — Vou te queimar numa fogueira.

— A gente ama *Meu pequeno pônei*.

— I-ro-ni-ca-men-te — diz ele, prolongando cada sílaba. — Do mesmo jeito que a gente ama Stacey Q, xuxinhas de cabelo e *Mamãezinha querida*.

Seguro a mão de Art antes que ele saia correndo da escola, e vamos andando para a aula de inglês juntos. No caminho, passamos por Darryl Lorde, que tira o boné de beisebol para cumprimentar Art.

— Ei, bichinha, você sabe que usar chapéu é contra o regulamento.

Quando Art tira o gorro, Darryl se afasta.

— Caramba, eu não achava que tinha como você ficar ainda mais gay.

Art apenas sorri. A essa altura ele já está acostumado com Darryl, o líder dos homofóbicos da escola. Ele é tão bom nos esportes que consegue se safar de qualquer coisa.

— Eu fiz só pra você, Darryl — diz Art, e dá uma piscadinha.

Darryl balança a cabeça com nojo e entra na sala. Consigo ouvir ele soltando um espirro falso quando passa por Reza, mas, em vez de dizer "Aaa-tchim", ele diz "Aaa-aiatolá", e seus capangas idiotas riem. Encaro Darryl com desgosto e dou uma olhada em Reza, que parece se esforçar para ignorar os arredores.

Art e eu chegamos por último. Quando entramos na sala, Art também solta um espirro de mentira, mandando um "Aaa-rrombados". Mas dessa vez ninguém ri. Algumas pessoas nos olham como se fôssemos alienígenas, incluindo Annabel de la Roche e seu bando de amiguinhas que parece se alimentar apenas com polivitamínicos e alface americana.

Só sobraram dois lugares vagos. Um no fundo da sala e outro ao lado de Reza.

— Senta ali — sussurra Art para mim.

Eu paro, indecisa, e Art praticamente me empurra na direção da cadeira.

— Por que o seu amigo é tão agressivo? — sussurra Reza para mim.

Antes que eu consiga responder, Art se inclina na frente de Reza:

— Porque a vida é curta, e eu não vou deixar que ela seja chata também. — Art se controla, então se afasta. — Desculpa, vou me sentar e deixar os dois pombinhos a sós.

Meu Deus, Art, *pombinhos*? Sério?

— Desculpa pelo Darryl — digo para Reza.

— Quem?

— O idiota que estava fazendo piada com você — explico.

Reza dá de ombros.

— Eu sou bom em não me importar — responde ele. — Negação é ainda mais iraniano do que os aiatolás.

Dou uma risada nervosa, sem saber qual rumo posso dar para a conversa.

— Desculpa pelo Art também. Ele é meio cabeça-dura.

— Não existe ninguém igual a ele no Irã ou em Toronto — comenta Reza em voz baixa.

— Tenho certeza que existem gays em Toronto — respondo, totalmente na defensiva. — Já no Irã, eu não sei, talvez tenham matado todos.

Ok, agora acabou. Você definitivamente espantou o garoto.

— Ah. Desculpa, eu não quis ofender — remenda ele.

Isso é tudo o que Reza diz. E é o bastante para que eu me sinta uma merda.

— Não, eu que peço desculpas — rebato. — É só que já estou cansada de todo mundo fazendo piada com ele.

— Eu estava fazendo piada com ele? — pergunta Reza.

— Não — respondo. — De jeito nenhum. Você só estava fazendo uma observação que, provavelmente, é verdadeira. Na real, eu que fui ofensiva. Presumindo que ele é igual a qualquer outro gay quando, na verdade, você tem razão. Realmente ninguém em Toronto, ou no Irã, ou em qualquer outro lugar habitado por humanos, é parecido com o Art. Talvez seja por isso que eu fico tão na defensiva sobre ele. Porque ele é especial.

Reza só balança a cabeça, quase como se estivesse concordando comigo.

Nós dois olhamos para Art, impossível de passar despercebido com aquele cabelo. Ele está mexendo em alguns fichamentos. Não são fichamentos comuns. São fichamentos de Cultura Queer para iniciantes que o tio Stephen fez para ele, explicando conceitos gays importantes como terapia de conversão, os Cockettes e Quentin Crisp. E esses são só alguns listados na letra C. Consigo ver que Art está lendo o cartão #67 John, Elton.

— Eu falo demais — confesso. — Me desculpa.

— Não peça desculpas por falar. Na maior parte do tempo, eu falo de menos.

Reza sorri, hesitante, parando com a boca meio aberta. Como se estivesse aprendendo a sorrir só agora.

— Aliás, eu não sou — digo.

Pare. Pare agora.

— Não é o quê? — pergunta ele.

— Quer dizer, nós somos melhores amigos, e ele está no topo da Escala Kinsey, mas... — Dá pra perceber que ele não faz ideia do que é a Escala Kinsey, então explico: — Ah, existe essa escala, essa coisa que diz que algumas pessoas são atraídas por homens, outras por mulheres, e outras estão ali no meio.

— Ah — diz ele.

Reza parece extremamente desconfortável com essa conversa, e quero mudar de assunto na mesma hora, mas, em vez disso, continuo:

— Estou no lado totalmente hétero da escala. É isso. Só queria que você soubesse. Nem sei por que estou te dizendo isso.

Sabe, sim. É porque ele é fofo e, ao contrário de todos os outros garotos dessa escola, não parece ser um idiota.

— Ah — responde ele, fechando os olhos por um momento e, depois de um segundo, completando: — Eu também.

Ele sorri, sem graça. Sorrio de volta.

#75 AMOR

O amor pode simplesmente *acontecer* para eles, mas, para nós, não é tão fácil assim. Para nós, é uma batalha. Talvez um dia não seja mais. Talvez um dia o amor seja apenas... amor. Mas, por enquanto, amor é a palavra de quatro letras que eles acham que não faz mais diferença para nós desde que descobriram aquela outra palavra de quatro letras, AIDS, a doença que antes era conhecida como GRID. Imunodeficiência Relacionada aos Gays. Era assim que eles chamavam no começo. Em certo momento, mudaram o nome, quando começou a ficar claro que nós não somos os únicos que podem morrer. Mas o gosto amargo da palavra nunca foi embora. E nunca vai, já que eles nunca deixam de tentar controlar você. Marilyn *sempre* foi Norma Jeane, nunca a deixaram esquecer disso. Quando as ideias dela ficavam grandiosas demais, lembravam-na de que ela não passava de uma órfã. AIDS sempre será GRID. É a *nossa* doença, nascida das *nossas deficiências*. Mas eu vou dizer uma coisa na qual nunca seremos deficientes: AMOR. Nós amamos arte e beleza. Amamos ideias novas e quebrar barreiras. Amamos lutar contra a corrupção. Amamos redefinir regras arcaicas. Amamos homens, e mulheres, e homens que se vestem como mulheres, e mulheres que se vestem como homens. Amamos camisas e calças, e cartolas, especialmente quando usados por Marlene Dietrich. Mas, acima de tudo, amamos uns aos outros. Saiba disso. Amamos uns aos outros. Nós cuidamos uns dos outros. Somos irmãos e irmãs, professores e alunos e, juntos, somos ilimitados e completos. A palavra de quatro letras mais importante da nossa história sempre será AMOR. E é por isso que lutamos. É isso que somos. Amor é o nosso legado.

REZA

Nossa sala de jantar é extravagante e ridícula. Estar aqui já basta para me deixar desconfortável. Parece ter sido projetada para um xá de antigamente. Tudo que pode ser dourado é dourado, e tudo que não é de ouro, é de cristal, vidro ou verde-esmeralda. A maioria dos quadros nas paredes são retratos da dinastia Qajar, mas há também um retrato do Abbas, pintado no mesmo estilo, como se quisesse deixar implícito que ele também faz parte da realeza. Fico surpreso por não ter uma pintura parecida do Saadi, na qual, em vez de uma túnica decorada e uma coroa, ele estaria usando uma cueca boxer e segurando um bastão de lacrosse.

— Não tenho dúvidas de que estamos caminhando rumo a uma crise. E quem duvida disso está errado. Eu tenho certeza. É só olhar os valores do mercado imobiliário. Estão em queda, e a coisa só vai piorar. Essa bolha em que estamos vivendo está prestes a estourar. Ninguém mais está gastando com artigos de luxo como imóveis e mobílias caras.

Esse é o Abbas falando. Meu padrasto. Ele é careca e muito alto, um dos iranianos mais magros que já conheci. E fala com muita autoridade. Se tem uma coisa que aprendi desde que a minha mãe se casou com este homem é que, quando ele fala, você escuta. Se eu pudesse interromper, diria: *Em primeiro lugar, você também continua vivendo na bolha. É só olhar para esta casa. Em segundo lugar, pare de sugerir sutilmente que a minha mãe não deveria voltar a trabalhar.* Porque é isto que está acontecendo agora. Minha mãe era designer de interiores em Toronto. E era boa nisso. Boa o bastante para sustentar a mim e a minha irmã, embora nós não vivêssemos em uma mansão talhada em ouro e, certamente, não estudássemos em uma escola particular sofisticada, com uniformes engomados, ao lado de filhos de gente famosa e com times de lacrosse. Nem sei como Abbas e minha mãe se conheceram. Provavelmente há séculos, já que todos os iranianos acabam se conhecendo de um jeito ou de outro. Tudo que sei é que um dia minha mãe se sentou comigo e com minha irmã e nos contou que iria se casar novamente. Disse que eu me mudaria com ela para Nova York e minha irmã continuaria no Canadá por causa da faculdade. E assim foi.

— Não é à toa que os imóveis estão desvalorizados na cidade — continua Abbas. — As pessoas estão com medo de serem assaltadas, espancadas, estupradas. O que aconteceu no Central Park foi só o começo. Eu amo esse lugar, mas, se tivesse que fazer tudo de novo, pensaria duas vezes antes de comprar imóveis aqui.

Minha mãe apenas sorri, observando a travessa de *ghormeh sabzi*.

— Sinceramente, Abbas, não sei com você ensinou sua cozinheira a fazer comida persa tão bem.

— Ah, foi minha mãe que ensinou a cozinheira — revela Saadi. — Essas são as receitas dela.

Não existe nenhuma maldade evidente no jeito com que Saadi diz isso, mas a intenção não passa despercebida.

É aí que percebo que não foi Abbas quem escolheu a decoração desse mausoléu onde moramos. O ouro, o cristal, o vidro e as esmeraldas da sala de jantar, os quadros antigos, os tapetes sobrepostos, as molduras envernizadas e cortinas pesadas, tudo isso provavelmente foi escolhido por essa mulher que eu nunca conheci. Por um momento, sou tomado por uma onda de compaixão por Abbas. Porque, se ele foi casado com uma mulher brega e exagerada assim e a trocou por uma mulher cheia de classe como a minha mãe, talvez ele não seja tão ruim quanto eu penso.

— As receitas são deliciosas — comenta minha mãe educadamente.

— Então, Reza *jan*, como foi sua primeira semana na escola?

Abbas se aproxima de mim, dando um soquinho de leve no meu ombro.

— A escola é legal — respondo.

É mentira. A escola é péssima. Sou o aluno novo e não caucasiano que não tem a menor ideia de como fazer amigos. Eles fazem piadas sobre refugiados do Irã e aiatolás o tempo todo. E tenho medo dos outros alunos, principalmente de Art, que me atrai e me causa repulsa, às vezes ao mesmo tempo. Só existe uma coisa boa na escola: Judy. Ela é gentil, engraçada e parece gostar de mim. Parece enxergar alguma coisa especial em mim que eu gostaria de conseguir enxergar também.

— Conte um pouco mais — pede minha mãe. — Qual é a sua matéria favorita?

— Hum, não sei — respondo. — Acho que inglês. Estamos lendo *A Odisseia*, e estou gostando.

— Esse livro é maneiro — concorda Saadi.

No dia anterior eu o pegara no flagra lendo um resumo do livro no quarto.

— Eu gostaria que vocês lessem *A épica dos reis* também — comenta Abbas. — Nós temos história e literatura próprias.

— Poderíamos ler juntos — propõe minha mãe. — Como um clube do livro em família.

Consigo ver a mente de Saadi trabalhando, pensando nas possibilidades de alguém já ter escrito um resumo para *A épica dos reis*. Quando se dá conta de que as chances são basicamente zero, ele se manifesta.

— Até parece que a gente teria tempo para ler dois épicos em um semestre.

Abbas não dá um sermão no filho. Em vez disso, permanecemos em silêncio, preenchido apenas pelo som das nossas mastigações. Existe esse momento durante os nossos jantares em família onde todas as tentativas de puxar conversa falham. Então só ficamos sem dizer nada, mastigando do modo mais discreto possível. No Irã e em Toronto nunca tivemos um jantar em família silencioso. Meu pai e minha irmã não paravam quietos.

Então, a campainha toca.

— Eu atendo — diz minha mãe.

— É pra mim — interrompe Saadi, se levantando. — É a minha dupla do trabalho de biologia. Não se assustem com o jeito dele, tá? É espalhafatoso assim mesmo.

Saadi abre a porta da frente. Eu não vejo Art, mas consigo escutá-lo.

— E aí, beleza? — pergunta ele para Saadi.

— De boa — responde Saadi. — Vamos terminar isso logo.

Saadi e Art entram na sala de jantar. É a primeira vez que vejo Art sem o uniforme da escola e, agora, tudo combina com o cabelo lilás. A calça *jeans* é rasgada nos joelhos e respingada de tinta. Ele veste uma regata com zíper dos dois lados e estampada com a foto de uma mulher de cabelos cheios. As botas têm um salto alto grosso, então, quando ele anda pela casa, ouço o mesmo barulho que a minha mãe faz quando chega. Art está com uma câmera fotográfica pendurada no pescoço, dessas profissionais, com lentes grandes.

— Família, esse é o Art — apresenta Saadi. — A gente vai fazer um trabalho de ciências.

— Oi, família — cumprimenta Art, acenando com a mão direita e mostrando uma única unha pintada de preto.

— Olá — responde Abbas, que se levanta e cumprimenta Art educadamente. — Eu sou Abbas, pai do Saadi. Vocês são da mesma turma?

— Ah, sim, nós somos bem próximos — responde Art, a voz cheia de sarcasmo.

— Essa é minha esposa, Mina — diz Abbas, e minha mãe prontamente se coloca de pé, apertando a mão de Art. — E você já deve conhecer meu outro filho, Reza.

Fico paralisado por um instante. Isso acontece toda vez que Abbas se refere a mim como filho, o que claramente não sou. Nada em mim diz que pertenço a esse mundo rico de classe alta.

Mas sei que é a minha vez de me levantar, então obedeço.

— Oi, Art — digo, e me aproximo para apertar a mão dele.

— Oi, Reza.

Quando nos cumprimentamos, ele segura a minha mão com um pouco de força e eu consigo sentir o cheiro das suas axilas. A regata tem manchas de suor debaixo do braço, inevitáveis se você andar lá fora por alguns segundos. Sentir esse cheiro me deixa desconfortável, e recolho a mão de forma agressiva. Art me olha de um jeito esquisito, mas não faço a menor ideia do que ele está pensando.

— Está com fome, Art? — pergunta minha mãe. — Temos guisado e arroz. Você já experimentou comida persa?

— Nós vamos estudar — interrompe Saadi.

— Estou de boa — diz Art. — De qualquer forma, eu não como carne. Sou contra a morte de outros seres vivos. Menos a do Jesse Helms.

Minha mãe e Abbas se assustam com o comentário, claramente ofendidos, como se as roupas e o cabelo já não fossem o bastante.

— E, sim. Eu já experimentei comida persa. Meus pais têm um monte de amigos persas. É meio inevitável se você mora no Upper East Side depois de 1979.

— Quem são seus pais? — pergunta Abbas. — Será que eu conheço eles?

— Pai, eu quero terminar esse trabalho antes do episódio de *Contratempos* começar — responde Saadi. — Será que a gente pode ir agora, por favor? E Art na verdade é um apelido para Bartholomew Emerson Grant VI, então ele passa em qualquer teste que você esteja tentando fazer.

Encaro Art, me perguntando o significado do seu nome e a qual linhagem especial ele pertence. Me distraio à medida que a conversa fica mais rápida — Abbas está empolgado com a informação que acabou de descobrir. Os sons ficam confusos. Tudo que vejo é Art, como se eu conseguisse escutar o coração dele através do tecido da camiseta, sobrepondo-se ao som da conversa.

É claro que eu conheço seu pai. Nunca fechamos um acordo, mas já tentamos. Provavelmente foi melhor assim.

Diga a ele que mandei meus cumprimentos. E à sua belíssima mãe também.

Que coincidência maravilhosa. Seria um prazer receber sua família para jantar. E eu sinto muito pela perda do seu avô. Que homem!

A expressão de Art parece questionar se a morte do avô foi mesmo uma perda. Entendo essa ambivalência. Me senti do mesmo jeito quando minha mãe nos contou sobre a morte do meu pai. Naquela época, já fazia quatro anos desde a última vez que eu o tinha visto, desde que saímos de Teerã. Lembro de sentir uma tristeza vazia, uma dor aguda, mas também alívio. Nós finalmente poderíamos recomeçar.

— Ele foi um grande homem — acrescenta Abbas, provavelmente esperando que Art respondesse alguma coisa.

Art responde, mas não sobre a grandiosidade do avô.

— Essa é a sala de jantar mais irada que eu já vi na vida — diz ele. — Posso tirar uma foto?

Minha mãe se levanta.

— Ah, mas é claro — diz, excessivamente educada. — Deixa só a gente sair da frente.

— Não, não, vocês são parte crucial dela. Todos vocês.

Minha mãe se senta novamente. Art leva a câmera até a altura do rosto, fecha um olho e foca a imagem. Nós quatro permanecemos sentados, com sorrisos congelados, esperando pela foto.

— Brilhante — diz ele, imitando um sotaque britânico.

Então Saadi puxa Art até seu quarto, me deixando sozinho com Abbas e minha mãe.

— Me pergunto por que Bartholomew Grant permite que o seu filho se vista desse jeito — comenta Abbas.

— Pais americanos são muito diferentes — diz minha mãe. — Eles deixam as crianças fazerem qualquer coisa.

— Isso não é qualquer coisa — retruca Abbas. — Cabelo roxo é outro nível.

Minha mãe ri, e consigo perceber o que ela vê nele. Talvez seja bem mais do que só o dinheiro. Também me pego querendo defender Art, e nem sei o porquê, já que também odeio o cabelo roxo, as botas sujas de salto alto e as axilas suadas.

— Graças a Deus nossos filhos não são assim — suspira minha mãe. — Nós temos crianças maravilhosas.

Ela brinca com meu cabelo e sorri, e me dou conta de que ela provavelmente não contou para Abbas nem um pouquinho da verdade sobre a minha irmã e todos os seus problemas.

— Sim — concorda Abbas. — Temos muita sorte.

Tento forçar um sorriso e me lembrar de ser grato.

— Eu também tenho muita sorte — comento, e minha mãe sorri com orgulho. — Já estou satisfeito. Posso me retirar?

— É claro — diz minha mãe.

Antes de sair, dou um beijo na bochecha de Abbas e de minha mãe, e agradeço pelo jantar.

Estou no quarto lendo *A Odisseia*. Consigo ouvir as vozes de Saadi e Art no quarto ao lado. Não dá para saber sobre o que estão falando e, apesar de acreditar que a conversa gire em torno dos detalhes banais do trabalho da escola, eu ainda gostaria de poder escutar. Tento retomar minha atenção à leitura, mas ainda estou na página um de mais de duzentas, e não me sinto concentrado. Reflito sobre a minha própria odisseia, do Irã para o Canadá e depois para Nova York. Me pego virando a página sem me lembrar de nada do que acabei de ler. Costumava ser um aluno impecável, sempre tirando as notas excelentes que minha mãe exigia de mim. Mas agora, incapaz de ler uma simples página até o final, me pergunto se eu era bom aluno só para compensar os problemas constantes da minha irmã. Se ela não estivesse por perto para me obrigar a me comportar, será que eu teria estudado tanto ou tentado desesperadamente agradar minha mãe? Viro mais uma página. Continuo desatento, mas acabo grifando uma frase ou duas na tentativa de me convencer de que ainda sou um aluno aplicado.

Então alguém abre a porta. Sem bater. Penso que é o Saadi, mas, quando Art entra no quarto, dou um pulo de surpresa.

— Eita, calma. Não é o Freddy Krueger. Você não estava batendo uma, né?

— Hum... não. — respondo.

Eu levanto *A Odisseia*, mostrando o livro, para o caso de ele ter algum problema de vista ou algo do tipo.

— Eu estava lendo. Para a escola.

— Já vi o livro — diz ele, rindo. — Pode guardar agora.

Coloco o livro no colo, tentando esconder a ereção crescente. Alguns segundos se passam, mas parecem eternos.

— Você precisa de... hum, alguma coisa? De mim? — pergunto enfim.

Ele se senta na ponta da cama e começa a tirar um monte de coisas de dentro da sua mochila, colocando tudo no chão. Primeiro, um discman amarelo vibrante. Depois, um exemplar de *A Odisseia*. Então uma pasta roxa e um fichário branco, com um adesivo de triângulo cor-de-rosa colado na capa. E mais algumas pulseiras coloridas de borracha. Enquanto vasculha a mochila, Art me olha de esguelha.

— Eu estava pensando... qual é o lance entre você e a Judy?

Ele pega alguns broches e espalha pelo carpete. Não consigo tirar os olhos de um que diz TOME UMA ATITUDE, LUTE CONTRA A AIDS em letras garrafais.

— Como assim?

— Você — diz ele, apontando o dedo para mim e o pressionando no meu peito — e Judy.

— Ah — digo, um pouco assustado.

Ele não tira o dedo do meu peito, e tento empurrá-lo para trás. Mas ele agarra minha mão e aperta com força.

— Não tente escapar. Judy é minha melhor amiga, e eu não quero que ela termine com o coração partido. Então, se você não está a fim dela, cai fora agora, ok? Mas se está a fim, ela adora ir ao cinema, principalmente para rever filmes clássicos. É viciada em sorvete, e o sabor favorito dela é chocolate com menta. Judy respira moda vanguardista. E rosas amarelas são as flores preferidas dela. Quanto mais vibrantes, melhor.

Ele continua apertando minha mão, e sinto meu pênis ficando duro. Muito, muito duro. Tento mudar de posição para esconder a evidência, mas Art não me larga de jeito nenhum.

— Será que você pode me soltar, por favor? — peço.

Mas ele não obedece, e nós continuamos entrelaçados, nossos corpos girando até que ele finalmente me solta. Puxo o lençol para me cobrir, com a respiração ofegante.

— Por que você é tão esquisito? — pergunta ele. — Você não é igual ao seu irmão, né?

— Irmão? — questiono.

Art aponta em direção ao quarto de Saadi.

— Seu irmão. Eu chamo ele e os amiguinhos de "bonés brancos", porque estão sempre usando aqueles bonés de beisebol idiotas. É como se fosse um código para "Eu sou um babaca que tem medo de sentar perto demais de uma bicha".

— Eu não, hum, eu não acho que você deveria usar essa palavra.

— Qual? Bicha? Eu tenho permissão pra usar — responde ele, me desafiando. — Porque eu sou uma. Uma bichona. Tão bicha que mandei uma carta para o Boy George e recebi uma resposta escrita à mão. Tão bicha que vou participar de um protesto da ACT UP na Bolsa de Valores de Nova York esse mês.

Ele continua falando e falando até parar para respirar e voltar a atenção para a mochila, puxando de dentro dela uma camiseta amassada.

— Achei! — exclama.

E imediatamente tira sua regata suada e fica sem camisa. Tento não olhar, mas não consigo. Estou interessado demais naquele corpo magro, nos pelos delicados das costas, nas sardas nos ombros. Então ele veste a camiseta amassada.

— Meu conselho para sobreviver ao calor de Nova York: leve sempre uma camiseta e uma cueca limpa na mochila.

Imagino a cueca extra dentro da mochila e me esforço ao máximo para pensar em qualquer outra coisa. Penso no meu pai bêbado e cheio de ódio. Penso na minha irmã chegando em casa escondida no meio da noite, na minha mãe chorando. Penso nela recebendo a ligação sobre a morte do meu pai e na total indiferença com a qual contou a notícia para mim e para minha irmã. Mas, entre cada um destes pensamentos, permanece a mesma pergunta insistente: que tipo de cueca ele usa?

— Acho que vou nessa — diz Art, se levantando e colocando os fones de ouvido. — Ei, o que achou do disco novo da Madonna? Muito foda, né?

Mas antes que eu consiga responder, ele continua:

— E nem vem me dizer que odeia a Madonna porque eu não confio em gente que odeia a Madonna.

— Ah, eu, hum, não conheço muito bem as músicas dela — explico, desejando imediatamente que conhecesse. — Minha mãe em geral só escuta música persa. Eu gosto daquela *nanananã Holiday alguma coisa*. Como se chama?

— Holiday? — responde ele, seco.

— Essa mesma — confirmo. — Minha irmã sempre ouvia essa.

— E o que você escuta? — pergunta ele, e sinto que ele vai odiar qualquer resposta que eu der.

— Qualquer coisa que estiver tocando, acho.

Ele coloca os fones dele nos meus ouvidos.

— É isso que está tocando — sussurra Art para mim, e sinto sua respiração no meu rosto, na altura dos olhos.

Então ele aperta o play, e eu escuto o som agressivo de uma guitarra, seguido da voz da Madonna me dizendo que a vida é um mistério e que todo mundo deve ficar sozinho, como se eu já não soubesse disso. Mas, de repente, a música me transporta para um lugar mágico. Art deixa a música inteira tocar. Quando termina, pega o fone de volta.

— A segunda é ainda melhor.

— Isso é, humm, muito bom — falo, incapaz de encontrar as palavras certas para descrever a experiência transcendental que foi escutar aquela música.

— Sim, eu sei, ela é a rainha do mundo — concorda ele, sentando-se ao meu lado novamente, falando mais rápido e gesticulando. A paixão de Art pelo assunto é evidente. — Você sabe a história do comercial da Pepsi, né?

— Humm... — murmuro, deixando claro que não sei do que ele está falando.

— Desculpa, mas você morava em Teerã e Toronto ou debaixo de uma pedra? A Madonna fez um comercial para a Pepsi com essa música, e alguns dias depois ela lançou o clipe oficial, onde ela dança na frente de um monte de cruzes pegando fogo e beija um santo negro. Aí a Pepsi mandou ela tirar o vídeo do ar, e ela mandou a Pepsi se foder. Então... tiraram o comercial do ar, mas ela ainda assim embolsou o cachê de cinco milhões. É ou não é a atitude de uma vadia fodona pra cacete? Faz o que quer e ainda fica com o dinheiro.

Encaro Art, impressionado com a sua confiança.

— Você pode ter permissão para usar a palavra com B — digo. — Mas não acho que possa usar a palavra com V.

— Qual? Vadia? — pergunta ele.

Confirmo com um sorriso.

— Você não é mulher.

— Sou uma mulher honorária — responde Art. — Do mesmo jeito que a Judy é honorariamente *queer*. Falando nisso, você não respondeu minha pergunta. Você gosta da Judy?

Me sinto encurralado. Não sei qual é a resposta certa. Se eu disser que não, ela pode nunca mais querer andar comigo, e ela é a única amiga que fiz até agora. Fora isso, eu tenho medo de Art, do que ele me faz sentir, de como é direto e seguro de si. Me pergunto como consegue ser assim. Talvez tenha apoio incondicional dos pais. Aposto que sim. Pais americanos são assim.

— Ela é, hum, muito legal — respondo, na esperança de que isso faça ele parar. — Provavelmente a garota mais legal que eu já conheci.

Não é mentira. Não posso falar toda a verdade, mas também odeio mentir.

— Tudo bem — diz ele. — Isso basta, por enquanto. Ela beija muito bem, sabia? A gente já treinou um com o outro.

Não digo mais nada. Estou ocupado demais imaginando como deve ser treinar beijos com o Art.

Ele volta a se levantar e abre o discman. Tira o CD do aparelho, pega a caixa dentro da mochila e joga o CD na minha cama.

— Um presente — diz ele.

— Ah, não posso aceitar — rebato.

— Relaxa, eu posso roubar vinte dólares dos meus pais para comprar outro. É tão fácil roubar do meu pai... Ele deixa dinheiro jogado em cima da mesa enquanto toma banho.

Art joga algumas das pulseiras coloridas para mim e depois guarda todos os seus pertences de volta na mochila, sem nenhuma ordem específica.

— Te vejo na escola? — pergunta ele.

— Humm, sim. — confirmo.

Art está quase indo embora quando eu me levanto e o chamo. Quando ele se vira para mim, eu tropeço nas palavras, mas finalmente consigo dizer:

— Como você descobriu que é, hum, você sabe, homossexual?

Ele tira a mochila das costas e sorri.

— Tive um sonho erótico com o Morrissey. Morrissey é um cantor. Um cantor gostoso que tem sotaque. Eu amo sotaques.

— Está falando sério? — pergunto, constrangido pelo meu próprio sotaque.

— Sério — confirma ele. — Mas eu já deveria ter imaginado antes. Todas as minhas amigas eram garotas. E tem também o Stephen, tio da Judy. Ele sempre esteve por perto. Você sabe que eu e a Judy somos amigos desde sempre, né?

Eu confirmo, mas não digo nada porque não quero que ele pare de falar.

— Sempre me senti mais ligado a ele do que ao meu próprio pai. Acho que eu já sabia que, seja lá o que o tio Stephen fosse... eu era igual.

Sempre foi muito óbvio que a gente pertencia à mesma comunidade ou coisa do tipo. Mas antes do sonho erótico eu não entendia, sabe? Eu não tinha nenhuma referência. Mas por que você quer saber?

— Nenhum motivo em especial — respondo.

— Então tudo bem pra você eu ser gay? — pergunta ele. — Porque a Judy estava com medo de você ser homofóbico.

— Ah, sim, tudo bem — concordo, tentando parecer educado.

— Legal — diz ele. — Caso encerrado.

Aí Art acena e vai embora. Simples assim.

Percebo que ele esqueceu a mochila. Eu poderia correr para tentar devolver, mas fico parado. Tranco a porta e pego a camiseta suada que ele jogou ali dentro junto com uma cueca preta. Coloco para tocar o CD da Madonna e, enquanto escuto a voz dela me chamando de volta para casa, levo o cheiro dele até o rosto. Sinto o corpo tremer e sento no chão, tentando recuperar o fôlego. Continuo revirando a mochila, sentindo a delicadeza das pulseiras, folheando o caderno como se quisesse desvendar seus segredos. Mas, imediatamente, me sinto horrível por estar bisbilhotando e fecho o caderno com força. Lembro que ele não guarda nenhum segredo. Art é um livro aberto. Quem guarda segredos sou eu. Fecho os olhos. A segunda música começa. Madonna diz que devo me expressar. Queria saber como fazer isso.

Puxo uma pilha de cartões de anotações desgastados, amarrados com uma fita colorida com o arco-íris. Meus olhos vão direto para o primeiro cartão, que diz #1 Adonis. Então #2 Advocate, The. E depois #3 Aids. Congelo. Essa palavra me assusta, e, mesmo sendo apenas um pedaço de papel, sinto como se ele fosse capaz de transmitir a doença, então sigo em frente rapidamente. Os cartões estão em ordem alfabética, cada um com um número no topo e um assunto, escritos em um garrancho quase impossível de ler. Dá para perceber que foram feitos com pressa e paixão. Algumas definições não cabem em um cartão só, às vezes se estendem por dois ou três, grampeados. Observo os cartões e me pergunto quais segredos eles guardam. São 131 no total, mas alguns se destacam para mim. #9 Baldwin, James. #18 Brunch. #26 Camisinhas. #28 Crawford,

Joan. #53 Fodidos dos Reagans, Os. #54 Garland, Judy. #75 Amor. #96 Fadas Radicais, As. #127 Manifestação da Noite Branca, A. #131 Woolf, Virginia. Um deles chama a minha atenção mais do que todos os outros. #76 Madonna. Puxo o cartão e começo a ler.

ART

Vejo meu reflexo em um dos prédios de vidro altos e intimidadores da Wall Street e, de cara, mal consigo me reconhecer. Meu cabelo não está mais lavanda, foi pintado de volta à cor natural, castanho-claro, e está com um corte bem mais conservador. Meu brinco também se foi e o furo na orelha parece já ter fechado. Eu não estou vestindo regata nem qualquer peça de roupa com o slogan Silêncio = Morte, muito menos uma camiseta da Cindy Lauper, do Boy George ou da Madonna. Estou com um terno cinza sem graça, uma camisa branca e uma das gravatas vermelhas do meu pai, que parece me enforcar. Pelo menos ainda tenho minha câmera pendurada no pescoço, o que faz com que eu não me sinta completamente perdido. Pelo reflexo, vejo Stephen atrás de mim.

— Pronto? — pergunta ele.

Stephen está com um terno azul-marinho, uma camisa de botão azul-clara e uma gravata listrada. O corretivo em seu rosto é tão sutil que mal dá para perceber que ele está de maquiagem.

Me viro para encarar Stephen. Atrás dele estão outros sete homens de terno. As pessoas que entram e saem freneticamente desses arranha-céus não enxergam nada além de um grupo de investidores conversando antes de mais um dia de trabalho. Só nós sabemos a fúria que se esconde por trás desses ternos, gravatas e cabelos arrumadinhos.

— Meu coração está disparado — digo.

— Normal — responde Stephen. — No meu primeiro protesto, eu me senti a Judy Garland se apresentando no Carnegie Hall. Respire fundo e aproveite seu primeiro show de drag.

— Show de drag? — pergunto.

— Olha só para nós! Somos a *realeza* de Wall Street.

Ele dá uma piscadinha, porque chamar qualquer coisa de *realeza* me lembra o baile que ele nos levou no verão passado. Nunca me diverti tanto na vida.

— Agora tudo o que precisamos fazer é atuar.

Quando Stephen contou sobre a ACT UP para mim e Judy, disse que não era de se estranhar que tivesse se apaixonado pelo ativismo, porque de certa forma era bem parecido com a sua primeira paixão: atuar. Teatro, ativismo, ação, tudo isso é baseado em criar autenticidade em um mundo artificial. No fim das contas, Stephen nunca se tornou ator. Virou advogado. Não do tipo que fica rico defendendo grandes empresas e fodendo com a vida das pessoas, mas do tipo que ajuda refugiados a se estabelecerem no país. Diz ele que precisou parar de trabalhar quando a saúde começou a ficar comprometida, mas talvez o escritório tenha achado que sua aparência poderia assustar os refugiados. Existe certa ironia em ver um homem com aids ajudando imigrantes, já que pessoas com aids são proibidas de entrar no país. Mas tudo isso já passou. Ativista e Tio Maneiro são os únicos empregos dele no momento.

— Você colocou um filme novo na câmera? — pergunta ele.

— Já está tudo no ponto.

— Você só vai tirar algumas fotos e fugir, não esquece. Temos um acordo, certo?

O acordo é que eu tenho permissão para fotografar o protesto desde que não participe dele. Stephen não quer que eu seja pego pelos policiais, mesmo que as chances de eu ser imediatamente solto sejam altas.

— Eu não ligo de ser preso — afirmo.

— E eu não ligo que você não liga. Vamos deixar o perigo para quem já está perto da morte.

Odeio quando Stephen faz isso, quando joga essas piadas sobre como está prestes a morrer. Prefiro acreditar que isso não vai acontecer tão cedo. Escolhi acreditar que algum avanço médico está para chegar e que vai acontecer bem a tempo de salvar a vida dele. Mas não falo nada. Já tentei uma vez, mas acabei o deixando chateado. Ele diz que quer ter esperança, mas não *muita*.

"Ter muita esperança só vai me matar mais rápido", comentou certa vez.

Eu não sei exatamente o que ele quis dizer com isso.

"O que me mantém vivo é a raiva, sabe? Sem ela eu já estaria com José. Mas tenho muita coisa contra a qual protestar antes de ir embora", disse outra vez.

Atrás da gente, um dos sete homens, o mais bonito, nos chama.

— Já são quase nove. Vamos entrar. Aqui estão os crachás.

O homem nos entrega crachás falsos de investidores, com nomes falsos, mas nossas fotos reais impressas. Observo o meu por um momento, pensando que ele é exatamente o que os meus pais rezam para que eu me torne um dia. Outra coisa me pega de jeito: sem o cabelo punk e o estilo alternativo, fico a cara do meu pai. Penso em como seria mais fácil se eu fosse assim, uma pessoa que gosta de gravatas vermelhas e cortes de cabelo entediantes, negociações, acordos e golfe. Uma pessoa que não gosta de garotos, que não odeia tudo que é convencional, que não sente tanta raiva. Por um segundo chego a desejar isso, uma vida mais fácil. Mas a ideia só me deixa mais irritado, mais motivado. Ela me lembra que o que eu quero, o que quero *de verdade*, é ser amado e aceito como sou.

— Vamos subir pela escada à esquerda. Assim que chegarmos ao salão do pregão, precisamos agir rápido. Temos que fazer tudo antes que os seguranças percebam e tentem impedir. Alguém precisa ir ao banheiro? É melhor ir agora. — Todos negam com a cabeça. — Certo, vamos nessa. E não se esqueçam do que nos trouxe até aqui. As ações da Burroughs Wellcome cresceram quarenta por cento desde que eles começaram a vender o AZT, mas o remédio continua caríssimo, até mesmo para pessoas de alta renda. Estamos aqui para intimidá-los a abaixar o preço mesmo que a gente vá preso de novo.

Entramos no prédio sem nenhuma complicação depois de mostrar os crachás falsos para um segurança entediado. Me sinto como no dia em que eu e Judy entramos ilegalmente em uma boate, só que desta vez o que me espera do outro lado não é uma performance ao vivo da Grace Jones. É a Bolsa de Valores de Nova York. Enquanto subimos os vinte lances de escada, os homens trocam comentários brincalhões.

— Bela bunda, hein? — zomba um deles para o homem a sua frente, dando um tapinha.

O homem da frente balança a bunda em resposta.

— E lembrem-se — brinca outro homem. — Nada de tentar agarrar os acionistas, mesmo se eles forem a cara do Christopher Reeve.

Eu amo esses caras. Eles têm a habilidade de rir mesmo quando estão com raiva, de encontrar luz mesmo em meio a injustiça. Quando chegamos ao andar do pregão, Stephen se vira para o grupo, fazendo sua imitação mais dramática de Joan Crawford.

— Vamos botar pra foder, companheiros. Essa não é nossa primeira vez na Bolsa de Valores.

Todos os homens assentem em solidariedade, então abrimos a porta.

Fico paralisado por um momento quando vejo o salão. Existe algo quase majestoso lá dentro. Toda aquela gente vestida com cores neutras, todos os computadores, todas as luzes. Pessoas andando tão rápido que mal percebem a presença das demais. Quase dá para ouvir os números aumentando. Quase dá para sentir as contas bancárias ficando mais cheias de dinheiro, as terras sendo destruídas, as pessoas tirando vantagem, o fedor de ganância e morte espalhado no ar como aquelas amostras de perfume que borrifam na entrada da Bloomingdale. A energia do lugar deixa claro que ali acontecem coisas que mudam vidas, para melhor se você for um dos escolhidos, mas, na maioria das vezes, para pior.

— Art!

Escuto alguém gritar meu nome e volto à realidade. Stephen e outros cinco amigos já se acorrentaram ao balcão da Bolsa.

— Art! — grita Stephen novamente.

Percebo que ainda não tirei nenhuma foto. A câmera balança, pendurada em meu pescoço. Levo-a à altura dos olhos e fecho um deles, as pálpebras trêmulas de nervosismo, as mãos agitadas. Tiro uma foto e depois outra. Atrás de mim, escuto vozes.

— Desce o cacete nessas bichas. Eles gostam!

— Manda pra cadeia. Eles gostam mais ainda!

É igual ao ensino médio, penso. É tudo um grande ensino médio. Isto aqui é só mais um vestiário, mais um lugar seguro para os héteros babacas cuspirem seu preconceito. Aponto a câmera para os homofóbicos e tiro uma foto. Imagino que o botão e o flash são balas, penetrando FUNDO naqueles corações cheios de ódio.

— Já são quase nove horas — diz outra voz.

No meio do caos, não consigo dizer se é um ativista ou um acionista. Aponto a câmera para os ativistas agora. Já são quase nove. É hora do show.

O sinal toca. É o sinal do começo do expediente, que marca o início de mais um dia de corrupção financeira. Mas hoje ninguém o escuta. O que eles escutam, o que todos nós escutamos, é o som das cornetas. Altas e invasivas, elas tomam conta do salão todo. Eu me afasto e consigo ver um sorriso no rosto de Stephen diante daquela cena. Me pergunto se ele também está se lembrando daquela vez em que me disse que a voz da Cher é como uma corneta, convocando todas as bichas, alertando sobre os perigos que encontrarão navegando por aí. Provavelmente não. Ele deve estar pensando em como está mudando o mundo, corrigindo os erros. Em seu rosto vejo muito mais do que um sorriso agora: vejo um olhar de pura alegria. Stephen está VIVENDO. Parece a pessoa mais viva do mundo nesse momento. Então percebo que também estou VIVO, e a sensação é incrível.

Os ativistas estendem uma faixa que diz VENDAM A WELLCOME, uma mensagem para os acionistas sobre a companhia farmacêutica que aumentou o preço do AZT. Eles interditaram a Bolsa de Valores. São meus heróis.

— Art, corre. Agora! — grita Stephen de novo.

A polícia chegou. Imediatamente, meu coração acelera e começo a correr. Talvez a ideia de ser preso pareça divertida em tese, mas agora sei que, quando os policiais estão atrás de você, não tem graça nenhuma. Olho ao redor enquanto corro e percebo quanto caos eu perdi. Os acionistas xingando. Os policiais ameaçando. E a imprensa. Os fotógrafos, as câmeras, os repórteres filmando tudo. *Me* filmando enquanto tiro fotos deles. Faço contato visual com um dos operadores de câmera no momento em que alcanço a escada por onde entramos.

Diminuo a velocidade para descer os degraus, a câmera batendo em meu peito enquanto balança para cima e para baixo. Quando chego ao térreo, paro para recuperar o fôlego. Me pergunto se Stephen já está algemado, se esse protesto vai funcionar. Será que vão abaixar o preço do remédio? E quando vai ser o próximo protesto? Porque eu não vou parar por aqui. Preciso me sentir assim de novo.

Quando saio do prédio, o sol da manhã e o calor de setembro me acertam em cheio. Considero me livrar da gravata, um símbolo de tudo que mais odeio no mundo, mas seria um desperdício jogar no lixo um tecido tão bonito, então decido amarrá-la na cabeça, como uma faixa de cabelo. Judy aprovaria. Ela adora ressignificar as coisas quando está criando. Enquanto dou a volta pela lateral do prédio, vejo alguns carros da imprensa estacionados ali e alguns curiosos, muitos deles parados do outro lado da rua encarando o prédio. Talvez a gente tenha ajudado as pessoas a enxergarem alguma coisa.

Então eu vejo *alguém*... Reza. Pelo menos acho que é ele, no meio da multidão, olhando fascinado para o prédio. Estico o pescoço na tentativa de ver melhor. Me aproximo um pouco mais da aglomeração, mas ainda não dá para ter certeza. Levo a câmera aos olhos e dou um zoom. Pela lente, consigo enxergá-lo com clareza. Reza está olhando para frente e, de repente, não está mais. Está olhando diretamente para mim. Faço o clique. E aí ele sai correndo.

Não dá para saber para qual direção ele segue, mas corro também. Quero saber o que ele está fazendo aqui, mas não consigo avistá-lo. Passo por inúmeros prédios, por várias pessoas, mas nada de Reza. Acabo desistindo. Preciso beber água, então caminho pela rua Fulton, onde avisto uma loja de conveniência. Ao lado, há uma loja de discos, e é lá que encontro Reza, olhando as prateleiras com indiferença.

— Reza! — chamo assim que entro na loja, mas ele não olha para mim. — Ei!

Agora ele me vê.

— Art. Nossa, oi, o qu-que você está fazendo... aqui? — gagueja ele, tão nervoso e constrangido que mal consegue esconder.

— Hum, o que *você* está fazendo aqui? — rebato.

— Ah, ouvi dizer que essa loja de discos é muito boa — responde ele. — E eu acabei de receber minha mesada, então...

— Então você decidiu comprar discos às nove da manhã... em um dia de aula... alguns quarteirões ao lado de onde você sabia que eu estaria participando de um protesto.

Ele olha para baixo, observando os discos um por um, talvez pensando no que dizer em seguida.

— Se a gente for para a escola agora, só perde uma aula.

— Eu não vou para a escola hoje — digo. — Não consigo. Não depois de tudo que acabou de acontecer.

— O que aconteceu?

O olhar de Reza é vazio e sem expressão, e eu fito seus olhos tentando imaginar o que ele está pensando.

— Eu estava em uma manifestação — respondo. — Você também estava. Eu te vi.

— Não — diz ele, tentando ao máximo parecer despreocupado. — Vocês, brancos, sempre acham que todos os persas são parecidos. Mas tudo bem, isso não me ofende.

Sorrio, incrédulo. Reza é um mestre na arte de desviar a atenção, e vejo que também vem escondendo um senso de humor sarcástico.

Reza muda de assunto, puxando um disco para me mostrar.

— Olha só!

É *Like a Virgin*, da Madonna. E lá está ela na capa, com um vestido de noiva.

— Esse aqui é bom? — pergunta ele.

— Todos os discos dela são bons — respondo. — Ela não faz nada medíocre.

— Acho que vou comprar esse. Eu já tenho o CD de *Like a Prayer*, graças a você. Mas prefiro vinil. Você também acha que o som deles é melhor?

Eu já nem sei o que dizer. Não estou no clima de brincar de debater sobre vinil versus CD. Quero saber por que ele estava no protesto e qual é a dele.

— Por que os discos dela sempre são *Like* alguma coisa? — pergunta ele. — Você sabe?

— Não tenho certeza. Mas acho que ela sempre quer mostrar a diferença entre o que uma coisa parece e o que realmente é. Ela é *como* uma virgem, mas na verdade não é virgem. Alguma coisa é *como* uma oração, mas na verdade não é. Acho que ela só está tentando mostrar a ilusão no sexo e na religião.

— Ah — responde, lacônico.

Mas eu não quero parar. Porque agora não estamos mais brincando. Agora estamos falando sobre um assunto extremamente sério... Madonna!

— Stephen acha que é por isso que ela é tão popular entre os gays. É por isso que as divas, no geral, são populares entre os gays. Porque a gente consegue enxergar o que está escondido atrás da fantasia. Nós sabemos o que é ser uma pessoa por fora e outra por dentro. Nós sabemos.

Percebo que estou falando sobre *a gente* e sobre *nós*, como se estivesse incluindo Reza. Ele não me corrige. E não faço a menor ideia de qual foi o momento em que achei — achei não, que eu *soube* — que ele é um de nós. Será que *ele* sabe? Será que me enganei?

— É por isso que Stephen acha que nós sempre vamos preferir as divas, mesmo quando o mundo for suficientemente esclarecido para aceitar homens gays sendo estrelas do pop ou astros do cinema. Porque ser fã de um homem gay seria literal demais pra gente. Precisamos das camadas, do simbolismo. A gente se comunica por códigos. Assim como a Madonna. É por isso que eu acho que ela tem essa coisa com o *like*.

Será que *eu* estou me comunicando por códigos? E, se sim, que diabos estou falando?

— Entendi — diz ele, tão recatado, tão tenso, tão assustado.

Nossos olhos se encontram, e vejo nos dele uma tristeza tão profunda e sem fim que me dá vontade de tocar seu coração e curá-la. E nessa tristeza eu vejo um pouco da minha, que sempre tento encobrir com raiva. Me pego pensando... se ele é do Irã, provavelmente conhece um monte de gente que morreu na revolução, assim como eu conheço um monte de gente que morreu de aids. A maioria do pessoal na escola não conhece ninguém que morreu, exceto os avós, talvez.

Vou até a seção da Madonna para pegar outro disco e, quando faço isso, nossas mãos se esbarram. Sinto alguma coisa. Eletricidade? Não sei, mas é algo muito próximo do que senti lá no protesto. Como um lembrete de que o sentido de ESTAR vivo é se SENTIR vivo.

— Entre *Like a Virgin* e *Like a Prayer*, ela lançou o *True Blue* — explico, pegando o disco. — É interessante, né? Sexo e religião não são temas óbvios e diretos para ela, mas o amor é. Ela não chamou o disco de *Like a True Blue*.

— *Tipo um romance* — diz ele.

— *Tipo uma história de amor* — completo.

Nós dois estamos segurando discos, nossos dedos se tocam e nossos olhares estão vidrados um no outro em um esconderijo compartilhado que eu não sabia existir até agora.

— Vou comprar os dois. Acho que amo a Madonna — diz ele, então paga pelos discos.

Andamos juntos em direção ao metrô. Ele comenta que tem medo de andar de metrô, e eu respondo que isso é absurdo.

— O metrô é o único lugar na cidade onde você tem a garantia de que NÃO vai cruzar com o tipo de BABACA que tem medo de andar de metrô — digo.

Ele pergunta se eu acabei de chamá-lo de babaca, e eu digo que talvez. Acho que estamos flertando. Ou talvez não. Não faço a menor ideia de como ler esse garoto.

Então me lembro de uma coisa.

— Ei, minha mochila ficou com você?

— Sua bolsa. Desculpa. Está no meu quarto há dias. Juro que não mexi em nada.

Penso em tudo que está na mochila, um monte de tralha, mas lembro que meu bem mais precioso está lá dentro... Os cartões que Stephen fez para mim quando perguntei a ele qual era a NOSSA história. Não acredito que esqueci os cartões lá. O psiquiatra que meus pais arrumaram para mim provavelmente diria que eu esqueci a mochila na esperança de que Reza abrisse, encontrasse os cartões e sentisse a mesma coisa que eu senti quando os li pela primeira vez... Uma conexão com o passado, com a comunidade, um senso de pertencimento.

— Tudo bem — tranquilizo-o. — Leva pra mim na próxima vez que a gente se encontrar.

— Tá bem.

Reza está prestes a ir embora quando eu chamo:

— Ei, eu estava pensando... Você estava no Irã durante a revolução?

— Estava. Minha mãe queria ir embora, mas meu pai quis ficar. Fomos para Toronto há seis anos, quando minha mãe se separou dele.

— Ah. Então o seu pai ainda está lá?

— Não — murmura ele. — Bem, não exatamente. Ele, hum, morreu.

Existe algo tão definitivo nessas palavras. Reza não tenta enfeitá-las. Ele não diz "ele se foi" ou qualquer coisa do tipo.

— Meus pêsames — digo.

Reza dá de ombros, como se não tivesse mais nada para dizer a respeito.

— Eu perdi algumas pessoas também — continuo. — Pessoas que conheci por causa do Stephen. Morreram. Todos ao meu redor.

Eu me seguro para não continuar falando. O que estou pensando é: se Stephen é meu pai espiritual, o pai que eu deveria ter, então nós dois estamos sendo criados por viúvas. Mas não digo isso. Porque Stephen não é meu pai e porque parece que Reza não quer continuar com a conversa.

— Sinto muito — lamenta ele. — A morte nunca é fácil.

— É, a morte é uma merda — comento. Então, desesperado para mostrar o lado positivo, acrescento: — Mas a vida pode ser incrível, não é?

Reza sorri com tristeza, como se ainda não estivesse pronto para responder a essa pergunta.

Ele enfrenta o metrô sozinho e volta para a escola. Eu, não. Não consigo. Vou para casa e encontro meus pais me esperando.

Meu pai está vestindo um dos seus ternos de alfaiataria feitos perfeitamente sob medida. Minha mãe está com uma roupa de ginástica da Jane Fonda, mas nem o amarelo-vivo do collant consegue disfarçar sua raiva.

— Vimos você no noticiário — declara meu pai, sem conseguir disfarçar a fúria na voz.

Minha mãe não diz nada, porque é muito boa em deixar meu pai falar por ela.

Eu não digo nada porque sei que, se abrir a boca, não vou conseguir controlar minha raiva.

— Olha, Art. Nós te amamos — continua meu pai, parecendo irritado. — Eu não teria saído do trabalho mais cedo se não te amasse, mas isso está ficando sério. Você poderia ter sido preso. Poderia ter colocado seu futuro em risco.

Reviro os olhos.

— Art — intervém minha mãe com a voz trêmula. — Você tem um futuro tão brilhante pela frente. Eu só quero que você tenha isso... um futuro.

Ah, pronto. Eles não estão preocupados com a minha ficha criminal, e sim com a minha morte.

Então, meu pai faz o que sabe fazer de melhor: oferece um acordo.

— Vou dizer uma coisa, Art, se for preciso eu assino um cheque para qualquer ONG sobre aids que você escolher. Dez mil dólares — e nesse momento minha mãe olha para ele em choque — se você prometer não se envolver mais com esses protestos. E com aquele homem.

"Aquele homem" é Stephen, claro. Me pergunto o que ele faria no meu lugar. Aceitaria a proposta? Quase consigo escutar a voz dele me dizendo que o dinheiro teria muito mais impacto do que um adolescente cheio de ideais.

— Tudo bem, eu topo — digo.

Apertamos as mãos, selando o acordo. O aperto do meu pai é tão forte que quase me quebra.

— Essa é a atitude certa, Art — diz minha mãe, claramente aliviada e constrangida ao segurar minhas mãos. — Obrigada — completa, com a respiração pesada e um sorriso.

O alívio estampado no rosto dela faz com que eu me sinta mal por um momento, porque não pretendo cumprir a minha parte do acordo. Só vou esperar o cheque cair na conta da ACT UP antes de fazer qualquer coisa arriscada. E aí será tarde demais para eles cancelarem a doação. Evito olhar para minha mãe. Me convenço de que eu sou a Madonna e meus pais são a Pepsi. Eu sou a vadia fodona aqui. Será que a Madonna se sentiu culpada quando ficou com o dinheiro?

Mas enganar meus pais é minha única opção. Eu não poderia recusar essa oferta, mas também não terminei meu trabalho. Na verdade, estou só começando. Pela primeira vez na vida, entendo o que significa ser gay. Não é sobre os sonhos eróticos, sobre as punhetas ou saber imitar sua diva favorita. É sobre a sensação de olhar nos olhos de outra pessoa e ter uma experiência transcendental. É sobre o que eu senti quando realmente *enxerguei* Reza pela primeira vez. É sobre amor. Como eu poderia parar de lutar por isso?

Quando me afasto dos meus pais, outro pensamento aterrorizante invade minha cabeça. Judy. Judy. Judy. Eu não vou magoá-la. Não vou. Ainda assim... me sinto culpado. A heterossexualidade faz com que ela possa se declarar abertamente e sem medo. Ela presumiu que Reza é hétero porque, bem, por que ele não seria? Basicamente o mundo inteiro é hétero. Fico ressentido por Judy ter um privilégio que eu nunca terei. E odeio essa sensação. Eu a amo mais do que tudo. Tenho outros privilégios. Ela é tudo para mim. *O que vou dizer para a Judy?*

JUDY

Estou no quarto, olhando para os tecidos, tentando desesperadamente abafar o barulho do clube do livro da minha mãe. Escolho um amarelo-girassol que sempre quis usar para alguma coisa, mas nunca consegui por ser vívido, lindo e otimista demais para desperdiçar com a minha vida. Não me entenda mal, minha vida tem momentos bons, mas este tecido merece algo melhor.

Talvez essa noite seja digna deste tecido, Judy. Um primeiro encontro. É um encontro? Nossa, não tem nada de encontro. Você convidou Reza para o filme de domingo com seu tio e Art. Que tipo de investida patética é convidar o cara que você gosta para a noite mais gay de todas, com seu tio que provavelmente vai estar cheio de maquiagem e vestindo um kimono, e seu melhor amigo extremamente inconveniente?

Sou uma covarde e preciso me sentir segura. Só de pensar em passar a noite sozinha com Reza, mesmo vestindo o tecido amarelo mais exuberante do mundo, já me deixa apavorada. Seguro o tecido na frente do corpo e me questiono imediatamente. Art diz que eu sou como o verão, o que significa que esse tipo de cor quente fica bem em mim, mas talvez ele esteja errado. Talvez eu seja como o inverno. Talvez eu seja frígida. Penso no que eu poderia fazer com o tecido. Um vestido. Uma saia rodada. Uma peça assimétrica. Alguma coisa simples e clássica, embora simples e clássica não faça meu estilo.

Mas não consigo me sentir inspirada com o barulho da minha mãe e suas amigas invadindo o quarto. Nosso apartamento é tão pequeno que dá para ouvir tudo de qualquer cômodo. Esse é o problema de ter pais que insistem em colocar você na melhor escola particular da cidade. Eles acabam morando num lugar minúsculo e sem aquecedor, a única possibilidade razoavelmente perto da escola... Costumam dizer que se mudaram para cá um pouco antes do meu jardim de infância para que eu pudesse ficar mais perto desta maravilhosa escola, onde estudo até hoje, porque educação é a coisa mais importante do mundo. Mas, por dentro, acho que viram um bônus no fato de precisarmos subir seis lances de escada, pensando que isso seria ótimo para a minha cinturinha e para a deles também. E, sim, eu já era gorda naquela época.

Raramente recebemos convidados, mas o clube do livro sempre reveza as anfitriãs, então, a cada quatro meses, essas mulheres invadem meu espaço. Eu só não gosto desse clube do livro em particular porque elas só leem autoajuda. Sem brincadeira. A leitura da vez é *Sete hábitos para pessoas extremamente impressionantes: Lições poderosas sobre mudanças pessoais*. Todos os livros têm dois pontos ou ponto e vírgula no título. Minha mãe me convida para participar toda vez que elas escolhem um novo livro, como se qualquer bosta que elas estivessem lendo fosse me deixar tentada a participar de um brunch de domingo com um grupo de senhoras que só usam tons pastéis e amam discutir maneiras de melhorar a vida, mesmo que todas vivam da mesma forma desde que eu nasci. E ainda assim... ainda assim... todas essas mulheres são casadas. Todas elas de alguma forma conseguiram conquistar um homem enquanto usavam seus tons pastéis e enchiam a estante com livros sobre como se tornar a melhor versão de si mesma. O que me faz pensar que, talvez, eu não seja a melhor versão de mim mesma. Me pergunto se Reza não iria preferir uma Judy pastel com hábitos extremamente impressionantes.

— Certo, vamos discutir sobre o hábito número quatro — diz minha mãe. — Eu adorei este, e já até consegui sentir a mudança na minha vida. Todo mundo sai ganhando!

— Tive um pouco de dificuldade com este — comenta a amiga rosa-chá. — Ele diz para não fazer nenhum acordo a não ser que os dois lados sintam que podem sair ganhando.

— Não é incrível? — responde a amiga azul-bebê. — Dia desses, eu e o Jim estávamos discutindo sobre qual filme iríamos assistir. Ele queria ver O segredo do abismo, e eu estava morrendo de vontade de ver O tiro que não saiu pela culatra.

— Ah, esse filme é tão bom! — comenta a amiga vermelho-pastel. (Sim, vermelho-pastel existe.) — Tem uma cena da Dianne Wiest com um vibrador que...

— Shh... — sussurra minha mãe. — As paredes são finas. Judy pode estar ouvindo.

— Bem, pelo menos ela não fica o tempo inteiro de fone de ouvido feito o Jonah — responde rosa-chá. — Ele vive ouvindo música, como se não estivesse presente. E é aí que está o meu problema com o hábito número quatro. Eu consigo entrar em acordo com qualquer adulto, mas com as crianças...

— Bem, os filhos são a exceção para tudo — diz azul-bebê. — Eu e o Carl criamos uma piada interna depois daquele discurso do Reagan em que ele disse que não negociamos com terroristas. Nós decidimos que, na nossa casa, não negociamos com adolescentes.

Todas dão risada, como se fosse engraçado nos comparar com terroristas quando for oportuno. Odeio ser o tipo de pessoa que usa, ou até mesmo pensa, em palavras como *oportuno*. Influência da minha mãe. Ela diz que a educação é o único motivo pelo qual eles dão um jeito de me manter em uma escola pela qual mal conseguem pagar, mas o outro motivo é que ela adora gente rica. Quer falar como eles, se vestir como eles e ser feliz o tempo todo como imagina que eles são. Vejo minha mãe sorrindo. Ela está sempre sorrindo, mesmo sabendo que no fundo tudo que ela sente é dor, tristeza e ansiedade. Minha mãe é caixa em um banco e finge que é o emprego mais empolgante do mundo. Ela finge que é feliz com meu pai e seu emprego chato de contador, com o mundo em geral, com qualquer pessoa exceto eu. Ela quer que eu emagreça. E quer que eu sorria mais e seja mais simpática. E quer que eu saia com outras garotas, no sentido de amigas, não lésbicas. Às vezes tenho vontade de chacoalhar ela, tipo *Olhe ao seu redor, o mundo é horrível. Por que você tem que fingir que tudo te agrada?* Mas, obviamente, não faço isso porque só confirmaria o que ela já pensa a meu respeito. Que sou esquisita e agressiva, e que faço essas coisas só para ser diferente. Ela já me disse isso uma vez.

"Judy", comentou em certa ocasião. "A vida é tão mais fácil quando a gente se encaixa. A gente só precisa *escolher* se interessar pelas coisas que todo mundo se interessa."

Ela também já me disse que, apesar de amar o irmão, ele escolheu um caminho difícil. Essas foram exatamente as palavras usadas.

"Ele escolheu um caminho difícil, querida, mas isso não significa que eu não vá amá-lo até morrer. Desculpe, me expressei mal."

Mas, sério, ela acredita que ele escolheu ser gay. Que ele escolheu ficar doente. Que ele escolheu ter que enterrar todos os amigos.

Volto minha atenção para o tecido. Já decidi que vai ser o amarelo mesmo. Ele está guardado há muito tempo. Uma vez meus pais ganharam uma garrafa de vinho supercara dos pais do Art — um presente de aniversário de casamento ou qualquer coisa do tipo. Disseram que deixariam o vinho guardado para alguma ocasião realmente especial. Já faz seis anos. Eu não posso ser como eles. E aí me pergunto se todos os filhos querem ser o oposto dos pais. Art quer. Eu quero. Acho que se você tiver pais muito legais, talvez queira ser como eles. Mas a questão é que a maioria dos pais não é legal.

Penso em Reza. Do que ele gosta? O que ele quer que eu seja? Imediatamente me odeio por pensar nisso. Se tem uma coisa que tio Stephen me ensinou é que a gente não deve ser o que outra pessoa quer que a gente seja.

"As pessoas conseguem enxergar falsidade de longe", disse ele. "É melhor e bem mais fácil ser você mesma. Eu já era completamente afetada, uma princesa, quando conheci José, e ele nunca se importou."

Queria conseguir me sentir assim, uma princesa. E Reza seria meu príncipe. E a gente poderia voltar para o Irã e instaurar a monarquia de volta no país dele. Imagina só todos os tecidos fabulosos que eu teria à minha disposição. Provavelmente poderia fazer vestidos com penas de pavão e diamantes.

O tecido amarelo desviou demais o meu foco, e só existe uma coisa que pode me ajudar quando estou com bloqueio criativo. Vou até o freezer em busca de sorvete. No caminho, passo pelo grupinho. A discussão já chegou ao hábito número cinco.

— Pessoalmente, o hábito cinco é o meu favorito — comenta vermelho-pastel. — Eu sempre tento compreender antes de ser compreendida.

— Fiquei meio entediada nessa parte — responde rosa-chá. — O livro não está dizendo uma coisa que a gente já sabe há muito tempo? Que precisamos ouvir. Que precisamos ter empatia.

— Em um dado momento eu comecei a achar que esse livro é só uma versão da Bíblia — diz minha mãe.

Meu Deus, não. Ela adora falar da Bíblia em todos os encontros do clube do livro, como se isso a fizesse parecer mais inteligente, sei lá. Ela nem é religiosa. Só leu a Bíblia na faculdade.

— Oi, Judy!

Todas as mulheres olham para mim muito empolgadas, como um pombo do Central Park que acabou de avistar um croissant de amêndoas. Judy! Judy! Judy! Elas são *muito* amigáveis.

— Oi, todo mundo. Oi, sra. Wood. Oi, sra. Fontaine. Oi, sra. Foley. — Sorrio.

— Vocês sabem, eu já convidei a Judy para participar do clube. Acho que esse tipo de literatura...

Literatura. Minha mãe chama autoajuda de literatura.

— ... que lemos aqui pode ser muito útil para adolescentes... — completa.

Você não quis dizer terroristas?, queria poder responder. Tenho muitos problemas com ela, mas tento ser diplomática.

— Eu adoraria — digo. — Mas meu tio Stephen e eu sempre vemos filmes no domingo, e vocês também sempre fazem o brunch aos domingos, então...

— Como o Stephen está? — pergunta rosa-chá, o rosto contraído em uma expressão que parece uma tentativa de demonstrar preocupação.

— Ele está aguentando como pode — responde minha mãe, lançando um olhar triste em minha direção.

— Câncer é uma doença tão triste — comenta azul-bebê.

Sinto uma onda de raiva. Quero corrigi-la, mas fico quieta.

Minha mãe dá de ombros e não diz mais nada. Ela e as amigas não dizem a palavra aids. E não são só elas. Na última década, várias famílias têm mentido sobre a causa da morte de filhos e irmãos. É só olhar a seção de obituário. Muita pneumonia. Muito câncer. Acho que nem todos são mentira, mas o que causou a morte desses homens com pneumonia e câncer foi a aids. Eu contei para o tio Stephen que odeio o fato de a minha mãe nunca dizer a palavra, mas ele me mandou deixar pra lá. *Essas são as amigas da sua mãe. É a comunidade dela. Deixe ela processar o que acontece no seu próprio tempo.*

— Bem, Judy, se você for assistir a um filme hoje à noite, recomendo *Corra que a polícia vem aí*. Só para finalizar a história da minha briga com Jim sobre qual filme iríamos ver, escolhemos não ir ao cinema e os dois saíram ganhando. Alugamos *Corra que a polícia vem aí*, pedimos comida chinesa e morremos de rir.

— Ah, obrigada pela dica. Mas o tio Stephen não escolhe filmes que tenham sido lançados depois da morte da Judy Garland, a não ser que seja um filme relacionado a algum outro que foi feito depois que ela morreu. Tipo, nós assistimos a *De volta ao Vale das Bonecas* porque era uma continuação do original, e *Mamãezinha querida* também sempre é uma opção porque é sobre a Joan Crawford.

Minha mãe faz uma careta de desaprovação. Acho que estou sendo esquisita demais. Provavelmente não deveria conversar com suas amigas.

— *Mamãezinha querida!* — exclama rosa-chá. — Esse filme é tão assustador. Tenho pesadelos com ele até hoje.

— Ah, nós consideramos uma comédia — respondo.

Cala a boca, Judy.

— Uma comédia? — pergunta rosa-chá. — O filme é sobre maus-tratos contra crianças. Qual é a graça de maus-tratos infantis?

— Humm... — Eu não sei a resposta.

Sei que o tio Stephen conseguiria explicar. Ele acabaria dizendo para estas mulheres que dá para rir de qualquer situação. Inclusive maus-tratos contra crianças. Inclusive aids. Inclusive delas mesmas. E elas não gostariam nem um pouco disso.

— Não sei — digo, por fim, desistindo. — Acho que é só porque é tudo muito exagerado.

— Bem, meu pai era alcoólatra — retruca rosa-chá. — E as brigas eram *de fato* exageradas.

Seu tom de voz é incisivo. Ela está nervosinha. Não irritada de verdade. Essas senhoras, assim como minha mãe, só ficam nervosinhas. Raiva é um sentimento intenso demais para elas.

Escolho encerrar essa conversa infeliz indo até o freezer. Antes mesmo que eu consiga abrir a porta, minha mãe anuncia com seu tom mais carinhoso:

— Eu fiz uma salada de beterraba deliciosa, e tem salmão cozido também. Estão em uma vasilha de plástico na geladeira.

Isso, caso alguém não tenha percebido, é a minha mãe me dizendo para *não* abrir o freezer porque é lá que fica a comida que eu gosto. Abro a geladeira. Tiro a tampa da vasilha. Encaro a salada de beterraba. É bem bonita. Essa cor ficaria linda em um tecido. Então me lembro que preciso estimular minha criatividade. E só existe uma coisa que pode me ajudar. Pego o pote de sorvete, tiro uma colher da gaveta e volto para o quarto.

— Bom clube do livro para vocês.

Minha mãe me olha *nervosinha*. Talvez seja só por causa do sorvete, mas eu me justifico mesmo assim.

— Me perdoe pelo que eu disse, sra. Wood. Eu jamais acharia graça da situação que a senhora passou. E obrigada por compartilhar essa experiência conosco.

Minha mãe sorri, impressionada.

— Desculpas aceitas, querida — responde rosa-chá. — Fico feliz que essa tenha sido uma experiência de aprendizado para você.

Abro um sorriso forçado e aperto o pote de sorvete com força ao entrar no quarto. Está congelado, mas consigo amolecer um pouco o sorvete com a força das mãos. Elas voltam a debater sobre o hábito número cinco. Só que não fizeram esforço algum para me compreender. Só me constrangeram a ponto de uma delas me fazer pedir desculpas e *aprender*.

O sorvete ajuda. Sempre dá certo. Eu não sei o que eu faria se um dia essa técnica parasse de funcionar. Talvez eu deva experimentar outras sobremesas como combustível para a criatividade. Bomba de chocolate, talvez. Ou chantilly puro. Uma vez Joey Baker levou uma lata vazia de chantilly para a escola só para poder ficar sugando o ar de dentro da embalagem. Infelizmente, esse é o tipo de espécime masculino que frequenta a minha escola. E, acredite ou não, eu já fui apaixonada pelo Joey porque ele era esquisitinho e diferente e muito bom em Ciências. E também porque, comparado a homofóbicos como Darryl Lorde e Saadi Hashemi, ele parecia uma boa opção. Mas com Reza é muito diferente. É como se este país tivesse perdido na competição de criar caras decentes. Ou eles são homofóbicos, ou cheios de si, ou ficam sugando latas vazias de chantilly.

Passo o resto da tarde na máquina de costura. Estou inspirada, me sentindo muito criativa. Coloco o último CD da Madonna para tocar. Art é obcecado por ela. Eu gosto também, mas às vezes gostaria que ela tivesse continuado com o corpo mais cheinho do começo da carreira. No geral, acho que prefiro a Debbie Harry, porque ela se manteve fiel às raízes, diferentemente da Madonna, que parece querer conquistar o público geral. Eu não me importo com o público geral quando estou criando. Seria feliz fazendo roupas apenas para pessoas esquisitas. Mas nenhuma preocupação a respeito da magreza da Madonna ou de sua popularidade consegue me fazer parar de escutar *Like a Prayer* no repeat, porque é brilhante demais. "Love Song", a música que ela canta com o Prince, começa a tocar. Enquanto costuro, penso que esse seria o meu maior sonho. Ter um cara como o Reza que vai me amar, me apoiar e dançar músicas românticas comigo. E me tornar uma estilista superfamosa que faz roupas para pessoas como o Prince e a Madonna.

Minha mãe aparece assim que eu termino de me vestir. O tecido se transformou em um vestido amarelo-vivo, que eu combino com uma calça legging listrada em preto e branco e um colar preto enorme que Art me deu de aniversário ano passado.

— Hoje você trabalhou pesado — comenta ela.

— Sim — respondo. — Foi um dia bom.

Eu até pediria a opinião dela, mas sei que, se estiver se sentindo sincera, vai dizer que eu fiquei parecendo uma palhaça de circo, mas se estiver querendo evitar conflitos, vai dizer que eu estou linda, sem conseguir disfarçar que está mentindo.

— Você bem que podia costurar alguma coisa para mim qualquer dia desses — diz ela, empolgada.

— Talvez... É só que... Eu não sei se você usaria o tipo de roupa que eu faço.

— Seria tipo uma encomenda — explica ela, irritada porque eu não estou entrando no seu joguinho. — Você teria que fazer alguma coisa de acordo com o desejo da cliente. No caso, eu.

— Sim, mas a questão é que eu tenho um estilo próprio. Uma identidade visual.

Minha mãe suspira, como se conversar comigo fosse exaustivo.

— Você sabe que até os maiores estilistas aceitam encomendas, né? E se a Jackie O ligasse amanhã? Você diria que ela precisa se vestir exatamente como você ou faria uma roupa linda e clássica para ela?

— Eu não sei, mãe — respondo. — Posso responder quando a Jackie O me ligar?

Minha mãe sorri.

— Querida — diz ela, se sentando na cama. Ops. Quando ela começa a frase com "querida" é porque vem algo aí. — Você entende por que eu não conto para as pessoas o que o Stephen tem, certo?

— É tão idiota — rebato. — E tenho certeza de que todo mundo já sabe. Ele já apareceu no noticiário durante protestos. Duas vezes.

— Elas nunca viram seu tio. Não sabem como ele é.

— Tem um monte de fotos dele na sala!

Então nos entreolhamos com o tipo de tristeza que me dá vontade de me esconder em algum lugar, porque sabemos que o Stephen das fotos e o Stephen do noticiário são pessoas completamente diferentes.

— É só que... É mais fácil assim — diz ela. — E ele tem câncer. Sarcoma de Kaposi é um tipo de câncer.

— Eu sei — respondo. — É só que... Se ninguém morre de aids, quando o estigma da doença vai passar?

— Mas tem tanta gente que morre de aids. Rock Hudson morreu de aids!

— E foi humilhado e exposto por causa disso. Não é como se ele tivesse se tornado o garoto propaganda do Orgulho Gay.

— Stephen está doente. Eu não entendo por que a gente precisa transformar isso em política.

— Não sei. Talvez seja porque *ele* transforma isso em política? Será que a gente não poderia, sei lá, seguir a mesma direção que ele?

Ela confirma. Minha mãe entende o que estou querendo dizer. Ela sabe como é errado que uma doença seja mais socialmente aceita do que outra.

— Eu sei o que você está pensando — digo.

— Não é o que eu estou pensando — responde ela, o conflito estampado no rosto. — É o que os outros estão.

— Por que você se importa tanto com o que os outros pensam? — pergunto, andando pelo quarto.

— Querida, senta aqui do meu lado — pede ela, dando um tapinha na cama como se aquilo fosse me acalmar.

— Eu sei o que as outras pessoas pensam. Que os gays merecem. Que ele mereceu isso.

— Não, de jeito nenhum. Ninguém merece algo assim, e eu jamais chamaria de amiga uma pessoa que diz isso.

— O que é, então? — pergunto, encarando-a de cima. — Eu não estou entendendo, mãe.

— Não é uma doença que a pessoa pega aleatoriamente. É uma doença que a pessoa pega por causa de um comportamento...

— Pelo amor de Deus, mãe, para! Ele é seu irmão!

— E eu o amo. Eu o venero desde que éramos crianças. Você acha que eu não sei como ele é cativante? Acha que eu também não queria ser como ele quando tinha a sua idade? Acha que eu não entendo por que *Mamãezinha querida* é engraçado? Eu sou irmã dele. Deixei que ele fosse como um pai para você. Não vejo a minha própria mãe há mais de um ano em solidariedade a ele, porque odeio o jeito como ela o trata. Só que não é tão simples assim, Judy. Eu *não estou dizendo* que ele desejou isso, que ele mereceu ou que qualquer outra pessoa mereça. O que quero dizer é que algumas pessoas preferem afirmar que eles morreram de câncer ou pneumonia porque certas coisas são privadas. Existem algumas conversas que eu prefiro ter com ele, com você, e não com um grupo de mulheres que não entenderia. Isso não diminui o meu amor por ele, e ele sabe disso.

Minha mãe recupera o fôlego. Talvez ela não tenha respirado durante todo o monólogo.

— Bem, eu gostaria de *fazer* as pessoas entenderem.

— Tudo bem — diz ela. — É escolha sua, e eu não vou impedir.

— Você sabe que nem tudo é escolha, certo? Que, tipo, talvez ele não tenha *escolhido* ser gay, e eu não posso apenas *escolher* ser magra.

— Eu posso concordar com a primeira.

Uau, como ela é generosa.

— E pense também nas coisas que ele realmente escolheu — continuo, meu sangue fervendo. — Ele poderia ser um advogado cheio de grana, certo? Mas *escolheu* ajudar refugiados e desabrigados. Você mesma sempre diz como essa atitude foi nobre da parte dele.

— E foi.

— E agora ele *escolheu* ser ativista. Ele sempre escolhe mudar o mundo. E você? O que tem escolhido?

A última pergunta foi cruel, e sei disso. *Pare enquanto ainda tem razão, Judy.*

— Eu escolhi trabalhar duro, casar com um homem bom e criar você da forma correta — responde ela, na defensiva. Então respira fundo antes de completar: — Eu diria que tanto eu quanto meu irmão fizemos coisas muito boas.

Odeio quando ela faz isso. É sempre quando eu digo uma coisa totalmente grosseira que ela fica boazinha, como se quisesse jogar um pouco de luz na minha perversidade.

— Querida — recomeça ela. Ops. — Eu sei que nós somos mulheres muito diferentes, e no geral isso não me preocupa. Até porque eu não era tão diferente de você quando jovem, então tenho esperanças de que a gente ainda vá se aproximar...

Deus, por favor não me deixe ficar parecida com ela.

— Mãe, aonde você está querendo chegar?

— Eu só quero me aproximar de você, principalmente porque... — Ela se interrompe. — Seu tio pode não ficar mais muito tempo entre nós.

Sinto as lágrimas chegando, mas acabei de fazer a maquiagem, e ficou tão bonita. Tento impedi-las de cair.

— E quero estar aqui por você. E que você esteja aqui por mim.

Parabéns! Ela conseguiu me fazer chorar e me convenceu a sentar ao lado dela na cama. Ela segura minhas mãos. Parece olhar com repulsa para as minhas unhas. Metade delas pintadas de preto e a outra metade de amarelo.

— Eu não entendo — diz ela.

— É o meu estilo — respondo. — E eu queria juntar o preto e o amarelo no figurino.

— Não, não estou falando das suas unhas, que são esquisitas, devo admitir. Eu só não entendo como uma pessoa tão vibrante poderia...

— Mãe...

Estou triste demais pra conseguir dizer qualquer coisa. Ela está chorando também, mas enxuga as lágrimas e olha para mim novamente, me examinando.

— Você se empenhou bastante na roupa para uma noite de filme qualquer — comenta.

— Nem tanto — digo.

— Semana passada você foi com uma calça de moletom e aquele colete de couro que eu odeio.

— Semana passada eu não estava me sentindo bem — rebato.

Ela olha para mim com interesse.

— Eu conheço você como a palma da minha mão, sabe? Mas não vou olhar para as minhas mãos agora porque elas estão velhas. As mãos são as primeiras a envelhecer — diz, pousando a mão na minha bochecha. — Mas, independentemente de quem seja ele, vai com calma. Você costuma ser um pouco intensa. E se convidou ele para a casa do seu tio, não deixe o Art assustá-lo.

Quero dizer que talvez esse cara goste de intensidade, que talvez ele goste de alguém que não vá com calma, mas fico quieta. Porque isso apenas confirmaria que existe um cara. E isso levaria a uma série de outras perguntas, e eu não quero tocar nesse assunto.

— É só mais uma noite de filme — minto.

Felizmente, meu pai aparece na porta do quarto no momento certo.

— Olha, que coisa linda — elogia ele. — Minhas meninas tendo um momento a sós.

Ele ainda está com a roupa de jogar tênis. Todos nós temos nossas rotinas de domingo.

— Sobre o que vocês estão falando?

— Ah, coisa de garota — diz minha mãe, dando uma piscadinha para mim, como se de repente nós tivéssemos nos tornado confidentes ou coisa do tipo.

Mas a questão é que eu meio que acho isso. Me pego pensando quem deixaria Reza mais confortável. O mundinho pastel dos meus pais, com raquetes de tênis e autoajuda, ou o universo do tio Stephen e do Art, onde a gente ri de maus-tratos contra crianças e imita a Mae West.

Quero que meus pais saiam do quarto para que eu possa ligar para Reza e cancelar o convite. Foi uma péssima ideia. Finalmente, eles saem. Mas, nessa altura, a mulher que atende o telefone da casa do Reza me informa que ele não está mais lá.

— Ele acabou de sair com um amigo.

— Ah — respondo. — Estranho, ele iria me encontrar.

— Aaaaah. Que legal. Você é amiga dele? — pergunta ela, interessada até demais.

— Humm, sim — confirmo. — Eu sou a Judy.

— Ah, é claro, ele falou sobre você. Aqui é a mãe dele, Mina. Adoraria te conhecer em breve, Judy.

Abro um sorriso. *Ele falou de você para a mãe, Judy. Isso é um bom sinal. Muito bom.*

— Ele, humm, foi com mais alguém? — pergunto.

— Eles disseram que iriam encontrar você — explica Mina. — Ele saiu daqui com o filho do investidor. O garoto esqueceu a mochila aqui da última vez que veio. Qual é o nome dele mesmo? Ele é bem alto.

— Ah, Art — digo. — Bartholomew. Tudo bem, então. Bem, vou encontrar com eles daqui a pouco e, humm, muito obrigada pela conversa.

Desligo o telefone. É meio estranho que o Art tenha ido buscar o Reza, e mais estranho ainda que ele tenha esquecido a mochila lá. Mas tento não pensar demais nisso. Tenho certeza de que existe uma explicação plausível ou, se tratando do Art, uma explicação hilária e totalmente sem sentido. Retoco a maquiagem, me preparando para a hora do show.

#54 GARLAND, JUDY

O movimento gay como nós o conhecemos não existiria sem Judy Garland. Diz a lenda que as *drag queens* que começaram as revoltas de Stonewall, lutando contra décadas de violência policial, homofobia e opressão, fizeram isso em parte porque estavam de luto pela morte de Judy. Talvez várias gerações tenham se identificado com ela porque, assim como nós, Judy foi brutalmente vitimizada pelo sistema e, assim como nós, conseguiu usar isto para criar coisas bonitas. E, talvez, depois que ela se foi, nós estivéssemos prontos para parar de ser vítimas.

Aos 16 anos, Judy era uma das estrelas mais valiosas para os estúdios MGM. Ela era a Dorothy do Mágico de Oz, afinal de contas. O estúdio dava a ela comprimidos para acordar, para perder peso, para se apresentar. Mas não importava quais artifícios fossem impostos, não importava quantos comprimidos ela fosse obrigada a tomar, a autenticidade de Judy sempre brilhava mais forte. É por isso que ela foi capaz de nos dar a melhor performance já feita na história do cinema em *Nasce uma estrela*. Ela perdeu o Oscar a qual foi indicada por esse filme para ninguém menos que... Grace Kelly! Uma mulher que nasceu tão perfeita e privilegiada que pôde manter seu nome verdadeiro em uma era onde os estúdios davam uma nova identidade a basicamente qualquer pessoa.

No dia em que a nossa Judy nasceu, minha irmã e o marido não conseguiam decidir como batizá-la. Minha irmã queria Ernestine, em homenagem à nossa mãe, e o marido queria Carol, em homenagem à mãe dele. Eu segurei a recém-nascida Judy em meus braços enquanto eles discutiam. Por um momento, eles já tinham decidido que um dos nomes seria o primeiro e o outro seria o nome do meio, mas nada de entrarem em um acordo sobre qual seria o primeiro. Então... eu sussurrei o Judy, pois, enquanto olhava bem fundo nos olhos da minha sobrinha, eu tive certeza de que ela teria uma autenticidade que ofuscaria qualquer expectativa que o mundo pudesse lhe impor. Enxerguei nela uma força natural que jamais aceitaria limitações. E esperava que um dia ela fosse — ou melhor, eu sabia que um dia ela seria — uma grande amiga para este amigo da Dorothy aqui.

REZA

Não sei por que fiz isso. Abbas já me dá uma mesada, coisa que a minha mãe nunca conseguiu fazer quando ela nos criava sozinha e pagava tudo com o dinheiro que ganhava fazendo trabalhos esporádicos de decoração de interiores. Mas é que naquela época eu não queria coisas que o dinheiro pudesse comprar. Minha mãe comprava minhas roupas. Minha mãe comprava meus livros para a escola. Minha irmã comprava discos quando nós podíamos pagar por eles, que compunham nosso repertório musical com algumas fitas cassete que minha mãe trouxe com ela do Irã. Consumo era uma palavra que ainda não estava no meu vocabulário. Mas agora eu quero coisas. Penso sobre as coisas. Bem, penso em uma coisa. Madonna. Penso nela o tempo inteiro. Não dá para explicar. Eu amo a música, mas tem algo mais profundo ali, como se ela dissesse todas as coisas que eu gostaria de poder dizer. Foi movido por este desejo que entrei escondido no quarto de Abbas enquanto ele tomava banho no sábado.

Estamos sozinhos no apartamento. Saadi está no treino de lacrosse. Minha mãe está no cabeleireiro, vivendo uma vida de luxo à qual se acostumou bem rápido. E eu estou prestes a me tornar um ladrão. No Irã eles cortariam minha mão por causa disso, mas a essa altura eles já teriam cortado minha mão por me masturbar mais vezes do que eu escovo os dentes e também pelas coisas que penso quando estou me masturbando, sem contar aquela vez em que eu usei a escova de dentes para me masturbar, pensando no Art.

Abbas canta Billy Joel no chuveiro. Meu pai só cantava quando estava bêbado, e sua voz sempre tinha um tom ameaçador, mesmo quando estava cantando uma música sobre amor. Me lembro de Art falando sobre como é fácil roubar do pai dele. Entro no quarto. Me pergunto onde Abbas guarda o dinheiro. Não está a vista em nenhuma mesa, nem nas gavetas. Então encontro sua calça, pendurada em uma cadeira. A carteira faz peso no bolso direito. Me aproximo. O chuveiro continua ligado. Ele continua cantando. Penso nas coisas que quero comprar e estico a mão. A primeira coisa que vejo dentro da carteira é o documento de identidade, com uma foto de quando ele era muito mais jovem e ainda tinha cabelo. Então encontro as notas. Várias cédulas, somando no total 360 dólares. Penso em quanto eu posso pegar sem que ele dê falta. Decido que cinquenta dólares é uma boa quantia. Pego o dinheiro e saio correndo. Art tinha razão. É tão fácil. Gastar é mais fácil ainda.

Estou olhando para as minhas compras mais recentes enquanto me arrumo para o filme com Judy. Pendurei dois pôsteres da Madonna na parede. Em um ela está com um vestido de noiva, as palavras "Boy Toy" gravadas no cinto. No outro, está com o braço erguido de maneira sugestiva, uma cruz pendurada no pescoço e uma camiseta rasgada com a palavra "HEALTHY" em letras maiúsculas. Escolhi esse porque é isso que quero ser. Saudável. Para sempre. Tem mais uma compra, que estou vestindo. Uma camiseta com o rosto da Madonna estampado. Eu amei.

Uma batida na porta me pega de surpresa enquanto eu admiro minha roupa nova e os pôsteres na parede. Minha mãe entra.

— Uau — diz ela. — Você foi às compras?

— É que, humm, é só que... Eu não estou acostumado a ganhar mesada... Acabei gastando tudo — digo, tentando parecer relaxado, sem sucesso.

Minha mãe se aproxima do pôster escrito HEALTHY.

— Por que ela tem que mostrar a axila? — pergunta. — Um pouco vulgar, não acha?

— Eu gosto — respondo.

Ela olha para mim com um sorriso e passa a mão pelos meus cabelos.

— Minha primeira paixão foi o Alain Delon. Ele era um ator francês. Maravilhoso. Eu recortava as fotos dele nas revistas que minha tia trazia da França e depois colava na parede. — Ela sorri novamente, perdida nas próprias lembranças. — Só espero que a sua futura esposa não fique mostrando as axilas e o umbigo o tempo todo. Não vai demorar para você descobrir isso, mas existem mulheres para se divertir e mulheres para casar. Madonna é uma mulher para se divertir.

Tudo que quero dizer é... *e existem as mulheres que você quer ser.*

A campainha toca.

— Quem será?

— Ah, sim, foi por isso que eu vim chamar você. O porteiro interfonou e disse que seu amigo fotógrafo está aqui — explica ela.

— Ele veio estudar com o Saadi?

— Acho que não. O porteiro disse que ele veio ver você.

Meu coração. Parece que ele está saltando dentro do corpo, me acertando em todos os cantos até afundar no estômago e ficar lá. Não consigo me mover.

— Eu atendo — diz minha mãe.

Então sai. Para abrir a porta. Para Art. Que está aqui para... me ver?

Daqui consigo ouvir os dois dizendo os olás obrigatórios, minha mãe dando dois beijinhos no Art. Da última vez foi apenas um aperto de mão.

— Reza está no quarto — avisa ela.

Ouço os passos dos seus sapatos de plataforma se aproximando. Fecho os olhos e digo a mim mesmo para não parecer tão assustado quanto realmente estou.

— Oi — É tudo que ele diz ao entrar no quarto.

A câmera, como sempre, está pendurada no pescoço.

— Oi — repito.

— Uau — diz ele depois de ver os pôsteres e a minha camiseta.

— Quê? — indago, me perguntando se vamos continuar conversando apenas com frases de uma palavra só.

Ele leva a câmera até os olhos, ajusta o foco e tira uma foto dos meus pôsteres.

— Você já se inscreveu no fã-clube? — pergunta ele.

Eu faço que não.

— Pois deveria. Eles mandam uma revista pelo correio. E você tem prioridade para comprar ingressos dos shows e coisas do tipo.

— Maneiro — respondo, tentando desesperadamente parecer normal.

— Já que nós dois vamos ao Stephen ver filme, pensei em passar aqui antes para pegar minha mochila, daí a gente pode ir juntos.

— Ah, claro — concordo, pegando a mochila no armário e entregando para ele.

Ele abre a mochila e confere o conteúdo. Puxa os cartões de anotações, respira aliviado e guarda novamente.

— Obrigado por tomar conta — agradece ele. — Tinha uma coisa muito importante guardada aqui.

— Ah — digo, tentando manter uma expressão que espero parecer inocente. — Que coisa?

— Só uns... cartões de estudo. Mas é que eles são únicos, então, se eu perder, vou reprovar.

— Em qual matéria?

— Na vida — responde ele com um sorriso torto.

Olho para baixo. Percebo que o número de pecados que já cometi desde que me mudei para Nova York está aumentando. Eu bisbilhotei a mochila do Art. Roubei do meu padrasto. E agora menti para o Art. Ok, eu já tinha mentido para ele antes. Fingi ter sido uma mera coincidência ele me encontrar no protesto, o que foi uma encenação ridícula. Eu estava lá porque estava interessado. Estava lá porque ouvi ele falar sobre o assunto e não pude não ir. Tento me convencer de que foi essa cidade que me fez roubar e mentir e bisbilhotar, mas sei que isso não é verdade. Mas também não me sinto mal. Agora, não sinto culpa, mas arrependimento por ter lido só alguns cartões. Deveria ter lido todos antes que Art me pegasse de surpresa assim. Bem, exceto aqueles sobre aids. Quero saber mais, mas ainda tenho medo.

— E aí, vamos indo? — sugere ele. — Stephen provavelmente vai escolher algum filme de três horas, então é melhor a gente não se atrasar.

Nos despedimos da minha mãe, que está assistindo à TV gigantesca do Abbas, enrolada em um cobertor de lã. Ela parece muito relaxada, como se tivesse rejuvenescido alguns anos. Me pergunto como estaria agora se tivesse se casado com um homem como Abbas desde o começo.

Ainda está quente do lado de fora quando começamos nossa caminhada. Em Nova York é fácil controlar a temperatura dentro de casa, mas basta colocar os pés para fora que começa a batalha contra a natureza. O clima abafado me faz suar um pouco, o que só me deixa mais tenso, o que me faz suar mais ainda.

— Viu só? Eu te disse para sempre carregar uma camiseta extra. Quantas camisetas da Madonna você comprou?

— Só uma — respondo.

Ele olha para mim com interesse.

— Fez uma boa escolha — comenta ele. — Ficou muito bem em você.

Não sei como responder, então apenas sorrio.

— Vem, vamos pegar o metrô aqui — informa Art. — Ele mora no centro, é longe demais pra ir andando.

Ele desce os degraus correndo, e eu faço o mesmo, só que não salto como ele, que parece estar correndo em um trampolim. A calça jeans fica tão bem nele que eu me pego encarando, desejando que ela desapareça. Talvez eu deva acrescentar feitiçaria à minha lista de pecados e fazer isso acontecer.

— Então, o que a Judy te contou sobre o tio dela? — pergunta ele quando entramos no vagão.

— Ela disse que ele sempre faz essas noites de filme — respondo. — E que sempre são filmes antigos.

— Ela disse que ele é gay?

— Sim, ela comentou.

Na nossa frente, um casal jovem se beija intensamente, sugando os lábios um do outro como se tentassem tirar cada gota de suco de uma laranja.

— E ela disse que ele tem aids?

— Eu, humm, não. Isso ela não me contou — digo, com o coração acelerado.

Juntei algumas informações a partir dos cartões do tio de Judy e, pelo que ele escreveu, presumi que tivesse aids. Mas só agora me dou conta de que vou estar no mesmo ambiente que uma pessoa com aids. Quero dar meia-volta e escapar para um lugar seguro. Quero voltar para o Canadá, onde eu ainda não sabia sobre essa doença. Fecho os olhos e imagino o pôster da Madonna. HEALTHY.

— Eu não quero assustar você nem nada — avisa Art. — Só acho melhor você estar preparado. Porque ele parece doente, sabe? Você já conheceu alguém com aids?

Balanço a cabeça, negando.

— Provavelmente você já conheceu, mas não sabia. O problema é esse. Ninguém vai se testar. E uma pessoa pode ter HIV por anos e nunca saber. E aí, do nada, ela more. Mas a questão é que não é tão do nada assim. O vírus já estava lá havia anos. Qualquer um pode ter.

Ele não está ajudando. Queria que tivesse ar condicionado no metrô. O suor está grudando em mim, nas minhas roupas. Me sinto sufocado.

— Está tudo bem? — pergunta ele.

— Só estou com calor — respondo rápido demais.

— Ei, você sabe que só se pega aids através de sexo e agulhas, certo? Precisa ter contato com sêmen ou sangue. Nem beijando dá pra pegar. Você não vai pegar em uma noite de filme, se é isto que está te preocupando.

— Eu já disse que só estou com calor — rebato.

— Entendi — diz ele com a voz incisiva.

Depois disso não falamos mais nada. Observamos o casal na nossa frente se beijando com tanta força que eu tenho certeza de que eles estão sugando sangue um do outro e pegando aids. E a minha cutícula que está vermelha de todas as vezes que tentei arrancá-la e agora está encostando nesse assento sujo? E se alguém que sentou aqui antes de mim também estivesse com o dedo sangrando e encostou exatamente no mesmo lugar onde eu estou agora? E as tampas de privada... As pessoas podem sangrar nelas, ou pior, se masturbar nelas? E os cortes no dedo quando a gente cumprimenta outra pessoa com um aperto de mão? E se...

Recolho minhas mãos trêmulas rapidamente, me livrando da possibilidade do sangue no assento, e escondo-a entre as pernas.

— Tem certeza de que está tudo bem? — insiste Art.

Confirmo. Queria que ele parasse de me olhar assim, como se conseguisse me enxergar por dentro. Queria que não estivesse sentado ao meu lado. Queria que o vagão não estivesse balançando para cima e para baixo, forçando meu corpo a esbarrar no dele.

Então ele apoia a mão na minha perna.

— Ei — diz ele, com uma gentileza que só evidencia meu desconforto. — Seja lá o que for, tá tudo bem.

Eu não digo nada. A sensação da mão na minha perna é tão boa, a temperatura dela é mais fria, a pegada é firme. Nossas mãos estão a centímetros de distância, mas, a cada movimento brusco do metrô, aproximam-se um pouco mais, como dois ímãs em atração até que finalmente se encostam. Um dos dedos dele agora repousa em cima da minha mão. Apenas um, o bastante para acender meu corpo inteiro com empolgação. A pele dele é mais áspera que a minha. Eu não ouso me mexer. Deixo nossa pele se encostar durante os poucos segundos que levam para as portas do metrô se abrirem e ele avisar que vamos descer.

Ele olha para mim enquanto afasta a mão, e eu não consigo tirar meus olhos dos dele. Então ele sorri, balança a cabeça e se levanta. Art estica os braços entre as portas quando estão prestes a fechar. Elas abrem novamente e eu corro para fora, desejando poder ficar aqui embaixo com ele para sempre.

Art nos guia até a casa de Stephen. Nunca estive no centro da cidade antes. É como estar em um videoclipe. É colorido, barulhento e tem o cheiro de centenas de temperos sendo usados em uma única receita. Art para em frente a um mercado coreano.

— Ei — diz ele. — Um segundo. Preciso comprar uma coisinha aqui.

Eu deveria ter trazido uma das garrafas de vinho do Abbas de presente para o tio de Judy. Minha mãe insistiu que eu levasse alguma coisa, mas é claro que esqueci.

— Boa ideia. Esqueci de trazer o presente. Aqui deve vender vinho.

— Reza, eles não vão vender vinho para você — avisa ele. — Olha sua cara de criança.

— Tem razão — concordo, me arrependendo imediatamente por ter dito algo tão idiota na frente de Art. — A gente pode comprar outra coisa. Vamos dar uma olhada.

Quando entramos, escuto dois homens o chamando.

— Art! — exclama um deles.

— Art? — pergunta o outro.

Eu observo os dois. Um é alto e negro e está usando um casaco de pele falsa que vai até os pés. O outro é ruivo, cheio de sardas e veste um suéter de Natal vermelho, com o desenho de um Papai Noel de batom e brincos. Seus rostos são cadavéricos, como esqueletos. A pele rente aos ossos. Os olhos saltados para fora.

Hoje é noite de filme, né?

Stephen já assistiu As mulheres *com vocês? É o meu favorito.*

É um milagre nós dois ainda estarmos juntos, já que eu sou fã da Joan e ele ama a Bette.

É tão bom ver vocês sem ser numa reunião.

Já ficou sabendo? O preço do AZT teve uma redução de vinte por cento.

Ainda está setenta por cento mais caro do que deveria, mas já é alguma coisa.

Pele e suéter de Natal são escolhas interessantes pra esse calor.

Nós estamos congelando nesses últimos dias.

E quem é esse seu amigo bonitinho?

Ah, esse é o Reza. Acabou de chegar de Teerã e de Toronto.

Será que ele não quer dar uma passadinha em Turim não?

Art dá um tapinha no meu ombro, e eu pisco.

— Oi, é um prazer conhecer vocês — cumprimento com um tom suave.

— Eu sou obcecado pela rainha de vocês — diz o homem com casaco de pele. — Os looks, os vestidos, o cabelo. Sinceramente, a sem sal da Rainha Elizabeth bem que poderia pegar umas dicas com ela.

— Perdão? — indago.

— Farah Diba! — exclama ele. — A rainha de vocês. O glamour. O luxo. A extravagância.

— Está mais para Farah *Diva* — ironiza suéter de Natal.

— Nem a Farah Fawcett pode com ela — complementa casaco de pele.

— Obrigado — respondo, como se os elogios fossem para mim. Então completo com algo idiota: — Mas eu não conheço ela.

O homem de suéter sorri.

— Bem, ainda dá tempo. Ela ainda não morreu. Bem, amor, vamos deixar os meninos em paz agora.

— Espera! — intervém Art, e quando ele tem a atenção dos dois novamente, pede: — Posso tirar uma foto? Vocês estão tão fabulosos hoje...

Fabulosos? Os dois parecem prestes a morrer.

Eles posam na frente do refrigerador do mercado, o que é meio irônico, já que tudo lá dentro está fresco. Casaco de pele é mais alto que suéter de Natal, então ele apoia o rosto em cima da cabeça do outro. Os dois sorriem. Art bate a foto.

— Esplêndido — comemora Art.

— Quero ficar parecido com a Mahogany — diz casaco de pele.

Os homens abraçam Art antes de ir embora, e eu não consigo deixar de reparar no momento em que se encostam. Um deles tem um machucado acima do pulso, que esbarra no pescoço de Art quando eles se abraçam. Tenho vontade de empurrá-los e criar uma barreira entre nós dois e esses homens.

Eu e Art vamos para corredores diferentes. Eu encontro uma garrafa de cidra sem álcool e compro com o dinheiro que minha mãe me deu para pegar um táxi. Art me diz que já está quase terminando. Enquanto espero do lado de fora, vejo um grupo de pessoas dançando do outro lado da rua ao som de um aparelho de som portátil no chão. Então vejo uma flor debaixo do meu nariz. Uma rosa cor-de-rosa.

— Um presente — anuncia a voz de Art às minhas costas.

Me viro e o vejo sorrindo.

— Boa ideia — elogio. — O tio da Judy gosta de flores?

Art dá uma longa piscada e olha diretamente para mim, como se eu fosse idiota.

— O quê? — pergunto.

— Nada — responde ele com o rosto corado. — Eu só achei que... Deixa pra lá.

E só então percebo que a rosa era para mim. Meu coração bate forte, dividido igualmente entre empolgação e medo. Não consigo acreditar que este garoto lindo e corajoso realmente sente alguma coisa por mim.

— Entendi.

— Talvez eu tenha lido errado os sinais — diz ele.

Mas é claro que não. Me sinto paralisado.

— Mas, se eu estiver certo — continua ele, hesitante —, a gente só pode seguir com isso com uma condição, que é contar tudo para a Judy. Porque eu não conseguiria viver mentindo para ela.

Ouvir a palavra "viver" me lembra o que ele representa. O que todos os homens como ele representam. Morte. Eu não posso fazer isso. Preciso pará-lo antes que seja tarde demais.

— Sinto muito — digo, meu coração perdendo um pedaço a cada palavra. — Acho que você se enganou.

— Ah — lamenta ele, claramente magoado. — Tudo bem.

Permanecemos em silêncio por um momento. Queria poder desaparecer.

— Eu nem ia dizer nada — retoma ele, balançando a cabeça. — Acho que pensei que... Sei lá, aquele dia na loja de discos... Então eu segurei sua mão no metrô.

Ele não segurou a minha mão. O dedo dele encostou no meu, nada além disso. Agora estou preocupado e fico olhando para ver se encontro alguma cutícula solta no dedo dele. Se a cutícula dele encostou na minha, e se ele tiver aids, o que ele provavelmente tem, então eu também tenho aids, e acabei de destruir a vida da minha mãe.

— Acho melhor a gente ir — sugiro. — Podemos ir andando, por favor?

— É que estou bem confuso. Qual é a sua com a Madonna, então?

— Eu tenho uma quedinha por ela. Isso é normal. A primeira quedinha da minha mãe foi um ator francês.

Ele balança a cabeça e olha para mim com raiva.

— Só arranque a palavra *normal* do seu vocabulário, ok? — rosna. — Eu odeio essa palavra.

— E eu odeio estar aqui — retruco, também ficando irritado. — Eu deveria ter pedido um táxi com ar-condicionado. Não deveria chegar lá todo suado e com você.

— Eu não obriguei você a vir comigo, tá bem? — rebate ele. — Era só dizer obrigado, mas eu vou sozinho.

— Achei que você fosse meu amigo.

— Eu sou seu amigo — diz ele, sem me convencer. — Acho que só fui um pouco idiota, ou egoísta... Só achei que a gente poderia ser algo mais.

Eu quero tocá-lo, quero confessar meus sentimentos. Quero pegar a rosa, colocar na água e, quando ela morrer, escondê-la entre as páginas da minha edição de *A Odisseia*, onde ela vai ficar guardada para sempre. Mas não consigo, meu medo não permite.

— Eu queria que você não tivesse dito nada disso.

Ele olha para mim por um longo tempo, como se me desafiasse.

— Eu também — alega, finalmente. E depois de um breve silêncio, acrescenta: — Me desculpa. Acho que eu... Não sei o que me deu.

— Não, eu é que peço desculpas.

— Não conta nada disso pra Judy, pode ser? — pede Art.

— Achei que você não conseguisse mentir para ela.

— Isso era quando eu achava que a gente poderia ser alguma coisa juntos. Mas se não somos nada, pra que fazer isso? — pergunta ele, a voz trêmula. — Para me humilhar ainda mais?

Art anda na minha frente. E eu não sei o que fazer a não ser segui-lo.

ART

Mas que porra foi essa? Não, sério... QUE PORRA FOI ESSA? Eu tenho certeza de que li os sinais. MADONNA! Os pôsteres, a camiseta. E aí eu paro para pensar. Talvez homens hétero também possam gostar de Madonna. Faço as contas na cabeça. *Like a Virgin* foi o primeiro álbum de uma mulher a vender cinco milhões de cópias só nos Estados Unidos e agora já está perto da marca de dez milhões. Quantas pessoas têm nesse país afinal? Será que esses dez milhões são todos gays e mulheres? Talvez sim, talvez não. E eu tenho certeza de que ele estava flertando comigo. Aquele dia na Bolsa de Valores não pode ter sido só coincidência. E ele me deixou encostar a mão na dele. Tudo bem que foi só um dedo, mas eu sei que ele sentiu a energia. Ele não puxou a mão como qualquer cara hétero faria. Talvez homens de outros países sejam diferentes. Uma vez Stephen me disse que em Cuba os homens andam de mãos dadas o tempo todo. A ironia da vida de José em Cuba era que todos os homens hétero andavam de mãos dadas entre si, mas os gays não conseguiam fazer isso porque tinham medo. Talvez seja algo cultural.

    Ele anda logo atrás de mim. Achei que sairia correndo, mas não. Ele continua caminhando atrás de mim. Reza é tão bonzinho, tão educado. Acho que entendi tudo. Ele não estava flertando comigo. Só estava sendo EDUCADO!

Me viro para ele antes de entrarmos no apartamento.

— Não acha melhor a gente chegar separados? — sugiro. — Vai ser menos esquisito.

— Ah, tudo bem — concorda ele.

— Tudo bem.

— Tudo bem.

— Então eu vou primeiro e você espera aqui alguns minutos.

— Mas não é educado chegar atrasado — argumenta ele.

— Judy e o tio não ligam pra essas coisas — respondo. — Te vejo lá dentro.

Eu quero entrar primeiro. Não sei explicar, só sei que preciso estar no apartamento de Stephen logo, meu lugar favorito na cidade inteira. Amo cada detalhe ali dentro. Amo as fotos dele com José. Elas me dão esperança de que um dia vou encontrar alguém e me apaixonar. E, sim, talvez essa pessoa morra, ou talvez eu morra, mas isso não é melhor do que nunca amar? Eu amo a sala de estar toda em preto e branco, a coleção de jujubas representando todos os amigos que ele perdeu, os pôsteres emoldurados de grandes estrelas do cinema clássico e sua coleção de discos.

Judy abre a porta e, no minuto em que vejo seu rosto, quero me castigar de alguma forma. Eu não mereço essa amiga. Ela está fabulosa. Com um vestido amarelo girassol que eu nunca vi antes, mas me lembro do dia em que ela comprou o tecido. Estávamos juntos. Judy comentou alguma coisa sobre ele ser especial demais para a vida dela, e eu disse que ela poderia usar para fazer um vestido fofo para a nossa futura filha. Hoje em dia, odeio essa piada. Odeio como a gente fingia que de fato casaríamos e teríamos filhos. Por que a gente se contentava com a ideia de sermos o prêmio de consolação um do outro? Eu mereço algo melhor. Ela também. Ela, com certeza, merece um amigo melhor do que eu. E talvez ela mereça o Reza.

— Oi — cumprimenta ela. — Cadê o Reza?

— Como assim? — digo, me fazendo de bobo. — Ele já deve estar chegando.

Entro no apartamento. Pelo cheiro, Stephen está preparando alguma coisa deliciosa na cozinha.

— Olá, meu amado Art — saúda ele ao me ver. — Você não vai acreditar no que estou preparando.

— Achei que vocês estavam vindo juntos — insiste Judy.

Me sento no sofá.

— Humm, não, Frances. Por que a gente viria junto?

Merda. Eu não deveria ter chamado ela de Frances. Ela sabe que só faço isso quando fiz alguma besteira colossal.

— Hum, porque eu liguei pra casa dele — responde ela. — E a mãe dele disse que você passou lá para pegar o Reza.

Merda, merda.

— Ah, sim. Eu passei lá para pegar uma coisa, não para pegar *o Reza*.

Se bem que eu tentei pegar o Reza, se é que me entende. Eu sou um cuzão. Traí minha melhor amiga. Herdei do meu pai o total desrespeito pelas pessoas.

— Aham — diz ela. — Sua mochila.

Nos encaramos. Parece que ela sabe mais do que isso. O que mais?

— Eu esqueci lá quando estava estudando com o meio-irmão dele — explico. — O Saadi não senta perto de mim de jeito nenhum quando estamos estudando, mesmo se a gente estiver olhando para o mesmo caderno. É como se ele achasse que eu sou leproso ou coisa do tipo.

— Mas você viu o Reza? — pergunta ela, de forma bem direta.

— Ah. — Tenho que pensar rápido. O que eu falo? — Aham, ele estava se arrumando.

— E parecia animado?

— Acho que sim.

Mas quem sou eu para achar isso? Eu acreditava ser capaz de enxergar cores e auras ao redor das pessoas, achei que Reza emitia um brilho cor-de-rosa lindo. Foi por isso que dei a flor cor-de-rosa para ele. Mas eu estava redondamente enganado.

Stephen aparece na sala. Está usando um avental vermelho, e o rosto está corado.

— Hoje é noite de comemoração. O preço daquele maldito remédio diminuiu.

Sim, existem motivos para comemorar. Motivos muito mais importantes do que uma rejeição boba.

— Que notícia boa — digo, me esforçando ao máximo para parecer empolgado.

— Não dá pra acreditar que aconteceu tão rápido — completa Judy.

— O mundo pode mudar — afirma Stephen. — Se a gente lutar o bastante pela mudança. Não se esqueçam disso.

O mundo *já* mudou. Tudo parece tão diferente agora. Alguma coisa entre mim e Judy parece quebrada e quero consertá-la. Mas como? Será que ela está com essa mesma impressão?

— Ainda é um absurdo de caro — continua Stephen. — Mas é um primeiro passo. E pretendemos continuar botando pressão.

— Ele está fazendo arroz com frango — informa Judy.

Era o prato favorito de José. Stephen só faz quando quer invocar o espírito dele, para que esteja aqui com a gente.

— Ele merece estar aqui esta noite — explica Stephen. — José adoraria este momento. E não se preocupe, Art, querido. Fiz arroz com tofu para você.

Stephen tira o avental e enxuga o rosto. E aí que percebo que ele está pingando. Ele está sempre suando, mas hoje parece bem mais intenso. Tento me convencer de que é porque estava cozinhando. Todo mundo sua quando está na cozinha. O fogão e o forno são quentes. Normal. Reza também estava suando, e isso não significa que ele está morrendo. Tento parar de me preocupar com Stephen. Ele odeia quando a gente se preocupa.

— Antes que o nosso convidado de honra chegue, conta tudo que eu preciso saber — pede Stephen, sentando perto de mim e se aproximando como se quisesse fofocar.

— Ah, é só um cara — desconversa Judy.

Stephen levanta o dedo para que ela fique em silêncio.

— Ela está muito envergonhada para me contar, Art. Conta você.

— Hum, ele é do Irã — começo.

— Isso eu já sei.

— Ele é legal — digo.

Stephen olha para mim, decepcionado. Judy também me encara, como se soubesse que alguma coisa aconteceu. Porque ela sabe que, normalmente, eu teria muito mais a dizer do que apenas isso.

— Tudo bem, vocês dois não estão soltando nada de interessante — declara Stephen.

— Ele é legal — continuo. — E eu acho... Eu acho que ele não é como os garotos americanos, sabe? Tipo, ele gosta da Madonna. Quando fui buscar minha mochila na casa dele, vi que ele tem pôsteres dela no quarto.

— Interessante — comenta Stephen. — Ela é o caso raro de um ícone que consegue conquistar homens hétero e gays. Obviamente os héteros querem trepar com ela e os gays querem ser ela.

— Ótimo — diz Judy. — Sinal de que gosta de gostosas. Acho que tenho chances, hein?

— Ele também gosta de garotas autênticas e estilosas — responde Stephen. — *And like a virgin...*

— Ai, tio Stephen, será que a gente pode falar sobre outra coisa? — pede Judy. — Eu já estou nervosa o suficiente.

Stephen sorri.

— Não, não podemos falar sobre outra coisa — retruca ele, que se levanta e vai até Judy e segura suas mãos. — O primeiro encontro da minha garotinha. Esse é o primeiro, certo?

— Sim — confirma ela com orgulho. — É claro que é. Eu teria contado. Nós não temos segredos.

— Fale por você — rebate Stephen. — Eu tenho um segredinho ou outro, mas nada que vocês precisem saber por enquanto, crianças.

Penso nos segredos de Stephen. Penso naquele que ele nunca me contou... quem passou o vírus para ele. José? Ou outra pessoa? Foi Stephen ou José que pegou primeiro? E será que o Stephen liga pra isso? Será que realmente importa saber quem passou pra quem?

— Bem, eu não tenho segredos — diz Judy.

Eu tenho. E tenho culpa. Vergonha. Certa vez, Stephen disse que a aids o ajudou a se livrar do último restinho de vergonha que ele ainda tinha dentro de si.

— Eu tenho vergonha da minha vergonha — reflete ele.

Queria poder me sentir assim agora, mas não consigo. Minha vergonha ainda é muito recente.

— Cadê ele, hein? — pergunta Judy.

Boa pergunta, cadê ele? Reza já deveria ter entrado. Eu disse para ele esperar só alguns minutos, mas já passou muito tempo. Será que ele voltou para casa? Será que cansou da gente? Será que eu arruinei as chances que minha melhor amiga tinha com ele?

— Ele já deve estar chegando — supõe Stephen. — Pensei em assistirmos a *A vida é um teatro*. Não vemos esse há séculos, acho que seria uma escolha segura para o novo amigo de vocês.

A vida é um teatro. Stephen ama esse filme porque ele tem não apenas uma, nem duas, mas três das suas atrizes favoritas: Judy Garland, Lana Turner e Hedy Lamarr. Judy ama porque os figurinos são impecáveis. Vestidos e capas e diamantes e coroas feitas de estrelas. Eu amo porque é um filme sobre irmandade, com três mulheres totalmente diferentes que continuam juntas em solidariedade. Na primeira vez que assisti, era isso que eu acreditava que nós éramos, eu, Judy e Stephen: irmãs solidárias. Um time.

— Pode ser — diz Judy, parecendo bem mais preocupada agora.

Cadê ele?

Penso em Lana Turner, em quando Stephen disse que mesmo que ela e Ava Gardner tenham namorado e se casado sempre com os mesmos homens, as duas eram muito amigas. Judy e eu poderíamos ser como elas. Talvez nós dois possamos ficar com o Reza e continuar sendo grandes amigos. Se deu certo para elas, por que não daria pra gente? Mas aí eu me lembro que Reza não quer nada comigo. E que Lana e Ava eram mulheres deslumbrantes, então é claro que as duas eram desejadas, é claro que continuaram sendo amigas porque, se perdessem um homem, conseguiriam outro em um estalar de dedos.

Então, finalmente, o interfone toca. Reza.

O minuto que leva para o elevador subir parece interminável.

Quando ele toca a campainha, Stephen pede para Judy abrir a porta.

— Ele é seu convidado — alega Stephen, enxugando mais suor do rosto.

Ele já saiu da cozinha faz um tempo, e o ar-condicionado está congelante, mas o suor continua pingando. Estou começando a ficar preocupado, e Judy também.

— Você está bem, tio Stephen?

— Claro que estou, bobinha — responde ele. — Não gaste sua juventude se preocupando com as minhas ondas de calor. Toda garota passa pela menopausa na minha idade.

Judy abre a porta, e Reza está parado no corredor. Segurando a garrafa de cidra em uma mão e um buquê de rosas amarelas na outra. Ele deve ter voltado ao mercado para comprar.

— Essas são pra você — declara ele para Judy, entregando as flores.

De onde estou não consigo ver o rosto de Judy, mas dá para sentir que ela está radiante. Sinto meu corpo tremer, mas não consigo entender qual emoção está me deixando assim. Raiva, talvez. Ciúme. Mágoa. Uma combinação das três.

— Uau — diz Judy. — Que fofo. Muito obrigada. Uau. Como você... você sabia que rosas amarelas são minhas favoritas?

— Ah, o Art me contou.

Judy olha para mim e sorri.

— Uau — repete ela. — Uau.

Eu não me mexo. Não reajo.

Stephen se aproxima da porta.

— Oi, Reza. Eu sou a titia da Judy, mas pode me chamar de tio Stephen.

Judy parece um pouco envergonhada, mas Reza mal reage a piada. Ele aperta a mão de Stephen, que seca mais suor do rosto logo em seguida. Reza sorri educadamente, mas dá pra ver que está com medo. Ainda não entrou no apartamento.

— E isso é pra você — diz Reza, entregando a cidra para Stephen.

— Minha favorita também — declara Stephen, uma mentira descarada. Então, continuando a piada: — Art também contou a você que cidra não alcoólica é a minha favorita?

— Não — responde Reza.

Ele não entendeu a piada. O senso de humor do Stephen não é para ele.

— Ele só está brincando com você — explica Judy. — Ele é assim mesmo.

— Eu não quero parecer grosseiro, mas queria falar uma coisa — diz Reza.

Fico paralisado. O que ele vai dizer? Sinto uma gota de suor escorrer pela sobrancelha e a enxugo. Por que está todo mundo suando hoje? O que ele vai dizer?

— Eu estava pensando, e acho que seria legal passar um tempo a sós com a Judy. Recebi minha mesada, acho que a gente poderia sair se seu tio permitir.

Respiro aliviado. Pelo menos ele não contou meu segredo. Pelo menos ele não me expôs.

Judy olha para Stephen. Ela parece diferente, parece uma mulher.

— O tio dela acha que está tudo bem — diz Stephen, com um sorriso orgulhoso.

Não está nada bem. Vai ser o primeiro filme de domingo que vamos adiar desde que começamos. A gente não adiou o filme de domingo na semana depois da morte de José, nem quando a Judy estava gripada. O filme de domingo é sagrado. É nossa igreja. E não funciona sem nós três. Sem as três irmãs solidárias.

— Hum, bem, vejo vocês mais tarde então — fala Judy.

— Vou colocar suas lindas flores na água — anuncia Stephen. — Não queremos que elas morram.

A última palavra parece pairar no ar. Antes de entregar o buquê para Stephen, Judy pega uma única rosa e prende no cabelo.

— Só porque combina com o meu vestido — explica.

Stephen diz para eles se divertirem e entra na cozinha com o buquê.

— Tchau, Art — diz Reza, acenando para mim.

Tchau. Simples assim. Como um ponto final. Como uma despedida. Me levanto para me despedir. Observo os dois andando até o elevador. Ao entrarem, Reza pousa o braço nas costas de Judy, protetor como um namorado seria.

Fico parado sozinho enquanto a porta se fecha, sentindo o estômago doer. Quando Stephen volta, vejo que ele colocou as flores em um vaso de cerâmica cor-de-rosa. São perfeitas, queria que fossem minhas. Estou morrendo de inveja e me odeio por isso.

— Que garoto bonzinho — comenta Stephen. — Quem me dera se meu primeiro namorado tivesse sido legal assim.

Quero dizer que eles não são namorados, mas em vez disso digo:

— Estou feliz por ela.

Dá pra perceber que estou mentindo?

Stephen vai até a cozinha e volta com um saco de jujubas.

— Preciso colocar mais duas hoje. Foi um dia ruim. — Ele pega uma jujuba vermelha. — Pete, um dançarino tão lindo... — Ele deposita a jujuba dentro da jarra. Então pega outra azul-turquesa e sussurra: — Miss Mia Madre.

Engulo em seco. Eu lembro da Miss Mia Madre, uma *drag queen* que ele amava. Ela sempre estava nos encontros da ACT UP, desmontada na maioria das vezes.

— Mas ela parecia tão saudável — lamento. — Nem tinha perdido peso.

— Ela estava saudável... e de repente não estava mais. A aids é um pouco como a meteorologia. Dá para prever o clima de amanhã com algum grau de certeza, mas tudo depois disso é só palpite.

Isso me enche de pânico. Eu preciso do Stephen aqui por muito mais tempo do que só amanhã. Mas não toco no assunto.

— Eu acho... Acho que tirei algumas fotos dela.

— Eu adoraria vê-las — diz Stephen. — Seu nome de batismo era Pedro Martinez, sabia? Nasceu em Nova Jersey, dá pra acreditar? Um nome tão comum para uma alma tão extraordinária. — Ele coloca a jujuba dentro do jarro. — Já são mais de cem. — Stephen suspira e se joga no sofá. — É até bom que aqueles dois tenham saído hoje. Estou me sentindo pior do que o normal. Não estou mais conseguindo controlar a febre, e minhas amígdalas parecem duas bolas de golfe. Acho que hoje eu não conseguiria ser um bom anfitrião.

Sento ao seu lado em silêncio. Ele endireita a postura e segura minha mão. E dele está tão suada que escorrega um pouco.

— Ei — diz ele. — Deixa eu te contar uma história.

Faço que sim com a cabeça. Amo as histórias dele.

— Eu e minha irmã éramos melhores amigos. A gente fazia tudo juntos. Éramos comparsas. Conversávamos pelo menos uma vez por dia para contar cada detalhe das nossas vidas. Isso soa familiar?

Percebo ele tentando fazer contato visual, mas desvio o olhar.

— Mas aí, antes de eu conhecer o José, ela conheceu o Ryan e tudo mudou. Parou de me ligar todos os dias. Às vezes simplesmente esquecia. Daí passavam dois dias, três. Até que chegou ao ponto em que nos falávamos uma vez por semana. E, quando ela ligava, não me contava mais todos os detalhes do que acontecia. Eu até pressionava, mas ela não se sentia confortável. Não queria revelar a vida íntima deles, porque a intimidade que tinham havia superado a nossa.

— Essa é uma história bem triste — comento.

Ele acha que estou pra baixo porque estou perdendo a Judy, o que é um pouco verdade, mas só um pouco. A outra parte da história não vou contar para ninguém, nem para o Stephen.

— Você não ouviu o final ainda. Eu, é claro, a bicha carente que sou, fiquei muito chateado. Não atendia suas ligações semanais. Escondia informações da minha vida, só para dar o troco. A gente ainda se falava, mas não era a mesma coisa.

— E esse é o final feliz?

— Um dia, conheci o José e me apaixonei. Então entendi o que tinha acontecido. Porque o que acontecia entre nós dois, os momentos íntimos, o amor e o sexo e as brigas e as discussões, tudo fazia parte do nosso mundo secreto. E contar aquilo para qualquer outra pessoa, até mesmo minha irmã, seria trair a confiança dele.

— É esse o final? — pergunto.

— Acho que sim. A moral é que a dinâmica de uma amizade muda quando uma das partes se apaixona. Mas a mudança não significa o fim.

Eu poderia perguntar para Stephen se ele achou que o Reza parece gay. Poderia contar para ele sobre o clima que estava rolando entre nós. Poderia dizer que acho que estou apaixonado por ele também. Mas a nossa história nunca será uma história de amor. O que é o amor, afinal? Não tenho tempo para o amor, estou irritado demais para isso.

— Então, quando é o próximo protesto? — pergunto, desesperado para focar em outro assunto. — Eu quero participar.

— Art, você não pode participar de todos.

Respondo com um olhar frio.

— Estamos começando a planejar alguma coisa contra a igreja. Em dezembro. Achamos que, quanto mais perto do Natal, melhor. Mostrar como o espírito natalino deles está em falta.

— Tô dentro — digo, decidido. — Posso atear fogo onde?

Stephen ri. Então pega seu avental para enxugar o suor mais uma vez. Ele está encharcado.

— Nem me fale sobre fogo agora. Parece que minha cabeça está dentro de um forno.

— Como posso ajudar?

— Preste atenção nas aulas de ciências e encontre a cura para a aids.

Sinto vontade de chorar.

— Sou ruim demais em ciências — reclamo.

Lembro de quando estudei biologia com Saadi, e Reza estava no quarto ao lado.

— Eu posso ficar aqui e assistir a um filme com você. Fazer companhia.

Mas quem precisa de companhia sou eu.

— Parece uma boa ideia — responde ele.

Como planejado, vemos *A vida é um teatro*. Eu como arroz com tofu. Não está muito bom, mas a comida do Stephen nunca é boa. Eu não ligo. Me lembro dos dias em que ele ainda era forte, José estava vivo e Judy não era uma melhor amiga tão complicada. Stephen nem encosta no prato, só bebe lentamente seu Gatorade de laranja em uma taça de vinho. Ele não tem muito apetite, e, quanto mais come, pior é a diarreia depois. E como tem um quadro da Judy Garland pendurado na parede sobre o vaso sanitário, ele tenta evitar a diarreia em respeito a ela.

Desta vez, o filme não me agrada tanto. Me dou conta de que Judy, Lana e Hedy acabam seguindo caminhos diferentes. Como uma caixa de leite, a irmandade delas tem data de validade.

JUDY

O ar está quente e abafado. Amo essas noites do finalzinho do verão, quando quase dá para sentir o outono chegando. A rosa amarela está firme no meu cabelo. Eu nunca ganhei flores de ninguém, ainda mais rosas amarelas. Quando decidi que eram minhas flores favoritas, nunca imaginei que algum dia ganharia uma.

— Eu não conheço muito bem esse bairro — avisa Reza quando saímos noite adentro.

— Eu conheço.

— Pra ser sincero, eu mal conheço a cidade.

Sorrio.

— Não me importo de ser sua guia turística.

— Legal. Seria ótimo.

Caramba, Judy. Dá para acreditar que você encontrou um garoto que gosta quando você dá as ordens?

Levo Reza para a Saint Mark's Place. Amo esse lugar. Aqui, lojas de rock, de gibis e de perucas coexistem. É onde hippies, *drag queens* e músicos se encontram. É de onde eu tiro basicamente todas as minhas ideias. Enquanto andamos, sinto uma pontada de preocupação. Tio Stephen parecia tão mal hoje... Suando sem parar. Ele já teve gripe e febre antes, mas a de hoje parece pior. Talvez eu não devesse ter saído. Sinto esse medo constante de que todo encontro nosso tenha sido o último e que não vou conseguir dizer todas as coisas que preciso. Que não vou conseguir dizer adeus.

— Os bairros são tão diferentes entre si — comenta Reza. — Isso aqui não tem nada a ver com o Upper East Side.

— Hum, definitivamente não.

Chegamos à entrada da rua Saint Mark's.

— É aqui que eu quero morar quando crescer. Bem no comecinho da Saint Mark's Place — conto. — Quero um apartamento pequeno com vista para a rua e, na janela, vou colocar alguns manequins com as minhas criações. Vou trocar as roupas todo mês e criar vitrines de acordo com as estações. Não vai ser uma loja nem nada do tipo, vai ser a minha casa mesmo, mas vai divertir as pessoas que passarem na rua.

— Você e Art têm tanta sorte — comenta ele com a voz triste.

Art. Aconteceu alguma coisa com ele. A história toda da mochila foi superesquisita. E ele me chamou de Frances, o que só faz quando se sente culpado. Talvez eu esteja pensando demais. Ou talvez ele só estivesse preocupado com Stephen, assim como eu.

Pare de pensar no Art e no Stephen, Judy. Aproveite o momento. É isso que o tio Stephen gostaria que você fizesse.

— Vocês dois sabem quem são e o que querem ser.

— O que você quer ser? — pergunto.

Reza dá de ombros.

— Não faço ideia. Acho que eu só quero... ir pra faculdade e ganhar mais tempo pra decidir. Eu gosto da escola. Bem, eu gosto das aulas pelo menos.

De repente, uma ficha cai. Talvez eu e Art saibamos o que a gente quer porque fomos parcialmente criados pelo Stephen, e isso nos ensinou que o tempo voa e que pode se esgotar num piscar de olhos.

— Se estiver com fome, meu lugar favorito aqui é o Yaffa. Eles têm um molho tahine delicioso, e a garçonete é muito fodona.

Ele gira o pescoço, observando a rua pela primeira vez. O couro. Os piercings. O estúdio de tatuagem no final da rua. Avistamos um cachorro vestindo uma roupa de vinil cor-de-rosa. Um homem de espartilho. Um hippie fumando um baseado. A Manic Panic, minha loja favorita da rua inteira. Dizem que está prestes a fechar de vez, o que me deixa totalmente deprimida. Eu queria que o tempo congelasse na Saint Mark, que ela nunca mudasse.

— Essa é minha loja favorita — digo. — Eles vendem umas tintas de cabelo com cores malucas e outros acessórios punk. As donas da loja são incríveis, elas já foram *backing vocals* da Blondie. — Reza me olha confuso — Blondie. Uma das melhores bandas de todos os tempo, comandada pela deusa Debbie Harry, que consegue vestir literalmente qualquer coisa e ficar linda.

Estou falando demais. Que tipo de cara quer saber sobre tinta de cabelo e a carreira de *backing vocal* da Tish e da Snooki? Por que ele se importaria?

— O restaurante parece uma boa ideia. Podemos comer? — sugere ele.

Entramos e pegamos uma mesa. A garçonete usa sapatos de plataforma de vinil preto, uma saia preta curta e uma camiseta *cropped*. Já fui atendida por ela antes. Eu e Art amamos como ela se veste.

— Que coisa mais fofa — diz, nos entregando os cardápios. — A flor no seu cabelo está combinando com o vestido. Amei.

Amo que ela percebeu. Estou tão amarela que me sinto um raio de sol.

Diga algo charmoso, Judy. Sobre o que as pessoas conversam em primeiros encontros? Sobre o quanto gostam um do outro?

Ficamos um tempão em silêncio. Encaramos os cardápios. Mal olhamos um para o outro.

— Judy, posso te perguntar uma coisa? — fala Reza, finalmente.
— Claro.

Acho que ele vai dizer algo profundo, mas em vez disso...
— O que você me recomenda?

Dou uma risada.

— Eu sou obcecada pelo molho tahine, mas isso você pode pedir como acompanhamento para qualquer prato que quiser. Tipo, se pedir hambúrguer e fritas, molho para a batata. Se pedir salada, molho extra para a salada. Sério, se pedir panquecas, encharca elas de molho que vai ficar perfeito.

— Tudo bem. Acho que a gente pode pedir uma sopa de molho tahine, então.

Rio alto demais. Nem foi tão engraçado assim, mas eu amo a ideia de nós dois tomando molho tahine como se fosse sopa.

— Seu sorriso é bonito — elogia ele.

— Obrigada.

Reza é tão gentil, tão vulnerável, tão diferente de todos os garotos que já conheci que, sem pensar direito, digo a primeira coisa que me vem à cabeça.

— Aliás, obrigada por não ser o típico garoto cuzão.

Que burrice, Judy. Quem quer escutar a palavra cuzão *em um encontro?*

A garçonete volta, e nós pedimos salada.

— Sabia que, antes das aulas começarem, eu arranquei meu aparelho dos dentes sozinho? Antes disso eu nunca sorria.

Dou uma risada inesperada.

— Meu Deus do céu. Sangrou muito?

— Ah, sangrou — confirma Reza, que também está rindo. Meio que entramos em sintonia. — Sangrou demais. E minha mãe ficou morrendo de medo do marido dela descobrir que ela tem um filho maluco, então encontrou um dentista na lista telefônica.

— Mentira!

— É sério — diz ele, dando uma risada linda. — Mas eu consegui convencer o dentista e ela a tirar o aparelho. Agora só preciso usar um aparelho móvel pra dormir.

— Ah, que fofo.

— Eu nunca contei isso pra ninguém. Nem meu meio-irmão e meu padrasto sabem.

— Seus segredos dentários estão a salvo comigo — tranquilizo-o, e me inclino em sua direção discretamente — A propósito, eu gostaria de você mesmo se ainda usasse aparelho.

Ele sorri novamente. Nossas saladas chegam.

— Você é muito gentil — diz ele.

— Não sou mesmo. Posso ser muitas coisas, mas gentil não é uma delas. Às vezes, sou uma pessoa horrível e amargurada. Estou sempre julgando todo mundo, menos o Art e o tio Stephen. Odeio pessoas.

— Você não odeia pessoas. Você ama o Art e o seu tio. E acabou de dizer que ama aquelas moças que fazem *backing vocal*.

— Elas não são pessoas — explico. — São lendas do centro da cidade. Eu amo as lendas do centro da cidade. Mas odeio todo mundo da escola, menos você e o Art.

— Não é culpa sua. A maioria das pessoas da escola não são muito legais.

— Eu sei — digo, empática, lembrando das coisas horríveis que já foram ditas para ele nos corredores. — E geralmente é o Darryl Lorde quem comanda tudo.

Reza assente.

— Judy, eu sinto muito pelo seu tio — diz ele, depois de um tempo em silêncio.

Fico um pouquinho tensa. Minha salada até então estava intocada, mas começo a comê-la compulsivamente.

— Obrigada — agradeço com a boca cheia.

— Eu não sei se Art te contou, mas o meu pai morreu. — A salada de Reza continua ali, murchando enquanto ele fala. — Foi estranho porque eu não o via já fazia anos. Quando descobri que ele tinha morrido, não senti nada. Só continuei com o meu dia como se nada tivesse acontecido. Minha irmã ficou com ódio, gritando, atirando as coisas para longe. Eu achava que tinha alguma coisa errada comigo. Mas depois senti falta dele. Tipo, um ano depois. E de alguma forma, sei lá, acho que ainda não consegui aceitar. — Reza faz uma pausa. Eu não digo nada. Então ele continua: — Isso é o máximo que eu já falei sobre ele para outra pessoa. Eu... Você me faz sentir como se eu pudesse te contar qualquer coisa.

Tio Stephen uma vez me disse que ninguém consegue *fazer o outro sentir* seja lá o que for. Se a pessoa sente, isso vem dela.

— Meu Deus, eu sinto muito — respondo. — Como ele...

— Ele bebia demais... O fígado...

Me sinto tomada por uma gratidão repentina pelo meu pai sem graça, com seu emprego de contador e o copo uísque que bebe uma vez por semana.

— Eu só queria que você soubesse — diz ele. — Que eu entendo como é a sensação de perder alguém importante.

Assinto. Como ele consegue ser tão fofo e sensível? Quem é tão perfeito assim?

— Stephen já perdeu tantos amigos. E depois nós perdemos o José. Foi muito difícil, mas acho que não vou conseguir lidar quando chegar a hora dele. Eu só... finjo que nunca vai acontecer, sabe? Finjo que ele é invencível.

Sinto um embrulho no estômago. Penso no rosto dele pingando de suor minutos antes. Preciso mudar de assunto antes que eu comece a chorar.

— O que mais o Art contou sobre mim? — pergunto.

— Ah, ele me contou sobre as rosas amarelas. E que você gosta de sorvete.

— E você lembrou! Quer dizer, você pensou em tudo mesmo.

— Estou sempre pensando — responde Reza, com um tom que me faz acreditar que ele está falando sobre outra coisa, algo que não tem nada a ver comigo, ou com salada, ou com sorvete.

— E do que *você* gosta?

— Nem sei. Eu só... Isso é o que mais me assusta em você e no Art. Vocês me lembram de que não tenho a menor ideia de quem eu sou.

— Você gosta da Madonna — aponto.

Ele confirma.

— Música favorita? — pergunto.

— *Oh, Father* — responde Reza de imediato, sem nem parar pra pensar.

— A minha é *Borderline* — digo. — Sei que é mais antiga, mas ela me pega de jeito. Tipo, é uma música sobre tantas coisas. Existem limites em todos os lugares: entre duas pessoas que se amam, entre héteros e gays, entre países. Inclusive, eu não sou tapada como essas pessoas que acreditam no estereótipo de que gostar da Madonna é coisa de gay. Ela é uma equalizadora. Sem falar que homens de outros países são muito diferentes. Art foi para a Itália e para a França com os pais, e disse que *todos* os homens lá parecem gays. Eu nunca saí do país, mas quando for estilista, quero conhecer *todos os lugares*. Talvez até me mude para Paris quando a Saint Mark's Place estiver insuportável de tão gentrificada. Quero morar em um lugar onde todos os homens pareçam gays. Um mundo cheio de homens que agem como gays, mas gostam de mulheres, e com croissants deliciosos por toda a parte.

Cala a boca, Judy. Você parece uma maluca. Evite assuntos relacionados a culinária e homossexualidade imediatamente.

— Não que você pareça gay, deixando claro — emendo rapidamente. — É só a coisa da Madonna.

— Eu gosto muito do que ela tem a dizer — responde ele, hesitante.

— Seu pai morreu, você foi criado por uma mulher forte, e me parece que sua irmã é bem intensa, então já temos duas mulheres fortes na sua casa. É óbvio que você ia gostar de outra mulher forte como... a Madonna — hesito, e quase digo *outra mulher forte como eu*, mas seria pretensioso demais.

Mude de assunto, Judy.

— Achei bem legal o Art contar pra você sobre as coisas que eu gosto. Ele é um ótimo amigo.

— Sim, ele é — confirma Reza. — Um ótimo amigo para você.

O jeito como ele diz *para você* soa como uma alfinetada. Talvez alguma coisa tenha acontecido entre os dois. Talvez não gostem um do outro, mas isso não pode me abalar. Não vou desistir de um cara como Reza só porque ele e o Art não se dão bem.

Passamos uma hora conversando sobre a irmã dele, que parece ser muito determinada e engraçada. Ela costumava chegar em casa das baladas quando Reza estava acordando. Falamos sobre a mãe dele também, que parece ser feita de aço de tão forte. Fica muito claro o quanto ele a ama e quer fazê-la feliz. Conto sobre os meus pais, sobre como são comuns e sobre como sacrificaram suas vidas para me proporcionar coisas que eu nem mesmo queria. Falo sobre como a moda é importante para mim. E também sobre tio Stephen e como sem ele eu não seria quem sou. Eu seria alguém chamado Ernestine Carol ou Carol Ernestine.

É ele quem pede a conta. E quando a garçonete traz, insiste em pagar.

— Um verdadeiro cavalheiro — comenta ela, não para Reza, mas para mim, como se dissesse como são um tipo raro de achar.

Ah, eu sei bem, garçonete fabulosa.

Depois que Reza paga a conta, ele se retira para ir ao banheiro e a garçonete se aproxima.

— Você está reluzente — repara ela. — Você não brilha assim quando vem aqui com seu outro amigo.

— Sério? — pergunto. — Acho que é porque o meu outro amigo é gay.

— E você está maravilhosa hoje — elogia ela. — Amei seu vestido. Como eu amo o centro da cidade. Pertenço a este lugar.

— Acha que ele gosta de mim? — pergunto discretamente.

— Sem dúvidas — responde ela. — Linguagem corporal, meu bem. Ele estava se inclinando em sua direção. As mãos dele estavam do seu lado da mesa quase o tempo inteiro. Os pés também.

— Sério? Eu nem percebi.

Claro que percebeu, Judy. Por que está mentindo?

Ela pega o dinheiro que Reza deixou e vai para os fundos do restaurante. Quando ele retorna, nós vamos embora. As palavras da garçonete ficam passeando pela minha cabeça. Enquanto caminhamos, tento observar sua "linguagem corporal". Ele está perto de mim, mas não o bastante pra gente se encostar. As mãos estão nos bolsos, nem um pouco perto das minhas. Mas então, por um momento, o pé dele esbarra no meu.

— Desculpa — diz.

Talvez tenha sido de propósito. Talvez estivesse querendo mostrar o desejo de me tocar com este chute acidental.

— Acho que a gente deveria tomar sorvete — propõe ele. — Já que você ama. E eu também.

Sorrio, muito empolgada, como se tivéssemos uma coisa totalmente inesperada em comum, como se 99% do mundo também não amasse sorvete.

Ele escolhe chocolate e coco. Eu escolho menta com chocolate e baunilha. Enquanto tomamos o sorvete, passamos por um vendedor de rua oferecendo joias, óculos escuros e chapéus. Paramos para dar uma olhadinha. Coloco uma boina nele, e ele ri.

— Eu fico parecendo um idiota.

— Não, você fica lindo — digo. — Como um filósofo existencialista.

Ele devolve a boina para a pilha, sem parecer convencido.

— Ei, posso fazer uma transformação em você? — peço.

— Me transformar no quê?

— Você sabe, tipo, posso fazer umas roupas. Se eu fizesse, você usaria? Prometo que seriam muito descoladas, cortadas sob medida.

Ele olha para mim, surpreso.

— Eu adoraria. Muito mesmo — concorda ele.

Meu olhar recai em alguns broches à venda. São peixinhos com olhos perolados nos encarando através do plástico.

— São, hum, peixes de verdade? — pergunto.

— Mas é claro — responde o vendedor. — Esses broches são especiais. Peixes representam vida.

— Sério? — pergunto.

— Leia a Bíblia! — rebate o homem.

— Vamos levar dois — diz Reza.

Ele paga pelos broches e coloca um em si e o outro em mim. Enquanto pendura o meu, sua mão toca no meu peito. *Linguagem corporal*. Me sinto como uma daquelas garotas bonitas nos filmes dos anos 1950, ganhando um broche do menino com a jaqueta do time de futebol. Só que nossos broches são feitos de peixe morto, a jaqueta do time de futebol dele é uma camiseta da Madonna, e o meu uniforme de líder de torcida é um vestido amarelo girassol. Dou a última colherada no sorvete.

E quando olho para a Manic Panic do outro lado da rua, eu vejo... ela.

Debbie Harry.

Vestida de vermelho da cabeça aos pés. Calças legging vermelhas, um vestido vermelho bem justo, com um decote profundo nas costas. Botas vermelhas de salto alto. O cabelo louro é quase branco e tem uma mecha vermelha, como se ela fosse uma versão punk da Jean Harlow. Ela usa uma cruz pesada em um colar no pescoço e um segundo colar com várias letras "X" grandes, prateadas e penduradas de cima a baixo. Seus lábios também são vermelho-rubi.

— Puta merda, Reza, é a DEBBIE HARRY — digo.

Não, eu não digo. Eu grito. E o meu grito chama a atenção de todo mundo no quarteirão. Sei que Debbie me escuta também, porque ela acena para mim e depois entra em um carro preto.

É um sinal. Só pode ser um sinal. Como isso pôde acontecer? Um cara traz as suas flores favoritas na mesma noite em que você vê a Debbie Harry na Saint Mark's Place?

— A tal *backing vocal* sobre a qual você comentou? — pergunta ele.

— Não! — respondo. — Ela é a VOCALISTA. Uma das artistas mais fabulosas do mundo inteiro. E nós simplesmente... encontramos... ela.

Art vai odiar ter perdido esse momento. Ele vai fingir que está feliz por mim, mas na verdade vai ficar roxo de inveja enquanto eu descrevo a perfeição rubra daquela mulher.

Não pense em Art, Judy. Esse momento é seu.

— Gosto de te ver feliz assim — diz Reza.

Meu corpo está aceso, como se uma nova vida começasse, como se Debbie tivesse transferido um pouco da energia dela para mim. Então eu me inclino e beijo Reza.

Êxtase. É isso que eu sinto.

Me afasto.

— Acho que eu deveria ter deixado você dar o primeiro passo — digo. — Se você quisesse.

Ele está vermelho, e seu olhar parece perdido, ansioso.

— A não ser que você não quisesse...? Se for esse o caso, me desculpa. De repente me sinto a maior idiota do mundo.

— Não peça desculpas — reage ele, finalmente. — Estou muito feliz por você ter me beijado. Você não faz ideia de como fez eu me sentir bem.

Agora é *ele* quem *me* puxa, pela cintura. Ele não faz ideia de como eu também me sinto bem. Em êxtase.

DEZEMBRO DE 1989

"Seja sempre uma versão de primeira classe de você mesmo em vez de uma versão de segunda classe de outra pessoa."
— Judy Garland

REZA

A casa de Judy é tudo que a minha não é, ou seja, se parece com um lar. Não tem nenhum lustre. Nada de ouro, cristais e quadros antigos. Não me sinto em um museu, e nada neste lugar me diz que posso olhar, mas não posso encostar. As flores rosas e amarelas estampadas no sofá já desbotaram para o cinza. O papel de parede na sala de estar já começou a descascar nas beiradas, mostrando o concreto e os restos de cola ressecada que se escondiam por baixo. As canecas não combinam entre si e foram claramente colecionadas ao longo dos anos vividos em família, lembrancinhas de universidades, pontos turísticos, empresas e shows. A caneca que a sra. Bowman me oferece tem "Melhor pai do ano" escrito e está lascada. Cada gole precisa ser tomado com cuidado para não me cortar, mas gosto de saber que eles mantiveram essa caneca no armário, mesmo quebrada. Gosto de saber que o pai desta casa já foi o melhor pai do ano.

— Está gostoso? — pergunta a sra. Bowman.

— Com certeza — respondo, soprando o chá, ainda fumegante.

— Sei que vocês, persas, são os mestres do chá — diz ela, e seu sorriso brincalhão me faz esquecer a possibilidade de ficar ofendido com o jeito com que diz *vocês, persas*.

— Mãe, será que dá pra você ser um pouquinho mais cuidadosa com as palavras? Como você se sentiria se ele dissesse "Eu sei que vocês, norte-americanos, são os mestres do..." — Judy faz uma pausa para respirar. — Meu Deus, a gente não é mestre em nada. Que deprimente.

— Nós inventamos os musicais — corrige a sra. Bowman, abrindo um sorriso.

— Sim, que não passam de uma versão bastarda das óperas — retruca Judy. — A gente só sabe invadir outras culturas, roubar seus tesouros e ficar com os créditos. Nós não temos uma cultura própria.

A mãe de Judy respira fundo, do mesmo jeito que a filha acabou de fazer. As manias de ambas são extremamente parecidas por trás das aparências totalmente diferentes. A sra. Bowman se vira para mim.

— Peço desculpas se te ofendi, Reza. Juro que não foi por mal.

— Ah, eu não fiquei ofendido.

— Mas eu fiquei por você — declara Judy, colocando o braço em volta da minha cintura.

Ela gosta de fazer isso, encostar no meu corpo. Às vezes na cintura ou no ombro, às vezes na perna, nos dedos e no cabelo. Isso me faz sentir seguro por um momento, até que me lembro de tudo que não posso oferecer para ela, de tudo que estou fingindo ser, e de tudo que senti quando Art encostou a mão na minha. Mas isso já parece ter acontecido há muito tempo.

Bebo um gole do chá. Tem gosto de chá industrializado, apesar de não ser. Não tem a riqueza de sabores do chá que a minha mãe faz.

— Está delicioso — elogio, e para aliviar o clima, continuo: — Aprovado pelo mestre do chá.

Eu sou muito mentiroso. Tudo que digo é mentira.

— Viu só? — diz a sra. Bowman, olhando para a filha. — Ele gostou do meu chá. Talvez você possa aprender a ser mais gentil com o seu... namorado.

Uma onda de tensão toma conta da sala. Namorado. Namorada. Não usamos essas palavras ainda, pelo menos não entre nós. Consigo sentir Judy me analisando em busca de uma reação, mas eu apenas encaro o chão. A palavra só evidencia a fraude que sou.

— Sim — diz Judy, apertando minha mão. — *Vocês, persas,* são tão educados.

A sra. Bowman dá uma risada, mas eu não. Ela puxa Judy para mais perto.

— Escuta, eu vou passar a tarde inteira no clube do livro, então, se a gente não se encontrar, espero que dê tudo certo.

— Obrigada, mãe.

— E Reza — diz a sra. Bowman. — Quando minha filha estiver de acordo, eu adoraria conhecer seus pais e seu irmão também.

Sorrio e confirmo. Nós, persas, somos tão educados. Mas queria poder dizer que eles não são meus pais. Que tenho um padrasto e um meio-irmão agora. Que eles não são minha família, e que eu não sou a família deles. Assim como a Cinderela, eu sou um impostor dentro da minha própria casa e, também como ela, tudo que quero é um príncipe.

— Tudo bem, estamos liberados agora? — pergunta Judy.

— Vocês estão *sempre* liberados — responde a sra. Bowman, indo buscar um livro cheio de dobras nas páginas em cima do micro-ondas. — Este é um país livre.

O título do livro da sra. Bowman me chama a atenção. *Quando coisas RUINS acontecem com pessoas BOAS*. As palavras *ruins* e *boas* estão em letras maiúsculas. Coisas ruins aconteceram comigo, mas eu não sou uma pessoa boa. Sou um mentiroso e um ladrão. Será que coisas ruins aconteceram com a sra. Bowman? Lembro que o irmão dela está doente. Vai ver é por isso que ela está lendo esse livro.

Quando Judy me pega pela mão e me leva para o quarto, penso em como foi fácil conhecer os pais dela. Foi há algumas semanas, e não teve nenhuma cerimônia envolvida. Judy me convidou para um jantar casual em casa. A mãe dela fez macarrão e salada, e insistiu que eu a chamasse de Bonnie. O pai me fez perguntas sobre a revolução com interesse genuíno e insistiu que eu o chamasse de Ryan. Desde então, sou sempre bem-vindo na casa deles. Fácil. Nada na noite de hoje vai ser fácil assim. Diferente da família dela, a minha não vem de um país livre. Temos regras e expectativas. Fui eu quem sugeri que Judy fosse lá em casa para conhecer minha mãe e Abbas, mas minha mãe rejeitou a ideia, preocupada com a impressão que poderiam causar se não levassem Judy para jantar fora antes. Queria ter dito que causariam a impressão de serem pessoas tranquilas e normais, mas acabei deixando ela fazer como queria. Minha mãe reservou e cancelou mesas em três restaurantes até finalmente escolher um. Achou a primeira escolha muito formal; a segunda, muito perto do centro da cidade para o gosto do Abbas, que geralmente não vai além da rua 59; e a terceira, muito barulhenta. Certa noite, em nossa sala de jantar majestosa, ela me perguntou onde eu achava que Judy gostaria de ir. Talvez, minha mãe disse, devêssemos escolher um restaurante do qual gosta. Foi aí que Saadi fez a primeira do que eu sabia que seria uma série de piadas. Ele disse que Judy gostaria de qualquer restaurante que servisse comida, quanto mais, melhor. Um momento de silêncio seguido pela revelação de que Judy está acima do peso. Dava para perceber minha mãe processando a informação, aceitando que a primeira namorada do filho talvez não fosse a princesa persa que ela imaginava. Encarei Saadi e contei mais detalhes importantes sobre Judy para minha mãe e Abbas. Contei que ela desenha e costura roupas, que adora a Saint Mark's Place, Debbie Harry e arte vanguardista. E foi assim que Abbas decidiu que iríamos levá-la ao Mr. Chow, onde os ricos e os vanguardistas se encontravam, onde Andy Warhol gostava de ir para comer *dumplings* caríssimos quando estava vivo. Minha mãe questionou se a gente conseguiria uma reserva, e Abbas disse que sim. Os Abbas do mundo são assim. Eles podem preferir ficar acima da rua 59, mas, se quiserem ir para qualquer outro lugar, terão acesso. É isso que o dinheiro consegue comprar, acesso a qualquer canto do mundo que você queira explorar e depois a possibilidade de retornar para casa são e salvo.

— Espero que você goste — diz Judy. — Mas é claro que, se não gostar, não precisa usar.

Nós estamos no quarto dela e ela está sentada em frente à máquina de costura, com um pote de sorvete de *cookies and cream* ao lado.

— Tenho certeza de que vou gostar — respondo.

— Não precisa vir com a sua educação persa pra cima de mim, ok? Quero que se sinta à vontade para ser rude comigo. Para ser você mesmo.

— Mas eu não sou rude.

— Sim, eu sei — diz ela, balançando a cabeça. — É que às vezes eu acho que, lá no fundo, todo mundo é babaca, e as pessoas boazinhas só estão escondendo quem realmente são. Isso me torna uma pessoa horrível?

Dou de ombros e enfio uma colherada de sorvete na boca.

— Talvez eu seja apenas nova-iorquina. Pra ser sincera, a pessoa que decidiu que crianças poderiam ser criadas nessa cidade, essa sim é a pessoa horrível.

Se ela soubesse como é ser criado em Teerã...

— Mas, apesar de tudo, eu gosto daqui. Uma pessoa criada em Peoria nunca faria uma camisa fabulosa como esta pra você.

Pego outra colherada de sorvete e, desta vez, dou para Judy na boca. Ela aceita e continua a costurar.

— Essa é a vida dos sonhos — diz. — Quando eu for uma estilista famosa, quero sempre ter um homem lindo me dando sorvete enquanto eu trabalho. Um homem lindo com um carrinho de sorvete, mas que, em vez daquela musiquinha idiota, vai tocar "I Love Rocky Road" do Weird Al o tempo todo.

Olho o quarto à minha volta e vejo os pôsteres nas paredes. David Bowie usando calças que parecem ter sido infladas. Debbie Harry com um collant dourado. Páginas de revistas de moda coladas aleatoriamente nas paredes. Modelos que eu não sei quem são usando vestidos com fechos laterais, camisas masculinas grandes demais modeladas com cinto, vestidos com lantejoulas, roupas tão brilhantes que algumas parecem ter sido feitas para usar em outro planeta.

— Você está bem?

Judy olha para mim com um sorriso.

Desvio o olhar. Ela sempre me pergunta isso, e eu não gosto. Nós não fazemos esse tipo de pergunta na minha família. Sabemos que a resposta sempre será sim, mas a verdade sempre será não, então por que perguntar?

— Claro — respondo.

Será que ela me pergunta isso o tempo todo porque percebe que alguma coisa não está bem ou será que é só coisa de americano?

— Desculpa pela minha mãe. Espero que você não tenha ficado chateado.

— Nem um pouco — digo com sinceridade.

Tenho coisas muito maiores para me chatear do que alguém presumindo que eu entendo de chás, o que é verdade, de qualquer forma.

— Tudo bem. Ela não não tem muita consciência cultural, eu sei, mas é bem-intencionada, o que acho que já vale de alguma coisa.

— Eu gosto dela — afirmo. — E do seu pai também.

— Que bom — responde Judy.

Ela está com a cabeça baixa, concentrada no trabalho. Depois de alguns segundos, tira o tecido da máquina e mostra para mim.

— Tcha-ram!

Dava para ver partes da camisa enquanto ela trabalhava, mas eu não estava preparado para a explosão de cores: laranja-intenso, azul-real e dourado. As mangas são azuis, e a parte laranja dá a ilusão de que há um colete por cima da camisa. Nas costas há duas faixas largas, contornadas em dourado, e as linhas douradas têm estampas de pequenas plantas, cabras e flores. O nível de detalhes é tão complexo que eu me pego analisando a camisa como se fosse uma obra de arte.

— Uau! — exclamo.

— Esse "uau" significa que você gostou? Ou significa que achou exagerado demais e que nunca usaria uma coisa dessas e que acha que eu sou uma doida por fazer uma roupa assim pra você?

— Não, é só que... — procuro pelas palavras certas. — Isso pertence ao David Bowie, não a mim. Eu não mereço tudo isso.

— Pelo menos experimenta antes de dizer isso.

Ela me entrega a camisa. O tecido é mais macio do que eu imaginava. Parece luxuoso. Só quando seguro a peça é que percebo que as cores remetem às vestimentas da Pérsia antiga, e os pequenos desenhos nas listras douradas são como miniaturas. Me dou conta de quanto tempo e carinho Judy dedicou a uma única camisa para mim. Não é mais como se eu não merecesse a roupa. Eu não mereço Judy.

— É uma camisa... persa? — pergunto.

Ela sorri.

— Eu não queria que ficasse óbvio demais — responde ela. — Mas fui parar em um universo paralelo quando comecei a pesquisar sobre o estilo de vocês. Meu Deus, Reza, sem brincadeira, é uma coisa de outro mundo. Os mantos. Os xales. As cores vibrantes, os coletes e a quantidade de detalhes. Quer dizer, vocês são o epicentro de tudo que existe de mais bonito.

— Uau — repito.

— Queria que fosse uma surpresa — diz ela, batendo palmas. — Anda, vai, experimenta. Quero ver como fica em você.

Tiro o cardigã preto que estou usando. O broche de peixe que compramos juntos está preso nele. Temos usado nossos broches todos os dias desde que os compramos na Saint Mark's Place. Quando coloco o cardigã na cama de Judy, o olho do peixe parece me encarar, me julgar. Então tiro também minha camisa favorita. Quando a coloco na cama, os olhos de Madonna parecem me julgar também. Eu amo muito a Madonna, mas tenho certeza de que ela me odiaria. Vive dizendo que eu devo me expressar, mas aqui estou eu, me escondendo. Não gosto de ficar sem camisa. Me acho magro demais, e também odeio os pelos grossos no meu peito e a marca de nascença nas minhas costas. É a primeira vez que fico sem camisa na frente de Judy. Até quando ela tirou minhas medidas eu estava vestido. Percebo Judy olhando para mim, desviando o olhar, então me encarando novamente. Será que está pensando que eu fico melhor vestido? Penso em Art tirando a camisa na minha frente, penso em como ele é lindo.

Passo o braço pela manga esquerda da camisa e, então, pela direita. Quando vou abotoá-la, noto os botões dourados. Estava tão focado nas cores e na estampa que não percebi esse detalhe. Aí me olho no espelho. Pareço uma nova pessoa, uma pessoa segura de si, confiante o bastante para se destacar. A pessoa no espelho é quem eu gostaria de ser.

— Você parece um astro do rock — diz ela. — Gostou?

— Gostei. Muito mesmo.

Judy bate palmas novamente, a empolgação evidente. Ela fica de pé na minha frente e me pega pelas mãos. Suas mãos são macias, e as unhas estão brilhantes por causa do esmalte roxo.

— Acho que você é a minha inspiração — sussurra ela.

— Ah.

— Talvez você seja a Marlene Dietrich do meu Josef von Sternberg. Vou cercar você de beleza. Você será a musa das minhas criações.

— Talvez...

Ela chega mais perto, e entro em pânico. Sei que devo beijá-la. Já vi essa cena nos filmes. Ela é tudo que eu *queria* desejar, e odeio não desejá-la. Quero poderes mágicos para transformá-la no Art. É Art quem eu quero beijar, é o cheiro dele que quero sentir, e ver seu peito nu mais uma vez. Fecho os olhos e, gentilmente, encosto os lábios nos dela.

Ela se afasta de mim depois de alguns segundos.

— Estou animada para conhecer sua família.

— Eu também — digo. — Mas você já conhece o Saadi.

— Ele é mais legal em casa do que na escola? — pergunta ela com um tom cético.

— Não.

Ela ri, e o som me anima um pouco. Eu amo como Judy é cheia de vida, sua paixão, seu jeito de ver as coisas. Acho que a Madonna também devia ser assim quando tinha a nossa idade. Corajosa e confiante. Talvez Madonna me odiasse, mas ela amaria a Judy.

Judy olha para o pote de sorvete, derretido como uma sopa. Ela me dá mais uma colherada na boca.

— Termina, por favor — diz ela. — Agora que terminei de costurar, não preciso mais de sorvete.

— Talvez a gente possa colocar um pouco de molho tahine — sugiro. — Sopa de sorvete com tahine.

— Para — diz ela, brincando. — Você está deixando meu paladar maluco.

Bebo o sorvete fazendo barulho como se estivesse tomando sopa, e isso a faz sorrir. Mas existe certa melancolia em seu olhar agora e, assim como ela sempre faz, pergunto:

— Ei, tá tudo bem?

— Tá. Acho que estou um pouco nervosa, só isso. Tipo, e se eles não gostarem de mim? E se eles acharem que sou uma garota americana mal-educada?

— O quê? — pergunto. — Quem acharia uma coisa dessas?

— Eu acharia — diz ela, mostrando uma insegurança que eu nunca vira. — Eu acho.

— Judy — digo com delicadeza. — Você não acha isso. Eu sei que não acha. Você é tão... bonita, e tão legal, e tão bondosa.

As palavras em maiúsculo no livro da sra. Bowman parecem flutuar sobre nós dois como nuvens, a palavra BOA acima de Judy, a palavra RUIM em cima de mim. Acho que agora eu sei quem sou. Acho que me encontrei, como os americanos costumam dizer. Eu sou RUIM. Cada beijo é uma mentira. Cada toque, cada olhar, tudo mentira.

— Obrigada por isso.

— Não estou falando da boca pra fora. Juro.

Queria que ela pudesse entender como estou falando sério, que apesar de todas as mentiras, a verdade mais importante é que eu acho ela incrível, como um raio de sol em um mundo sombrio. Queria que Judy soubesse que sua capacidade de falar a respeito das próprias inseguranças em voz alta significa que ela gosta de si o bastante para respeitar as próprias emoções. Eu nunca deixaria minhas inseguranças saírem da prisão que é o meu cérebro.

Ela segura minha mão e diz:

— Ei. Obrigado por se importar.

Entrei na vida de Judy como quem entra em um quarto de hotel. E tudo que eu queria era poder habitar de verdade esse quarto, que permanece intocado pelos meus desejos.

ART

Estamos na frente da Catedral de St. Patrick's, um dos lugares favoritos de Andy Warhol na cidade inteira. É luxuosa, exagerada e glamourosa, assim como Andy foi. Ao mesmo tempo, é um lugar de julgamento e repressão e, por isso, não entendo por que ele gostava daqui. É um mistério para mim que dois anos atrás tenha sido celebrada uma missa em sua memória e que os bancos da catedral não estivessem ocupados por homofóbicos e pessoas pró-vida, mas por gente como Yoko Ono, Grace Jones, Halston e as bichas e musas do seu estúdio de arte. Talvez essa tenha sido a forma que Warhol conseguiu de mandar a igreja se foder, provando que ele era tão grande e poderoso que o seu circo poderia invadir esse espaço quando quisesse. Stephen estava presente na ocasião, do lado de fora. Viu pessoas fabulosas entrando, com suas próprias versões de roupa de domingo. Stephen acha que, apesar da sexualidade e do jeito com que celebrava todos os rejeitados, o que Andy mais desejava era ser aceito pelo Deus que ele ainda adorava.

— Vamos lá nos tornar um só no corpo de Cristo? — pergunta Stephen.

Ao seu lado estão outros cinco ativistas, incluindo alguns que eu reconheço das reuniões e dois que reconheço do protesto na Bolsa de Valores.

— Não esqueçam que hoje não é dia de show — avisa uma mulher ruiva e cacheada.

Ela veste casaco cinza, calça jeans e óculos, e não é membro da ACT UP, mas de outra organização chamada WHAM!, um grupo de ação e mobilização pela saúde das mulheres, que está unindo forças com a ACT UP no protesto de hoje.

— Hoje é só uma oportunidade de investigar o lugar e pensar em ideias.

— Desculpa o atraso — diz uma voz conhecida logo atrás de mim.

Jimmy, com o mesmo casaco de pele preto que usava da última vez que nos vimos no mercado coreano, naquela noite horrível em que achei que Reza e eu iríamos nos apaixonar e viver felizes para sempre. Odeio aquela noite e quero esquecer absolutamente tudo o que aconteceu, menos Jimmy e seu casaco fabuloso. Amo o fato de que ele escolheu essa roupa para usar na igreja.

Jimmy dá um beijo na bochecha de todos, me deixando por último. Quando chega em mim, todos já começaram a entrar na catedral. Jimmy fixa seu olhar no meu.

— Art, *mon amour* — diz ele com uma piscadinha. — Você fica cada dia mais lindo, enquanto o resto de nós fica cada dia mais acabado.

— Você está parecendo a Mahogany.

— Eu pareço a Mahogany com icterícia e transtorno alimentar — zomba ele. — Querido, lembra daquela foto que você tirou minha e do Walt no mercado?

— Claro — respondo.

— Será que você poderia...

A voz dele vacila. Jimmy respira fundo o ar gélido. Consigo sentir o vazio em sua respiração, seus pulmões tendo que trabalhar em dobro para dar conta.

— Acho que aquela foi a última foto de nós dois antes de ele...

Jimmy respira fundo mais uma vez, mas não consegue terminar a frase.

Eu sei como ela termina, é claro. Walt morreu. Quase dois meses atrás, duas semanas depois daquele nosso encontro. Eu deveria ter dado uma cópia daquela foto para Jimmy quando fiquei sabendo da notícia. Tenho certeza de que ele iria gostar. Mas a questão é que eu nunca revelei aquele filme. Eu sabia que isso me faria lembrar do Reza, e não queria ver nenhuma daquelas fotos.

— Deixa comigo — afirmo, colocando a mão em seu ombro.

Estamos quase na entrada da igreja quando Jimmy sussurra para mim:

— Você acredita em Deus?

Paro por um momento. Não sei qual é a resposta certa. Se eu disser que sim, estarei mentindo. Se eu disser que não, estarei dizendo para um homem à beira da morte que acabou de perder o amor da sua vida que não existe mais nada para ele além de virar pó.

— Não sei — respondo finalmente.

— Eu achava que não acreditava — reflete Jimmy. — Mas desde que fiquei doente, comecei a pensar, ou a acreditar... — Mais uma respiração profunda, então ele continua: — Ei, sabia que Walt morreu um dia depois da Bette Davis? Fala sério, aquela bicha era tão fanática que teve que seguir Jezebel até o além. Eu mal consegui chorar quando a Joan morreu, sabe?

Dou uma risada, agradecido por ele ter aliviado o clima tenso. Mas consigo sentir sua dor. Seu corpo já era. Seu amor se foi. E ele nem tem uma cópia da última foto dos dois porque o moleque que tirou é egoísta demais para revelar o filme.

— Bem-vindos — diz uma mulher quando chegamos à entrada.

Ela estende a mão, primeiro para mim e depois para Jimmy. Seu olhar fica fixo em Jimmy enquanto ela o cumprimenta, inspecionando cada centímetro dele.

— Espero que aproveitem a missa de hoje — diz ela.

— Odiei o jeito como ela olhou pra você — comento para Jimmy quando nos afastamos da mulher.

— Querido, essas senhoras brancas olham torto pra essa bichona preta aqui bem antes de eu ter aids. Já me acostumei.

— Eu seria uma pessoa horrível se dissesse que acho esse lugar absolutamente deslumbrante? — pergunta Stephen, aproximando-se de mim.

— Meu Jesus amado — protesta Jimmy. — Daqui a pouco você vai dizer que acha o Reagan deslumbrante também.

— De jeito nenhum — retruca Stephen. — Mas eu daria uma chance para o cardeal O'Connor. — Percebendo o choque de todo mundo, ele completa rapidamente: — Brincadeira, gente. Pelo amor de Deus, não estou tão desesperado assim.

Percebo que Stephen e Jimmy acabaram de falar o nome do Senhor em vão sem se importarem muito com isso, o que me faz pensar em como a religião está infiltrada em todas as partes da nossa língua. Mesmo quem quer se libertar das amarras que a religião nos impôs está preso a elas de alguma forma. Olho para cima e vejo como é enorme aqui dentro. A Catedral é majestosa e imponente, como se, através da arquitetura, a igreja não nos deixasse esquecer de como é poderosa. Perto da entrada há uma lojinha de presentes. Velas, Bíblias, cartões-postais, canetas, tudo à venda para arrecadar mais dinheiro para a igreja, que vai usar esse dinheiro para alcançar mais pessoas com sua mensagem de intolerância. Soa completamente absurdo para mim. Sei que a ACT UP também vende produtos nos encontros, mas é porque não temos nenhum dinheiro ou patrocínio. A igreja tem inúmeras catedrais como essa, propriedades por toda parte, e ainda assim quer que as pessoas deem mais dinheiro.

Seguimos até os bancos no fundo. Me sento entre Stephen e Jimmy, mas, momentos depois, ficamos de pé enquanto o cardeal O'Connor entra, com seu manto todo enfeitado, parecendo o personagem de um filme da Cecil B. DeMille. Olho para Stephen, Jimmy e o resto dos ativistas enquanto O'Connor entra, e é como se punhais saíssem dos olhos dele, todos apontados diretamente para o homem no altar. Esse homem horrível que foi enviado a Nova York para trazer o conservadorismo de volta à igreja católica, por um Vaticano que se recusa a aceitar certas mudanças propostas recentemente. O trabalho do cardeal O'Connor foi tirar nosso acesso às camisinhas, para matar a todos nós.

— Então, uma das ideias é a gente deitar no corredor no meio da homilia — sussurra Stephen para o grupo enquanto o coral canta um hino.

Uma mulher na fileira da frente solta um *shhhh* para Stephen. Fico de olhos fechados durante a maior parte da cerimônia. Não é a primeira vez que entro em uma igreja, e a maioria das lembranças que este lugar me traz é ruim. Mas, desta vez, o coral mexe comigo de alguma forma. Não dá para negar que o som de todas as vozes cantando em harmonia é lindo, e a acústica da igreja faz com que eu me sinta cercado por elas. Se os anjos existem, suas vozes devem ser assim. Elas me lembram o coral de "Like a Prayer", e penso que, se não fossem todas as regras estúpidas do catolicismo, não existiria Madonna, porque quem ela é senão uma mulher que se rebela contra tudo isso? Acho que eu deveria ser grato. Escuto sua música na minha cabeça e imagino o rosto de Reza quando ouviu Madonna pela primeira vez. Deu para ver como a música tomou conta dele. Deu para perceber ele se sentindo vivo, se transformando em algo completamente novo bem na minha frente antes de se afastar de mim. Mantenho os olhos fechados até o coral parar de cantar e me imagino beijando os lábios de Reza, suas pálpebras, seu nariz, seu peito, suas coxas. Imagino tudo que deixaria a igreja e o cardeal enojados, tudo ao som da sua música sagrada. Acho que a questão é essa. Eu não quero queimar esse lugar. O que quero é fazer com que eles vejam que EU SOU SAGRADO. Que meus pensamentos sobre Reza são sagrados. Bem, tirando a parte em que ele é o namorado da minha melhor amiga agora. Esse é um detalhe pecaminoso.

— Que o Senhor esteja convosco — diz O'Connor.

— Ele está no meio de nós — responde a igreja.

Todo mundo menos a nossa fileira.

Não vamos participar dessa brincadeira. Não vamos entrar no joguinho de perguntas e respostas, nem comer o biscoitinho sem gosto. Estamos aqui com uma missão: termos ideias de como invadir espaços desse tipo e abrir os olhos da população sobre como a igreja é cúmplice nas nossas mortes. A missa é longa e chata. Durante a homilia, o cardeal fala várias vezes sobre proteger os "que ainda não nasceram", e dá pra sentir o sangue das mulheres do WHAM! ferver. É incrível a empolgação com que ele fala sobre salvar a vida de fetos, mas dá as costas para humanos completos MORRENDO bem na sua frente.

Na hora de receber a comunhão, decidimos sair.

Mas quando me viro e vejo as velas de oração esperando para serem acesas, sei que não estou pronto para ir embora. Existe uma contribuição sugerida para quem quiser acender uma, mas sei que Deus não se importa com dinheiro na hora de realizar desejos. E sei que não acredito em um Deus que realiza desejos, mas se existir alguma chance remota de que ele exista, então eu gostaria de ter alguns dos meus desejos realizados. Acredito que desejar alguma coisa é como assinar uma apólice de seguros, então fecho os olhos e acendo a vela.

Quero pedir o Reza de volta para mim, mas guardo esse para depois. Isso não pode ser meu primeiro desejo, não quando estou cercado pela morte. Não quando Stephen parece tão fraco. Então desejo que Stephen melhore, que um remédio milagroso apareça antes que o seu tempo acabe, que sua pele volte a ter cor e o corpo volte a ter peso. Acendo a vela e vejo o pavio se encher de vida.

Próximo desejo. Outra vela acesa. Esta, para curar a aids de uma vez por todas. Não apenas para Stephen, mas para que todos os doentes sejam curados. E para que todos os jovens *queer* como eu possam se apaixonar sem ter esse medo pairando sobre nós como as torres da catedral.

E agora, mais uma vela. Essa é para o Reza. Fecho os olhos para acendê-la e imagino ele na minha frente. *Estou pedindo por você*, digo na minha mente. *Estou pedindo a um Deus em que nem acredito para que você seja meu. E acho que o único motivo para eu estar tendo essas dúvidas sobre a existência de Deus é você. A conexão que tive com você me fez sentir, sei lá... que deve existir algo maior do que a gente. Me fez sentir que talvez exista um Deus. Então, estou pedindo a Ele e a todos os anjos e santos, em quem também não acredito, para que você me ame, e para que eles te protejam, e para que eles te façam feliz, mas principalmente para que você me ame.*

Abro os olhos. Sinto uma presença.

Reza? Andy Warhol? Deus?

Não, é a mulher falante e insuportável que nos recebeu na entrada.

— Você fez muitas orações — diz ela enquanto deposita uma nota de cinco dólares na caixa de ofertas e acende uma vela.

Quando ela estica o braço, uma das minhas velas se apaga. Foi a do Stephen, a da aids ou a do Reza? Não faço ideia. Meu coração acelera. Será que Deus está me enviando um sinal?

O pavio da vela dela continua aceso.

— A homilia foi linda, não acha?

— Claro — respondo, e saio depressa.

Do lado de fora, Stephen, Jimmy e o resto do pessoal esperam por mim na esquina, engajados em um debate caloroso sobre qual será a próxima ação. Alguns querem que o protesto seja mais pacífico, sem confrontos, porque, se eles ofenderem muita gente, a mensagem pode acabar se perdendo. Outros querem que seja ainda mais agressivo e corajoso, porque o nosso alvo também é agressivo e corajoso.

— Não vamos discutir isso agora — diz Stephen. — São só ideias. Precisam ser debatidas em uma reunião.

— Quer um conselho? — intervém a mulher do WHAM!. — Independentemente do que vocês fizerem, não se dividam. Se tem uma coisa que aprendi com o movimento pela saúde das mulheres é a necessidade de construir uma aliança forte. Se vocês demonstrarem que estão divididos, criar qualquer mudança vai ser quase impossível. Eles só vão colocar vocês uns contra os outros.

Essas palavras ecoam na minha cabeça enquanto Stephen, Jimmy e eu nos separamos do restante do grupo e seguimos em direção ao centro. O dia está lindo, o sol de inverno brilha sobre nós, o ar é puro e fresco. Amo o começo do inverno na cidade, antes de a neve começar a cair e dar início a uma temporada tão longa de frio que coloca a todos numa letargia coletiva. Parando para pensar, eu amo o começo de todas as estações. Tudo parece mais empolgante e cheio de vida quando ainda é novidade.

— Vamos andando até o centro? — pergunta Stephen. — Enquanto a gente ainda consegue?

— Fale por você — responde Jimmy. — Eu só consigo mais alguns quarteirões antes de começar a perder o fôlego.

Stephen dá o braço para Jimmy se apoiar.

— Vamos juntos, dois são mais fortes que um. Não estamos mortos ainda.

Os dois vão nos guiando para o centro. Eu vou atrás deles, igual a como Reza andou atrás de mim naquela noite em que dei a flor para ele. Levo a câmera até os olhos e tiro uma foto dos dois.

— Duas viúvas — comenta Jimmy. — Quem diria?

— Talvez José e Walt estejam nos observando agora — responde Stephen.

— Duvido — diz Jimmy. — Se existe vida após a morte, Walt está ocupado demais bebendo martínis com a Bette Davis para se preocupar em me observar. Ele já estava cansado de mim.

— Não fala assim, ele não estava cansado de você — retruca Stephen, então completa. — Talvez ele esteja empoleirado no ombro do Walt Whitman, lamentando sobre como os dois odiavam o nome Walter.

— Celebrando e *cantando* a eles mesmos — propõe Jimmy.

— Porque cada átomo dele pertence a você — diz Stephen, ainda citando Whitman. — Ele ainda está aqui, como parte de você. Assim como José ainda está em mim.

— Você gostaria de ter ido primeiro? — pergunta Jimmy.

Stephen puxa Jimmy para mais perto enquanto continuam sua lenta caminhada. Daqui de trás, perto e longe ao mesmo tempo, percebo cada pessoa que encara os dois, alguns com medo, alguns com pena, alguns com compaixão, alguns com ódio. Pego a câmera e tiro mais algumas fotos mas, dessa vez, Stephen e Jimmy são apenas um borrão. Foco na paisagem, nos pedestres, em seus olhares. Não quero terminar esse filme muito rápido, então espero alguém encarar antes de tirar a foto.

— Às vezes — responde Stephen. — Acho que seria mais fácil ir primeiro, mas aí eu imagino José aqui sem mim. Prefiro eu mesmo viver essa dor.

— Eu também — concorda Jimmy. — Não sei quem teve mais sorte. Walt, por ser poupado disso. Ou eu, por ter um pouco mais de tempo.

— Talvez a sorte seja de todos nós — reflete Stephen. — Todos nós tivemos amor.

Jimmy solta uma risada calorosa.

— Melhor ter vivido um amor e perdê-lo para o sarcoma de Kaposi do que nunca ter amado ninguém.

Se eles têm sorte por terem vivido um amor, então o que isso faz de mim? Será que um dia serei amado? Provavelmente não, porque sou um narcisista completamente autopiedoso. Basta olhar pra mim. Estou escutando dois homens lindos, nobres e SAGRADOS lidando não apenas com a própria morte, mas com a perda dos amores de suas vidas, e no que estou pensando? Em mim.

Dois homens de terno e gravata passam por nós. Olham para Stephen e Jimmy com um escárnio que me lembra o meu pai. Aperto o botão da câmera, ouço o clique, sinto a violência dos seus olhares sendo capturadas. Stephen e Jimmy deveriam ser reverenciados e adorados em vez de temidos e ridicularizados. Os dois são santos que pertencem à catedral de Deus, ícones que deveriam estar nos pôsteres em nossas paredes. E é aí que surge uma ideia. Um novo projeto. Vou fotografá-los e mostrar ao mundo como são lindos. Eles irão posar como santos, recriando iconografias religiosas antigas. Não, eles são bons demais pra isso. Vou transformá-los em obras de Dietrich e Garbo. Vou iluminar as fotografias como as imagens clássicas hollywoodianas de George Hurrell e Clarence Sinclair Bull, cheias de neblina, névoa, fumaça e sombras. Farei o mundo enxergar as coisas como eu enxergo, enxergar que esses homens e mulheres são seres míticos, maiores do que a própria vida. Talvez eu nunca tenha um amor, mas posso ter outra coisa, um propósito. Seja como for, o amor seria apenas uma distração. A raiva é muito mais produtiva.

Então, faço uma escolha. Escolho a raiva.

JUDY

Não dá para acreditar que estou no Mr. Chow. Mal consigo me concentrar enquanto o padrasto de Reza pede comida para todo mundo, imaginando todas as pessoas que já sentaram nesta cadeira bem na minha frente. Talvez Debbie Harry já tenha se sentado aqui, ou Madonna, ou Candy Darling. Não vejo ninguém famoso, só uma modelo que acho que já vi nas páginas da *Vogue* e está literalmente destruindo um *dumpling* com os hashis para colocar pedacinhos de alface na boca. Ela é muito alta e muito magra, e sinto pena dela. Queria perguntar se vale a pena comer apenas alface destruído e beber champanhe só para ter um corpo assim. Acho que não.

— Judy *joon*, última chance. Alguma coisa em especial que você queira pedir? Tem alguma coisa que você não coma?

Percebo que o padrasto de Reza está falando comigo e volto minha atenção para a nossa mesa.

— Ah, eu como qualquer coisa — respondo.

Acho que Saadi dá uma risadinha, mas não tenho certeza. Provavelmente está pensando em alguma variação de: *parece mesmo que ela come qualquer coisa*. Ou: *ela já comeu tudo*. Ele não precisa dizer uma palavra, consigo sentir a arrogância emanando do corpo sarado de lacrosse, dos braços musculosos que quase explodem as mangas da camisa polo e do boné branco de beisebol pendurado no encosto da cadeira. Sem brincadeira. Ele vestiu um boné de beisebol para vir ao Mr. Chow. Tirou da cabeça, graças a Deus, por ordem do pai, mas ainda assim. Veja pessoas usando peças vintage da Halston, e outras da coleção desta temporada da Gaultier. Espartilhos, calças pantalona, blazers de suede, jaquetas de vinil e roupas desconstruídas que redefinem a geometria e as formas do corpo. E Saadi veio com um boné de beisebol. Mas o melhor figurino deste lugar inteiro está bem aqui ao meu lado. Reza está lindo com sua camisa, como uma estrela. Talvez seja até bom que a Madonna não esteja aqui hoje, porque ela tiraria ele de mim para colocá-lo em seu próximo videoclipe. E ele é meu. Preciso ficar me lembrando disso porque ainda me parece muito surreal. Ele é meu, ele é meu, ele é meu.

— Judy *joon* — diz a mãe de Reza. — Que prazer finalmente te conhecer.

— O prazer é todo meu — respondo, empolgada demais. — De conhecer todos vocês.

— Você já me conhece — comenta Saadi. — A gente estuda na mesma escola, lembra?

Confirmo e abro um sorriso forçado.

— É claro que lembro.

Como eu poderia esquecer de todas vezes em que os amigos dele chamaram Art de bicha bem na minha frente, todas as vezes em que Saadi apenas observou enquanto Darryl Lorde destilava ódio. Saadi nunca levantou um dedo para impedir Darryl, e isso faz dele um acessório do crime.

Acessório. Tantos acessórios extremamente fabulosos neste salão, mas nenhum deles é mais espetacular do que o broche pendurado na camisa da mãe do Reza. É um pássaro de ouro com vários detalhes cravejados em joias brilhantes. Ele reflete a luz e combina muito bem com a camisa de seda. A mulher é deslumbrante.

— Sra. Hashemi, eu estou obcecada pelo seu look — elogio.

— Por favor, nos chame de Mina e Abbas. Não somos de formalidades.

Os dois abrem um sorriso. Ela está usando seda, e ele, um terno que parece ter sido feito sob medida em Roma, mas ainda assim eles não são de formalidades.

— Certo, Mina... Este broche é, tipo, tão magnífico.

— Ah. Fico feliz que você tenha reparado. É uma das poucas coisas que eu trouxe comigo de Teerã.

— Dá para perceber por que ele foi uma prioridade — comento.

— Bem, depois dos meus filhos — diz ela. — Eles dois vêm primeiro, e este broche logo depois, em segundo lugar.

Dou uma risada alta demais, grata pelo seu senso de humor. Mulheres bonitas assim em geral não são muito engraçadas. Minha teoria é que nunca precisaram desenvolver o senso de humor porque a beleza já tornava suas vidas fáceis demais. Acho que o melhor cenário possível é nascer muito feia e continuar feia durante boa parte da infância, o que força você a desenvolver o humor, o intelecto e uma casca grossa, e depois se transformar em uma supermodelo quando se tornar adulta. Me pergunto se homens bonitos também têm essa questão. Provavelmente, mas nunca parei para pensar. De qualquer forma, aposto que a mãe do Reza não era linda desse jeito quando tinha a minha idade. Ela é legal demais pra isso.

— Mas conta, Judy, como você começou a se interessar por moda? — pergunta Mina. — E antes que responda, preciso dizer que adorei o que fez com o meu filho — diz, pousando a mão na bochecha de Reza, que fica corado. — Ele parece uma nova pessoa, um homem lindo. Não é mais meu bebê.

— Pare com isso, mamãe — reclama Reza, envergonhado.

Amo como ele ainda a chama de mamãe, com um sotaque que deixa a palavra muito mais exótica do que infantil.

— O mundo da moda está dando muito dinheiro atualmente — diz Abbas. — Você sabe o valor atual de mercado da Louis Vuitton?

— Hum, não sei — respondo. — Desculpa.

— Dá para ganhar bilhões hoje em dia. O mais importante é construir bem o nome da marca, porque aí você não vai vender apenas roupas, mas um estilo de vida. E quando se vende um estilo de vida, se vende qualquer coisa. Perfume. Lençóis. Velas.

— Uau! — exclamo em meio a uma risada. — Você realmente pensa grande.

— Igual a você — intervém Saadi com um sorriso. — Obviamente.

Me encolho um pouco. Cuzão. Sei que foi uma piadinha sobre o meu peso.

Não cai na dele, Judy.

— Que bom que você notou — digo, fuzilando Saadi com o olhar.

— Calvin Klein é um exemplo perfeito — continua Abbas. — A maioria do dinheiro vem das roupas de baixo e dos perfumes, e, bem, quanto trabalho dá desenhar roupas de baixo?

— Não sei. Nunca desenhei roupas de baixo.

— Talvez devesse — sugere Saadi. — Reza pode ser o seu modelo.

Reza fica vermelho. O jantar está ficando esquisito muito rápido.

— Deveria mesmo — emenda Abbas. — Se quiser ser bilionária.

— Meu pai só pensa em dinheiro — comenta Saadi. — Se não deu pra perceber ainda.

— É tão empolgante ver uma jovem que sabe o que quer da vida — retruca Abbas, lançando um olhar tão severo para o filho que é quase audível. — Talvez já esteja na hora de você começar a pensar no que lhe interessa profissionalmente.

— Eu ainda tenho um pouco de tempo — devolve Saadi, com a boca cheia.

— A palavra em questão é *pouco* — frisa Abbas. — Todos nós temos pouco tempo, e devemos usufruir ao máximo dele.

— Adorei a decoração deste restaurante — diz Mina em uma tentativa óbvia e constrangedora de mudar de assunto.

Felizmente, parte da comida chega, cheirosa e com uma aparência deliciosa. Observo os pratos de macarrão, *dumplings*, espetinhos de frango e brócolis chinês sendo colocados à nossa frente. Penso em todos os restaurantes que já fui com Art e em como é sempre chato porque ele não come carne, nem qualquer coisa que encostou na carne, e eu sempre preciso adaptar meu pedido por causa dele. Mina insiste para que eu me sirva primeiro, então obedeço, enchendo meu prato. Logo estamos todos comendo, e a conversa gira em torno de vários assuntos, desde o caso dos Cinco do Central Park a qual é a minha matéria favorita na escola, passando por como eu me sinto por ter que usar uniforme sendo tão apaixonada por moda, e chegando até a política no Irã. Reza quase não fala. Quer dizer, ele diz algumas palavras de vez em quando. Um *sim* ou um *não* ou um *que delícia*, mas não participa com muitas frases completas. Me pergunto se ele é sempre calado assim com a própria família ou se só está assim hoje.

Durante a refeição, dois homens entram no restaurante e ocupam a mesa ao nosso lado. Um deles é só pele e ossos. Há uma ferida escura no alto do seu pescoço. Ele olha para a nossa mesa quando se senta, quase como se pedisse perdão, como se sentisse muito por nos fazer testemunhar sua doença no meio de um jantar agradável. Abbas e Mina sorriem educadamente, mas de forma fria e forçada. Saadi quase ridiculariza os dois homens. Reza parece assustado. O que me faz pensar que, nos dois últimos meses em que estamos namorado, ele nunca mais voltou na casa do tio Stephen, nem uma vez sequer. Eu o convidei para o filme de domingo várias vezes, e ele sempre deu uma desculpa. Planos com a família, dever de casa atrasado, dor de estômago. Tenho certeza de que o motivo real é que ele não quer estar perto de alguém com aids, mas ainda não o questionei sobre isso. Acho que não quero saber a resposta. Porque, se ele confirmar que o motivo é realmente esse, talvez eu passe a amá-lo um pouco menos.

Quando os dois homens se sentam, abro um sorriso enorme para eles, tentando compensar por todo mundo que está fazendo com que os dois se sintam rejeitados ou excluídos. Mas, provavelmente, meu sorriso também os irrita. Porque estou dando uma atenção especial, os tratando como se fossem diferentes de alguma forma, deixando-os em evidência, e imediatamente me sinto culpada. Então sinto algo no joelho. A mão de Reza. Entrelaço meus dedos nos dele, e ele agarra minha mão por debaixo da mesa, apertando-a. Não sei o que esse gesto significa, mas acho que ele sabe no que eu estava pensando quando os dois homens chegaram. Olho para Reza com um sorriso, e ele sussurra para mim:

— Tem comida no seu dente.

— Ai, desculpa!

Passo a língua pelos meus dentes, então sorrio para ele.

— Ainda tá aí.

Coloco o guardanapo sobre a mesa.

— Volto já — digo a todos, me esforçando para manter a boca fechada enquanto falo.

No caminho para o banheiro, sorrio para o homem com aids mais uma vez. *Para com isso, Judy.* Então percebo que não estou sorrindo só para ele. Estou sorrindo para todo mundo. Sorrio para a mulher que fala rápido em francês com as amigas. Sorrio para o homem com um bigode tipo o do Tom Selleck que, pensando melhor, pode ser de fato o Tom Selleck. Quando chego ao banheiro, uma das cabines está em manutenção. Giro a maçaneta da que está funcionando, mas a porta está trancada.

— Sim, tem gente — diz uma voz de mulher lá de dentro.

— Desculpa... Sem pressa.

Como se isso já não fosse constrangedor o bastante, quando me viro dou de cara com Saadi.

— Pessoalmente, acho muita falta de respeito cagar em banheiros públicos — provoca ele, com um sorriso.

— Ai, você é nojento — respondo.

— O que você acha que as pessoas fazem no banheiro? Desenham roupas de baixo?

Nem me dou ao trabalho de responder. Ficamos parados no corredor por alguns segundos, então ele volta a falar:

— Uau, essa pessoa aí dentro realmente não tem pressa nenhuma. Espero que acenda um fósforo quando terminar.

— Você sabe que a gente não precisa conversar, né?

— Qual é o lance entre você e o pequeno príncipe? — pergunta ele.

— Pequeno quem?

Porque você não está ignorando ele, Judy? Apenas ignore.

— Meu meio-irmão — esclarece ele. Com um sorriso, completa: — Seu brinquedinho.

— Ele tem a mesma idade que você — rebato.

Saadi sorri, como se eu tivesse fornecido material para a resposta perfeita.

— Eu sei — diz. — Mas é que é tão pequenininho e fofo.

Apenas balanço a cabeça. Não quero conversar com ele. Só quero tirar a comida do dente e voltar para a mesa.

— E qual é a dele com a Madonna? — pergunta ele.

— Não sei. Qual é a sua com o boné de beisebol?

Pare de dar corda, Judy.

— Eu fico uma gracinha com ele — responde Saadi com uma autoconfiança que é qualquer coisa menos uma gracinha. — Você já entrou no quarto dele? Tem uma foto nova da Madonna todo dia. Ter dois pôsteres pendurados já era esquisito o bastante. Agora tá parecendo um santuário, sei lá.

— Se está querendo dizer alguma coisa, só vai direto ao ponto — provoco.

— Acho que você sabe aonde quero chegar — insinua ele, arqueando uma sobrancelha.

Por que essa pessoa no banheiro está demorando tanto? Anda logo, moça. Estou prestes a surtar com esse garoto aqui.

Mas a moça não se apressa. E não consigo mais me segurar.

— Quer saber, Saadi? Você é um otário. E nem um pouco original. Existem caras como você em qualquer lugar. Aliás, você não precisa falar mais nada, porque sempre dá pra saber o que vai dizer.

— Beleza — responde ele, erguendo as mãos. — Vou ficar quieto, então. Só estava tentando te salvar.

— Ai, pelo amor. Me salvar do quê?

Ele não responde. Saadi é um babaca, mas consegue respeitar alguns limites. Porém, eu sei que ele está pensando em alguma versão de "Estou tentando te salvar de pegar aids do seu namorado gay que ama tanto a Madonna".

— Você me seguiu até o banheiro só pra me encher o saco? — pergunto.

— Primeiro você me pede pra não falar mais nada. E agora fica aí fazendo perguntas.

— Cala a boca.

— Eu não te segui até o banheiro para te encher o saco — retruca ele. — Eu vim ao banheiro porque comi muita fibra.

— Você é definitivamente nojento. Além do mais, posso dizer por experiência própria que o Reza não é gay, apesar de você não ter dito essa palavra. Porque provavelmente é medroso demais para dizer. Deve achar que, se disser, vai pegar a doença.

— Ah, é? — pergunta Saadi. — Ele fica de pau duro quando te beija?

— Não enche, garoto. Isso não é da sua conta.

— O que significa que ele não fica de pau duro — zomba Saadi.

— Claro que fica — digo, esperando não deixar tão na cara que estou mentindo.

— Aham. — É óbvio que Saadi não acredita em mim. — Neste caso, aposto que ele fica de olhos fechados imaginando o Tom Cruise enquanto beija você.

A porta do banheiro se abre. A modelo magérrima sai lá de dentro, sorri timidamente para nós dois e volta para a mesa. Corro para dentro do banheiro e fecho a porta.

Me aproximo do espelho e abro um sorriso enorme. Lá está ele, um pedaço brilhante e laranja de frango bem no meio dos dentes. Que nojo. Quanto tempo ele ficou preso ali? Será que a mãe do Reza vai sempre pensar em mim como a garota com frango dos dentes? Tento tirar com as unhas, mas estou lidando com um frango teimoso.

Saadi está errado sobre o Reza. Ele está muito errado. Reza segura minha mão o tempo todo. Ele adora me beijar. Ele adora minha companhia, e ele me deixa fazer roupas para ele, e... Tudo bem, não é como se a gente tivesse feito muita coisa além de beijar, mas isso é tanto minha culpa quanto dele. Eu também não tenho muita experiência sexual. Ele provavelmente só está com medo, ou com vergonha. Muitos homens hétero gostam da Madonna. Saadi é tão estereotipado que só consegue pensar de forma estereotipada. Ele sequer conhece o Reza. Mesmo sendo meios-irmãos, os dois acabaram de se conhecer. Foda-se o Saadi.

Abro a torneira, abaixo a cabeça e levo um pouco de água gelada até a boca. Faço um bochecho para soltar o pedaço de frango, então cuspo a água. Sorrio. Ainda está lá. Será que eu deveria esperar por um pau duro quando a gente se beija? É isso que as garotas esperam? Não faço ideia. Lembro que minha saia tem alguns alfinetes presos na cintura. Removo um deles e uso a ponta afiada para remover o frango. Finalmente consigo. Coloco o alfinete de volta no lugar, lavo as mãos e respiro fundo antes de sair do banheiro. Quando abro a porta, Saadi não está mais esperando. Provavelmente nem precisava usar o banheiro. Só queria me encher o saco.

Na despedida, Reza não vai embora com a família. Vamos andando de mãos dadas até o metrô.

— Acho que minha mãe gostou muito de você — comenta ele.

— Sério? — pergunto, sorrindo. — Quer dizer, eu não estou pescando elogios, mas não ligo de ser elogiada, sabe.

— Pescando — diz ele, tocando o broche de peixe na sua camisa. — Isso é engraçado.

— Peixes significam vida! — grito, e nós dois começamos a rir.

— Mas sério, ela gostou de você de verdade. Eu sei quando ela não gosta de alguém. E, de qualquer forma, ela seria louca se não gostasse de você.

— E o seu padrasto? — pergunto.

Ele dá de ombros.

— Ainda não conheço o Abbas bem o bastante para conseguir interpretá-lo — explica Reza, com uma ponta de tristeza.

— Imagino que deve ser difícil ter uma nova família assim do nada — comento, pensando em como Saadi é babaca.

Ele concorda.

— Mas fico feliz que sua mãe tenha casado com ele — digo, sorrindo. — Porque, se isso não tivesse acontecido, a gente não teria se conhecido. E isso seria péssimo.

Chegamos à estação. Ele me encara, um pouco sem jeito.

— Parece que a noite acabou, então — diz ele.

— Você quer ir para a casa do tio Stephen comigo? — convido. — Art deve estar lá também. Vai ser divertido.

— Ah... Obrigado... — agradece Reza, gaguejando. — Mas estou muito cansado.

— Você tem medo de chegar perto do meu tio? — pergunto, me preparando para a resposta.

— O quê? Não! — responde ele, claramente mentindo.

Respiro fundo.

— Você sabe que não é tipo uma gripe, né? Não dá pra pegar só de estar no mesmo lugar que uma pessoa contaminada.

— Eu sei — diz ele, desviando o olhar.

— Tudo bem, e só que... — Não termino a frase.

Quero dizer que é importante para mim que o meu namorado conheça o meu tio, que ninguém pode me conhecer de verdade sem se aproximar do Stephen. Mas não quero forçar muito, porque tenho medo de acabar afastando Reza.

— Eu entendo — diz ele. — Nós vamos passar mais tempo com ele em breve. Eu só acho que é legal, por enquanto, conhecer você sem tanta gente por perto.

— É? — pergunto.

Chego mais perto dele, tão perto que ele fica levemente desfocado, como o Montgomery Clift em *Um lugar ao sol*. Eu me imagino como a Elizabeth Taylor no mesmo filme. Obviamente Montgomery Clift era gay na vida real, e tio Stephen me disse que ele e Liz eram melhores amigos, como eu e Art, só que Liz era apaixonada por ele. E fico pensando... Sinto o calor do hálito de Reza em meu rosto. Quero que ele encoste os lábios nos meus, e é isso que ele faz. Puxo ele mais para perto enquanto nos beijamos, coloco minhas mãos em sua cintura, forço nossos corpos a se tornarem um só. Eu poderia respirá-lo por inteiro. Eu poderia, de verdade, torná-lo parte de mim. Aliso suas costas de cima a baixo, então me afasto só um pouquinho, o bastante para abrir espaço para tocar seu peito, então vou descendo a mão pelo tronco. Discretamente, desço a mão um pouco mais e toco sua virilha. Sinto algo rígido. Será que é ele ou só o zíper? Não consigo distinguir. Nunca senti um pau duro antes. Será que os tamanhos são sempre diferentes?

Ele se afasta de mim.

— Eu preciso ir.

— Espera — digo. — Só mais um.

Eu puxo ele mais uma vez.

Beijo Reza.

Sinto Reza.

Pressiono meu corpo contra o dele. Me sinto uma pervertida. Queria que Elizabeth Taylor estivesse aqui para me dizer se ela precisava sentir o pau duro do Montgomery para saber se ele estava a fim ou não.

Com meu corpo agarrado no dele, não há dúvidas. Reza não está duro. Era só o zíper. Mas talvez ele esteja nervoso. Ou talvez seja porque estamos em público. Ou talvez ele só esteja cansado.

Isso não significa nada, Judy. Pare de inventar coisas.

Nos despedimos, e ele vai embora.

Enquanto entro na estação e depois no trem, não consigo parar de questionar tudo que aconteceu. E daí que ele não estava duro? Isso não é uma evidência que poderia ser apresentada no Tribunal de Justiça, ou no Tribunal do Amor. Se Art estivesse sentado ao meu lado, ele diria que não é uma *evidurência*, e a gente daria risada. Art me disse uma vez que o metrô é o lugar mais quente da cidade, em termos de temperatura sexual, não física. Disse que todos esses corpos se esfregando são basicamente uma sauna onde as pessoas ficam de roupa, embora Art nunca tenha ido a uma sauna. Acho que diz essas coisas só pra me tirar do sério, mas, quando uma multidão entra no vagão, não consigo evitar olhar para a virilha de todos os homens, tentando entender o quão fácil pode ser deixar um cara de pau duro.

Quando chego no apartamento do tio Stephen, ele está deitado no sofá ao lado do Art, metade de uma pizza na frente deles. *Mamãezinha querida* está passando na televisão. Quase no fim. Eles estão assistindo à cena em que Joan substitui a filha Christina em uma novela, interpretando um papel escrito para uma mulher com literalmente metade da idade dela. Os dois estão recitando as falas do filme tão alto que mal dá para ouvir as atrizes, parece um filme dublado.

— Como foi o encontro? — pergunta tio Stephen.

— Ótimo — respondo, um pouco rápido demais.

— Mais detalhes, por favor — pede ele.

Me sento entre os dois no sofá.

— Vamos terminar o filme.

Art me puxa para mais perto, colocando minha cabeça em seu peito. Isso é tão simples, tão fácil. Recostar minha cabeça no peito de um garoto que eu amo como amigo sem ter que me preocupar se ele também me ama, sabendo que seremos tudo na vida um do outro, para sempre, porque amizade é tão mais fácil do que amor. O coração de Art está batendo forte. Na mesa ao lado do sofá, vejo um novo porta retrato, com uma foto de tio Stephen, Art e eu no último dia das bruxas, quando nos juntamos à ACT UP para um protesto na Trump Tower, que tio Stephen nos explicou ser um símbolo de tudo que o mercado imobiliário faz pelas construções luxuosas enquanto dez mil pessoas com aids na cidade não têm onde morar. O protesto foi incrível. Tinha um homem fantasiado de Dorothy com uma placa que dizia "Se renda, Trump". E outro fantasiado de Freddy Krueger com uma placa que dizia "O Trump é um pesadelo". E nós. Tio Stephen estava fantasiado de Joan Crawford, e Art e eu fomos de Christina e Christopher. Art era Christina, e eu, Christopher. Éramos uma família. Combinávamos. Ainda combinamos. Começo a recitar as falas junto com os dois. E penso em como as coisas eram bem menos complicadas antes de eu conhecer o Reza, quando cada um de nós sabia o próprio papel e as próprias falas.

#115 TAYLOR, ELIZABETH

Um dia, ela era a estrela mirim com olhinhos pidões. De repente, tinha se tornado a mulher mais linda do mundo. Aos 26, era uma viúva de luto; aos 27, uma destruidora de lares descarada; aos 28, uma sobrevivente da morte; e logo se tornaria ganhadora de um Oscar e a atriz mais bem paga do mundo. Casou-se sete vezes (mas não com sete homens — faça as contas), e se tornou a melhor amiga de ninguém menos que Michael Jackson (que parecia ser incapaz de fazer amizade com qualquer um que não fosse criança ou macaco). Mas seu papel mais importante foi o de *lutadora*. Ela lutou por nós. Organizou festas beneficentes, fundou organizações, testemunhou no Senado. Até bateu de frente com a maior menina malvada da América: O. Escroto. Do. Reagan. Ronald Reagan... ele já não tinha causado sofrimento o bastante ao mundo com seu trabalho abominável como ator? O cara conseguiu ser ofuscado por um chimpanzé em um dos seus trabalhos mais famosos. Não é para qualquer um. Mas conseguiu se superar enquanto observava nossa morte, aproveitando silenciosamente o genocídio como se fosse um jantar para ele e sua esposa igualmente sem talento (tente assistir a qualquer um dos filmes *dela*). Foi Elizabeth Taylor que fez pressão junto aos amigos da antiga Hollywood para que Reagan falasse publicamente sobre nossas mortes pela primeira vez em 1987. Imagine só. Nós estávamos morrendo havia seis anos, e o presidente nunca havia sequer mencionado a palavra aids. Espero que as pessoas se lembrem disso. E também espero que as pessoas lembrem que, sem ela, o mundo teria menos glamour e também menos bondade e menos coragem.

REZA

Estar no aeroporto de Nova York é como estar em todas as cidades do mundo ao mesmo tempo. Aqui, todos os idiomas são falados e todos os tipos de pessoas estão representados. Famílias, casais, estudantes, todo mundo indo e vindo. Encaro a lista de desembarques e me imagino voando para todas essas cidades, desaparecendo em Paris por uma semana, ou Roma, ou Hong Kong. Como seria minha vida em Buenos Aires? Quem eu seria lá? Às vezes minha mãe assiste a um programa que se passa em um bar e canta junto a música de abertura, que é sobre como seria legal ir para um lugar onde todo mundo sabe o seu nome. Mas o que imagino quando olho para todas essas cidades é como eu adoraria ir para um lugar onde ninguém soubesse meu nome, onde ninguém esperasse nada de mim. Quem eu seria em Lisboa? Em São Francisco? Nesses lugares eu não teria mãe, nem padrasto, nem ninguém para se decepcionar comigo. Eu poderia até morrer sem magoar ninguém além de mim mesmo.

— Cadê ela? — indaga minha mãe, preocupada.

A preocupação fica sempre para a minha irmã, e a expectativa, sempre para mim.

— Não sei — respondo, procurando por ela no meio da multidão de passageiros desembarcando.

Uma senhora sentada em uma cadeira de rodas é empurrada por um comissário de bordo até os braços de uma família que segura uma faixa escrita "Bem-vinda aos Estados Unidos, Vovó!". Uma mulher muito bonita se aproxima de um homem mais velho e dá um beijo em sua bochecha antes de jogar a mala de viagem nos braços dele. Um time de futebol masculino de uniforme marrom passa pelo portão de desembarque, falando alto em espanhol. Não entendo o que dizem, mas nem me importo ao ver suas pernas. Se eu fosse para um lugar onde ninguém sabe meu nome, iria para o lugar de onde estes homens vieram.

— Zabber! — grita minha irmã, um apelido que apenas ela usa. — Aí está você.

Paro de prestar atenção nos corpos dos jogadores de futebol e a vejo. Ela não sai pelo portão de desembarque. Está parada perto da entrada que dá para a rua. Veste uma calça jeans rasgada com um coração cor-de-rosa bordado, um suéter preto bem justo e uma jaqueta bomber. O batom é vermelho-rubi, as unhas são rosa-shocking e o cabelo crespo está amarrado no topo da cabeça em um coque preguiçoso. Ela carrega uma mala de viagem pequena.

— Tara! — grito de volta, e esqueço completamente da minha mãe enquanto corro para os braços da minha irmã.

Quando ela me abraça, derreto um pouco. Me sinto em casa dentro desse abraço. Tara me lembra de um tempo onde eu sabia o que esperar. Mas o cheiro dela é novo. Cigarro, talvez, e um perfume diferente do que ela costumava usar.

— Você não chegou com os outros passageiros? — pergunta minha mãe.

— Meu avião estava lotado, então acabaram me encaixando em um voo antecipado — explica Tara. — Tentei ligar para avisar, mas ninguém atendeu.

— Humm — murmura minha mãe, um pouco desconfiada.

— A boa notícia é que me deram milhas por causa do inconveniente, então da próxima vez você não vai precisar pagar minhas passagens.

Tara olha para minha mãe e parece aborrecida. Sei que está pensando que ela está sempre desconfiada de alguma coisa.

— Ou talvez você não se importe mais com milhas agora que é rica.

— Tara, por favor — diz minha mãe. — Nem começa com isso. É tão bom te ver novamente.

Minha mãe pega Tara pela mão e a puxa para um abraço fraco. Trocam beijos, e ambas terminam com um pequeno borrão vermelho nas bochechas.

— Meu Deus, você está até com cheiro de rica, mãe — comenta Tara.

Tara ainda não aprendeu a primeira regra da nossa vida nova, que é: a gente não fala sobre o dinheiro que tem agora. Tara nunca foi boa com regras, as ditas e as não ditas, e no caminho para casa parece que a única coisa sobre a qual quer falar é dinheiro. Vendo nossa vida pela ótica dela, consigo entender. Quando saímos de Toronto, éramos uma família que vivia em um apartamento minúsculo e lavava roupas apenas uma vez por semana porque não tínhamos muitas peças legais. Agora minha mãe está vestindo uma blusa da Versace, segurando uma bolsa da Chanel e buscando a filha no aeroporto em uma Mercedes.

Tara repara em tudo. Repara que nosso carro é impecável e comenta que estacionar em Manhattan deve ser mais caro do que a mensalidade da sua faculdade. Estou no banco de trás e, enquanto avançamos pela cidade, vejo Tara no banco do carona, absorvendo cada detalhe, a sujeira e a grandiosidade e a energia de Nova York. Ao contrário de mim, ela tem o pique que a cidade exige.

— Tara, podemos ter uma conversa sincera antes de você conhecer o Abbas? — pergunta minha mãe no momento em que pega um acesso errado na Madison Avenue.

Percebo que ela está aumentando o tempo de viagem de propósito só para ter essa conversa.

— Você me conhece, mamãezinha. — Tara só a chama de *mamãezinha* quando quer irritá-la. — Se tem uma coisa que eu sou é sincera.

Isso não é verdade. Tara mente o tempo inteiro. Ela mente sobre aonde está indo, com quem está indo e o que fez quando foi. Mas o que torna Tara tão fascinante é que ela parece ser sincera o tempo todo, graças à sua autoconfiança e seu jeito de falar.

— Eu não contei para o Abbas sobre alguns dos seus erros de antigamente porque não quero que ele julgue você baseado no seu passado... — começa minha mãe, e eu sei que esta conversa vai terminar muito, muito mal.

— Não foram erros, foram escolhas — rebate Tara, aumentando o tom de voz.

— Assim como eu não gostaria de ser julgada pelo meu passado — prossegue minha mãe, olhando para a rua, mas seguindo na direção completamente errada. — Talvez daqui pra frente a gente deva manter nossas emoções um pouco mais reservadas.

— Ah, ok — diz Tara, maliciosamente. — Então você quer que eu basicamente esconda quem eu sou para que seu novo marido se sinta mais confortável.

Observo as lojas na rua, todas aquelas lojas de grife sofisticadas, com seus manequins perfeitamente proporcionais nas vitrines, envoltos em tecidos luxuosos. Imagino Judy em sua máquina de costura criando várias roupas diferentes. Vejo-a cercada de cores e tecidos e ideias. Passamos por uma loja cuja vitrine está sendo montada. Um cara está despindo um manequim masculino. Olho para o corpo do manequim e percebo que estou um pouco excitado. Cubro a virilha com as mãos. Imagino que o manequim é o Art, parado na vitrine da loja, completamente nu. O quão doente alguém precisa ser para ficar excitado com um pedaço de plástico? Ao fundo, a briga continua...

Eu só quero que ele veja como você é doce, a sua verdadeira personalidade...

Diferente da minha falsa personalidade de antes?

Você era jovem, Tara. Todo mundo é uma versão falsa de si mesmo quando é jovem.

Não, as pessoas mais velhas é que são falsas. Elas esquecem quem foram um dia.

Você não vai pensar assim quando tiver a minha idade.

Você só parece mais jovem porque agora tem dinheiro.

Por favor, não fale de dinheiro na frente do Abbas. Pessoas com dinheiro não falam sobre dinheiro.

Eu sei, eu sei. E pessoas com pais mortos não falam sobre pais mortos porque isso causa desconforto nos outros. E Deus que me livre de causar qualquer desconforto.

Você está me causando desconforto agora, mas não que você se importe.

— Ei, Zabber, obrigada pelo apoio. Significa muito para mim.

Ouvir meu apelido me traz de volta à realidade. Em algum momento minha mãe aceitou que precisaria virar o carro na direção certa, e estamos enfim na garagem de casa.

— Reza, meu amor — diz minha mãe, um pouco agitada. — O que eu fiz para merecer o jeito horrível como sua irmã me trata? Me conte.

— Eu ainda estou no carro! — grita minha irmã. — Não fale sobre mim como se eu não estivesse aqui. Diz pra ela como isso é irritante, Zabber.

É isso que elas fazem. Eu sou o juiz desta competição eterna.

Muito em breve minha vida pode mudar de novo. Tara está prestes a conhecer Abbas e Saadi e, levando em conta sua habilidade destrutiva, talvez estejamos voltando para Toronto amanhã mesmo. Mas, para minha surpresa, Tara se comporta muito bem quando Abbas abre a porta. Tara fica irresistível quando entra em modo "cativante", e sei que acaba de ligá-lo, porque está toda sorrisos, elogios e perguntas. Dizendo coisas tipo "Nossa, que quadro bonito" e "Alguém já te disse que você parece uma versão mais magra e mais jovem do Marlon Brando?", e também "Sério, é tão bom finalmente conhecer vocês depois de ouvir coisas tão boas da minha mãe e do meu irmão". O mais perto que ela chega de falar sobre dinheiro é quando ela diz "Estou me sentindo a Annie cantando 'Acho que vou gostar daqui'", o que é um jeito charmoso e apropriado de dizer que a casa é luxuosa e que nosso novo padrasto é o Papai Warbucks.

Em menos de dez minutos, fica claro que Abbas já ama minha irmã. Ele sorri para ela de um jeito que nunca sorriu para mim, como se mal pudesse esperar para ouvir o que ela vai dizer a seguir.

— Saadi! — grita Abbas. — Venha conhecer sua nova irmã.

— O nome dele é por causa do poeta? — pergunta Tara.

Abbas sorri.

— Sim — confirma ele. — Você gosta dos poetas clássicos?

— Bem, eles foram, tipo, os primeiros astros do rock — responde ela. — Rumi. Hafez. Khayyam. Saadi. Disseram tudo que a gente precisava saber sobre amor e vinho bem antes do John Lennon e do Mick Jagger.

— E de um jeito melhor — comenta Abbas, impressionado.

Minha mãe sorri aliviada, talvez até orgulhosa, vendo a filha pela perspectiva do Abbas.

— E o que você acha da Forough Farrokhzad? — pergunta Tara. — As pessoas acham que mulheres iranianas vivem escondidas sob o xador sem nenhum direito ou ideias próprias, mas, décadas atrás, já tínhamos uma poeta corajosa e feminista.

— Ela era incrível — concorda Abbas.

Então eu escuto a porta do quarto de Saadi se abrir, mas ele não sai de lá sozinho.

Art.

Tenho tido sucesso em evitá-lo. Sento longe dele durante as aulas. Invento desculpas quando Judy está com ele. Não apareço nas noites de filme aos domingos. Mantenho os fones do meu discman por perto a todo momento para poder criar uma barreira de som entre nós sempre que o vejo se aproximar.

Art, com sua calça jeans escura bem justa nas pernas, jaqueta de couro e a câmera pendurada no pescoço batendo no zíper da jaqueta. Como um pêndulo que a cada badalar conta uma batida do meu coração, cada batida da câmera conta um segundo de distância do momento em que eu poderia o ter beijado. Estamos cada vez mais e mais longe dessa possibilidade.

— Foi mal, a gente estava estudando — explica Saadi, estendendo a mão para Tara. — Prazer em conhecer você, finalmente.

— O prazer é todo meu — responde Tara.

Art parece olhar diretamente para mim. Eu olho para todos os lados, menos para ele, e em minha busca por outro ponto focal, percebo Tara me observando com curiosidade. Ela me conhece bem demais.

— Oi, eu sou a Tara — diz ela para Art, estendendo a mão.

— Ah, legal, irmã do Reza? Já ouvi falar de você.

— Posso confirmar que tudo que você ouviu é verdade — retruca Tara.

Todo mundo ri. Tara sabe quebrar uma situação cheia de tensão com seu senso de humor. Eu não tenho essa habilidade. Nem sei se tenho senso de humor. Tudo que sei fazer em situações de tensão é me desligar e desaparecer.

— Vem, vamos acomodar você, Tara — propõe Abbas carinhosamente. — Espero que não se importe em dividir o quarto com seu irmão.

— Já estamos acostumados — responde ela, se virando para mim com um sorriso solidário.

Tara segue minha mãe e Abbas até o meu quarto. Eu continuo parado no saguão com Art e Saadi, desejando saber como quebrar a tensão com senso de humor. Então Saadi me dá um soco no ombro.

— Ai! — exclamo. — Pra que isso?

— Por não ter me avisado que sua irmã é gostosa.

— Você tá ligado que ela também é sua irmã agora, né? — comenta Art.

— Sim, obrigado — diz Saadi. — Mas não aceito sermão sobre comportamento sexual aceitável de alguém que faz sexo com a bunda.

Art responde colocando o dedo do meio na cara de Saadi.

— Valeu — fala Saadi.

Então ele vai embora, e eu fico sozinho com Art. A câmera já parou de balançar. Tudo o que restou foi o silêncio e o calor do corpo dele. Surge uma nova fantasia. Ir para um lugar onde ninguém sabe meu nome, levando Art comigo. Algum lugar onde ele seja a única pessoa que me conhece. Ele pode mudar meu nome para outro nome que preferir. Pode me chamar de *baby* ou *querido* ou *amor* ou Reza mesmo, se quiser. E eu serei somente dele, existindo apenas para ele.

— Você está me evitando? — pergunta ele.

— Claro que não.

Quase completo com *Por que eu faria isso?*, mas não digo mais nada porque talvez ele responda à pergunta e não quero ouvir a resposta.

— Tudo bem, porque eu acho que a vida da Judy seria bem mais fácil se nós dois fôssemos amigos.

— Ah. Mas nós *somos* amigos.

Por um momento, me esqueci de Judy. Eu me imaginei indo para um lugar com Art e deixando Judy para trás. Me odeio por pensar isso e, pior, por querer isso.

— Entendi — diz ele. — Só queria esclarecer as coisas.

— Tudo bem — respondo, mas nada entre nós está claro.

Continuamos de frente um para o outro durante mais algumas respiradas intensas.

— Ei, você viu que a *People* elegeu a Madonna uma das pessoas mais bem vestidas do ano?

— Vi — respondo.

Eu já tenho essa edição no meu quarto. Tenho todas as revistas que já tiveram a Madonna na capa, e todos os álbuns, e muitos outros pôsteres. Acumulei uma coleção, bancada pela minha mesada e pelas notas de vinte dólares que frequentemente roubo do bolso do Abbas enquanto ele toma banho.

— Eu meio que queria que ela fosse eleita a mais malvestida, sabe? Tipo, eu queria que o resto do mundo não entendesse ela. Que ela fosse só nossa. É egoísta da minha parte?

Não sei o que ele quer dizer com "nossa".

— Você vai fazer alguma coisa nas férias de fim de ano? — pergunto.

Essa é a pergunta que todo mundo na escola faz para os outros, então jogo-a na conversa esperando uma resposta inofensiva.

— Para celebrar o espírito natalino da melhor forma possível, vou participar de um protesto da ACT UP na Catedral de St. Patrick's. A Judy não contou? Vai ser épico. ÉPICO.

— Ah.

Judy não disse nada. Ela não fala muito sobre Art quando estamos juntos. Então repito a resposta que todo mundo na escola dá para qualquer pergunta.

— Maneiro.

— Depois meus pais vão me levar para esquiar em Aspen, o que vai ser um saco, mas enfim. Meu Natal de verdade vai ser no protesto. E você?

— Nós vamos para Miami — respondo, desejando que Miami fosse perto de Aspen.

— Miami! — repete Art com empolgação. — Tem uma boate lá aonde a Madonna sempre vai. Vou procurar o nome depois. Você precisa ir lá procurar por ela.

Art pensa que eu sou o tipo de pessoa que vai a boates, o tipo de pessoa que procura pela Madonna em qualquer lugar que não seja uma banca de revistas ou uma loja de discos ou a MTV

— Ah, sim, a gente supervai nessa boate — diz Tara, parada a alguns passos de nós dois, até que se aproxima e apoia o braço nos meus ombros. — Adorei seu quarto. Quem diria que o meu irmãozinho viraria um fanático pela Madonna?

— Eu gosto dela — digo, tentando parecer casual.

— Gosta? — repete Tara. — Você tem a cara dela pelo quarto inteiro. Tem todos os discos que ela já lançou, incluindo umas edições exclusivas da Europa e do Japão.

Alguma coisa rola entre Tara e Art, uma troca de olhares, uma conversa sem palavras.

— Tenho que ir — anuncia Art. — Mas foi um prazer conhecer você, Tara. E, caso ainda não tenha percebido, seu novo meio-irmão quer te pegar, então cuidado.

— Nem brinca — reclama Tara. — Mas valeu pelo aviso.

— Não brinco. Sou brutalmente honesto — diz Art.

— Ai, meu Deus, eu também.

Eles se dão um abraço de despedida, e consigo ouvir Tara sussurrando alguma coisa no ouvido de Art, mas não dá para entender o que é. Queria saber, mas tenho medo de perguntar.

Quando Art vai embora, sinto a ausência imediatamente. Um misto de alívio e vazio. Tara me puxa para mais perto e me leva até nosso quarto. Nos jogamos na cama ao mesmo tempo e ficamos ali deitados, lado a lado, como costumávamos fazer quando éramos mais novos. Ela falava, e eu escutava.

— Ei, eu quero te contar uma coisa — diz ela.

— Conta.

Desvio meu olhar para a parede, observando o pôster da Madonna com a camiseta escrito HEALTHY.

— Eu não estava naquele voo hoje. Na verdade, já estou aqui em Nova York faz alguns dias. Vim de carro com o meu namorado novo. Ele é DJ de *house* em uma boate lá de Toronto, mas quer tentar a carreira aqui em Nova York porque lá não rola uma cena.

— Tara, do que você está falando? — pergunto. — Você não vai voltar para a faculdade em janeiro?

— Nem fodendo! Tá de brincadeira, né? Quando conhecer o Starburst, você vai entender.

— O cara se chama Starburst? — pergunto, tentando não soar como a minha mãe.

— Nome artístico. O nome de verdade é Massimo, que é o nome mais sexy de todos os tempos. Ele é do Mediterrâneo, absurdamente gostoso e conseguiu um apartamento de um quarto em Hell's Kitchen, para onde pretendo me mudar assim que contar tudo para a mamãe. Então não vou ser sua colega de quarto por muito tempo — diz ela, respirando fundo. — Quero tanto que você conheça ele.

— Tara, você tem certeza...

Não termino a pergunta.

Ela se vira para mim, e nos encaramos.

— Me escuta, irmãozinho. Quando a gente se apaixona, faz qualquer coisa por amor. Você vai ver. É por isso que as pessoas escrevem músicas sobre como não existem montanhas altas o bastante ou rios profundos o bastante para separar duas pessoas que se amam. É muito poderoso.

— Eu sei. Tenho uma namorada — respondo.

— Mamãe me contou. Está apaixonado por ela?

Pelo forma que Tara pergunta, sei que ela já sabe a resposta. Tara me enxerga, e talvez sempre tenha sido assim. Deixo a pergunta no ar. Deitado ao lado da minha irmã, penso que também não amo o Art. Se amasse, faria qualquer coisa para ficar com ele. Escalaria montanhas e nadaria nos rios, correria o risco de decepcionar a minha mãe, colocaria seu casamento em risco, aceitaria a possibilidade de pegar uma doença fatal. Talvez eu não seja corajoso o bastante para amar.

Quando abro os olhos, minha irmã está sentada de pernas cruzadas do meu lado, olhando para mim.

— Então — diz ela. — A arte na casa é bem bonita.

— É — respondo.

— Tem uma peça em particular que eu achei adorável.

Ela me encara com os olhos esbugalhados e o pescoço esticado, parecendo uma galinha.

— Ah, entendi — digo. — Estamos falando em códigos.

— Estamos? — pergunta ela. — Você também gosta do Art? Eu acho que sim.

Não digo que sim. Mas também não digo que não. Só balanço a cabeça e encaro o teto, percebendo que ali ainda há espaço para mais pôsteres da Madonna. Então imagino Art quebrando o teto e surgindo como um anjo, um mensageiro de um lugar onde apenas ele sabe meu nome.

ART

Espalho panfletos pela escola inteira, mas ninguém aparece. Todos têm triângulos cor-de-rosa desenhados, anunciando o primeiro encontro do novo clube da escola na hora do intervalo, nosso próprio grupo jovem da ACT UP. Não sei o que eu esperava. Não imaginei uma multidão de jogadores de lacrosse entrando pela porta, mas pelo menos um nerd do teatro seria legal, um ou dois alunos que gostem de moda, ou talvez um professor para dar apoio. Pelo menos alguns calouros ou veteranos em busca de algo que os fizesse parecer mais caridosos do que realmente são nas inscrições para as faculdades. A nossa turma está bem nessa época, então, a não ser que o pessoal não se importe com isso, não há motivos para não correrem atrás de algumas atividades extracurriculares. Mas acho que ninguém do último ano além de mim e da Judy, que já deveria estar aqui, se importa com a quantidade absurda de gente morrendo na nossa cidade. Eles só passeiam pelos corredores, felizes e despreocupados, como se não estivesse acontecendo uma guerra do lado de fora.

Certa vez, Jimmy me disse que a aids é como uma guerra. Governantes e pessoas poderosas estão pouco se fodendo porque os filhos deles não estão sendo enviados para os campos de batalha. Os filhos deles não estão morrendo. Mas eu sou um desses filhos, e estou na guerra. Meus colegas de classe, por outro lado, definitivamente não estão. Todos já fizeram suas inscrições para a faculdade e agora podem relaxar, organizar festas, experimentar drogas e álcool, beijar qualquer colega de classe aleatório que talvez nunca mais vejam. Provavelmente se inscreveram em um monte de faculdades de alto nível, outro monte de faculdades medianas e em uma ou duas opções mais realistas. Eu, não. Me escrevi apenas em duas, Yale e Berkeley. Uma porque eu queria que meu pai saísse do meu pé. A outra porque fica na cidade dos meus sonhos: São Francisco.

— Desculpa a demora. Fiquei presa numa conversa com o sr. Seczo por causa de um trabalho sobre a Jane Austen — diz Judy ao entrar correndo.

Ela está usando um casaco metálico que ela mesma fez por cima do uniforme, com aquele broche idiota de peixe. Judy e Reza usam esse negócio ridículo todo dia desde o primeiro encontro dos dois, um tipo esquisito de aliança. Como se quisessem me lembrar que eu não faço parte do mundinho privado e heterossexual deles, onde eles são abençoados com encontros com a Debbie Harry e mãos entrelaçadas e beijos de boa-noite.

— Já acabou? — pergunta ela.

— Nem começou — respondo com amargura. — Ninguém apareceu.

— Sério? Eu disse para o Reza vir.

Judy parece decepcionada, mas não consigo saber se é porque ninguém se importa com o ativismo contra a aids ou porque o namorado dela não se importa. O NAMORADO. É assim que ela o chama agora.

— Bem, ele não veio — afirmo. — Mas você não precisa transformar o Reza em um de nós, sabe? Ele tem permissão para, tipo, não ligar para as coisas que a gente liga.

Judy se senta ao meu lado. Ela repousa a mão sobre o meu joelho e dá uma apertadinha.

— Você acha que a escola pensou duas vezes antes de contratar um professor chamado sr. Seczo?

Dou uma risada. A gente já riu desse sobrenome várias vezes, mas nunca perde a graça.

— Falando em *seczo*, tá rolando alguma coisa? — pergunto.

Judy fica vermelha, mas não morde a isca. Ela não me conta quase nada sobre o Reza. Não sei se ele beija bem. Ou se tem pegada. Será que ela já o viu pelado? Porque, se sim, eu quero detalhes.

— Tudo bem, mudando de assunto — desconversa ela. — Me conta sobre as fotos que você tem tirado ultimamente.

Conto para Judy sobre o meu projeto fotográfico, sobre como quero fotografar os ativistas e deixá-los parecendo estrelas do cinema clássico.

— Amei essa ideia — diz Judy, batendo palmas de empolgação. — Posso fazer roupas para eles?

— Claro. Talvez esse possa ser o primeiro projeto do nosso grupo da ACT UP na escola, que é, como você pode perceber, uma dupla.

— Tô dentro.

Começamos a planejar os retratos e, por um momento, somos eu e Judy contra o mundo, como costumava ser. A sensação é ótima.

Até que Darryl Lorde, passando pelo corredor com um grupo de amigos, incluindo Saadi, espia dentro da sala. Todos usam um boné branco de beisebol e ostentam um ar de escárnio, mas Darryl parece mais cruel do que o normal hoje. O cara é um babaca sádico que provavelmente vai dominar o mundo se as regras não mudarem.

— É aqui o encontro das bichas? — pergunta ele.

— É, sim — rebato. — Mas não se preocupe, bichas que ainda estão no armário também são bem-vindas.

— Beleza. Vou avisar seu pai se ele ainda não tiver se mudado para São Francisco.

— Uau — diz Judy. — Que resposta sagaz, hein.

— Vocês deveriam estar em quarentena — provoca Darryl.

— Sai daqui, Darryl — retruca Judy. — Isso aqui é um encontro sério.

— Vocês sabem que não podem começar um grupo oficial na escola sem a presença de alguém do corpo docente ou pelo menos cinco alunos, né? Acho melhor pararem de colar a ideologia de vocês pelos corredores, ou o Clube dos Jovens Conservadores vai denunciar esta bagunça. Nós temos doze membros, caso vocês não saibam.

— Uaaau — ironizo. — Maiores do que um time de futebol, mas igualmente burros.

— Pelo menos a gente não vai morrer no ano que vem.

Darryl diz isso com tanta frieza e tanta certeza que sinto como se tivesse levado um soco no estômago. O fato de que eu posso sim morrer no ano que vem não parece nem remotamente chocante para ele. É só mais uma ofensa que pode usar contra mim. Se eu estivesse morrendo no meio da rua, ele provavelmente faria pipoca, sentaria com os pés para cima e aproveitaria o show.

Seus amigos soltam risadas graves, como as risadas de caras hétero sempre são. Como se a minha morte fosse a cena de uma série de comédia e eles fossem as gargalhadas ao fundo. Como se a morte dos meus mentores e pais fosse engraçada. A risada de Saadi me deixa enojado quando penso que Reza tem que dividir uma casa com ele.

— Uma sugestão? — continua Darryl. — Se mata logo, assim você poupa seus pais da visão infernal que vai ser a sua cara cheia de feridas.

Meu sangue ferve. Meus punhos se fecham. Antes que eu consiga me dar conta, pulo da cadeira e derrubo Darryl no chão, atacando-o como uma daquelas lutadoras maravilhosas.

— Vai pro inferno, seu FILHO DA PUTA DO CARALHO! — grito.

Darryl se contorce embaixo de mim. Seu corpo assustado é maior e mais forte do que o meu, mas incapaz de superar a força da minha ira.

— Sai de cima de mim, sua bicha! — grita ele.

— Não antes de te passar aids — respondo, cuspindo na cara dele.

Não sei por que digo ou faço isso. Sei que não tenho aids. Sei que, se tivesse, não transmitiria a doença cuspindo nele. Mas agora, tudo que quero é que esse otário e todos os outros homofóbicos do mundo fiquem doentes. São eles que merecem. ELES é que deveriam estar em quarentena. Judy grita, me mandando parar, mas eu a ignoro. Berro que vou passar aids para Darryl pelo menos mais umas cinco vezes.

— Você é doente — fala ele, depois de finalmente conseguir me empurrar para longe.

Meu corpo bate na parede, mas ainda não me dou por satisfeito.

Tento socar a cara dele e acabo errando o alvo.

Então agarro Darryl pelas pernas e puxo em minha direção.

— Você está certo. Eu sou doente. Eu tenho aids, vou te morder e passar para você. Igual a um vampiro.

Mostro os dentes e avanço de boca aberta para seu tornozelo.

— Art, para, por favor, para, você está me assustando! — implora Judy.

Puxo o pé de Darryl em direção ao meu rosto. Ele empurra a perna, chutando meu queixo no processo. Mordo o lábio. Minha cabeça é lançada para trás e bate na parede com força. Minha câmera balança para a esquerda e também acerta a parede com tudo. Meus olhos piscam de choque e dor.

Quando abro os olhos, tenho sangue nas mãos e na camiseta. Estamos cercados de pessoas. Alunos. Professores. A maioria parece horrorizada. Annabel de le Roche e as amigas olham para mim com pena, o que é ainda pior do que horror. Ninguém além de Judy tem coragem de chegar perto de mim. Ela me abraça forte, com um pouco do meu sangue em suas unhas como se fosse esmalte. Ela repete em sussurros *Ai meu Deus, Ai meu Deus, Ai meu Deus*, até conseguir perguntar *Você está bem?* Puxo minha câmera mais para perto. Removo a capa de segurança da lente. Está rachada. Solto um suspiro alto de dor e tristeza. Eu preferia ter perdido um dente do que a câmera. Judy sussurra que a câmera pode ser substituída. Eu sei disso, mas ESTA câmera é insubstituível.

— Você ficou maluco? Você não... Você não tem de verdade, né? Você tem aids?

— Vai se foder — respondo.

— Isso não é resposta — diz Saadi. — Só diz se você tem ou não, cara.

— Vai pro inferno, *cara* — digo, olhando para Saadi. — A gente estuda junto, você me conhece, e ainda assim fica aí do lado do seu amigo sociopata...

— Ah, claro. Eu sou o sociopata — interrompe Darryl. — Você é problemático.

Nossa diretora, a sra. Starr, se aproxima com uma expressão apavorada.

— O que está acontecendo aqui? — pergunta ela. — Você está bem, Art?

— Ele me atacou — acusa Darryl. — Ele pulou em cima de mim e disse que ia me passar aids.

— Isso é verdade? — pergunta a sra. Starr.

— É, sim — intervém Saadi. — Eu vi tudo.

Sim, viu tudo e não fez nada.

— Sim — confirmo também. — É tudo verdade.

— Primeiro você vai a enfermaria, depois resolveremos isso.

— Eu estou bem — declaro. — Vou ficar bem.

A sra. Starr se abaixa perto de mim, mas não muito. Vejo que não se aproxima do meu sangue. Lembro de como foi importante quando a Princesa Diana apertou as mãos de um paciente com aids, sem luvas. Sério, esse é o mundo em que vivemos. Um mundo onde as pessoas têm medo de cumprimentar os gays.

— Art, você precisa ir para a enfermaria — insiste ela.

— Eu estava no meio do primeiro encontro do meu grupo escolar — respondo. — E pretendo terminá-lo.

— Eu vi os panfletos — responde a sra. Starr. — Este grupo não foi autorizado pela escola, então as reuniões não podem acontecer aqui dentro. Mas, se quiser começar uma aliança gay-hétero, eu aprovaria.

— Ah, uma aliança gay-hétero deixaria você mais confortável? — provoco.

— Com certeza teria mais membros — argumenta ela.

— Eu faço parte do grupo do Art — declara Judy com orgulho, e eu a amo por isso.

— Não preciso de números — falo. — Preciso de paixão. Preciso de pessoas que se IMPORTEM com o fato de que nós estamos morrendo. — Olho para todos os alunos que me encaram em choque, como se eu fosse um animal de zoológico. Eles jogariam amendoins para mim se pudessem. E eu responderia com um grito. — Estou fundando um grupo jovem da ACT UP aqui na escola. A gente precisa lutar pelo fim da aids, mostrar para o mundo que os jovens desse país se importam. Quem vem comigo?

Silêncio.

— Art, vamos embora — sussurra Judy. — Não vale a pena.

Quando as pessoas começam a se afastar, eu o vejo parado atrás de um grupo de alunos. Reza. Ele parece chocado, mas não tira os olhos de mim. Ou talvez esteja olhando para Judy. Não sei. Mas ele não se mexe, e sinto vontade de sacudi-lo, para libertar de todo aquele medo a pessoa que eu sei que ele é. Quero beijar e matar Reza ao mesmo tempo.

— Tudo bem, todo mundo circulando — ordena a sra. Starr. — O show acabou, e o intervalo também. Todo mundo pra aula. — Enquanto a multidão se dispersa, ela se volta para mim mais uma vez: — Não teremos nenhum grupo da ACT UP nesta escola, Art. E você está procurando muitas formas de ir pra detenção.

— Que seja — digo, porque já gastei todas as palavras eloquentes que eu tinha.

Observo Darryl, Saadi e seus cúmplices passando por Reza.

— Tá olhando o que, aiatolá? — rosna Darryl para Reza, que nada diz, assim como Saadi.

Em certo momento, não sobra mais ninguém no corredor além de mim, Judy e Reza, que se aproxima de nós. Mas ele não chega muito perto, e esta distância dói como uma apunhalada.

— Vocês estão bem? — pergunta ele.

— Eu pareço bem? — rebato.

— Meu Deus, Art, Reza não é o inimigo — intervém Judy.

— Qualquer um que não é amigo é o inimigo — argumento.

— Pensei que fôssemos amigos — lamenta Reza.

— Não, a gente só dizia isso pra Judy se sentir bem. Mas é óbvio que não somos. Você não apareceu na reunião. Tem medo de chegar perto de mim agora. Ficou parado enquanto o amigo do seu irmão tentava me matar.

— Ele não é meu irmão — corrige Reza. — E eu não vim para a reunião porque estava...

— Estudando? — pergunto.

Ele confirma.

— Você está sempre estudando quando a Judy está comigo. Está sempre estudando nas noites de filme. Não que eu queira que você vá, porque é uma coisa só nossa. Uma tradição nossa, como esses broches de peixe de vocês dois. Você nunca deveria ter sido convidado, pra começo de conversa.

— Art, qual é — resmunga Judy.

— Não, Judy. Reza tem medo de mim. Da gente. Olha só pra ele. Com medo de chegar perto. — Pego a mão de Judy e mostro para Reza. — Olha só, sua namorada está com o meu sangue nos dedos. Está com medo de que ela também tenha AQUILO?

— Art, para com isso! — ordena Judy.

— Tudo bem, parei — digo. — Vou nessa.

— Vai pra onde? — pergunta ela. — Estamos na metade do dia ainda. Temos aula.

— O que eles vão fazer? Me expulsar?

Sei que posso estar parecendo um babaca, mas nem ligo. Minha fúria está fora de controle. Quero descontar essa raiva em qualquer um que não me entenda, em qualquer pessoa que não seja *queer* e, sim, talvez isso inclua a Judy. Quero entrar em erupção, quero explodir e depois renascer em um mundo novo onde eu não tenha que me sentir diferente todos os dias, um mundo onde meu sangue nunca possa ser infectado.

Saio da escola, e o ar gelado atinge meu rosto como um tapa. Ainda estou com dor e, andando pela rua, percebo as pessoas me encarando. Ando. E ando. E ando. Para o único lugar onde eu consigo me sentir em casa.

Quando ele abre a porta, está vestindo um dos seus quimonos, com cara de que estava dormindo e suando. A preocupação no seu olhar suaviza minha raiva. Sua mão em meu rosto me faz chorar.

— O que houve? — pergunta ele.

— Eu... — Mas nenhuma palavra sai. Só consigo chorar.

Ele me puxa para um abraço e fecha a porta, e eu caio em prantos, provavelmente estragando seu quimono de seda.

— Shh — sussurra. — Tá tudo bem.

Ele me faz um cafuné. Posso sentir a umidade das suas mãos sobre a minha pele, e percebo que ele está com febre. Seu corpo emana um cheiro metálico por causa de todos os remédios.

— Vai ficar tudo bem.

— Como você consegue dizer isso? — pergunto. — José morreu. Todas as pessoas boas do mundo morreram ou estão quase morrendo. O mundo está acabando. O nosso mundo.

Ele não responde. Só me leva até o sofá e me faz sentar. Sai da sala por um momento e volta com uma toalha quente e um saco de gelo. Ele passa a toalha no meu rosto, limpando com cuidado o sangue seco nos meus lábios e bochechas. Então ele pressiona o gelo contra a minha boca.

— Você vai ficar bem — consola ele.

— Por que eu estou tão irritado? — pergunto. — O que faço com essa raiva toda?

— Não faça o que acabou de fazer — aconselha ele. — Aliás, o que você fez?

— Parti pra cima de um garoto da escola que me chamou de bicha — respondo.

Stephen balança a cabeça. Ele leva o saco de gelo para o outro lado do meu rosto. Me dá calafrios, mas me sinto melhor.

— A gente precisa ser melhor do que eles — diz Stephen.

— Por quê? — pergunto.

Ele dá de ombros.

— Porque não temos escolha. Os parâmetros são diferentes pra nós.

— Ele quebrou minha câmera — reclamo.

— Posso comprar uma nova para você — oferece ele.

— Não — respondo. — Não.

Levanto a câmera e aponto para o Stephen, manipulando a lente até que ele fique em foco. Dá para enxergar a rachadura através do visor, como um raio que vem do alto e divide o rosto dele em dois. A imagem deixa óbvio que eu fui atacado. Faço o clique.

— Vou deixar assim por enquanto. Quero fotografar você e seus amigos, se deixarem. As fotos vão ficar lindas. Mas todas vão sair com uma rachadura, pra que todo mundo saiba. Pra que todo mundo se lembre de que estamos sendo atacados.

Ele sorri. Ele me entende.

— Com uma condição — impõe ele.

— Qual?

— Chega de bater nos outros, mesmo nos piores homofóbicos.

— Combinado.

Apertamos a mão para fechar o acordo. Depois assistimos a *Modelos*, um musical antigo com a Rita Hayworth e o Gene Kelly. Stephen diz que precisa de alguma coisa colorida e otimista, mas cai no sono assim que o filme começa. Sua respiração fica pesada, como se estivesse sem ar. Assisto até o final. Rita interpreta uma cantora que se apresenta na casa noturna do namorado. Ela fica famosa e quase escolhe o poder e o dinheiro em vez do amor mas, no final, fica com o amor. Percebo que o filme não é nada otimista. Onde está o otimismo em assistir a duas pessoas se apaixonando?

JUDY

Eu sei que me vestir como a Madonna não vai me deixar parecida com ela, ou como num passe de mágica fazer com que eu consiga atrair os homens como ela consegue, mas decido que chegou a hora de instigar o Reza a fazermos alguma coisa além de beijar.

Os pais do Art convidaram os meus para assistirem a *Cidade dos Anjos* hoje à noite, o que significa que eu e Reza teremos a casa só pra nós. Sem minha mãe oferecendo chá e puxando papo sobre como ela acha as estampas dos tapetes persas fascinantes. Sem meu pai convidando Reza para jogar tênis qualquer dia desses, nem comentando sobre como ele deve ter orgulho do tenista de origem iraniana Andre Agassi. Sem clube do livro. Apenas dois namorados em um apartamento sem ninguém para atrapalhar. É por isso que estou costurando uma lingerie inspirada na que a Madonna usa no clipe de "Express Yourself". Se Reza gosta dela, eu posso tentar ficar o mais parecida possível. Posso ser sexy. Posso engatinhar pelo quarto quase sem roupa, beber leite de uma tigela como uma gatinha, fazer o que for preciso para deixá-lo excitado. Já estamos juntos há dois meses e me sinto pronta. Pronta para sentir a pele dele tocando a minha. Pronta para botar em prática tudo que aprendi sobre como botar uma camisinha. Quer dizer, qual é o sentido do aprendizado se ele nunca for colocado em prática? Nem estou tomando sorvete enquanto costuro.

Não preciso de inspiração hoje, já que estou basicamente replicando uma peça, apenas adaptando para o meu tamanho. Só preciso de habilidade, que é algo que eu tenho, e um corpo, que eu também tenho. Quando termino, experimento a peça e me olho no espelho de corpo inteiro. Não pareço a Madonna, mas estou sensual. E se eu me amo, os outros vão me amar também. Foi tio Stephen quem me disse isso uma vez.

Vejo a maçaneta da porta girar. Minha mãe invadindo meu espaço como de costume.

— Querida, pode me ajudar a fechar o vestido? Seu pai é incapaz de fazer um zíper funcionar. Por que você trancou a porta?

Rapidamente, visto um suéter e uma calça jeans e só então abro a porta. Dou um sorriso forçado. Minha mãe está com seu vestido pretinho básico, o mesmo que ela usa toda vez que vai a algum lugar legal. Diz que a beleza de um vestido básico é que ele pode ser usado em qualquer ocasião sem nunca sair de moda. Quero explicar para ela que, quando o pretinho básico se popularizou graças à Audrey Hepburn, foi tipo uma revolução. Naquela época, as mulheres tinham que ser peitudas e cheias de curvas, daí veio essa mulher magra e com "corpo de garoto" usando roupas lisas e simples. Mandando o dedo do meio para o padrão. Mas logo esse estilo se tornou o padrão, e hoje em dia todas as mães do mundo querem se parecer e se vestir como ela. Espero que, no dia em que eu for estilista, minhas criações nunca se tornem o padrão. E se isso acontecer, eu mudo e reinvento tudo.

— O que você estava fazendo? — pergunta ela, espionando meu quarto em busca de alguma pista, como se eu fosse boba o bastante para deixar qualquer coisa à mostra.

— Vira de costas. Vou fechar seu vestido.

Ela hesita por um momento. Não quer se virar ainda. Quer saber por que a porta estava trancada. Mas ela se vira, e eu subo o fecho com cuidado.

— Sinceramente — resmunga ela. — Qual é a dificuldade dos homens com fechos? Seu pai não conseguiu me ajudar com o colar também.

— Passa pra cá — digo.

Ela obedece. O colar é dourado, com um **pingent**inho de diamante. Sim**ples**. **Elegante**. **Clássico**. O fecho é pequeno e complicado. É preciso um **microscópio para enxergá-lo**. Minhas mãos estão atrás do seu pescoço **quando ela levanta o cabelo**. Existe algo dolorosamente íntimo nesses nossos **rituais**.

— Este colar **era da minha mãe** — conta ela, **carinhosamente**. — Ela me deu de presente **no meu aniversário de trinta anos**.

— Parece que ain**da conseguia ser gentil naquela época** — respondo com frieza.

— E ainda consegue — **diz minha mãe**. — Menos com o Stephen.

— Você está defendendo ela?

— Não, mas acho importante lembrar que todas as pessoas são complicadas. Os nossos piores momentos não nos definem, e os melhores também não.

— Ela se recusa a falar com o próprio filho.

— E por isso merece o nosso silêncio. Mas ela também me contava histórias antes de dormir toda noite quando eu era criança e fazia os bolos de aniversário mais deliciosos pra nós todos os anos, e nos levou para viajar, e me deu este colar.

— Ah, claro. Tenho certeza de que o Ronald Reagan também conta histórias para os filhos dele, mas isso não vai me fazer perdoá-lo por matar todos os amigos do tio Stephen.

Finalmente consigo fechar o colar.

Ela se vira e olha para mim.

— Você sabe que não foi o Reagan que literalmente matou essas pessoas, certo?

— Ele poderia ter impedido.

— Talvez — diz ela.

— Com certeza — afirmo.

— Mas o passado é assim, meu amor. Não dá pra voltar atrás e dizer que um resultado diferente é definitivo — Ela solta um suspiro longo e balança o corpo, como se tentasse se livrar da energia ruim. — Então, como eu estou?

— Bonita — respondo. Então, como sei que devo ser mais gentil mas não quero parecer falsa, completo: — Está parecendo a Audrey Hepburn.

Ela sorri porque adora ouvir isso.

— Mande um oi para os pais do Art por mim.

Meu pai aparece, com o mesmo blazer azul, camisa branca e calça cáqui que sempre usa para sair. Meus pais não são exatamente dois ícones da moda. Mas não consigo evitar sentir uma pontada de orgulho pela consistência dos dois.

— Muito legal da parte deles convidarem a gente — diz meu pai.

— Eles são muito gente boa.

— Mais ou menos, tirando a parte de não quererem que o Art seja gay.

— Querida — diz minha mãe. — Nenhum pai *quer* que o filho seja gay. Os pais deveriam aceitar, mas não espere que eles *queiram*.

— Quando eu tiver filhos, vou *querer* que eles sejam gays — respondo. — Mas vou aceitar se forem hétero.

— Você vai mudar de ideia. Vai querer netos um dia.

— Bem, isso quem está falando é você, mãe — rebato. — Seja como for, tenho certeza de que os pais do Art não vão comentar sobre nada disso com vocês no cinema. Aposto que eles nem falam para as outras pessoas que têm um filho gay ou que ele bateu em um homofóbico na escola.

— Mas ele... Ele está... Bem, isso não é da nossa conta, e já estamos atrasados. — Minha mãe vai buscar a bolsa na sala de estar e volta pra me dar um beijo na bochecha. — Você vai ver o Reza hoje?

— Sim, ele está vindo pra cá — respondo.

— Divirtam-se e vá dormir às dez — diz meu pai com um sorriso que mostra que ele sabe como essa ordem é absurda.

Minha mãe continua no quarto depois que meu pai sai. Nossa conversa ainda não terminou. Sempre há alguma coisa mal-acabada entre nós duas; somos como uma frase que termina com vírgula.

— Eu quero netos, mas não agora — diz ela finalmente.

— Que nojo, tchau — respondo.

— Espero que uma garota que ajudou o tio a distribuir camisinhas saiba que...

— Mãe! — grito. — Tchau!

Sério, como ela sabe o que vai rolar hoje à noite? É como se tivesse um sexto sentido materno ou alguma coisa do tipo.

— Tchau, meu amor — despede-se, me abraçando desta vez, e eu a abraço de volta.

Os vinte minutos que levam para Reza chegar parecem um milhão de vidas. O tempo se arrasta no apartamento minúsculo, mas quando ele bate na porta, o tempo voa, rápido até demais.

— Oi — diz ele antes de me dar um beijo rápido na boca.

— Oi — respondo, com um sorriso nervoso. — Entra.

Levo Reza até a cozinha, onde ficamos parados e meio constrangidos.

— Quer beber alguma coisa? — pergunto.

— Não, estou de boa.

— E comer?

Ele recusa com a cabeça.

— Preciso te contar tudo sobre a minha irmã — diz ele. — O novo namorado dela tem nome de doce.

— Peraí, deixa eu adivinhar — digo, empolgada por termos algo para aliviar a tensão. — Chupa-Chups. — Reza balança a cabeça. — Dipnlik — Ele balança a cabeça mais uma vez, rindo. — Fruitella! Bazooka! Push pop! Kitkat!

Reza está gargalhando agora.

— Não, mas esses nomes são muito bons. DJ Bazooka.

— Como assim? Ele é DJ? — pergunto. — Você não mencionou esse detalhe.

— Sim, e o nome dele é DJ...

Eu interrompo quase gritando:

— DJ Gobstopper!

— DJ Starburst — revela ele.

— É um bom nome — concluo. Com um sorriso sedutor, continuo: — Falando em DJ, eu comprei o disco novo da Pat Benatar. Vamos lá para o quarto escutar?

— Claro.

Quando entramos, coloco o disco para tocar. Deitamos na minha cama pequena, nossos corpos bem colados, ouvindo a Pat nos dizer que o amor é um campo de batalha, como se precisássemos ser lembrados disso.

Escutamos todo o lado A do disco sem fazer nada além de beijar sem língua. Levanto e viro o disco. O lado B começa a tocar. Somos apenas sombras da noite agora. A luz está baixa. A cidade está escura, e imagino todos os casais que devem estar fazendo amor neste momento. Me sinto empoderada. Digo a Reza que tenho uma surpresa para ele, então tiro o suéter. E a calça jeans. Então fico parada ali, com minha lingerie de cinta liga, me exibindo para ele.

— Uau.

— Gostou? — pergunto, desesperada por aprovação.

— Você está igual à Madonna no clipe de "Express Yourself".

Sorrio.

— A ideia era essa. Já que você gosta tanto dela...

— Uau — repete, e tento me convencer de que esta é uma reação positiva.

É melhor do que *eca* ou *urgh*. Mas meu coração pesa um pouco. Percebo atentamente tudo o que ele não está fazendo. Como, por exemplo, me empurrando para a cama, me agarrando apaixonadamente, rasgando a cinta liga.

Sento na beirada do colchão. Ele continua deitado, me olhando de lado. Nós não nos mexemos.

— Está tudo bem se você quiser... me tocar — proponho com a voz trêmula.

— Tá bom — diz ele, mas não faz nada.

— Você já, sabe... — Não termino a frase. Digo outra coisa em vez disso: — É minha primeira vez também. Eu nunca fiz nada com outro garoto, além de treinar beijos com o Art.

Cala a boca, Judy. Nenhum cara quer imaginar você beijando seu melhor amigo gay.

— Quer dizer, isso nem conta porque ele é gay. Então você é o primeiro.

— Tá bom — repete Reza com uma voz seca e distante.

Sinto como se ele estivesse a quilômetros de distância e quero desesperadamente trazê-lo de volta para o momento. Pego sua mão e a coloco na minha cintura.

— Tudo bem eu fazer isso?

— Sim.

Só que a voz e o olhar dele ainda estão em outro lugar. Um lugar muito distante. Queria saber onde, para poder ir junto. Eu só queria me sentir próxima a ele, mas sinto que estamos flutuando em direções opostas, como se não existisse gravidade entre nós.

Levo a mão dele aos meus seios. Art me disse que um dia os homens ficariam loucos por eles, e esse dia chegou. Estou pronta para deixar Reza louco. Mas ele não está. A mão permanece hesitante sobre o meu seio esquerdo. O toque não tem calor, não tem eletricidade. Sinto um vazio cada vez maior e mais profundo. Nunca me senti tão desesperada por alguma coisa como nesse momento. Eu daria tudo para que ele me desejasse.

— Eu adoro seus pés — digo. — Lembro quando os vi no dia em que nos conhecemos e pensei: "Eles são perfeitos."

Você está parecendo uma maluca, alguém com fetiche por pés.

— E também adoro suas costas — gaguejo, tentando salvar essa tentativa fracassada de parecer sexy. — Sua pele é tão... macia. — Com a voz tremendo, continuo: — Quais partes do meu corpo você gosta?

Ele não responde. Chega a abrir a boca para tentar dizer alguma coisa, mas não sai nada. Talvez seja melhor assim. Não sei se quero ouvir o que ele tem a dizer. Então ele puxa a mão de volta e cobre o rosto, envergonhado.

— Judy... — sussurra ele entre os dedos, e mal posso ouvi-lo. — Eu não consigo.

— Desculpa — respondo às pressas. — Desculpa mesmo. Eu passei dos seus limites. Me desculpa.

Sei que pareço patética. Sei que ele está me rejeitando, e acho que sei o motivo. Mas quero continuar com ele. Pelo tempo que puder, quero ter Reza para mim.

— Judy... — sussurra ele novamente, tirando a mão do rosto para segurar a minha. Seus olhos estão marejados, ainda sem lágrimas, mas já úmidos, uma ameaça iminente do que está por vir. — Sou eu quem tem que pedir desculpas.

— De jeito nenhum — respondo. — Não precisa dizer nada. Tá tudo bem. Eu posso esperar.

— Eu não posso continuar fazendo isso com você.

Seus olhos estão cheios d'água agora. Há uma onda chegando na superfície do seu rosto, prestes a arrebentar.

— Vamos ver um filme — digo, tentando fugir da conversa.

— Judy — sussurra ele.

— O que você quer ver? — interrompo porque não quero ouvir mais nada. — Meus pais não têm muitas opções, mas acho que temos *Loucademia de polícia*. Você já viu?

— Judy, você sabe o que eu vou contar — diz ele com uma bondade que me deixa furiosa.

Se tem uma coisa que eu não quero dele agora é bondade. Quero desejo e paixão selvagem, ou a promessa de desejo e paixão selvagem no futuro. Em vez disso, recebo bondade e, pior ainda, pena.

— Não sei e não quero saber — reajo com dureza.

— Aquela noite. Aquela noite em que eu te levei flores...

Agora estou arrasada.

— Aquela noite? — pergunto.

— Eu e Art, a gente... — Reza se perde.

— Art? — pergunto, com o rosto tenso e as mãos trêmulas. — O que o Art tem a ver com isso?

Me olho de relance no espelho. Me sinto humilhada e solitária. Art. E Reza. Aconteceu alguma coisa entre eles? Talvez eu estivesse pronta para outra coisa, mas isso...

— Ele me deu uma flor — conta ele, escolhendo as palavras com cuidado. — E nós... eu não sei explicar, mas eu acho que... Eu acho que gosto de homens.

— Tudo bem, mas volta um pouco — digo, já irritada. — Você gosta de homens... ou você gosta do... Art? Porque uma dessas opções é bem pior do que a outra.

— Eu sinto muito — lamenta ele, com mais pena — Eu te amo, Judy.

De alguma forma, ouvir ele dizer que me ama piora demais as coisas. Dói tanto que eu *quero* ficar com raiva, porque pelo menos a raiva vai esconder minha dor.

— Você não respondeu minha pergunta — rebato. — Se quer dizer alguma coisa, só diz logo.

— Eu gosto de homens e *também* gosto do Art. — Reza parece impressionado por falar isso em voz alta. — E eu te amo.

— Para de dizer isso! — grito.

Eu empurro ele para longe de mim, me levanto e viro de costas.

— Você não pode me amar e fazer isso comigo. Não te dou esse privilégio!

Pego meu suéter em busca do conforto de estar vestida novamente. Fui uma idiota por acreditar que um cara que não fosse gay poderia gostar de mim. Como pude ser tão cega esse tempo todo? Como não enxerguei os sinais que estavam bem na minha cara?

— Você pode ir embora agora — falo, os dedos tremendo enquanto visto a calça.

— Estou me sentindo péssimo.

Sei que está sendo honesto, mas não me importo.

— Deveria mesmo — respondo com frieza. — Você deveria apodrecer no inferno por fazer isso comigo.

— Eu vou — lamenta ele, angustiado.

— Muito bem, agora que concordamos em alguma coisa, você pode ir embora? — digo, amargurada.

Pat Benatar continua cantando, mas levanto a agulha e desligo o toca-discos. Está tudo quieto agora. Não há nada no quarto além da ambiguidade dele e da minha humilhação. Reza se levanta e olha para mim. Não diz nada. Apenas me olha nos olhos, e as lágrimas começam a escorrer pelo seu rosto. Minha expressão permanece impassível.

— Sai — sussurro.

Quero ele fora daqui antes que eu comece a chorar. Ele não merece minhas lágrimas. O que eu estava pensando quando decidi me vestir para ele, mesmo que esse tempo todo eu soubesse que só devo me vestir para mim mesma? Como pude perder tantas partes de mim por causa dele?

— Eu não quero deixar você — afirma ele. — Quero estar aqui para você. Quero ser seu amigo.

— Você não é meu amigo — respondo com frieza.

Quero machucá-lo da mesma forma que ele me machucou.

— Tudo bem. Vou indo então.

Mas Reza não se move.

— Então vai. Por que ainda está aqui? Sai!

Ele abre a boca para dizer mais alguma coisa, mas não diz. Vem em minha direção, provavelmente para me dar um beijo de pena, mas eu desvio.

— Reza, eu não quero mais você aqui. Vai embora.

Finalmente ele se vai.

Quero vestir todas as peças de roupa que tenho no armário ao mesmo tempo. Quero me cobrir com muitas camadas até que meu coração partido debaixo da lingerie esteja tão sufocado pelo peso dos tecidos que perca toda a sensibilidade.

Eu costumava adorar ficar sozinha em casa. Aguardava ansiosamente pelas noites raras em que meu pai e minha mãe saíam, e eu podia colocar música alta e criar qualquer coisa que a minha imaginação sonhasse sem ser interrompida. Mas não estou apenas sozinha hoje. Estou solitária também. Agora entendo a diferença.

Relembro os últimos meses e vejo agora que tudo faz sentido. Todos aqueles momentos constrangedores entre os dois, entre nós três. Art mentiu para mim. Meu melhor amigo. Os pais dele estão no cinema com os meus. Ele deve estar sozinho em casa também.

Como um zumbi, vou até o telefone. Disco o número de Art.

Três toques. Trim, trim, trim.

— Alô — diz ele.

Eu apenas respiro.

— Alô, quem é? — diz ele.

A voz. Eu conheci esta voz antes que ela amadurecesse, antes que aprendesse a contar mentiras.

Diz alguma coisa, Judy.

— Hum, tudo bem, tchau — diz Art, e desliga, me deixando sozinha com o barulho da linha muda.

#63 ENSINO MÉDIO

Talvez não exista lugar mais difícil para ser *queer* do que o ensino médio, um lugar de bullying e ofensas, um lugar impregnado de rituais heterossexuais. Quem está ficando com quem? Quem beijou quem? Quem serão o rei e a rainha do baile? Quem você vai levar para a festa de formatura? E você vai jogando esse joguinho porque, se não jogar, suas diferenças tornam-se ainda mais evidentes.

Eu tentei jogar. Levei uma garota para o baile. Fiquei encarando o chão do vestiário enquanto os outros garotos se vestiam. Falei sobre como gostava das garotas peitudas. Ainda assim me chamavam de frutinha. Ainda assim me batiam. Ainda assim deixavam bilhetes no meu armário que diziam "morra, bicha". E ainda assim meu pai me perguntava por que eu não revidava.

Mas o ensino médio acaba. Lembre-se disso mesmo quando ele parecer eterno. E quando esse período acabar, existirão outros lugares para ir. The Village, Provincetown, São Francisco. Bairros e cidades onde garotos levam outros garotos para dançar a noite inteira, enroscando seus corpos um no outro em um esforço instintivo de esconder todos os traumas do passado. Lugares onde garotas se casam com garotas, onde garotos podem andar pela rua vestidos como garotas e receber elogios em vez de um soco em seus rostos fabulosos. Talvez um dia o ensino médio seja diferente. Talvez um dia existam duas rainhas do baile, talvez um dia garotas possam levar outras garotas para a festa de formatura, e garotos gays possam entrar no vestiário sem medo. Mas, se ele não mudar, lembre-se de que o ensino médio acaba. E existe outra vida esperando por você, além do arco-íris.

REZA

É manhã de domingo. *A* manhã de domingo que eu tanto ouvi Art comentar a respeito, com tanta ansiedade e empolgação. O dia do protesto na igreja. Está um frio de rachar, um frio tão cruel que tenho a impressão de que meus cílios vão congelar enquanto caminho com Tara pra tomar café da manhã e conhecer o DJ Starburst.

Quando nos sentamos, não consigo parar de encará-lo. A beleza dele é inegável, e ele está claramente apaixonado pela minha irmã. Mas quando reparo em seu cabelo preto e longo, nos olhos pensativos e na roupa toda preta, penso que não deveria ter escolhido o nome de uma bala colorida e gosmenta. Ao longo da conversa, penso que ele deveria mudar de nome e escolher outro doce, um chocolate amargo, talvez. Mas não dou sugestões. Em vez disso, escuto os dois me contarem a história do namoro.

— Eu estava na pista de dança quando a gente se conheceu — começa Tara.

Ela está falando rápido demais, como se ainda estivesse afetada pelo álcool consumido na noite passada. Tara saiu escondido. Algo que sempre faz, mas só eu percebo.

— A música era maravilhosa. Acho que era um remix de "All She Wants Is", do Duran Duran, com uma batida eletrônica, e eu estava pirando. Então olhei para a cabine do DJ para ver quem era o gênio por trás disso.

— E o gênio era eu — diz Starburst com um sotaque italiano carregado.

Ele fala assim de propósito, destilando charme em cada sílaba. Dá pra notar o que a minha irmã viu nele, mas me pergunto se aquilo que minha mãe diz sobre mulheres para se divertir e mulheres para casar se aplica aos homens também. Me pego pensando se Starburst é o tipo de homem para se divertir.

— Acho que eu mandei um beijinho para ele — continua Tara. — Eu mandei um beijinho? — pergunta ela, olhando para ele com timidez.

— Mandou. E foi como se todas as luzes estivessem focando apenas em você — responde ele, exalando paixão por ela. Então, para mim, acrescenta: — Os olhos da sua irmã foram como lasers para o meu coração.

— Ah, que fofo — digo, disfarçando, pois é um pouco estranho também, mas estou tentando manter a mente aberta.

— Naquele momento eu já sabia que iria amá-la — prossegue ele.

— E eu sabia que iria amá-lo — completa Tara.

Eles se beijam. Com línguas escorregadias e apaixonadas, provavelmente sentindo o gosto do café da manhã do outro: ovos Benedict para ele; panquecas de mirtilo com litros de calda para ela, satisfazendo seu desejo por doces. Eu e Judy nunca nos beijamos assim. Ela provavelmente queria. Me pergunto o que eu faria se Starburst fizesse com Tara o que eu fiz com a Judy. Será que eu seria capaz de perdoá-lo?

— Então é claro que eu fui até a cabine do DJ para pedir uma música — continua Tara.

— Pediu New Order. E aí percebi que ela não era apenas bonita, mas que também tinha bom gosto.

— E aí a gente basicamente se pegou durante o resto do *set* dele — revela Tara, sem um pingo de vergonha.

— Que demais — digo.

Dou um sorriso forçado. Estou tentando parecer empolgado ao ouvir sobre a minha irmã beijando um DJ a noite inteira.

E eles não param por aí. Starburst relembra os primeiros encontros, os sonhos em comum, a promessa de que ela se mudaria para Nova York só para ficar com ele. Tara mostra o anel que ganhou no segundo encontro, de metal com uma caveirinha. Ele me mostra a tatuagem que tem nas costas: o nome dela escrito no alfabeto farsi. Ela diz que iria tatuar o nome dele também, mas amarelou porque tem medo de agulhas. Fico aliviado. Não consigo nem imaginar a reação da nossa mãe se descobrisse que Tara fez uma tatuagem. Outro beijo. Dá pra sentir a paixão fluindo ali, mas a história toda parece tão rápida. Como duas pessoas conseguem se olhar no meio das luzes de uma festa e já saber que estão apaixonadas? Como podem ter tanta certeza? E, se isso for mesmo possível para eles, será que também seria para mim?

— E aí? — diz Tara, arremessando um mirtilo da panqueca na minha cara.

— Ai.

Pego o mirtilo que caiu na mesa e o como mesmo assim. Mal encostei na minha omelete. Não lembro como é ter apetite desde que magoei Judy.

— Precisamos de um conselho, irmãozinho — pede Tara. — Você é a única pessoa que sabe a história toda e não está inclinada a me odiar. Já está na hora de contar para a família que eu vou ficar em Nova York e que vou me mudar para a casa do homem da minha vida. Como fazer isso da maneira mais delicada possível?

Tara não lida com nada da maneira mais delicada possível. Ela pode receber uma pena e dar um jeito de esfaquear a pessoa com ela.

— Não sei — respondo. — Talvez seja melhor voltar para a faculdade e...

— Não vai rolar — interrompe Tara. — Vou ficar em Nova York. E morar com o Massimo.

De certa forma, ouvir o nome verdadeiro dele traz muito mais seriedade para o namoro e os planos.

— Você tem... Você tem dinheiro para se sustentar... caso eles...

Eu gaguejo, mas eles sabem do que eu estou falando. Na faculdade, Tara é sustentada pela nossa família. Se decidir abandonar os estudos, não dá pra ter certeza.

— Eu ganho uma grana razoável como DJ — reflete Massimo.

— Mas você vai precisar gastar quase tudo para produzir os discos — argumenta Tara.

— Ainda não estou no nível em que as gravadoras bancam os meus discos — explica ele para mim.

— Mas em breve vai estar. E eu posso trabalhar como garçonete ou barista. A gente vai ficar bem.

Balanço a cabeça, processando as informações, imaginando a cara da minha mãe quando descobrir que minha irmã vai largar a faculdade para virar garçonete e viver com um DJ.

— Estou tentando mudar, Zabber — esclarece ela. — Estou tentando lidar com isso de um jeito diferente do da Tara antiga. A Tara de antes só jogaria essas informações, provavelmente depois de alguns drinks, brigaria feio com a mamãe e colocaria você no meio da confusão. Mas eu não quero mais ser essa pessoa. Só quero amar quem quero amar e ser quem quero ser.

Isso é tudo que eu quero também. Amar quem quero amar. Ser quem quero ser.

— Sei que você me entende — conclui ela.

E eu sei que ela também me entende. Naquela primeira noite, Tara me perguntou se eu achava Art bonito, e fiz que sim com a cabeça. Não disse absolutamente nada; só fiz um sinal, e foi o bastante. Tara só me disse uma coisa depois disso: "Eu sempre soube e acho incrível." E foi o bastante também.

— Acho que você deve conversar com a mamãe primeiro — sugiro. — A sós. Só vocês duas.

Tara lança um olhar de desculpas para Massimo.

— Tudo bem, eu não preciso estar lá — diz ele, depois de dar dois beijos na mão dela.

— E depois acho que você deve perguntar para a mamãe como ela prefere contar para o Abbas. Ela precisa fazer parte do plano e das decisões.

— Sim, essa é uma boa — concorda Tara, pensativa, como se anotasse tudo mentalmente. — Obrigada.

— E também acho que você deveria escolher uma faculdade em Nova York para pedir transferência antes que...

Tara morde os lábios com força e me interrompe.

— Eu não posso pedir transferência.

— Por quê?

Ela morde os lábios novamente.

— Eu nunca cheguei a ir pra faculdade em Toronto — revela ela, casualmente. — Eu só... sei lá, não é pra mim.

— Mas a mamãe estava pagando!

Falo isso um pouco alto demais, mas estou irritado porque sei que minha mãe trabalhou duro para criar a gente antes do Abbas aparecer, sacrificou a melhor fase da própria vida por nós dois.

— Eu não joguei o dinheiro fora — explica ela. — Consegui um reembolso...

— E devolveu para a mamãe? — pergunto.

— Claro que não. O dinheiro é meu. Se ela já ia gastar pagando a faculdade para mim, posso gastar como quiser.

Tara infla as narinas para mim, me desafiando. Essa é a Tara antiga. Esse é o tipo de decisão horrível que ela toma.

— E esse dinheiro vai segurar as pontas até eu arrumar um emprego — prossegue ela. — Não é fácil conseguir trabalho nos Estados Unidos sem estar com a documentação em dia.

— Mas você está roubando dela — argumento.

Então me lembro das vezes em que vasculhei o bolso do Abbas, pegando notas de dez e vinte dólares para gastar com pôsteres, discos e revistas da Madonna. Não sou melhor do que Tara, só sei esconder meus defeitos. Ela ao menos é honesta sobre quem realmente é.

— A gente não precisa falar disso agora — diz ela, dissimulada. — Obrigada pelos conselhos. Vou ter uma conversa calma com ela, deixá-la participar das decisões...

— Enfim.

Estou irritado com ela. Tara pode ter achado que eu gostaria de ser parte do processo ou qualquer coisa do tipo, mas isso só me torna cúmplice.

— E, quer saber, Tara? Para de me colocar no meio de todas as suas mentiras, por favor.

— Não me julga pelos meus segredos quando você também tem um, ok? — retruca ela, jogando cada palavra na minha cara. — Não é como se você fosse o garoto propaganda da verdade.

— *Amore, calmati* — sussurra Massimo, puxando Tara para mais perto.

Ela nem fala italiano, mas sussurra de volta:

— *Si, amore.*

Ficamos em silêncio. As palavras de Tara foram como punhais me atingindo por dentro, e só agora os cortes começam a doer de verdade. Sei que ela está certa. Minha vida é uma grande mentira que escondi das pessoas por medo de magoá-las. Talvez seja por isso que Tara também mente. Talvez ela só tenha medo de magoar a mim e à mamãe. Mas eu me lembro de todas as brigas desastrosas com nossa mãe, daquela vez em que ela decidiu descolorir o cabelo e destruiu a parede do banheiro, da vez em que precisou fazer uma lavagem intestinal e da vez em que minha mãe pegou Tara no banheiro com um garoto, ou quando Tara pegou emprestado o vestido favorito dela e queimou a barra. E agora, amor. Amor. Como Tara pode amá-lo? Eles se conhecem há duas semanas! Eu já conheço Art há dois meses. Sou tomado pelo desejo de beijá-lo da mesma forma com que minha irmã beija o Massimo. Quero gritar para ela que agora é a minha vez, minha vez de fazer um escândalo. Se ela contar tudo isso para nossa mãe agora, sou eu quem vai ter que passar o resto do ano arrumando essa bagunça, cobrindo os buracos que ela deixou na família, sendo o garoto bonzinho que sei que não sou e que estou cansado de ser. Talvez seja por isso que estou com raiva. Porque quero o que ela tem.

— Com licença — digo, me levantando. — Tenho que ir.

— Zabber, me desculpa — lamenta Tara, com arrependimento genuíno. — Eu ando tão nervosa. Não foi isso que eu quis dizer. Você sabe que tem meu apoio independentemente de qualquer coisa.

— Eu sei — digo, me odiando por atacá-la dessa maneira.

— Só queria que você me apoiasse também — diz ela, sendo bem direta.

Mais uma vez sou lembrado de que quero amor, paixão, vida.

— Eu te apoio, mas tenho mesmo que ir — respondo. — Eu... Eu tenho um compromisso.

Onde será que o Art está agora? Será que já está na Catedral? Ou ainda está se arrumando para o grande dia, se vestindo com roupas extravagantes?

— Com a Judy? — pergunta ela.

Confirmo. Eu poderia contar para ela aonde estou indo, mas não tenho energia para lidar com isso no momento. Só quero estar perto de Art.

— Achei que vocês tinham terminado — comenta Tara, desconfiada.

— Desculpa, Tara. A gente se vê mais tarde — digo, e começo a andar em direção à saída quando sou tomado por um impulso melodramático que me faz dar meia-volta e acrescentar: — Eu tenho uma vida, sabe?

Não sei o que me deu. Não sei quem é esse garoto que acabou de dizer isso para a irmã. Mas eu gosto dele. Ele parece um pouco com a Madonna em *Procura-se Susan desesperadamente*, desafiador e impulsivo, alguém que não leva desaforo para casa. Sinto que estou me tornando esta pessoa enquanto ando pelas ruas da cidade nessa manhã congelante a caminho da Catedral. Eu não ando, eu desfilo. Faço da cidade a minha passarela. Vou transformar todo o meu nervosismo em confiança, vou libertar todas as borboletas no meu estômago até que reste apenas uma: eu.

À medida que me aproximo da Catedral, consigo escutá-los. Pelo barulho, parecem milhares de pessoas, e, quando viro a esquina, me dou conta de que realmente são. Talvez cinco mil. Todo tipo de gente. Jovens e velhos, homens e mulheres, com as mais diversas histórias. Parecem um enxame de abelhas, gritando e bradando e cantando e segurando cartazes que dizem *ACT UP contra a aids, Um basta na Igreja, Deixe sua religião longe do meu corpo*, e *Não matarás* em cima de uma foto do cardeal.

Repórteres bem-vestidos estão por toda a parte, com seus cabelos e sorrisos duros, acompanhados por cinegrafistas e seus equipamentos com os cabos conectados às vans estacionadas ao redor da igreja. Um homem vestido de Jesus grita que ele também quer ir para o Céu. Um grupo de mulheres canta uma música sobre como os seus corpos pertencem apenas a elas. Uma *drag queen* negra com vestido de festa e um chapelão branco está em cima de uma caixa cantando rap, rimando homossexual com espiritual, católica com sáfica, e doentes com resilientes. Não é nada parecido com o protesto na Bolsa de Valores. Naquele dia havia alguns espectadores, alguns jornalistas, mas nada perto disso. Assim que entro no meio da multidão, sinto a borboleta voltando a se transformar em lagarta, desesperada por um casulo. Como vou encontrar o Art no meio de tanta gente?

Vou me enfiando no meio das pessoas, fazendo contato visual com uma atrás da outra, e sinto sua energia e paixão sendo passadas para mim, me dando forças. Eu era novo demais para me lembrar com detalhes da Revolução do Irã, novo demais para ir às ruas com meu pai, que participava de todos os protestos. Mas me lembro de como ele descrevia aquilo tudo para mim, e lembro de passar de carro perto de um protesto. Era parecido com isso. Multidões, cantos, raiva, paixão. Fecho os olhos para absorver tudo. Por um momento, tenho 7 anos outra vez. Meu país está entregue ao caos. Meu pai é o caos. Minha mãe teme o caos. Minha irmã está se tornando o caos. E eu estou no meio de tudo, esperando pela ordem, sem entender que ela nunca virá, ao menos não no Irã. E em breve minha mãe vai decidir fugir em busca de uma nova vida e meu pai será devorado vivo pelos próprios demônios. Abro os olhos. Torço para que a revolução dessas pessoas termine melhor do que a do meu pai. Que, ao contrário dele, essas pessoas vivam e, ao contrário dele, criem um mundo melhor.

— Ei! — Um homem me chama. — Eu conheço você.

Pisco, confuso. A gente se conhece? Então me lembro. É o homem do mercado, aquele do casaco de pele, que Art fotografou. Ele está com o mesmo casaco hoje, segurando uma placa que diz *Keep calm, mas libere sua fúria*.

— Você é amigo do Art, não é? — pergunta ele.

Eu não achava que ele poderia emagrecer ainda mais, mas em apenas dois meses foi isso que aconteceu. Há um hematoma em seu pescoço agora, grande, escuro e roxo.

— Oi — cumprimento, finalmente. — Sim, Reza.

— Isso — confirma ele. — Reza. Não é magnífico? Escuta só toda essa gente. É o som de séculos de repressão sendo derrubados. É o som da mudança.

— Você sabe onde o Art está? — pergunto em tom de urgência.

— Acho que ele queria entrar na igreja — responde ele. — Você conhece o Art. Ama ser o centro das atenções. Vamos.

Ele entrega o cartaz para outra pessoa e segura minha mão para me levar lá para dentro. Congelo quando vejo outro hematoma na palma da mão dele. Quando sinto sua textura em minha pele. Me lembro que não dá para ser infectado assim e seguro a mão com tanta força que a ferida desaparece no meio das nossas mãos unidas. Não há mais nada roxo. Apenas nossas mãos entrelaçadas, diferentes tons da mesma cor.

— Eu sempre quis gritar contra a igreja, sabe? Bem antes dessa doença aparecer — revela ele. — Estou realizando um sonho da vida inteira.

— O que você queria gritar? — pergunto enquanto nos aproximamos cada vez mais da igreja.

— Só um belo vai se foder por terem mexido tanto com a minha cabeça quando eu era criança, por me fazerem sentir vergonha, por fazerem minha mãezinha achar que não poderia me amar como eu sou. — Ele recupera o fôlego. — Eu não era católico, é claro, mas dá tudo no mesmo pra mim. Não me importo se você é evangélico, católico, protestante, islâmico, judeu ou um daqueles cientologistas adoráveis. Se *usa o nome de Deus* para dizer que pessoas *criadas por Deus* são pecadoras por amarem quem amam, então vou te oferecer um grandessíssimo dedo do meio e te convidar para sentar nele.

Ele levanta a mão livre para o céu, aponta o dedo do meio para a catedral e solta um grito alto e gutural, emoções guardadas por anos finalmente saindo dos pulmões cansados. Percebo a aliança dourada no dedo anelar e me lembro do homem que estava com ele no mercado, o homem que não está com ele agora. Torço para que só tenha se perdido no meio da multidão.

Chegamos à entrada da catedral e passamos pela porta. Fiéis estão sentados em silêncio nos bancos, ignorando o som do protesto lá fora. O cardeal entra, a missa começa, tudo parece normal e dentro do esperado até que um grupo de homens e mulheres começa a andar até o corredor central e se deita no chão, em silêncio. Simplesmente ficam ali, os braços sobre o peito como cadáveres, e o significado visual do que eles estão fazendo é claro e poderoso.

Então finalmente o vejo. Sentado em um banco, fotografando os homens e mulheres deitados no chão.

Art. Um gorro na cabeça.

Art. As unhas pintadas de preto, a câmera cobrindo o rosto.

Art. Fotografando o tio de Judy, um dos homens deitados como cadáveres, fingindo de morto.

Imagino Art morto e o pensamento me enche de medo, mas, em vez de sentir vontade de fugir, eu só tenho vontade de aproveitar cada segundo que temos juntos neste mundo.

O foco da câmera de Art passeia incansavelmente por cada canto da catedral até que a lente aponte diretamente para mim.

— Reza? — sussurra ele, como se estivesse fazendo uma pergunta, mas é possível que eu esteja apenas imaginando.

Congelo. Art mexe a cabeça, indicando que eu chegue mais perto, e eu vou. Me sento em silêncio ao seu lado.

— Oi — sussurro.

— Oi — sussurra ele de volta. — O que você está fazendo aqui?

— Não sei.

Fecho os punhos com força sobre as pernas, olho para o teto, para as paredes e para Art, então para o rosto dos fiéis e novamente para ele. O lábio dele ainda está inchado da briga na escola, e há um pequeno hematoma na bochecha. Quero beijá-lo, curá-lo.

— A Judy veio com você? — pergunta ele.

Faço que não.

— Vim sozinho. Eu estava tomando café da manhã com minha irmã e depois eu estava andando de volta para casa e aí... acabei vindo para cá.

Art balança a cabeça. Seus olhos procuram os meus.

— A Judy sabe que você está aqui? — pergunta ele com firmeza, como se cada palavra fosse uma pergunta própria.

Não respondo. Me sinto culpado pelo que fiz com ela. E se o amor que Art sente pela Judy for maior do que qualquer sentimento que já teve por mim? E se ele me odiar depois que descobrir que eu a magoei?

A missa continua, o cardeal fala de Deus e de deveres e de moral. As pessoas nos bancos balançam a cabeça e escutam, escutam e balançam a cabeça. Não vão permitir que o protesto atrapalhe a homilia de domingo. Seguirão com seus rituais como se nada fora do comum estivesse acontecendo, como se nesse exato momento eu não tivesse acabado de tomar uma das decisões mais importantes da minha vida.

Art continua fotografando. Um clique após o outro. Então tenta trocar o filme da câmera, mas não consegue porque suas mãos estão muito geladas. Ele leva as mãos à boca e sopra.

— Me dá aqui, deixa eu tentar — ofereço, pegando o filme da câmera em seu colo sem me dar conta de que não faço a menor ideia de como uma câmera profissional funciona. — O que eu faço?

— Me ajuda a esquentar as mãos — diz ele, com um sorriso manhoso. — Vai ser mais fácil assim.

Ele traz suas mãos em concha para mais perto de mim, e nós dois sopramos juntos. Nossas bochechas geladas encostam uma na outra, imediatamente produzindo calor. Nosso sopro se torna uma só corrente de calor. Não sinto mais frio. Minha temperatura aumenta a cada sopro.

Depois de alguns minutos, ele recolhe as mãos, pega a câmera e troca o filme, mas seu olhar permanece em mim enquanto faz tudo isso. É incrível como Art nem precisa olhar o que está fazendo. É instintivo. Quero que ele me ame desse jeito. Como se fosse um instinto.

Quem me dera ser religioso agora. Quem me dera que, assim como meus avós, eu rezasse cinco vezes ao dia. Porque agora tenho um motivo para rezar, algo no qual acreditar. Tenho fé em mim, tenho fé no amor. Eu ficaria de joelhos mais de cinco vezes ao dia em devoção ao que quer que seja isto que estou sentindo agora.

— VOCÊS ESTÃO MATANDO A GENTE! — grita um homem que se levanta de um dos bancos.

Toda a igreja fica atenta. Os ativistas deitados no chão permanecem imóveis.

Os fiéis permanecem imóveis.

Art se levanta para fotografar o homem que continua gritando. Ele tira o chapéu e mostra o cabelo com várias mechas pintadas de rosa.

— VOCÊS ESTÃO MATANDO A GENTE. VOCÊS ESTÃO MATANDO A TODOS NÓS — repete o homem. — PAREM DE NOS MATAR.

Os outros se juntam a ele. Gritam contra as políticas da igreja sobre o uso de preservativos, aborto e compartilhamento de agulhas. Dizem que a igreja está adoecendo adolescentes, adoecendo mulheres, matando pessoas de forma vergonhosa. O caos do lado de fora invade a catedral agora, toma conta de tudo, as comportas se abrem. No meio do empurra-empurra, ouço um clique atrás do outro da câmera de Art, capturando tudo do fundo da catedral enquanto, lá na frente, o cardeal abaixa a cabeça. Parecem oponentes, o cardeal e Art, postados em lados opostos do mesmo espaço, em guerra.

— Art, vai embora daqui — ordena o tio de Judy, de pé agora. — Vai embora, vai logo antes que eles comecem a nos prender.

— Eu não vou sair daqui — grita Art em resposta.

O tio de Judy me vê.

— Reza?

Stephen também diz meu nome como quem questiona algo, assim como Art fez. Mas não me sinto mais como uma pergunta. Agora me sinto uma resposta.

Art continua tirando fotos enquanto o protesto vai ficando mais acalorado. Quando a polícia chega, ele olha para mim e pega minha mão.

— Vem, vamos nessa.

Com a mão dele na minha, consigo sentir as batidas dos nossos corações nas pontas dos dedos.

— Isso não foi incrível? Está se sentindo vivo?

— Art, vai embora agora — grita o tio de Judy. — A polícia já está lá fora.

Art me leva até a saída principal. Quando sentimos o ar fresco, ele se vira e grita para a igreja:

— VÃO PARA O INFERNO!

Tentamos fugir do caos, mas tem uma câmera de TV apontada em nossa direção. Uma repórter está ao lado dela, segurando um microfone. Mesmo sem ser abordado, Art pega o microfone e fala para a câmera com muito ódio. Ele tenta me puxar para mais perto, mas eu me contorço e me afasto.

— Meu nome é Bartholomew Emerson Grant VI — declara ele, pronunciando cada sílaba com cuidado.

É a primeira vez que ouço Art usando seu nome completo, e sei exatamente por que está fazendo isso. Ele quer ter certeza de que todas as pessoas poderosas que reconhecem seu nome vão parar e escutar. Quer usar tudo que tiver ao seu alcance para lutar pela mudança.

— E estou aqui protestando contra as políticas da Igreja Católica, que são ataques diretos às vidas dos gays e de todas as mulheres. O cardeal O'Connor quer nos ver mortos. Ele quer nos exterminar, mas não vamos ficar em silêncio. As bichas e as sapatões estão aqui pra ficar. Nós somos sagrados e merecemos direitos iguais — protesta Art, recuperando o fôlego e olhando para a multidão que nos cerca. — Nós estamos do lado certo da história. E vamos sobreviver para escrevê-la. Vocês vão ver.

A repórter pega o microfone de volta e o aponta para mim.

— E quem é você e por que está aqui? — pergunta ela.

Sinto como se a câmera e o microfone estivessem me atacando, colocando em evidência meus medos e minha covardia. Tive coragem de vir até aqui, mas não sou o Art. Não estou pronto para ser visto na televisão e, mais importante, ser visto na televisão *pela minha mãe*. Escondo o rosto com as mãos e dou as costas para a repórter.

Estou em outro lugar agora. Existo apenas dentro da minha própria ansiedade, imaginando o que a minha mãe diria se descobrisse quem eu sou. Mas a violência ao meu redor me traz de volta à realidade. Ativistas deitam no meio da rua. Policiais prendem pessoas. O som do caos fica mais alto, mais violento, com gritos de "Todo mundo no chão!", e "Porcos!", e "Cadê seu distintivo?". As pessoas detidas não oferecem resistência. Assim que são pegas, seus corpos ficam amolecidos, como se fossem cadáveres.

Por sorte, a repórter já foi embora, mas continuo paralisado de medo. Quero que Art me proteja, mas ele está com a câmera no rosto. Fotografa tudo até ver que o tio de Judy está sendo preso.

— Stephen! — grita ele, e corre em sua direção.

Corro atrás de Art.

Art grita para que o policial solte Stephen.

— Ele está doente. Solta ele.

Vejo Art encostar no policial, tentando puxar Stephen.

— Art, não — imploro. — Para.

Corro para Art. E é aí que eu sinto. Uma força nos afasta um do outro. Policiais. Dois deles. Um carrega Art para longe e o algema. O outro me empurra para o chão. Minha bochecha acerta a calçada gelada com força. Meu coração bate tão forte que eu já devo ter parado de respirar. Tudo que vejo são nossos corpos, vários corpos no chão, como cadáveres. E as vozes parecem tão distantes. A voz de Stephen. De Art. Dos policiais.

Eles são crianças, senhores policiais.

No chão. Eu disse no chão!

Eles são só crianças. Estavam tentando me ajudar.

Eu tenho 17 anos. Você costuma enquadrar garotos de 17 anos?
Cala a boca.
Reza, Reza, volta aqui. Para onde vocês estão levando ele? Reza? Soltem ele!
Art, não resista. Não brigue.
REZA!

Estou de pé novamente. O policial me levantou com a mesma velocidade com que me rendeu. Não tenho mais nenhum controle sobre meu corpo. Nenhum controle sobre minhas emoções. Estou com medo, mas também empolgado. Talvez até aliviado. Será que minha vida acabou? Ou será que está finalmente começando?

— Reza! — grita Art enquanto é puxado para longe por um dos policiais.

— Art! — exclamo de volta. — Eu vim aqui por você.

— Vai ficar tudo bem, Reza — diz ele. — Eles sempre soltam os manifestantes. Não resista. Essa é a coisa mais importante, tá bem?

Sustento o olhar de Art o máximo que consigo, meus olhos fixados nos seus.

Quando ele sai do meu campo de visão, fecho os olhos. Perco as forças, deixo o policial me carregar. Mas é irônico que eu nunca tenha me sentido tão no controle. Esta não é a Revolução do Irã. Eu não sou um garotinho com medo do pai, desesperado para agradar a mãe, vivendo à sombra da irmã. Eu não sou mais assim.

Tenho 17 anos e, sim, ainda sinto medo. Mas também sinto força.

Agora, eu sou o caos.

ART

Repasso as palavras dele em minha mente. Eu as escuto ressoando na cabeça enquanto a polícia me leva para a delegacia. "Art, eu vim aqui por você." Elas ecoam dentro de mim enquanto sou liberado. "Art, eu vim aqui por você." Estas palavras habitam em mim. Preenchem um vazio que eu nem sabia existir até escutá-las. O que ele quis dizer? Que veio ao protesto porque se sentiu inspirado por mim? Ou que veio porquê... Não quero nem pensar nessa possibilidade. Não quero ter que me preparar para outra decepção.

As palavras ainda reverberam na minha cabeça quando deixo a delegacia, de volta ao frio do inverno, onde Stephen espera por mim encostado em uma banca de jornal.

— Oi — saúda ele.

— Que aventura, hein? — digo com um sorriso, ainda meio bobo ao pensar em Reza sentado ao meu lado na igreja, seu sopro quente em minhas mãos.

— Você está bem?

Stephen repousa a mão gentilmente em minha bochecha. Um gesto que imediatamente me faz pensar que meu pai nunca toca em mim, nunca me abraça.

— Já liberaram o Reza? — pergunto.

Ele nega.

— Reza vai ficar bem. Eles sempre soltam a gente — comenta Stephen, percebendo a preocupação no meu olhar.

— Mas ele não é como a gente. Ele não passou pelo treinamento de desobediência civil. Ele não é tão casca-grossa. Eu só...

O que quero dizer é que eu quero proteger Reza de tudo. Quero lutar por ele, para que ele não precise passar por isso.

— Art, e onde fica a Judy no meio disso tudo? — pergunta Stephen olhando para mim.

Judy? O que tem a Judy? Eu me odeio neste momento. É como se toda a vergonha que empurrei para debaixo da superfície tivesse emergido e se multiplicado, criando um tsunami de ódio a mim mesmo. Posso senti-la perto de mim, sua raiva, sua decepção.

— Não sei — respondo. — Eu não sei por que Reza apareceu. Não sei o que aconteceu entre os dois.

— Você não tem conversado com ela? — pergunta Stephen, com um olhar crítico o bastante para me fazer sentir mais culpa ainda.

— Eu não liguei pra ela esse final de semana, mas ela também não me ligou — argumento, me dando conta de como pareço estar na defensiva.

Então escuto a voz de Reza.

— Você deveria ir atrás de Judy — sugere ele, mas não sei se está falando comigo ou com o Stephen.

— Reza, você está bem? — pergunto.

Quero me aproximar, abraçá-lo, mas a presença de Stephen me impede. Todos os meus sentimentos por Reza são uma traição a Judy, e Stephen é um lembrete doloroso disso.

— Estou bem — afirma ele com a voz trêmula e os olhos inchados. — Acho que sim.

— Reza, o que aconteceu com a Judy? — pergunta Stephen.

As lágrimas começam a deslizar por suas lindas bochechas.

— Eu disse para ela que a gente não pode ficar junto. Contei tudo. Contei que acho que sou... — Ele faz uma pausa longa antes de dizer a palavra. — Gay. — Recuperando o fôlego, completa: — E que tem alguma coisa rolando entre mim e o Art.

Meu coração quase explode ao ouvi-lo dizer isso em voz alta, mas imediatamente penso em Judy.

Penso na ligação que recebi na noite anterior. Era Judy, só podia ser. Ela estava ligando para brigar comigo, e eu mereço. Merda. Eu devia ter ligado de volta. Devia ter perguntado como ela estava. A gente se fala todo dia. Eu sabia que ela tinha um encontro com Reza ontem. Merda.

— Meu Deus do Céu — comenta Stephen.

Tento ler seu olhar para descobrir o que ele está pensando. Dá para ver que está dividido entre o impulso de cuidar de Reza, que teve a coragem de se assumir, e a vontade de atacá-lo por trair sua amada sobrinha.

— Me desculpem — diz ele. — Preciso ir.

— Stephen, por favor! — chamo enquanto ele se afasta.

Stephen para, mas não olha para trás.

— Vai ficar tudo bem, Art — consola ele. — Mas eu tenho que ir. Alguém precisa ficar com ela.

E ele se vai. Pronto para apoiar a sobrinha, que está totalmente ferrada. Ele não é meu pai, sequer é meu tio. Ele é dela. Stephen não me pertence de maneira nenhuma, e provavelmente já está de saco cheio de mim.

Estou sozinho com Reza. Está tão frio que não há quase ninguém na rua. Sinto que somos só nós dois no mundo, ou contra o mundo, porque parece que todas as pessoas viraram as costas para nós. Eu desejei tê-lo, e agora ele está aqui comigo. Mas por que o gosto é tão amargo? "Art, eu vim aqui por você", escuto a frase mais uma vez, e queria que ele a repetisse em voz alta agora. Queria que Reza me lembrasse que sou importante para ele.

Mas, em vez disso, ele diz outra coisa:

— Estou com medo, Art.

Ele está tremendo. De frio. Ou de medo mesmo. Provavelmente as duas coisas.

— Eu sei — respondo, segurando suas mãos. — Mas isso não vai pra sua ficha. A não ser que você seja preso de novo nos próximos seis meses, eles vão esquecer esse episódio.

Tento parecer calmo e solidário como Stephen nas vezes em que ele me tranquiliza, mas consigo ouvir a preocupação em minha própria voz.

— Não é isso — corrige Reza. — É que... eu apareci no noticiário. Achei que...

Como eu sou idiota. Ele não está preocupado com a polícia ou com a Judy. Está preocupado com a família. Não consigo nem imaginar como vão ficar irritados, como vão me odiar também. E me culpar por corromper seu filho, assim como os meus pais culpam o Stephen. Por que estou pensando no meu lado da história? Por que estou fazendo com que isso seja sobre mim?

Não sei o que fazer. Se eu disser que vai ficar tudo bem, estarei mentindo. Sei por experiência própria como é ter pais frios que não apoiam nossas decisões, e sei como a homofobia pode machucar bem no âmago.

— Estou aqui com você — asseguro.

Queria ser capaz de pensar em algo melhor do que essa frase banal e genérica, mas é tudo que consigo dizer no momento.

— Eu queria te ver. Ficar com você. Não imaginava que acabaria aparecendo na TV — sussurra ele. — Eu não estou... Não estou pronto para contar pra minha mãe.

— Eu sei. Eu sei. Eu entendo.

Ele chora de soluçar, e as lágrimas quentes escorrem por suas bochechas geladas.

— E se ela não quiser mais olhar na minha cara? E se meu padrasto não quiser mais continuar casado com ela por minha causa?

Pego suas mãos e as levo até minha boca, soprando para esquentá-las. Será que vi um sorrisinho se abrindo no meio das lágrimas?

— Eu odeio isso — digo, balançando a cabeça. — Odeio que um momento que deveria ser feliz acabe trazendo tanta angústia.

— Mas ao mesmo tempo eu estou feliz — revela ele entre as lágrimas.

E agora nós dois estamos rindo, porque é tudo tão absurdo que não há nada mais a se fazer. Beijo suas mãos doces, seus dedos delicados, e pressiono a palma dele contra minha bochecha.

— Eu posso ir com você, se quiser, quando for contar para eles.

Ele balança a cabeça.

— Não, não seria certo — recusa ele. — Preciso fazer isso sozinho.

— Tudo bem. Mas posso levar você em casa.

— Isso seria bom.

Caminhamos juntos, lado a lado.

— Como foi quando você contou para os seus pais?

Quero mentir, mas não posso. Ele merece minha sinceridade.

— Foi horrível, Reza. Mas eu superei. E você também vai. Prometo.

Ele assente, com o olhar sombrio.

— E se eles expulsarem você, a gente vai para algum lugar juntos.

Ele ri.

— Pra onde?

— Pra São Francisco — respondo, empolgado. — Sempre quis morar lá.

— Por quê? Você já mora na maior cidade do mundo.

— Sim, mas São Francisco é a cidade mais *gay* do mundo — explico. — É uma cidade cuja identidade é em parte definida pelas pessoas *queer*. É claro que existem gays em Nova York, mas ninguém pensa em Nova York como a cidade dos gays. Aqui é uma cidade para todo mundo. Ninguém que chamar você de bicha vai mandar você pra Nova York, mas sim pra São Francisco. Darryl Lorde sempre diz isso para mim.

Ouço a voz de Darryl na minha cabeça.

Vai pra SÃO FRANCISCO, bichinha.

Seu lugar é em SÃO FRANCISCO, cheio de florzinhas no cabelo, boiola.

Por que você não assume logo que é de SÃO FRANCISCO?

— São Francisco — repete Reza. — Talvez a gente possa ir para lá juntos um dia.

— Pois é, não é como se a gente tivesse muita coisa aqui. Meus pais me odeiam. Judy e Stephen estão putos com a gente. Se sua família não aceitar, a gente vai. Só nós dois. Porque eu quero você. Tudo bem?

Ele olha para mim com um sorriso triste.

— Eu também quero você — diz ele.

Quando chegamos ao prédio, ele me abraça como se sua vida dependesse disso.

— Posso ligar pra você depois?

— Você pode me ligar sempre que quiser — respondo.

— Algum último conselho?

Tento pensar em algo brilhante, algo que irá resolver todos os seus problemas. Em vez disso, solto outra banalidade genérica:

— Apenas seja você mesmo.

— Acho que este é o primeiro dia em que cheguei perto de ser eu mesmo — diz ele com uma sinceridade que quase acaba comigo.

Então se solta do meu abraço e entra no prédio. Sua ausência deixa em mim um vazio insuportável. Sinto falta dele. Quero estar ao lado dele o tempo todo. Enquanto vou andando para casa, me dou conta de que ainda vou precisar encarar meus pais. Não vai ser fácil. Com certeza eles também já souberam que eu apareci no jornal.

Me preparo para uma briga quando entro no apartamento. Como eu imaginava, os dois estão me esperando. Meu pai parece com raiva. Minha mãe parece que estava chorando.

— Nós fizemos um acordo — diz ele assim que entro em casa, como se eu tivesse cometido uma blasfêmia.

Acordos são a religião dele. Quebrar um deve significar que eu sou um pecador muito pior do que ele imaginava que eu era.

— Eu sei — respondo. — Me desculpa. Mas eu tinha que estar lá, pai. O cardeal está tentando...

— Isso não é sobre o cardeal, Art. — Meu pai se levanta, tentando parecer mais ameaçador. — Isso é sobre você. Você mentiu para mim.

— Para nós — corrige minha mãe, com a voz trêmula.

Me pergunto se eles já estavam brigando antes de eu chegar. Eu quase não vejo os dois brigando. Não seria apropriado.

— Acabou o dinheiro — declara meu pai. — Nem mais um centavo. Você nunca mais vai ver aquele homem. Vai para Yale no próximo semestre. Vai estudar administração e estagiar lá na empresa durante as férias. Chega de me humilhar, de humilhar a mim e a nossa família.

Agora estou irritado de verdade. Tiro o cachecol e o gorro e jogo no sofá de forma dramática. Pego toda a bagunça de sentimentos envolvendo Reza, Stephen e Judy e disparo tudo contra o meu pai.

— Ah, claro, porque eu não sou capaz de ganhar dinheiro sem você — grito. — Porque não tenho talento nenhum. É isso que você pensa de mim. Vocês nem pedem para ver minhas fotos. Nunca.

— Art, eu já vi suas fotos — argumenta minha mãe, tentando manter a paz.

— Mãe, a última vez que você pediu para ver foi no ano passado — rebato. — E você só disse que elas eram legais.

— Mas elas *eram* legais — diz ela, impotente. — Eu gostei.

— Elas não eram legais. Eu não sou legal e nem quero ser legal. Eu estou irritado, mãe. Minhas fotos são cheias de raiva.

— Você nem teria uma câmera se não fosse pelo meu dinheiro — retruca meu pai, o tom de voz seco.

— Por que tudo com você sempre acaba voltando pro dinheiro? — pergunto, com ódio. — Eu não quero seu dinheiro. Eu quero, sei lá, seu amor e seu respeito, talvez.

— Então faça por merecer — responde ele.

— Eu não deveria ter que merecer essas coisas — digo, incrédulo. — Sou seu filho. Deveria ser algo incondicional.

Consigo sentir minha mãe tremendo.

— Art, querido, nós amamos você. Claro que amamos — afirma ela.

— Aliás, pai, a câmera foi um presente do Stephen. Você nem sabe disso. Você não sabe tudo que ele me deu.

— Deu para você? — vocifera meu pai, surtando.

— Sim, ele me deu uma comunidade — respondo.

Meu pai balança a cabeça.

— Você é novo demais para ter uma comunidade. Na sua idade, tudo o que tem é família.

— QUEERS! — grito para ele. — Nós somos *queers*, pai, e nós temos uma comunidade. Nós apoiamos uns aos outros.

— Meu filho, faltou amor? Você é assim por que eu te amei pouco? — pergunta minha mãe, que se aproxima, se agarra em meu braço e sussurra: — Porque eu posso te amar mais. Eu dei meu melhor, mas posso me esforçar ainda mais. Eu posso te ajudar.

— Você não entende, né, mãe? Me amar mais não vai mudar nada. Me amar mais seria apenas me aceitar — digo, mas minha voz falha. Eu me odeio por ainda querer a aprovação deles, por saber que provavelmente sempre vou querer. — Esse é o único jeito de me amar mais, mãe.

— Nós estamos fazendo isso *justamente* porque amamos você — justifica meu pai. — Sei que não enxerga isso agora, mas esse dia vai chegar, e aí você vai agradecer. E tudo bem você achar que somos seus inimigos agora. Isso faz parte do trabalho dos pais, às vezes.

— Preciso sair daqui — digo. — Estou sufocado.

— Você está de castigo — declara ele, com dureza.

Eu rio da cara dele.

— Você não pode me deixar de castigo, pai, porque você não manda em mim. A vida é curta, e eu vou viver a minha.

— A vida não é curta. Ela é maior do que você imagina, e todas as coisas que você faz na sua idade têm consequências. Ser preso, não ir para uma boa faculdade... Você vai ver. Todas essas decisões e momentos contam.

Eu sei que sim. Estou contando com isso.

E também entendo as consequências dos meus atos. Não me arrependo dos protestos, de ser preso, e não me arrependo de não estar com o Reza agora. Mas me arrependo de ter mentido para Judy. De certa forma, hoje eu vivi o mais perto de um dia perfeito em toda a minha vida, mas ficou faltando uma coisa: Judy. Eu nem sei quem sou sem a nossa amizade, e preciso ir até lá para me explicar, para pedir perdão.

— Até mais tarde — digo para os meus pais.

— Art — chama minha mãe, mas já estou a caminho da porta.

Me viro irritado, dando a ela meu melhor olhar de *o que foi agora?*

— Não esqueça o gorro e o cachecol — aponta ela. — Essa noite vai ser congelante.

— Deixa ele passar frio — fala meu pai. — Deixa ele ver que toda escolha tem uma consequência.

Frustrado, meu pai entra em seu quarto e bate a porta. Minha mãe pega o cachecol e o gorro no sofá. Gentilmente, veste o gorro na minha cabeça, então dobra o cachecol ao meio e passa pelo meu pescoço, entrelaçando na frente como ela sempre gosta de fazer. Eu me sinto um garotinho outra vez, aquele que ela sempre vestia com cachecóis de lã. Me lembro de como minha mãe era feliz naquela época, de como sempre dizia que éramos pessoas cheias de sorte. Ela foi criada com tão pouco, e ali, naquele momento, tinha tudo. Tinha a mim.

— Mãe — digo, e quase não dá para ouvir minha voz.

— Está tudo bem — sussurra ela, hesitante — Não precisa dizer nada. Você é teimoso igual ao seu pai.

— Mãe, eu acho... Eu... Eu acho que estou gostando de um garoto. — Solto um suspiro. Não sei por que estou me abrindo para ela, mas me deixo levar pelo momento. — E acho que ele também gosta de mim.

— Ai, Art — suplica ela.

Minha mãe se afasta como se tivesse acabado de levar um tapa na cara. Quero que ela me abrace e me pergunte sobre ele, *qualquer coisa*. Mas não é isso que ela faz.

— Eu não consigo conversar sobre isso. Por favor, eu não consigo.

Dou as costas e vou embora. Por que ainda tento? Por que me permito ser vulnerável a esse ponto só para me machucar mais? E não é exatamente isso que estou prestes a fazer indo até a casa da Judy agora?

É um trajeto que eu poderia fazer de olhos fechados. Conheço cada loja no caminho, cada lata de lixo, cada rachadura nas calçadas, cada porteiro. Já fiz esse caminho um milhão de vezes, todas elas sabendo que no final desta estrada de tijolos amarelos, Judy estaria me esperando de braços abertos. Desta vez, cada passo é incerto, ansioso, e meus pés levam alguns segundos a mais para subir e descer.

Bato à porta. Ela com certeza já reconhece meu jeito de bater. Eu reconheço o dela. Judy bate de dois em dois, um toc-toc firme de cada vez. Sempre sei quando é ela. Consigo sentir seu cheiro sempre que ela se aproxima no corredor. E, juro, sempre sei quando é ela quem está ligando, como se o telefone tocasse de um jeito diferente.

Stephen abre a porta.

— Art — diz ele, me olhando nos olhos, e mesmo um gesto tão pequeno como este já me deixa melhor. Talvez ele não me odeie. — Que bom que você veio.

Judy está atrás dele, nos braços dos pais.

— Oi — cumprimento.

Ela balança a cabeça, incrédula, com o mesmo ar de decepção do cardeal O'Connor quando os manifestantes começaram a gritar hoje, o mesmo olhar que minha mãe me deu quando contei para ela que estou gostando de um garoto. Só que, desta vez, eu mereço ser desprezado. Mereço cada faca que os olhos dela lançam sobre mim. Não me senti um criminoso quando fui preso, mas nesse momento eu me sinto.

JUDY

Odeio a maneira como meu corpo está tremendo. Queria fazê-lo parar. Minha mãe e meu pai estão me abraçando, posso sentir suas mãos apertando meu corpo, me dando forças. Tento identificar exatamente o que sinto. Raiva, medo, tristeza ou, como em uma questão de prova, "todas as alternativas anteriores"?

— Oi. — É tudo que ele consegue dizer.

— Olá. — É tudo que eu consigo responder.

Todas as alternativas anteriores. A resposta com certeza é "todas as alternativas anteriores". Estou tão puta com ele, e com tanto medo de enfrentá-lo, e tão triste pelo fim da nossa amizade. Quase surto com a possibilidade de ir para a faculdade em algum lugar onde o Art nunca estudaria, escolher um desses cursos de humanas em cidades distantes cercadas por árvores e nuvens e quilômetros de estradas livres, sem nenhuma cidade grande por perto, nenhum Art.

— Acho que vocês dois deveriam dar uma volta — sugere Stephen.

— Claro — concorda Art. — Judy, eu...

Art não termina a frase. Não consegue. Afinal, o que ele poderia dizer para se defender?

— Você o quê? — cuspo as palavras. — Você está arrependido?

— Bem, sim — diz ele, pego de surpresa.

— Não é o bastante — respondo. — Nunca vai ser.

Nunca ouvi minha voz desse jeito. Rouca, rude, com um tom de amargura que eu nem sabia que existia em mim.

— Ela está muito chateada — lamenta minha mãe, apontando o óbvio. — Talvez seja melhor vocês conversarem depois que as coisas se acalmarem um pouco.

— As coisas nunca vão se acalmar — digo cruelmente.

— É claro que vão — responde ela. — É como aquela música da Joni Mitchell...

Minha mãe está prestes a cantar. Ela está literalmente prestes a cantar uma música *folk* antiga qualquer. Aposto que é aquela sobre as estações dando voltas e voltas, ou talvez aquela sobre enxergar as nuvens por ângulos diferentes. Não importa, eu só sei que se ela começar a cantar para mim agora, vou perder o controle, então rapidamente invento uma desculpa.

— Dar uma volta parece uma boa ideia.

Pego um dos casacos do meu pai no cabideiro e jogo sobre o corpo. Ele é marrom, detonado e feio, exatamente o que quero vestir agora. Quero desaparecer, rastejar para dentro da pele de outra pessoa.

Antes de sairmos, meus pais me abraçam, e Stephen beija minha bochecha e sussurra algo para mim.

— A amizade é muito mais trágica que o amor. Ela dura muito mais. Oscar Wilde disse isso.

Não sei como responder. O que ele quer dizer com isso? Que eu deveria estar mais triste por ter perdido Art do que por ter perdido Reza? Porque se for isso, já era óbvio para mim. Reza pode ter sido meu primeiro "namorado", uma palavra que sempre vou colocar entre aspas para descrever nosso relacionamento de mentira, mas Art era meu melhor amigo desde sempre. É óbvio que perdê-lo é mais trágico. Mas se com "ela dura muito mais" Stephen quis dizer que Art e eu vamos trocar beijinhos de desculpa, ele está enganado. Nossa amizade acabou.

Ninguém abraça Art quando estamos saindo, e ele nem tenta. Mas, antes de irmos embora, meu pai chama Art.

— Judy sempre foi uma amiga incrível para você — observa ele, severamente. — O que você fez com ela foi desprezível.

Consigo sentir as palavras ferindo Art. Tão simples, tão diretas, tão verdadeiras. Meu pai, um homem de poucas palavras, mas que importam de verdade. Acho que nunca o amei tanto quanto neste momento.

Descemos em silêncio os degraus intermináveis até a saída. Art vai na frente, andando rápido e hesitante como se quisesse ir embora e voltar ao mesmo tempo. Eu sempre amei andar atrás do Art. Sempre senti que ele sabia aonde estava indo. Parecia ter a confiança e o carisma que faltavam em mim, a aura de um líder natural. Agora eu só quero empurrá-lo escada abaixo e seguir sozinha.

Quando chegamos à calçada, começa a nevar. A neve estava esperando este exato momento. Deuses e deusas estão chorando lágrimas congeladas enquanto nos observam.

— Pra que lado nós vamos? — pergunta ele.

— Quem se importa? — rebato.

Art começa a andar para o norte, e eu continuo do seu lado. Damos alguns passos em silêncio até que ele decide falar.

— Nada como o primeiro dia de neve, né?

— É sério que você quer falar sobre neve agora? — pergunto, irritada.

— Acho que, tipo, eu não sei se isso vai fazer sentido, mas de certa forma é como a gente. A neve cai e, de primeira, ela é perfeita, mas inevitavelmente acaba virando lama. Mas depois, talvez, a primavera chegue, as flores desabrochem, as coisas melhorem e...

— Meu Deus, para.

— Eu só estou tentando...

— Para! — grito.

Respiro o ar gelado, e o vapor que sai da minha boca forma um pequeno escudo ao meu redor.

— As estações simplesmente acontecem, Art. Isso não simplesmente *aconteceu*. Você não mentiu para mim e deu em cima do meu namorado acidentalmente. Você fez de propósito. Não tente transformar isso em uma coisa natural que acontece entre amigos e que melhora com o tempo. Não é e nem nunca será, e acho que a gente já pode ir embora agora porque não faz sentido continuar conversando. Qual é o sentido? Qual é o sentido? Qual é o sentido? — berro.

Não sei por que continuo repetindo essa pergunta. Talvez eu queira que ele responda.

— Você tem razão — concorda ele, derrotado.

— Ótimo.

Levanto as mãos e me dou conta de que esqueci as luvas; meus dedos estão começando a congelar.

— Como é mesmo aquele clichê, prefiro estar em paz do que ter razão?

— Alguma coisa assim — diz ele. — Mas eu não estou em paz, Judy. Não consigo ser feliz sem você. Você é minha melhor amiga e eu estraguei tudo.

— Em grande estilo.

— Eu me sinto péssimo, Judy — revela ele, e consigo notar a culpa e o remorso em sua voz. — Tenho me sentido mal desde o momento em que percebi que sentia alguma coisa pelo Reza. Eu estou errado, sou um babaca e sinto muito, muito.

Não quero a culpa e o remorso de Art. Não quero suas desculpas. Só quero entender como ele foi capaz de fazer isso comigo.

— Eu não entendo — digo, suavizando um pouco o tom de voz. — Como você pôde gostar de um garoto e não me contar?

— Não contei porque você também gostava dele — responde Art com tristeza, então para de andar. — Não. Isso não é verdade. É muito mais do que isso. Você já se apaixonou antes, Judy. Eu, nunca. Nunca existiu naquela escola um garoto por quem eu *pudesse* me apaixonar sem ter medo de apanhar dele. Eu não sei como é estar apaixonado. Não sei como falar sobre isso. Tudo que eu sentia estava envolto em um misto de medo e vergonha, e acima disso tudo havia você, minha melhor amiga, gostando dele e depois namorando com ele. Eu não sabia o que fazer.

Começo a andar novamente e, dessa vez, é Art quem me segue.

— Você poderia ter me contado — retruco. — Poderia ter sido honesto.

— Você não entende — diz ele, e agora é *sua* voz que tem um tom de amargura.

— Então me faça entender — provoco, desafiando Art.

Ele olha para mim e não parece mais arrependido. Parece irritado.

— Nós não somos duas amigas brigando pelo mesmo cara, Judy. Eu sou gay. Não sou como você. Não posso ter namoradinhos. Não posso levar um cara para o baile da escola. Não posso nem me imaginar em um relacionamento amoroso sem pensar em morte e em como meus pais me deserdariam. Nada disso se aplica a você. Sei que somos melhores amigos, e sei que a gente sempre fez tudo juntos, sei que a gente sempre se apoiou, e talvez quando éramos mais novos eu até achasse que não existia diferenças entre nós, mas existe uma diferença enorme. Enquanto a gente crescia juntos, eu me sentia diferente, envergonhado, achando que eu era errado e nojento e...

— Eu sei disso tudo. Mas você sempre pareceu tão confiante.

— Toda a confiança que eu tinha era só uma tentativa de esconder todo o resto. Meu Deus, Judy, como você acha que é ter que ouvir seu pai dizer que os gays merecem morrer, que é uma coisa boa a aids estar nos matando? Seus pais te amam, te apoiam e, se te irritam, é porque às vezes são bonzinhos demais com você. Meus pais querem que eu morra.

— Isso não é verdade — argumento.

Mas sei que, de certa forma, é.

Eles não querem que o Art morra, mas querem que ele seja uma pessoa diferente, e, de certa forma, dá no mesmo.

— Eu nunca achei que pudesse ter isso, Judy — diz ele com sinceridade. — Nunca achei que pudesse ter um namorado. Talvez eu não tenha dito nada porque não estava preparado, porque nem na minha imaginação eu estava pronto para falar sobre o garoto de quem gosto, sobre ter um relacionamento, ou até mesmo sobre sexo...

— Peraí — interrompo, me dando conta de que ele acabou de falar sobre sexo. — Você e o Reza já...

— NÃO! — grita ele. — Meu Deus, não rolou nada, Judy. Nada físico. Mas é só que, sei lá, eu sinto muito, muito mesmo. Só queria que você enxergasse o meu lado, que tentasse entender como tem sido difícil para mim, e não só nesse caso, mas em tudo que envolve amor e sexo. Talvez eu tenha estragado tudo, e talvez seja pedir demais, mas eu queria... Acho que eu só queria que você ficasse feliz por mim, porque sem isso eu me sinto vazio.

Eu sempre esperei por este momento. O momento em que Art encontraria um garoto. Mas por que tinha que ser justo o garoto que *eu* queria?

— Sim, definitivamente é pedir demais — respondo.

Estou me odiando por rejeitá-lo, mas preciso fazer isso. A distância entre nós simplesmente parece grande demais agora.

— Eu sei — responde ele, desanimado. — Eu sei.

— Não é como se eu já tivesse namorado antes. Reza foi o primeiro. Por que justo ele? — Desvio o olhar de Art.

— Não sei. Eu não planejei nada disso, Judy.

Andamos em silêncio um pouco mais. Por um momento, quase consigo entender Art, mas então lembro do que ele fez. Ele pediu perdão, mas isso acabou ficando abaixo do argumento de que eu deveria me sentir mal pelo fato de ele ser gay. E isso me deixa ainda mais irritada porque ninguém no mundo inteiro apoiou e entendeu Art como eu. Bem, talvez o tio Stephen, mas ele não teria sequer conhecido tio Stephen se não fosse por mim. Eu sou a vítima aqui. Eu que fui tratada do jeito errado.

Devo ter balançado a cabeça ou qualquer coisa do tipo, porque ele volta a falar.

— O que foi? Me diz o que está sentindo, Judy.

— É tudo *sempre* sobre você — digo, irritada.

— Não era essa a intenção. Juro.

— Não, mas foi isso que você fez, é isso que você sempre faz — falo, me dando conta de quanto tempo perdi atendendo os desejos do Art. — E eu não ligo para o que mais você tem a dizer. Suas ações já falam por você. Você é egoísta, sempre ganha tudo de mão beijada e está chateado porque dessa vez não foi assim. E quer falar sobre como somos diferentes?

Começo a andar mais rápido, o ar gelado nem parece mais gelado, porque sinto dentro de mim o fogo da fúria.

— Que tal a gente falar sobre como você é podre de rico e os meus pais mal conseguem pagar todas as contas no fim do mês? Que tal a gente falar sobre como as coisas mais legais que a gente tem foram presentes dos seus pais? Que tal a gente falar sobre como eu só posso frequentar a faculdade com uma bolsa de estudos, mas você pode entrar desfilando em Yale? Yale! Você pode literalmente ser preso e ainda assim conseguir entrar nas melhores faculdades com o seu dinheiro. E você é homem. Gay ou não, você ainda tem isso a seu favor.

— E o que isso tem a ver comigo e com o Reza? — pergunta ele, desesperado.

— Isso não é sobre você e o Reza. E também não é sobre mim e o Reza. — Nesse momento percebo como pensei pouco sobre Reza hoje, e muito sobre Art. Este é o meu verdadeiro término. — Você é idiota? Isso é sobre nós dois.

Ele para novamente, mas não quero ficar parada. Estou fora de controle. Dizendo coisas que eu nem mesmo sabia que sentia.

— Não sei o que dizer. Não sei como pedir desculpas pelo dinheiro dos meus pais ou pelo meu gênero — sussurra ele na defensiva, seus lábios tremendo um pouco.

— E eu não sei como pedir desculpas pela minha heterossexualidade — rebato.

Chegamos a um impasse agora. Nós dois botamos pra fora o que nunca ousamos admitir em voz alta antes.

Volto a andar, mas dessa vez na direção de casa.

— Judy, por favor — implora ele enquanto caminhamos. — Eu sei que a gente vai ficar bem. A gente vai conseguir se resolver.

— Não. — Levanto a mão.

— Tudo vai ser horrível sem você. Tudo. Nossos últimos meses de ensino médio, eu e o Reza... E as noites de filme aos domingos?

— O que têm elas? — digo, sendo intencionalmente cruel.

— Stephen ama essas noites tanto quanto a gente...

Art está desesperado agora, perdendo o controle.

— Não use o meu tio doente para tentar ganhar um perdão que não merece. Stephen já perdeu centenas de amigos. Acho que consegue lidar com o luto de não ter nós dois juntos aos domingos.

— Você vai continuar indo? — pergunta ele, sem acreditar.

— Ele é *meu* tio — cuspo as palavras. — Eu faço tudo que ele quiser, e ele faz tudo que eu pedir.

Para por aí, Judy.

— Por favor, não... Por favor, não pede para ele parar de me ver — suplica Art.

Posso ver as lágrimas se formando em seus olhos, e logo elas começam a escorrer pelo rosto. É como se a ideia de perder tio Stephen fosse mais devastadora para ele do que a ideia de me perder, e isso me faz pensar em todas as vezes em que me perguntei se Art gostaria de mim da mesma forma se eu não tivesse um tio gay em quem ele se inspirar. Suas lágrimas são a resposta. Mas acho que eu sempre soube. Só fingia não perceber, assim como tantas outras coisas para as quais fiz vista grossa com Art.

Chegamos ao meu prédio. Nos encaramos. As lágrimas já secaram, mas o rosto dele está úmido e os olhos, turvos.

— Adeus, Art — digo, como um ponto final.

— A gente ainda vai se ver, sabe. Nos corredores. Na sala de aula. Vamos ser civilizados, pelo menos.

— Adeus, Art — repito.

Ele fixa o olhar em mim e tenta um último apelo:

— Eu sei que existe uma versão dessa história na qual eu te digo que abro mão dele, mas não posso fazer isso. Eu me importo demais com ele. Você entenderia se fosse minha amiga de verdade.

— Acho que não somos amigos de verdade, então.

O som dessas palavras enche meus olhos de lágrimas. Mas não quero que ele me veja chorando, então viro de costas.

— Acho que não — diz ele, com a voz cheia de tristeza.

— Adeus, Art — repito, pela última vez.

E posso ouvir sua voz falhando ao me responder:

— Eu te amo e sempre vou te amar.

Estão todos reunidos na sala quando chego em casa. Me sento ao lado do tio Stephen, que me pergunta como foi.

— A gente pode não falar sobre isso? — peço.

De repente me sinto exausta.

Dá para ver que minha mãe está decepcionada, ela queria muito falar sobre isso, mas tio Stephen se pronuncia primeiro.

— É claro, podemos nunca falar sobre isso se você preferir.

Minha mãe, apenas com um olhar, diz que me apoia e me ama.

— Querida, nós estávamos conversando... — acrescenta ela.

Ops, começando a frase com querida.

— Deixa o Stephen dar a notícia — sugere meu pai.

Notícia? Eu fiquei fora por, tipo, meia hora, e eles já têm notícias para contar? Melhor eu me preparar.

Stephen se vira para mim.

— O Natal está chegando, e você sabe como o José amava as festas de fim de ano. Ele ficava todo bobo com as meias penduradas, as músicas natalinas e essa coisa toda, e eu amava isso.... Sua mãe não quer que eu passe as festas sozinho, talvez esse seja o meu último Natal...

— Ai, meu Deus.

É como se toda a tristeza que estava escondida atrás da raiva chegasse correndo. De repente, lágrimas, muitas lágrimas, começam a escorrer pelo meu rosto.

— Não, não chora! É uma notícia boa — fala minha mãe, me abraçando. — Uma notícia feliz.

— A parte boa de estar morrendo é que você pode gastar tudo que tem — continua Stephen. — E é claro que eu planejo deixar o pouco que tenho para você e para a ACT UP, mas, antes de ir, pensei em levar todo mundo para uma viagem, para aproveitar umas férias de verdade. Acho que talvez essa seja a melhor maneira possível de gastar meu dinheiro.

— E nós decidimos — diz minha mãe, com um grande sorriso — que você vai escolher o destino da viagem, Judy. É seu último Natal antes de se tornar adulta, e queremos que você decida.

— Qualquer lugar no mundo — completa Stephen.

Não sei o que dizer. Ainda estou processando. Nós não somos assim. Não somos a família Grant, que voa de jatinho para terras estrangeiras como se fosse apenas um passeio em Nova York. Stephen está doente.

— Mas é seguro, quer dizer, você ficar longe dos seus médicos?

— Eu não me importo mais — declara ele. — Quero fazer algo especial com as pessoas que mais amo. Sua única preocupação deve ser decidir para onde iremos. Seja criativa. Japão. Havaí. Londres. Itália. Podemos fazer um cruzeiro!

Para onde iremos? Não consigo nem pensar nisso. Os três estão me pedindo para aceitar que Stephen está morrendo. E sei que ele não está. Sei que alguma coisa vai mudar. Um novo medicamento. Uma cura. Então penso em algo que odeio, um sentimento de culpa, porque sei que, se eu disser sim, vou levar o Stephen para longe do Art no momento em que ele mais precisa.

— Não posso... — digo.

— Você pode e vai — comanda Stephen. — E se não escolher, eu vou fazer isso por você.

Minha mãe senta-se do meu outro lado e segura minha mão.

— Você sempre quis ir para Paris, não é? Sempre falava sobre isso quando era pequena. Lembra como eu sempre lia *Eloise em Paris* para você? Era seu livro favorito.

Me vem a imagem de quando eu era uma garotinha, minha mãe lendo o livro para mim. Meu Deus, como eu queria ser criança de novo. Queria que as coisas não fossem complicadas.

— É claro — respondo. — Por causa da moda e...

— Eu conheço algumas divas que trabalham com moda — diz Stephen. — Talvez a gente consiga alguns passeios pelas casas de alta costura.

— Mas é isso que vocês querem? — pergunto. — Talvez seja melhor irmos para alguma praia, onde vocês possam relaxar, ler ou algo assim.

— Querida, o importante é o que você quer — afirma minha mãe. — A única coisa que importa é ficarmos juntos e que você esteja feliz. Somos as pessoas que mais amam você no mundo.

Meu Deus, como isso machuca, porque antes de hoje Art estaria entre essas pessoas e agora não está. Ele super não está.

Penso em Paris. Imagens em preto e branco de pessoas cheias de estilo às margens do rio Sena. A voz de Edith Piaf saindo das caixas de som de Stephen. Desfiles de moda. Gaultier. Coco Chanel. Givenchy.

— Certo, *oui* — concordo, finalmente sorrindo. — Vamos para Paris.

REZA

As últimas palavras de Art para mim foram "apenas seja você mesmo", como se eu soubesse como fazer isso. Eu não estava mentindo quando disse que hoje foi o mais próximo que cheguei da sensação de ser quem eu sou, mas enquanto pego o elevador para uma casa que ainda não parece ser minha, sinto uma onda de pânico.

Não sei quem sou e não posso fingir que sei. Gosto de homens, mas isso não significa que sou como todos os homens que também gostam de outros homens, certo? Observo os botões do elevador se iluminarem, um após o outro, até chegar ao nosso andar. Estou suando, meu nervosismo e os aquecedores do prédio me transformam em uma cachoeira. Paro no corredor, de frente para a porta. Penso em ir embora. Fugir. Talvez eu e Art devêssemos escapar, como ele sugeriu. São Francisco. Um lugar ao qual eu nunca pensei em ir, mas talvez seja o *meu* lugar.

Respiro fundo, coloco a chave na fechadura e, lentamente, abro a porta. Avanço pelo saguão de entrada na ponta dos pés. Posso ouvi-los na sala de estar. Todos eles. Minha mãe. Abbas. Tara. Saadi. Estão discutindo em voz alta. Me preparo para o que devem estar falando a meu respeito, mas à medida que vou me aproximando lentamente, percebo que não estão falando de mim.

— Bem, me desculpa, mas eu acho muito ridículo que ninguém saiba que ela é armênia — reclama Tara.

— E qual é a importância do lugar de onde ela vem? — pergunta minha mãe.

— É importante. Simples assim — responde Tara.

— Mas ela não esconde — diz Abbas. — Inclusive, uma vez nós nos encontramos em um evento beneficente e conversamos sobre como iranianos tem sobrenomes que terminam com *ian*, assim como os armênios.

— Eu não estou dizendo que ela esconde — prossegue Tara. — Só que a maioria das pessoas não sabe. Quer dizer, o nome dela é Cher Sarkisian. Imagina só se todas as garotas armênias e iranianas soubessem disso. Ela não é branca.

— Nós somos brancos — opina Saadi. — Somos caucasianos.

— Aham, vai acreditando — debocha Tara.

— É oficial — argumenta Saadi. — É só olhar o censo.

— Sim, bem, nós não somos tratados como brancos — retruca Tara, com fervor. — É só olhar, gente, as pessoas nos odeiam. Somos o inimigo número um ultimamente. A Revolução. A crise dos reféns. O Ocidente inteiro nos odeia tanto que deixaram Saddam Hussein nos atacar com armas químicas e não fizeram nada.

— Mas isso não foi contra a gente — rebate Saadi. — Foi contra as pessoas que ainda estão no Irã. Nós já saímos de lá.

— Uau — diz Tara. — Uau.

— Tara, por favor — fala minha mãe.

De onde estou não consigo vê-la, mas posso sentir que minha mãe está com um olhar suplicante, implorando para que Tara fique quieta.

— Está tudo bem, Mina — tranquiliza Abbas. — Isso é ótimo. Essas são questões que nossos filhos devem aprender a debater de forma inteligente.

— Eu só... Estou preocupada com Reza — responde minha mãe, a voz repentinamente embargada. — Cadê ele?

Ouvir sua voz tão fragilizada me dá vontade de ir imediatamente até ela. Entro na sala de estar, e todos olham para mim. Ainda há muita coisa que eu não sei. Eles assistiram ao noticiário? Sabem o que eu sou? Tara já contou que vai morar com o Massimo?

— Oi — digo, hesitante.

O longo silêncio antes que alguém responda qualquer coisa me faz ter certeza de que eles viram as notícias. Só podem ter visto.

— Tara. Saadi. Por que não vão buscar algo para comermos? — sugere Abbas.

— E perder isso aqui? — responde Saadi.

Imediatamente, Abbas silencia Saadi com um olhar severo. Saadi se levanta, me encarando ao passar por mim.

Tara também se levanta e segue Saadi para fora da sala. Mas antes de sair, ela me abraça e sussurra no meu ouvido:

— Estou orgulhosa de você, Zabber.

— Eu... — sussurro.

Quero dizer que sou grato. Que também estou orgulhoso dela. Mas não digo nada.

E assim eles se vão. E eu fico sozinho na sala com minha mãe e Abbas, que segura a mão dela com firmeza. Ela não olha para mim, mas eu queria que olhasse. Queria que me abraçasse e dissesse que está orgulhosa de mim assim como Tara acabou de dizer.

— Reza, quer se sentar? — pergunta Abbas com calma.

— Na verdade, não — respondo, ansioso.

— Quer pelo menos tirar o casaco? — sugere Abbas. — Você parece estar com calor.

Passo a mão na testa, secando o suor. Tiro o casaco e o deixo no braço da cadeira. Depois tiro o gorro e o cachecol. Ainda assim, não quero me sentar. Quero facilitar ao máximo a opção de sair correndo.

— Reza *jan*, você quer nos contar alguma coisa? — pergunta Abbas, com a voz tão suave que quem vê poderia achar que ele está me perguntando qual tipo de chá eu mais gosto.

— Mamãe, eu...

Gostaria muito de poder terminar a frase, mas então ela finalmente olha para mim, e seus olhos marejados me fazem cair no choro. Não consigo mais falar. As palavras não vêm. Tudo que consigo fazer é chorar.

Minha mãe enxuga as próprias lágrimas e respira fundo.

— Reza, eu sei quem você é — afirma ela em tom de súplica.

Como ela pode saber quem eu sou se nem eu sei?

— Sei quem você é lá no fundo. Você não é como esses outros homens. Talvez só ache que é. Talvez seja apenas uma fase.

— Mas já me sinto assim há muito tempo — respondo, despejando as palavras de repente. — Sempre gostei de garotos, mesmo antes de saber o que isso queria dizer.

— Não. Você está confuso. Não teve um pai presente. Agora tem. Você vai ver. Tudo vai mudar.

— Não sei se consigo — respondo.

Mas o que não digo é que não sei se quero. Porque mudar significaria nunca mais tocar no Art.

— Mas é claro que consegue — corrige ela, com entusiasmo. Minha mãe acha que eu sou capaz de qualquer coisa, até mesmo mudar essa parte de mim. — Alguns homens no Irã também passaram por essa fase. Todo mundo sabia, mas eles eram casados. Tinham filhos. Era só uma coisa que eles faziam por fora.

— Não estamos mais no Irã — respondo.

Não quero que Art seja uma coisa que eu faço por fora. E não quero casar com alguém tipo a Judy e mentir para ela, ou ter filhos que não sabem quem eu sou e quem eu amo.

— Será que podemos… não contar para ninguém? — pergunta ela.

— Acho que todo mundo já sabe — digo, tentando me conter. — Acho que é óbvio para todo mundo, menos para você que não quer acreditar.

Minha mãe chora de soluçar quando digo isso, e Abbas passa o braço por suas costas. Mas ele não diz nada, apenas abraça minha mãe.

— Como eu não pude enxergar? — sussurra ela, como se estivesse falando consigo mesma. — Como pude não saber que meu próprio filho é desse jeito?

Desse jeito. Eu sou *desse jeito*. De repente me dou conta de que não existe uma palavra para "gay" na nossa língua. Nenhuma palavra para se assumir. Na linguagem da minha mãe, eu literalmente não existo.

— Sinto muito — lamento. — Muito mesmo. Odeio magoar você desse jeito. — Sento ao seu lado e, instintivamente, ela me abraça com força. — Sinto muito — continuo sussurrando enquanto repouso a cabeça em seu ombro.

Odeio o fato de que sou eu quem está pedindo desculpas. Eu sou o filho, ela é a mãe. Ela é responsável por mim, e não o contrário.

Nos abraçamos pelo que parece ser uma eternidade, então ela me solta e se recompõe.

— E o que vamos fazer agora? — pergunta ela.

— Não sei.

Ela olha para Abbas, como se ele tivesse todas as respostas.

— Vamos viver um dia de cada vez — propõe ele, balançando a cabeça lentamente. — O mais importante é que você esteja em segurança. Entende o que estou dizendo, Reza?

— Entendo.

Me sinto envergonhado por falar sobre isso na frente da minha mãe. Se eles ao menos soubessem como tenho tentado me manter seguro.

— Você e o filho do Bartholomew Grant... vocês estão...

Abbas se interrompe, preocupado com o quanto mais minha mãe consegue ouvir.

Confirmo.

Minha mãe solta um suspiro e balança a cabeça.

— Como eu não percebi? — suspira ela, e então, em meio a lágrimas, continua: — Meu Deus, você já... vocês estão...

Ela não diz mais nada. Volta a cair em prantos enquanto Abbas a abraça, guiando a cabeça dela para o seu ombro. Ele sussurra que vai ficar tudo bem e faz carinho em seu cabelo.

Me sinto um fantasma. Como se eu não estivesse mais na sala. Eles não olham para mim nem falam comigo. Não entendo. Fui eu quem acabou de se assumir para eles. Eu que estou quebrado por dentro. Por que não sou eu quem está recebendo consolo? Por que não é para mim que eles estão dizendo que vai ficar tudo bem? De repente sinto uma dor no estômago, como se estivesse prestes a vomitar. Saio correndo.

— Reza. — Minha mãe tenta gritar quando já estou fora do seu campo de visão.

Me viro para ela, a sala inteira girando por causa da minha náusea.

— Reza, eu preciso de um tempo — diz ela. — Por favor, não conte para mais ninguém.

— Eu...

Quero dizer que o real motivo de eu me assumir é justamente não ser mais capaz de esconder. Toda a parte de ter que manter isso em segredo era o que estava me destruindo. E aqui está minha mãe me pedindo para voltar atrás, mas não digo nada, porque preciso ir ao banheiro. Tento vomitar, mas não sai nada. Tudo gira. Quero me esvaziar de todas as coisas. Da minha família, da minha vergonha, do meu passado.

Repouso a cabeça na tampa da privada e fecho os olhos, pensando que talvez minha mãe sinta uma mudança em seu coração e venha me confortar. Mas o que sinto é um toque em meu ombro e a voz da minha irmã sussurrando carinhosamente.

— Zabber. Você está bem? — Abro os olhos. — Duvido que esteja com fome agora, mas guardei um pouco de frango com gergelim pra você.

— Não consigo comer — digo, minha voz triste e distante. — Estou passando mal.

— Vou deixar aqui, então — indica ela, colocando a vasilha perto da pia.

Então ela se senta ao meu lado e apoia a cabeça na outra lateral da privada, um ato de solidariedade que quase me faz chorar de novo.

— Você falou com a mamãe? — pergunto, com medo da resposta.

— Não — diz ela, como se essa fosse a resposta óbvia. — Vim direto ver como você estava. De qualquer forma, você sabe que ela vai fingir que nada aconteceu a não ser que você pressione mais uma vez. É isso que ela faz. Entra em estado de negação. É o jeito persa, irmãozinho.

Consigo dar uma risada. Achei que isso não seria mais possível.

— Por que acha que estou sempre fazendo cena? — pergunta ela. Então dá a resposta: — Eu só quero que ela me veja. Que perceba que estou aqui. Sabe como é?

Levanto a cabeça.

— Eu vejo você — afirmo. — E acho que nunca disse isso, mas você é... incrível.

— Obrigada, irmãozinho — agradece Tara com um sorriso triste. — Mas isso não é sobre mim agora. Quer dizer, sempre é um pouquinho sobre mim, mas não vamos focar nisso nesse momento.

— Você sempre soube? — pergunto, genuinamente curioso. — Que eu sou, você sabe...

— Gay? — diz ela, me desafiando. — Não tem problema nenhum usar essa palavra, tá? — Ela respira fundo e, então, responde: — Sim, eu sempre soube.

E ainda assim Tara nunca tirou sarro de mim. Nunca jogou isso na minha cara. Nunca me forçou quando eu ainda não estava pronto para me assumir. Por todo esse tempo eu ataquei minha irmã e defendi minha mãe. Como não enxerguei que minha verdadeira aliada sempre foi Tara?

Começo a passar mal novamente e desta vez consigo vomitar. O fedor toma conta do ambiente, e Tara imediatamente se dispõe a me ajudar. Ela dá descarga, limpa minha boca, enche um copo com água da pia e gentilmente o coloca em meus lábios.

— Tara — sussurro, meus lábios tremendo. — Você acha que eu sou doente?

Ela joga o cabelo para trás e me dá um sorriso irônico.

— Bem, você acabou de vomitar, então, sim, acho que você está um pouquinho doente.

— Você entendeu — digo, pegando na sua mão.

— Sim, entendi — suspira ela. — Claro que eu não acho que você é doente. Acho que é esperto. Que eu saiba, qualquer pessoa nesse planeta que não gosta de homens gostosões é um idiota.

Ela consegue me arrancar outra risada.

— Mas se todo mundo amasse homens gostosões, ninguém amaria você.

— Faz sentido — concorda ela, rindo também.

— Então, hum, você já contou para eles sobre, você sabe, Massimo e a faculdade e... — Me perco nas palavras.

Tara balança a cabeça.

— Eu ia contar — informa ela. — Mas aí vimos você no noticiário e eu decidi que não era a hora certa. Eu vou conseguir, mas obrigada por dificultar as coisas pra mim.

— Foi mal — digo, dando de ombros.

Parece que eu tenho dificultado a vida de todo mundo nos últimos dias.

— Agora eu sei como é — relata ela. — Achar que você é responsável por manter a paz porque o seu irmão está cagando tudo.

Olho para ela e confirmo.

Então ela se levanta e estende a mão para mim.

— Vem — convida ela. — Vamos sair daqui.

— Pra onde a gente vai?

— Me diz onde o Art mora — responde ela com um sorriso radiante. — E eu te digo pra onde a gente vai.

Deixo ela me guiar para fora do banheiro. No caminho até a porta da frente, vejo minha mãe, Abbas e Saadi se servindo de comida chinesa na sala de jantar.

— Vocês vão jantar com a gente? — pergunta Abbas.

— Vamos dar uma volta — fala Tara.

Ela está segurando a vasilha de frango com gergelim, e deixa a comida na mesa, na frente deles.

— Vamos guardar um pouco para vocês — diz minha mãe com um sorriso triste.

— Obrigado — respondo.

Lá está ela. A negação. Estamos todos negando o que aconteceu. Apenas o olhar cheio de ódio de Saadi me lembra do que acabei de fazer.

Minha irmã me leva para o frio do lado de fora, e juntos vamos até o prédio de Art. Ela pede ao porteiro para avisar a ele que estamos aqui, e o porteiro nos diz que Art acabou de sair. Então sentamos na escada e esperamos. Um tempo depois, ele surge. Eu reconheceria aquele andar a quilômetros de distância. As mãos balançando. As pernas frenéticas, como se estivessem sempre apressadas para chegar ao próximo destino.

— Meu Deus, Reza! — exclama ele quando me vê. — Como foi? Você contou...? Eles viram...?

— Será que a gente pode não falar sobre isso? — imploro.

Tara se levanta e dá um abraço em Art.

— Muito bem, acho que também vou ver meu namorado secreto agora.

— Divirta-se — diz Art.

Sua voz está trêmula. Dá para perceber que ele também teve uma noite difícil. Me pergunto se estava com a Judy. Tenho quase certeza de que sim.

Antes de ir embora, Tara me puxa pelas mãos para me colocar de pé e me abraça forte.

— Não deixe eles impedirem você de aproveitar essa gracinha de garoto — sussurra em meu ouvido.

Então vai embora, e eu e Art ficamos sozinhos.

— Onde você estava? — pergunto.

— Será que a gente pode não falar sobre isso?

Continuamos parados de frente um para o outro. Eu não vou falar sobre o que aconteceu com a minha mãe. Ele não vai falar sobre o que aconteceu com a Judy. Olho para o lado, percebendo que o porteiro nos observa.

— Vamos para outro lugar? — peço. — Algum lugar feliz.

— Onde você quer ir? — pergunta ele. — Te levo para onde quiser.

— São Francisco — brinco. — O lugar mais gay do planeta Terra.

Ele ri.

— Uma escolha levemente difícil. Mas a gente pode dar um jeito depois da formatura. — Então seus olhos se iluminam. — Peraí, eu já sei pra onde podemos ir.

Nós dois estamos usando luvas, então, quando ele segura minha mão, a sensação é bem esquisita. Quase que instintivamente, tiramos as luvas e voltamos a dar as mãos. Quem precisa de luvas quando está apaixonado? O porteiro arqueia as sobrancelhas quando vê a cena, mas, no momento, não me importo. Ele pode encarar o quanto quiser. Os pais de Art podem rejeitá-lo, minha mãe pode me ignorar. Nesse momento, tudo que importa é a minha pele tocando na dele.

Ele me leva para o sul, depois para o oeste, até eu começar a escutar o barulho de uma multidão e os sinos de uma música natalina. Quando viramos a esquina, eu vejo: a árvore de Natal do Rockefeller Center. Imensa, brilhante.

— Um lugar feliz — anuncia ele. — Obviamente, vamos ignorar a homofobia intensa do cristianismo e focar no verdadeiro espírito natalino.

— Vamos — confirmo com um sorriso. — Vamos patinar no gelo.

Corremos para a fila e esperamos nossa vez de pegar os patins. Amarramos os cadarços um do outro. A cada segundo, o clima muda. Fica mais leve. Nossos pais e Judy e o mundo parecem muito distantes, até que chegamos à pista de gelo, e parece que nos tornamos parte de um grupo de pessoas felizes flutuando em uma nuvem congelada. Patinamos lado a lado, rindo, apostando corrida, dando piruetas. Então a voz dela ecoa pelos alto-falantes. Madonna. Cantando "Santa Baby". Só para nós dois.

Devo ter me empolgado demais quando ouvi a voz da Madonna, porque dou um passo em falso e caio. Art me pega. Estou em seus braços agora. Ele me levanta, me puxa para perto, meu rosto pertinho do dele.

Quero acreditar que somos as únicas duas pessoas no mundo e na pista de gelo, mas não consigo evitar olhar em volta. Vejo famílias, crianças, casais hétero, pessoas que poderiam nos machucar.

— Art, tem tanta gente aqui — comento, meu corpo tremendo.

— Não importa — tranquiliza ele, seguro de si.

— Mas eles podem... — Não completo.

Nos machucar. Nos julgar.

— Reza, nós moramos em Nova York — diz Art com um encanto repentino. — Se não pudermos nos beijar nessa cidade, onde mais poderíamos?

A gente vai se beijar? Só pensar nisso já me deixa nas alturas.

— Em São Francisco — brinco.

— Cala a boca — resmunga ele, me dando um soquinho de brincadeira.

— Só queria estar em um lugar mais privado — lamento.

Quero estar em um lugar que seja só nosso. Quero fingir que somos as últimas duas pessoas no planeta.

— Privacidade é uma coisa superestimada — retruca ele. — Eu quero gritar do alto de todos os prédios agora, quero que o mundo veja como você é lindo, como nós somos perfeitos juntos.

Ele aproxima o rosto do meu. Fecho os olhos. Estou na escuridão. Em um lugar privado. Consigo sentir Art chegando mais perto. Seu calor, sua respiração, seu cheiro, tudo se aproximando lentamente. Até que nossos lábios estão quase se tocando.

— Isso está acontecendo de verdade? — sussurro bem baixinho.

Então ele me beija. Nossos lábios se encontram e nossas línguas começam a explorar um ao outro. Me sinto eletrificado por dentro, completamente iluminado. *Então é assim que deveria ser.*

E sim, isso está acontecendo de verdade.

MAIO E JUNHO DE 1990

"Muitas pessoas têm medo de dizer o que querem. E é por isso que não conseguem."
— Madonna

REZA

Penso em sexo quase o tempo todo agora. É como se alguma coisa que estava trancada no meu cérebro até então tivesse sido destrancada por Art, por sua proximidade. Eu costumava pensar em sexo só às vezes, mas agora é uma força imbatível. Penso nas mãos de Art tocando meu corpo, meu rosto colado no dele, os lábios dele contra os meus, seu corpo em cima do meu, seu peso sobre mim, me fazendo sentir ao mesmo tempo preso e livre, flutuando acima do mundo como uma nuvem com asas. Mal consigo dormir porque esses pensamentos tomam conta de mim.

Talvez a razão pela qual eu pense sobre sexo em *looping* infinito seja porque, apesar de estarmos juntos há meses, nós ainda não transamos. Sim, minhas mãos já tocaram o corpo dele, já nos beijamos, mas só isso. Não deixei nada mais acontecer. No momento em que estou prestes a fazer algo a mais, sinto medo e imediatamente penso em doenças, morte, cegueira e feridas. E aí fico paralisado.

Então apenas *penso* nessas coisas todas e peço para ele parar quando quer colocar a boca onde sei que não deveria, ou os dedos onde eu queria que colocasse.

— Os testes clínicos parecem uma porra de um clube de golfe — reclama Jimmy. — Só homens brancos e ricos conseguem entrar.

Estamos em um encontro da ACT UP. O centro comunitário está abarrotado de gente. Homens com calças de couro justas. Mulheres de terno. Homens de suspensório e sem camisa. *Drag queens*. Homens que parecem que vão morrer em breve. Pessoas que parecem ter vindo de um planeta diferente do qual estou acostumado.

— Peço desculpas aos homens brancos e ricos que estão aqui — prossegue Jimmy. — Mas vocês sabem que isso é fato e que precisa mudar.

— Não precisa se desculpar — diz Stephen.

Ouvir Stephen usando a palavra "desculpar" é difícil. Tivemos que nos desculpar diversas vezes até ele nos perdoar pelo que fizemos com Judy. Mas ele acabou confessando que entendia o nosso lado, disse que a vida era curta demais para se punir não vendo mais Art.

— Gata, eu não estava falando com você — explica Jimmy. — Você pode ser branco, mas não é rico. Torrou tudo o que tinha fazendo sei lá o que em *Parrí*.

Isso é o que fazemos nas noites de segunda-feira. Art se recusa a perder uma reunião sequer. Ele acha romântico, mas eu preferia estar beijando sob uma árvore de Natal.

— Foco — declara uma mulher de cabeça raspada. — Esse protesto precisa de foco. O que o governo mais quer é que a nossa mensagem seja confusa, mas seremos claros. O Instituto Nacional de Saúde precisa incluir mulheres e pessoas não brancas nesses testes clínicos. Como querem *curar* a gente se não somos parte da pesquisa?

O salão está tão quente que nossas mãos pingam suor. Ficamos de mãos dadas aqui, nessa sala repleta de pessoas como nós. No mundo lá fora, o mundo heterossexual, eu às vezes me afasto quando Art tenta me tocar. Na escola, tenho medo dos garotos babacas. Nas ruas, fico apavorado com a possibilidade de apanhar. Queria pegar um pouco da coragem dele quando nosso suor se mistura. Olho para baixo e vejo nossas mãos, as unhas dele pintadas, cada uma com uma cor do arco-íris, com glitter e brilho. Unhas de um otimista.

Os organizadores do encontro — Jimmy e a mulher de cabeça raspada, junto com outros dois homens e duas mulheres — comandam o debate sobre a próxima medida do grupo. Eles vão invadir o Instituto Nacional de Saúde em Maryland e exigir mudanças nos testes. Vão colocar em foco a falta de inclusão e a corrupção inerente nas pesquisas sobre a aids. Posso sentir o corpo de Art se enchendo de empolgação. Ele ama tudo isso, e eu amo observá-lo amando alguma coisa. Me dá forças.

— Maryland não é Nova York — diz Jimmy. — Lá não existem tantas gatas revoltadas nem tantas feministas poderosas. Precisamos encorajar as pessoas a entrarem no ônibus e lotar aquele lugar. Esse protesto é crucial.

Fecho os olhos e desejo viver por apenas uma hora da minha vida sem medo da aids. Penso em tudo que faria nessa uma hora, como eu experimentaria Art o bastante para ficar satisfeito pelo resto da vida. Como eu me encheria da sua coragem e paixão.

Um som agudo e horrível me faz abrir os olhos. Os organizadores estão distribuindo apitos.

— Os ataques contra os gays estão aumentando — alerta Jimmy. — A gente precisa se proteger.

Devemos usar os apitos pendurados no pescoço, para o caso de uma emergência. Já não é horrível o bastante ter nossos corpos atacados por dentro? Eles precisam ser atacados por fora também?

Art coloca o apito no meu pescoço e sussurra em meu ouvido.

— Você, Reza, aceita este apito?

— Aceito — digo com uma risada.

Ele olha para mim com empolgação. Passo o apito pelo pescoço dele e sussurro de volta:

— Você, Art, aceita este apito?

— Aceito — responde ele. — Aceito e aceito e aceito e aceito.

— Aceita?

Ele ri, mas fica sério de repente.

— E não se preocupe — diz ele. — Se qualquer pessoa tentar machucar você, vou contra-atacar com tanta força que a pessoa vai achar que foi atingida por um tornado.

— Como aquela tempestade que levou Dorothy para Oz?

— Exatamente assim.

Art é o meu tornado. Ele entrou na minha vida feito um ciclone e, desde então, eu tenho minha própria versão de Oz. Minha vida era toda em tons de sépia, uma única cor, sem graça. Agora, é um arco-íris de entusiasmo e empolgação.

Ele me encara por muito tempo, então, quando parece que nós dois não seremos mais capazes de sustentar, ele se inclina, me beija e sorri.

Ao final da reunião, os presentes se aglomeram em vez de dispersar. Conversam. Planejam. Trocam números de telefone. Vão até a mesa de arrecadação para comprar canecas e broches e camisetas. Art quer comprar algo para mim. Ele escolhe uma camiseta preta com uma ilustração do Keith Haring, a frase IGNORÂNCIA = MEDO em cima do desenho e SILÊNCIO = MORTE embaixo.

— Experimenta — sugere ele.

— Aqui?

— Ninguém se importa. E eu quero te ver sem camisa.

Tiro a camiseta que estou usando e visto a do Keith Haring. Art aponta a câmera para mim.

Vimos o Keith Haring em uma reunião em janeiro. Art adora ele. Depois do encontro, Art disse para Keith como ele o inspirava, e Keith deu um sorriso tímido e agradeceu. Um mês depois, estava morto.

Art me fotografa vestindo a camiseta, depois compra duas. Uma para ele e outra para mim.

— Por que justo o Keith Haring? — pergunta ele, balançando a cabeça. — Por que essa doença não mata babacas em vez de artistas? Deus não merece Keith.

Ele tira a camiseta antes de vestir a nova. O tempo para quando vejo sua pele de relance. Absorvo tudo, cada marca linda, cada pelo, o contorno do tronco, dos ombros, do torso. E o tempo volta ao normal quando ele veste a camiseta nova e joga a antiga na mochila.

Estamos com a mesma camiseta agora. O mesmo apito no pescoço. Estamos nos tornando um só, ou talvez eu esteja me tornando ele. Eu desejo ser ele, escapar de mim mesmo e me aninhar na segurança da sua pele. O barulho da câmera batendo no apito parece marcar seu ritmo, e isso me lembra como somos diferentes. Art é artista. Tem uma voz própria. Eu ainda estou procurando a minha. Os apitos também me lembram daqueles broches de peixe que eu e Judy usávamos, e como aquilo irritava o Art. Judy não fala comigo há meses. Ela me odeia, e com razão. Sinto saudade. Ela era minha amiga — a única que eu já tive.

Vamos andando com Stephen e Jimmy depois da reunião. Eles começaram a passar quase todo o tempo juntos. Não são um casal no sentido romântico, mas se tornaram companheiros. Andam de mãos dadas. Art tenta segurar minha mão, mas eu o afasto. A gente pode acabar encontrando minha mãe. Ou Darryl Lorde. Podemos ser vistos. Há momentos em que eu olho para a minha própria vida como se estivesse de fora e me pergunto como cheguei até aqui. Esse é um desses momentos. Quem é esse garoto iraniano com uma camiseta do Keith Haring segurando a mão de um garoto com unhas de arco-íris e rabo de cavalo enquanto caminha ao lado de dois homens à beira da morte? Quando me tornei essa pessoa? Quando me tornei tão... sortudo?

— Preciso passar na farmácia — avisa Jimmy.

— Nossa segunda casa — brinca Stephen.

Seguimos Jimmy até a farmácia mais próxima, e ele vai até o balcão para apresentar a receita.

Aguardamos com Stephen em um dos corredores. Vemos as embalagens de camisinha alinhadas na prateleira. Regular e extragrande. Texturizadas. Caixas amarelas. Caixas pretas. Com látex e sem látex. Saborizadas. *Saborizadas?*

— Acho que vou esperar lá fora — aviso. — Odeio ar-condicionado.

— Reza — diz Stephen. — Se você quiser perguntar qualquer coisa sobre, você sabe, sexo...

— Está tudo bem — respondo.

— Não, não está — intervém Art. — Você está assustado e não me deixa...

— Art — interrompo, olhando para ele em súplica. — Por favor.

Tento sair, mas Art me puxa de volta e me cerca com os braços, me segurando pela barriga. Tento me esquivar, mas ele não solta.

— Eu conto tudo para o Stephen, então ele já sabe tudo que já fizemos e, mais importante, o que ainda não fizemos. Deixa ele ter a conversa da sementinha e do regador com você, Reza. Ele é bom nisso.

— Por que vocês chamam de sementinha e regador? — pergunto, esperando que a gente possa discutir linguagem em vez da relação em si.

— Porque os pais têm medo de conversar sobre sexualidade com os filhos — explica Stephen. — Então usam metáforas sobre a reprodução das plantas.

— Ah. Sou fascinado por idiomas — comento. — Existem várias expressões interessantes em farsi que não fazem sentido nenhum em inglês. Tipo, nós não dizemos "sinto sua falta", dizemos "meu coração fica apertado por você". E quando a gente ama alguém de verdade, dizemos "vou comer seu fígado".

— Reza — intervém Art, irritado. — Para de tentar mudar de assunto.

— Primeiro vou contar a boa notícia sobre sexo — anuncia Stephen.

— Foi assim que ele começou a conversa comigo também — comenta Art.

— A boa notícia é que quando você é gay, você não engravida. Nada de bebês. Nada de gravidez indesejada. Nada de visitas à clínica de aborto.

Era pra eu ficar feliz com isso? Eu quero ter filhos um dia. Quero segurar um bebê nos braços e sentir que sou o mundo todo dele, quero saber que as coisas que eu comecei não vão acabar em mim. Quero provar que posso ser um pai melhor do que o meu pai foi.

— E a má notícia é que, quando você é gay, o sexo pode te matar — digo, com a voz levemente irritada.

— Sexo sempre foi perigoso — esclarece Stephen. — É só pesquisar quantas mulheres morrem no parto todo ano. Mas, sim, é preciso ser sincero. A má notícia é que existe um vírus que infecta os homens gays de maneira desproporcional. Mas você quer mais notícias boas?

Não respondo. A última notícia boa foi que eu nunca vou ser pai.

— Camisinhas! — cantarola ele.

Stephen acena para o corredor como se fosse a própria Vanna White. Uma senhora de cabelos brancos segurando uma cesta cheia de tintura nos encara. Morro de vergonha, mas Stephen nem liga.

— Camisinhas funcionam. Elas cumprem o propósito. Você só precisa usá-las do jeito certo. Se quiser um tutorial, podemos ir para casa e treinar em uma banana.

— Ou em um pepino persa! — exclama Art.

Fico vermelho de vergonha e tento empurrá-lo para longe, mas seus braços continuam me segurando.

— Um conselho sobre camisinhas — anuncia Stephen. — Sempre verifique a data de validade. Elas expiram.

— Diferente dos pepinos persas — diz Art. — Que só melhoram com o tempo, como um bom vinho.

— E nunca guarde camisinhas em lugares quentes. Se colocar uma no bolso, use na mesma noite ou jogue fora. O calor provoca furos.

Eis uma coisa que vai dominar meus pesadelos. Camisinhas furadas. Como uma represa rachada.

— E verifique se o seu gel é compatível com a camisinha. Nem todos são.

— Gel é o lubrificante — explica Art. — Homens precisam porque não ficamos naturalmente molhados lá embaixo.

Sinto meu rosto queimando de vergonha.

— Ainda não existe consenso se sexo oral é seguro ou não — retoma Stephen —, mas aconselho que usem camisinha também. Experimentem as saborizadas se quiserem, mas eu acho os sabores nojentos. Não quero sexo com gosto de abacaxi.

Sexo tem gosto? O gosto é igual mesmo que as pessoas sejam diferentes? Eu deveria estar fazendo essas perguntas em voz alta?

— E agora uma coisa importante — explica Stephen. — A cultura hétero definiu que perder a virgindade sempre deve envolver penetração. Isso é coisa *deles*. Mas nós podemos criar nossa própria definição. Além disso, nunca, nunca faça qualquer coisa que não queira. Na minha opinião, sexo é nada mais do que um ato de intimidade entre duas pessoas.

Sendo assim, você define o que ele significa para você, e o que perder a virgindade significa para você. Somos *queer*. Criamos nossas próprias regras.

— Ah, e não ache que precisa cair nessa conversinha de ativo e passivo — completa Jimmy, juntando-se a nós com sua receita em mãos. — Se você é ativo, ótimo. Se você é passivo, ótimo. Mas pode ser os dois, ou pode ser ativo na segunda e passivo na terça.

— Quem transa na segunda e na terça? — pergunta Art.

Jimmy ri.

— Gato, antes da doença alguns de nós transavam sete dias por semana.

É isso que eu quero. Transar sete dias por semana. Com Art. Apenas com Art. Sete dias de Art.

— Eu sei que muita coisa pode assustar — diz Stephen. — Mas eu quero... Eu só quero que você saiba que... que... — A voz de Stephen falha um pouco.

— Que sexo é uma coisa linda — completa Jimmy. — Que intimidade é uma coisa linda. Se sentir um só com outra pessoa é a razão de estarmos vivos neste mundo. É o que nos conecta com tudo de bom que existe dentro e fora da gente. E isso não pode ser tirado de você. Preze por sua segurança, mas não se tranque em uma prisão. Viva.

Stephen concorda e repete:

— Viva.

Viva. Uma ordem dada a mim por dois homens com tão pouca vida de sobra, com um futuro contado por um relógio cujo alarme está programado para tocar a qualquer momento. *Viva.*

Stephen pega dois pacotes de camisinha e vai até o caixa pagar. Ele entrega um para mim e outro para Art.

— Vocês não precisam me contar nada. Fiquem com essas caso precisem. — Depois de uma pausa, completa: — Mas não deixem nos bolsos. Guardem em um lugar arejado.

★ ★ ★

Art me leva até em casa, mas não sobe. Eu não deixo.

— Art — sussurro, pegando as minhas camisinhas. — Por favor, leva com você. Acho que minha mãe não saberia o que fazer se encontrasse isso comigo.

Ele ri.

— Você acha que sua mãe mexe nas suas coisas?

— Eu acho provável que todas as mães mexam nas coisas dos filhos — digo.

Não sei se acredito nisso, mas sei que *eu* mexi, na primeira oportunidade que tive, na mochila de Art. Sei que *eu* roubo os bolsos de Abbas. Só me resta presumir que os outros são tão dissimulados quanto eu.

Ele pega o pacote de camisinhas e o coloca na boca de brincadeira, mordendo a pontinha da embalagem.

— Vou guardar em um lugar seguro — promete ele.

Balanço a cabeça, sorrindo. Não estou acostumado a sorrir tanto, e o sorriso desaparece quando subo as escadas. Minha mãe, Abbas e Saadi estão terminando de jantar e me perguntam se quero me juntar a eles. Minha mãe pergunta como foi o grupo de estudo, que é onde eles acham que eu estava. Não tenho energia para contar a verdade. Minha mãe não mencionou mais a minha sexualidade desde que tudo aconteceu. Ela não usou a palavra *gay* nem perguntou sobre Art. Apenas finge que nada aconteceu, e o restante da família embarca nessa ficção.

Ela também está em negação sobre a Tara, que se mudou no começo de janeiro, depois de finalmente contar que estava trabalhando como barista e apaixonada por um DJ. Elas brigaram por horas, minha mãe chorou, mas agora já é como se nada tivesse acontecido. Tara e eu criamos um novo ditado. Negação não é apenas um rio no Egito, é um que atravessa o Oriente Médio inteiro.

Em casa, Saadi se tornou especialista em perceber os sinais e não falar nada a meu respeito. Mas, na escola, ele e os amigos me provocam o tempo inteiro. Nos últimos meses já escutei todas as palavras possíveis para se chamar um homossexual, todas cuspidas das bocas odiosas de Darryl, Saadi e seus comparsas. Bicha. Bichinha. Veado. Boiola. Baitola.

Fresco. Frutinha. Maricona. Queima rosca. Recentemente eles têm nos provocado com letras da música nova da Madonna, que eles sabem que amamos e que celebra a cena dos bailes *underground*. Hoje de manhã, quando cheguei, escutei todos morrendo de rir enquanto me chamavam.

— E aí, Reza, *strike a pose*?

Eu ignoro. Então, quando Art se aproxima de mim, Darryl cantarola para nós dois:

— *C'mon, vogue! Let your body mooove to the music...*

Art olha para eles com uma expressão desafiadora que eu gostaria de ter em mim.

— Ah, estão no clima, rapazes? — pergunta ele com um tom lascivo. — Porque eu tenho uns chicotes e umas algemas na mochila, adoraria usar com vocês...

— Aposto que adoraria mesmo — retruca Darryl, com nojo.

Art se aproxima lenta e metodicamente.

— Não me provoca, filho da puta — rebate ele. — E deixa o Reza em paz, ouviu bem? Guarde as agressões pra mim. Ele está fora dos seus limites.

— Aqui é tudo fácil pra ele — intervém Saadi, sorrindo. — Se voltar pro Irã, vai ser morto.

A frase me causa arrepios, porque é verdade. Fujo da situação, buscando uma sala de aula vazia. Passo direto pela Judy, que desvia o olhar. Ela está com Annabel de la Roche e um grupo de garotas populares que nunca conversaram comigo. Estão rindo, fingindo que eu não existo.

Não encontro uma sala vazia, mas vejo que a porta do auditório está aberta, então entro correndo e busco refúgio na sala de figurinos do teatro. Ninguém vai entrar aqui a essa hora da manhã. Escuto Art me chamar.

— Reza, para! — pede Art quando me alcança. Ele me abraça. — Eles são babacas. Quer que eu bata neles?

— Não — murmuro. — Você já tentou isso uma vez, e foi horrível.

— Mas eu me senti bem pra caralho — comenta ele com orgulho, como se já tivesse se esquecido da dor, do sangue e dos hematomas no rosto. — E seria melhor ainda fazer isso por você.

— Eu não quero brigar — afirmo, olhando no fundo dos seus olhos brilhantes. — Eu quero... beijar.

— Então não fica aí parado — determina ele, aproximando os lábios. — Vai fundo.

Balanço a cabeça, abro um sorriso e beijo Art. Nós já dançamos "Vogue" tantas vezes, sempre na casa de Tara e Massimo, a única casa onde podemos ser nós mesmos. Massimo tem todos os *remixes*, e nós dançamos feito uns lunáticos. Eu sou péssimo dançarino, mas Art sabe o que faz. Ele faz poses como Linda Evangelista, emoldurando o rosto com as mãos, posando com as pernas em posições extravagantes e atléticas. A gente ri, canta, finge ser a Madonna, ou seus dançarinos, ou Greta Garbo. Eu conheço todo mundo que a Madonna cita nas letras agora. Já sei quem é Rita Hayworth. Já sei fazer carão.

Art pega minha mão. Ele me segura e beija a pontinha de cada dedo. Depois pega minha outra mão e beija cada um dos dedos.

— Você acredita em reencarnação? — pergunta ele.

— Não sei — respondo, nervoso. — A gente deveria ir pra aula. Vamos nos atrasar.

— Acho que não acredito — continua ele, me ignorando. — Mas gosto da ideia. Tipo, e se a gente já tiver se conhecido em uma vida passada? Será que fomos Bonnie e Clyde? Ou Cleópatra e Marco Antônio? E se isso não for o começo de nós dois, mas apenas a continuação de algo que já começou há muito tempo?

— Você é engraçado — digo. — E se nós não fôssemos pessoas extraordinariamente famosas? E se nós fôssemos apenas... normais?

— Reza. — Art diz meu nome com admiração, como se eu fosse realmente extraordinário. — Se vidas passadas existem, nós fomos pessoas épicas.

— Tudo bem, então eu quero ter sido a Cleópatra — declaro, empolgado.

Art conseguiu me tirar dos meus próprios pensamentos e me levar para uma fantasia. Ele beija a palma da minha mão.

— E o que você quer ser na nossa *próxima* vida?

Não sei, mas digo a primeira coisa que me vem à mente.

— Um peixe, talvez. A vida debaixo d'água parece tranquila.

— Desde que a gente fique em algum lugar sem tubarões e vazamentos de óleo — diz ele. — Mas gosto da ideia. Eu seria um peixe com você.

Ele suga as bochechas fazendo cara de peixinho, e faço o mesmo. Tocamos os lábios, rindo. Por um momento breve penso em Judy e nos broches de peixe que usávamos.

— Vamos treinar colocar camisinhas um no outro hoje à noite? — pergunta ele, sorrindo maliciosamente.

— Onde? — sussurro, como se alguém pudesse nos ouvir.

— A gente pode pedir ao Stephen para usar a casa dele — sugere ele, tentando se convencer de que é uma ideia racional. — Ou na sua irmã.

— Eu não vou perguntar para a minha irmã se posso transar no apartamento dela! — exclamo alto demais. — E vamos com calma. Eu nem estou pronto ainda.

Ele faz cara de peixinho novamente e diz:

— Não tem aids debaixo d'água, sabia? E, mesmo se tivesse, peixes são imunes.

Meu coração acelera. Tudo estava tão bem alguns momentos atrás.

— Tive uma ideia maluca — anuncia Art. — Vamos nos testar. Eu e você, juntos.

Olho para ele, confuso.

— Testar? Pra quê?

— Como assim, pra quê? HIV — revela ele casualmente, como se quisesse se inscrever em uma aula de piano.

— Por que a gente precisa se testar? — pergunto, incrédulo. — A gente nunca fez nada! Você já fez alguma coisa? Eu nunca fiz nada!

— Não, eu já disse. Nunca fiz sexo oral nem anal...

— Nem eu.

Eu odeio essas palavras. Oral. Anal. Odeio como elas são gráficas, como parecem vulgares. Às vezes eu gostaria que sexo fosse como nos filmes antigos, um beijo apaixonado em preto e branco e, depois, camas separadas.

— Então não temos motivos para nos preocuparmos, Reza. A gente faz o teste. O resultado dá negativo. E aí podemos fazer o que quisermos. Podemos, você sabe, explorar... — insinua ele, deixando o resto no ar.

— O resultado do teste é cem por cento confiável?

— Reza, para. Por favor, para.

— Eu não acredito que alguma coisa possa ser cem por cento — digo com a voz trêmula. — O resultado pode sair errado. As camisinhas podem furar. Você ouviu o Stephen. Até ele disse que elas podem furar. E mesmo que a gente nunca tenha feito nada com outros homens, a gente pode ter pegado de outro jeito. Ryan White pegou, e ele era...

— Ele era hemofílico — esclarece Art. — Precisou de *litros* de sangue por transfusão. Você já injetou litros de sangue de outras pessoas no seu corpo?

— Não, é claro que não. Mas o teste é um exame de sangue. E se o próprio teste passar aids? E se eles usarem uma agulha infectada?

— Reza, eu estou tentando encontrar uma solução — diz ele, frustrado.

— Uma solução? — pergunto, na defensiva. — Por quê? Eu sou um problema tão grande assim?

Uma onda de raiva atravessa Art. Suas narinas inflam. A testa começa a suar. Então ele respira fundo.

— Presta atenção, por favor. Seu teste não vai dar positivo e, acredite, se der, o Centro de Controle e Prevenção de Doenças vai querer estudar você, porque se você nunca fez nada arriscado... — Art pega minha mão novamente e aperta um pouco forte demais. — Se nós realmente somos namorados, eu quero, sabe, fazer todas as coisas que namorados devem fazer.

— Me desculpa — digo finalmente. — Eu tenho medo.

— Eu jamais machucaria você, Reza — promete ele carinhosamente. — Prometo.

— Claro que você nunca vai *querer* me machucar. Mas pode. Algum dia. Eu também não quero machucar você e sinto que estou fazendo isso agora. Não queria machucar minha mãe, mas sei que estou fazendo isso também.

— Reza, está tudo bem.

— Não está nada bem — rebato. — Às vezes eu só quero fugir para a nossa próxima vida, Art. Talvez lá não exista aids nem homofobia. — Respiro fundo. — Me desculpa... Eu sou tão feliz com você, mas...

— Mas? — pergunta Art.

Ele se sente atacado, mas vejo quando abre mão da própria irritação e sorri. Art apoia a mão nas minhas costas, e seu toque vai descendo devagar até chegar na minha bunda.

— Isso aqui é o que importa no nosso relacionamento. Nada mais, tá bem?

Dou risada. Aperto a bunda com dele força, tentando ser descolado e sedutor como ele, mas me sentindo bobo e sem graça.

— Nada mais importa — afirmo.

Derreto em seus braços. Eu desejo tanto Art. Quero ser possuído por ele. Deixo ele colocar um dedo dentro da minha calça, sentir a delicadeza da minha pele na palma da mão. Ele ri.

— Qual é a graça? — pergunto, envergonhado. — Sou eu? Eu pareço idiota quando tento ser sexy, né?

— Você não precisa tentar ser sexy — responde ele com uma sinceridade doce. — Você *é* sexy. — Art respira fundo e solta mais uma risada. — É só que... Existe alguma coisa mais gay do que a gente se pegando na sala dos figurinos?

Também caio no riso, mas não deixo de me sentir triste.

— Ei, posso contar um segredo?

Ele fixa o olhar em mim com intensidade.

— É claro — respondo. — Você pode me contar todos os seus segredos.

Ele inclina a cabeça e se aproxima do meu ouvido para sussurrar:

— Sou mais paciente do que parece. Vou esperar por você. E, enquanto isso, vou comer seu fígado.

ART

Estou tão apaixonado que parece que vou explodir, mas ainda não consegui dizer isso para Reza. Talvez eu tenha medo de assustá-lo. Ou talvez eu tenha medo de que dizer em voz alta quebre o feitiço. É assim que me sinto. Como se tivesse sob o efeito de um feitiço.

Vivo para fazê-lo rir. Se pudesse engarrafar suas risadas, eu as transformaria em um perfume para usar todo dia, as transformaria em sais de banho só para poder mergulhar na sua essência. Mas todo esse amor só me faz querer lutar mais ainda, porque se o amor é bonito *assim*, qualquer pessoa que tente impedir é ainda mais cruel do que eu imaginava. Todos esses homofóbicos no poder, todas essas empresas farmacêuticas lucrando com a nossa doença, todos esses pais chutando os filhos para fora de casa, todos esses idiotas da escola infernizando o garoto gay. Meus próprios pais, que se recusam a falar o nome de Reza, não permitem que ele entre na casa, sequer olham mais para mim. Alguém deveria fazer um filme de terror sobre essas pessoas, mas provavelmente seria assustador demais. As pessoas querem vilões parecidos com o Freddy Krueger e o Jason. Não querem ver assassinos usando colares de pérolas e ternos de alta costura.

Mas minha raiva não está guardada só para eles. Tenho um estoque inteiro para outras pessoas. Para a sra. Starr, que não me deixou criar o grupo escolar da ACT UP. Para Darryl Lord e todos os babacas da escola, que espirram e tossem palavras como "bicha" e "viado" quando eu e Reza passamos.

E para Judy, que não fala comigo desde dezembro, que evita me encarar — assim como meus pais — e que rapidamente me substituiu por um grupo tedioso de amigas. Annabel de la Roche é a melhor amiga dela agora. Fazem tudo juntas. Judy sempre odiou garotas como Annabel, com seu cabelo escovado e suas roupas básicas preta-ou-bege e sua maquiagem simples. Clássica. Preguiçosa. Sem graça. Sem contar que Annabel namorou ninguém menos que Darryl Lorde no primeiro ano. E agora Judy é a melhor amiga dessa garota bege e amante de homofóbicos? Sei que errei com ela, mas já se passaram meses. Eu liguei, deixei recados. Coloquei bilhetes no armário dela. Assumi que estava errado. Disse que a amava. Eu até dei para ela uma cópia da primeira edição de *A parte que falta* do Shel Silverstein, com uma dedicatória dizendo que ela era a parte que faltava em mim.

E ela... Nada. Nem uma palavra. Nem um agradecimento. Silêncio. Então, é isso. Estou com raiva dela também. Estou irritado porque ela não vai me perdoar. Amigos não deveriam perdoar? Estou irritado porque, graças a ela, não sou mais convidado para as noites de filme aos domingos. Não posso compartilhar a experiência de ter um primeiro amor com a minha melhor amiga porque, bem, ele também foi o primeiro amor dela. Mas ainda assim...

Às vezes eu fico irritado até com o Reza. Mais do que gostaria. Eu não sabia o quanto o amor pode ser frustrante, o quanto pode deixar a gente maluco. Tipo agora, acabamos de sair do cinema. Fomos assistir a *Meu querido companheiro*, eu, Reza, Stephen e Jimmy, e choramos muito. O filme é sobre um grupo de homens gays e sua amiga hétero, sobre os primeiros anos da aids, sobre morte e amizade. Mal posso acreditar que fizeram um filme sobre bichas morrendo. Chorei porque a história é tão linda, tão intensa, e a personagem da Mary-Louise Parker me lembrou tanto a Judy, e sinto tanta saudade. Mas também chorei porque esse filme *existe*, e, se esse foi feito, talvez outros também serão. Talvez mais histórias gays sejam contadas.

E aí Reza pergunta:

— Você acha que as pessoas que precisam ver esse filme vão assistir? Espero que não seja só um filme gay.

— Como assim? — questiono, irritado. — SÓ um filme gay?

Reza gagueja:

— Quer dizer, eu não sei, mas é que...

— Esse *é* um filme gay — afirmo. — E eu quero que as coisas sejam categorizadas como gays. Livros e filmes e tudo mais. A gente não merece nossas próprias histórias?

Posso sentir Reza ficando um pouco tenso. Ele não sabe lidar com essa parte de mim. Stephen põe a mão no meu ombro.

— Podemos dizer — intervém Jimmy, para restaurar a paz —, que é uma história sobre amizade, sobre a vida, sobre a morte. Esses temas são universais.

— Sim — respondo. — É sobre amizade GAY. E vida GAY. E morte GAY. Você não gostaria que filmes negros fossem chamados de filmes negros, Jimmy?

— Gostaria — afirma Jimmy — Mas o que é um filme negro, afinal? *A cor púrpura* é um filme negro, mesmo tendo sido dirigido por um homem branco e hétero? Eu amo esse filme, e a Oprah foi injustiçada, mas a história toda é vista pela ótica de uma pessoa branca. Perspectiva importa.

Lembro de quando fotografei Jimmy para o meu projeto, seguindo suas ordens e o fazendo posar como Diana Ross no papel de Billie Holiday. Arrumando a iluminação para capturar seu rosto com um brilho sobrenatural, encontrando o ângulo perfeito. Será que capturei sua verdadeira essência? Será que conseguiria? Então me lembro de algo que Stephen disse certa vez. A imagem diz mais sobre o fotógrafo do que sobre o fotografado. E, se isso for verdade, eu odeio. Porque não quero fotografar apenas a mim mesmo.

— Me desculpa — digo para Reza. — Eu fico irritado porque a heterossexualidade é padrão em tudo e existem tão poucas histórias gays. Não estou irritado com você.

Reza balança a cabeça.

— Tá tudo bem — sussurra ele. — Eu entendi o que você quis dizer.

Stephen sorri.

— O mundo não fica muito mais interessante quando nem todo mundo pensa como a gente? — pergunta ele para mim.

— Disse o ativista que invade os escritórios das pessoas que discordam dele — rebato.

Qual é o meu problema? Acabei de pedir desculpas para o Reza e já estou arrumando briga com o Stephen.

— Art, existe uma diferença entre negar o acesso de pessoas doentes a remédios que podem salvar vidas e expressar uma opinião sobre a definição adequada de um filme gay — responde Stephen, exausto. — Saiba escolher suas batalhas.

Jimmy pergunta alguma coisa para Reza sobre cinema iraniano, e os dois vão andando à nossa frente, me deixando a sós com Stephen. Me sinto um idiota.

— O que você e Judy vão ver hoje à noite? — pergunto, mudando de assunto.

É domingo à tarde, e sei que Judy vai para a casa dele à noite para continuar uma tradição da qual um dia eu já fiz parte.

— Não sei — diz Stephen, desconfortável.

Ele não conversa sobre a Judy comigo.

— Tudo bem — respondo. — Diz pra ela que ainda sinto saudades.

— Já disse — comenta Stephen. — Ela vai voltar a falar com você, sabe. Eu só não sei quando. Só espero que seja antes que... — Stephen respira fundo. — Vamos mudar de assunto. Como estão as coisas entre você e Reza? Meu tutorial de sexo ajudou?

Balanço a cabeça.

— Ele tem medo de fazer qualquer coisa além de beijar. E até isso deixa ele assustado às vezes. Ele mordeu o lábio e se recusou a me beijar até sarar. O que levou, tipo, três dias. A gente não pôde se beijar por três dias. Foi uma tortura.

— Essa paranoia dele é normal — esclarece Stephen. — Muitos caras têm medo. E não se esqueça de que ele acabou de se assumir, Art. Não teve o mesmo tempo que você para processar tudo isso.

— Mas ele não deveria querer arrancar minha roupa? Ele não deveria, sei lá, me achar irresistível?

— Ai, Art — diz Stephen, sorrindo. — Tenho certeza que ele te acha irresistível.

— Se o medo faz ele resistir, com certeza eu não sou tão irresistível assim — resmungo.

Olho para a frente e vejo Reza andando de braços dados com Jimmy. Ele deveria ser meu e, ainda assim, ainda não se entregou para mim. Não por inteiro.

— Às vezes eu me pergunto se preferiria ser da sua geração ou da minha — comenta Stephen, pensativo. — Eu estaria vivo se tivesse a sua idade.

— Stephen, você está vivo — reforço. — Está aqui andando comigo.

— Você entendeu. Mas se eu tivesse a sua idade, nunca teria vivido todos aqueles anos de liberdade sem medo. Não consigo imaginar me apaixonar por José e não poder compartilhar minha intimidade com ele, não poder fazer dos nossos corpos um só. Eu não trocaria aqueles momentos por nada, nem por mais anos de vida.

— Obrigado por jogar na minha cara — comento com tristeza.

— Foi mal. — Stephen dá de ombros.

— Você acha que um dia Reza estará pronto? — pergunto.

— Acho que sim. Só não sei quando.

Recapitulando: ele acha que Judy vai me perdoar, mas não sabe quando. Ele acha que Reza vai transar comigo, mas não sabe quando. E apesar de ter dito para Reza que sou mais paciente do que pareço, sou tão impaciente quanto qualquer ser humano.

— Desculpa se eu me irritei mais cedo. Não sou uma pessoa boa como você, mas... — digo olhando para Stephen.

— Art — interrompe ele —, você é uma pessoa incrível.

Reza e Jimmy pararam de andar e nos esperam. Quando os alcançamos, Jimmy diz que está cansado e precisa de um cochilo antes que Judy chegue. Nos despedimos e, então, somos apenas eu e Reza. Caminhamos um pouco. Noites de domingo são difíceis. A falta que Judy faz fica ainda maior. Quero depositar toda essa energia em outro lugar.

— Ei, Reza, o que você acha de ir até o laboratório de revelação comigo?

— Sério?

— Sim, por que não?

— É só que eu sempre pensei que fosse um local... privado, ou, sei lá, um espaço sagrado para você.

Meu Deus, como ele é fofo, balbuciando sobre lugares sagrados quando, na verdade, meu lugar sagrado é *ele*.

— Vem comigo — chamo. — Não existe nenhum lugar onde eu não deixaria você entrar.

Espero que ele entenda minha indireta não tão indireta assim.

Eu o levo ele até o laboratório que eu uso, no primeiro andar de um prédio no centro. Pago uma taxa mensal, o dinheiro mais bem-gasto que roubo do meu pai criminoso. Com essa taxa, tenho acesso a bandejas e pinças e substâncias químicas, mas, falando desse jeito, parece técnico demais. Porque é um lugar mágico. Você entra sem nada e sai com uma imagem.

Reza parece fascinado por tudo, pela luz vermelha, pelo cheiro forte dos produtos e pelas fotos em preto e branco penduradas com pregadores de roupa em cima da estação de trabalho: de Stephen e outros ativistas no estilo da antiga Hollywood. Jimmy com uma gardênia no cabelo. Os banqueiros homofóbicos na Bolsa de Valores. Então os olhos de Reza recaem sobre uma imagem quase escondida em meio às outras. A que tirei dele no dia do primeiro protesto, no momento em que ele fingiu que não estava lá. Ele se mistura à multidão, mas, sem dúvidas, é ele. Reza encara a foto e sorri.

— Parece triste agora — comenta ele.

— O quê? — pergunto.

— Ter mentido para você sobre ter ido ao protesto.

— Muita coisa mudou, *baby* — respondo.

— Eu também menti sobre a sua mochila — continua ele, se encolhendo um pouco. — Quando você esqueceu na minha casa. Eu abri. Li os cartões. Cheirei sua cueca.

— MENTIRA — digo em choque.

— Verdade. Eu sou horrível.

A luz vermelha do laboratório destaca o rubor em suas bochechas.

— Você é horrível de todas as formas possíveis — brinco maliciosamente. — Agora, por favor, será que podemos ser horríveis juntos?

Ele volta a atenção para a foto como se buscasse a solução de um enigma enterrado dentro de si.

— Você é tão talentoso — elogia ele, se virando para mim.

— Você acha?

— Tenho certeza.

— Eu vejo coisas. Quer dizer, sei que isso vai parecer loucura. Mas é que, tipo, eu não bato a foto a não ser que eu veja a energia. Sei que são todas em preto e branco, mas, para mim, elas têm cor. Auras. E quando não têm, eu não faço o clique. E se a aura não sobrevive à revelação da foto, eu jogo fora. Eu quero que... que signifiquem alguma coisa. Quero contribuir de alguma forma. Capturar todos esses momentos para que daqui a cem anos, ou mil anos, as pessoas se lembrem de tudo isso e saibam que nós existimos. Que vivemos.

— Como você começou?

— Sempre gostei de fotografar — explico. — Minha mãe tinha uma câmera, e ela conta que, quando eu era criança, sempre que ela ia tirar uma foto minha, eu pegava a câmera e começava a tirar fotos dela. Ela tem um álbum guardado em algum lugar só com Polaroids que eu tirei quando tinha, sei lá, uns 5 anos.

Meu coração dói quando penso nessas imagens da minha mãe com seu cabelo de Farrah Fawcett, a calça pantalona chique e os vestidos de franja, meu pai com a cabeça ainda cheia de cabelo e o bigode grosso.

Os dois vistos através da lente de um Art de cinco anos, sempre fotografados de baixo, parecendo imponentes e fabulosos. Quando isso mudou? Quando percebi que o abismo entre nós era grande demais para ser atravessado? Quando eles deixaram de ser meus personagens favoritos e se tornaram os vilões da minha história?

— Stephen me deu essa câmera de presente de aniversário no ano em que eu entrei no ensino médio, e foi aí que tudo começou de verdade. Eu fiquei obcecado.

Lembro daquela época, aprendendo tudo sobre a minha câmera, lentes, diafragma, foco. Treinando com Judy e Stephen. Fazendo os dois posarem pra mim. O cansaço de ambos quando eu os mantinha sentados por muito tempo até conseguir ajustar o foco para que ficasse da maneira que eu queria: nem muito nítido, nem muito embaçado. Meu Deus, que saudade da Judy.

— Acho que é isso. Às vezes eu me preocupo porque prefiro ver a vida através das lentes, sabe? Com elas eu consigo... estruturar as coisas. Enquadrá-las do jeito que eu quero. É mais seguro.

Seu olhar me atravessa.

— Acho que não há nada de seguro nisso. Suas fotos não são seguras. Tudo sobre você, Art, é tão...

— Arriscado?

— Corajoso — diz ele. — Escancarado.

Penso em como minha mãe disse que minhas fotos eram "legais". Ela não me entende, mas Reza, sim. Ele me enxerga.

— Escancarado — repito. — Quero ser escancarado com você.

Ele ri e olha para o chão, como se quisesse fugir do momento.

— Ei, quer aprender a revelar? — pergunto.

Ele faz que sim, e a aula começa. Enquanto revelamos o retrato de uma ativista com chapéu de cowboy encarando a câmera de cima como se fosse o John Wayne, eu guio as mãos de Reza pelas pinças, mostrando como colocar o papel em soluções diferentes com delicadeza.

— Cuidado para não encostar na química — aviso.

— Ok.

— Segurança é essencial em um laboratório. A gente sempre usa sapatos fechados.

— Ok.

— Se tocar em qualquer coisa, lave as mãos imediatamente. E tome muito cuidado para não encostar na boca ou nos olhos.

— O que acontece se eu tocar?

Nossa foto está descansando na última solução. Deixo ela lá e viro Reza para que ele possa me olhar.

— Nada — respondo. — Eu vou proteger você. Prometo.

Dou uma lambida em seus lábios. Ele sempre sorri quando faço isso, e eu poderia continuar fazendo até ele parar de sorrir. Puxo Reza para perto, apertando seu corpo junto ao meu. Nos beijamos, e eu passo a mão por baixo da sua camisa, sentindo sua pele suave.

— Reza. — Encaro seus olhos, absorvo o som do seu nome. — Reza.

— Art — diz ele carinhosamente.

— Fala mais uma vez.

— Art...

O som do meu nome com seu sotaque me faz sentir uma pessoa nova, como se ele tivesse inventado uma versão melhor de mim. Isso quase me faz chorar.

Ter Reza em meus braços, no meu laboratório, é o nível mais alto de intimidade que já vivenciei. É como se ele estivesse dentro das batidas do meu coração, com nossos corações se tornando um só.

Então eu digo. Sem sequer pensar. Preciso colocar para fora.

— Eu te amo.

Pronto. Que alívio. As palavras flutuam no ar.

Os olhos dele desviam dos meus, mas posso ver que ele está corado. Eu amo vê-lo desse jeito. Reza suspira e me beija. E quando me afasta, sussurra:

— Eu também te amo. Já quis dizer isso tantas vezes.

— Eu também. Tantas vezes — sussurro de volta.

Não dá para acreditar que isso está acontecendo, que ele de fato sente o mesmo que eu.

Eu amo Reza. Ele me ama. Nós dissemos isso em voz alta, e o feitiço não se desfez. Eu ainda quero beijá-lo, abraçá-lo, protegê-lo. Sinto que preciso sentir sua pele tocando a minha. Tento tirar a camisa dele, mas ele resiste. Tomo uma decisão. Não posso controlar o que ele tira, mas posso escolher o que *eu* tiro. Fico sem camiseta e abaixo a calça até os tênis.

— Art — sussurra ele.

— Shh... Olha pra mim.

— Achei que as soluções químicas poderiam...

— Eu ainda estou de tênis — aponto. — Não existem regras sobre as outras peças.

Me aproximo, pressionando meu corpo nu contra suas roupas. Nos beijamos, mas ele está se segurando.

— Por favor — suplico. — Eu preciso de você.

— Eu também preciso de você — murmura ele.

— Só me toca — digo da maneira mais delicada possível dado o calor do momento. — Vamos começar assim. Você não vai pegar nada pelo toque. Prometo.

Pressiono os dedos nos nós das suas costas, tentando aliviar a tensão.

— Tenho medo de tocar você e... isso me deixar querendo mais. Se eu tocar, vou querer provar. E se eu provar, bem... se eu abrir essa porta, sei que ela não vai mais fechar... Porque eu quero você mais do que tudo.

— Nós não precisamos fechar a porta. Nunca. Você não vê como temos sorte? Nascemos no momento perfeito para nos protegermos.

— Mas e se isso não for verdade? — pergunta ele. — E se existir um outro vírus só esperando para aparecer? E se as camisinhas não funcionarem? E se isso for apenas o começo de algo pior?

— Por favor — peço. — Por favor, só me beija.

Ele beija, mas ainda não é isso. Quero me sentir livre, sem amarras, apaixonado. Quero me tornar um animal, quero rugir.

— Art — apela ele, hesitante. — Eu estou falando sério. E se a aids for um aviso sobre algo muito pior esperando na esquina?

— E se a aids for um aviso sobre como a vida é curta? — pergunto. — E se a aids estiver nos dizendo que devemos amar enquanto podemos?

— Mas eu te amo. Muito. Agora que falei isso, quero ficar repetindo o tempo todo. Eu te amo.

— Então não deixa o medo controlar a sua vida. Olha pra mim. Estou aqui, nu, na sua frente. Sou seu. Completamente seu.

E nesse momento alguma coisa nele muda, fica mais suave. Ele passa a mão pelo meu peito, seu toque tão quente.

— E se a gente só se abraçar? — pede ele.

Reza fica tão lindo iluminado pelo brilho das luzes vermelhas.

Me derreto em seu abraço, com a cabeça apoiada em seu ombro. Seu cheiro se mistura com os produtos e fico tonto. Então eu choro. Não consigo evitar. As lágrimas simplesmente escorrem. Quero dizer para ele que o amor não deveria ser assim. Quero dizer que o amor deveria nos fazer levitar, nos deixar leves. E o nosso é tão pesado, tão cheio de medo.

— Desculpa — digo com uma risada repentina. — São lágrimas de felicidade. Sério. Eu estou tão feliz que só quero ser mais feliz.

— Nós seremos mais felizes. Muito mais.

Ele segura meu rosto e beija minhas lágrimas. Então envolve minha cabeça com os braços e me segura firme.

JUDY

Como cheguei aqui? Não sou o tipo de garota que vai para festinhas do pessoal da escola com as amigas. Não sou nem o tipo de garota que tem amigas. Mas cá estou eu, ao lado da minha nova amiga Annabel de la Roche em sua cobertura deslumbrante, sem os pais dela, que tiveram que ir à Genebra para algum tipo de baile de gala. O pai de Annabel produz relógios, desses muito caros, que custam mais do que o meu apartamento. Eles têm um cofre cheio deles, e nem Annabel sabe a senha. Quando era apenas Art e eu, era muito fácil julgar todo mundo na escola porque nós não precisávamos de mais ninguém. Eu julgava Annabel por sempre vestir bege e cinza, sempre se maquiar naquele estilo de quem acabou de lavar o rosto, e, obviamente, por ter namorado o babaca do Darryl Lorde no primeiro ano. É fácil julgar as pessoas quando você não fala com elas, e nunca conversei muito com Annabel. Mas então, pouco antes do Natal, ela me viu sentada sozinha no refeitório, sem amigos, lendo um guia de viagem sobre Paris. Ela me disse que Paris era seu lugar favorito no mundo e que tinha parentes lá. Aí se sentou ao meu lado e me contou sobre restaurantes que eu precisava conhecer. Tipo uma churrascaria tão popular que você precisa esperar na fila por uma hora para entrar, mas que supervale a pena por causa de um molho de ervas mágico que eles colocam na carne. E uma padaria escondidinha onde eu poderia encontrar o melhor croissant de amêndoas e pain au chocolat. E um restaurante marroquino onde você se senta no chão e em banquinhos estampados e precisa experimentar a torta de pombo. E enquanto isso eu estava lá, ouvindo ela falar e pensando que nem sabia que Annabel se alimentava. Eu achava que ela era uma daquelas garotas magrelas que sobrevivem à base de uva-passa e suco de tomate. Enquanto ela falava sem parar sobre bifes e pombos, eu pensava que Art sequer come carne, e que talvez eu tivesse mais coisas em comum com Annabel de la Roche do que com Bartholomew Emerson Grant VI. Ela me pediu para trazer algumas coisas para ela de Paris. Macarons da sua confeitaria favorita e algumas edições das revistas francesas de moda que ela adora.

Foi assim que tudo começou com Annabel. Eu trouxe as coisas para ela da viagem, e ela agradeceu me dando uma gargantilha Anna Sui de presente. E eu fiquei, tipo, como essa garota que usa as roupas mais sem graça que eu já vi na vida conhece a estilista alternativa mais poderosa do momento? E como escolheu uma gargantilha tão foda pra mim? Acho que foi nesse momento que Annabel me disse que sempre amou o meu estilo e que queria ter autoconfiança para se vestir como eu me visto. Fiquei extremamente confusa. Quer dizer, eu é que queria ter o corpo dela, a beleza impecável, a facilidade para lidar com o mundo, a habilidade de flutuar em vez de andar feito um furacão. Mas Annabel com inveja de mim? E aí viramos amigas. Fazemos compras juntas. Falamos sobre garotos. De alguma forma, sincronizamos nosso ciclo. Folheamos revistas de moda francesas, americanas, italianas e japonesas. Às vezes saímos com as outras amigas de Annabel — Cindy, Verena, Briana (eu sei, parecem nomes de modelos, e elas se parecem com modelos também) —, mas me dei conta de que a amizade de Annabel com essas garotas é meramente superficial. A pessoa de quem ela se sente mais próxima sou eu.

Annabel está dando uma festa, e mais ou menos vinte alunos do último ano estão aqui. A cobertura está cheia de adolescentes e de muitos hormônios, e a maioria dos convidados se embebedou com a batida de frutas que Annabel fez e batizou com a vodca dos pais.

— Essa vodca é cara — informou ela. — Não dá ressaca.

Ela me convenceu a beber um gole antes da festa começar para "me soltar". A festa está divertida. A batida de fruta não me soltou. Annabel fez uma playlist superanimada e montou uma pequena pista de dança na cozinha. Quando começa a tocar "Hold On" do Wilson Phillips, eu e ela soltamos a voz e começamos a dançar. Nossa afinação é horrível, mas é tão divertido. Então Cindy, Verena e Briana se juntam e nós formamos uma *girlband*. Todos nos assistem e aplaudem quando terminamos. Sério, eu não sei como cheguei aqui. Sempre achei que odiava essas garotas, e agora estou no meio de um abraço em grupo com várias delas, como se fossem minhas irmãs perdidas. A próxima música que começa a tocar é "We Didn't Start the Fire" do Billy Joel, e um grupo de garotos, incluindo Saadi, decide que vai competir com a nossa apresentação. Eles se alinham e cantam a música, gritando as referências a Doris Day e Marilyn Monroe e Roy Cohn e Brigitte Bardot. Sinto uma pontada de saudades do Art. Se ele estivesse aqui, estaria sussurrando no meu ouvido: "Você acha que algum desses cabeças de ovo sabem quem é Doris Day? Devem achar que é alguma referência ao Dia D ou qualquer coisa do tipo." A voz de Art desaparece da minha cabeça quando Annabel sussurra em meu ouvido.

— Esses caras são piores que o New Kids on the Block.

— Eles certamente não têm ideia do que estão fazendo — respondo, e ela ri.

Essa é outra coisa que eu gosto em Annabel: ela é generosa com a risada.

— A bebida já bateu? — pergunta ela.

— Um pouquinho, eu acho.

— Ah, vamos. Mais um copo.

— Mais um gole — proponho.

— Minha irmã me disse que a melhor coisa a se fazer antes da faculdade é começar a criar tolerância ao álcool, pra não ficar pra trás de todo mundo.

Ela enche um copo de plástico transparente e me entrega. Então enche o próprio copo mais uma vez.

— Me formar em Álcool na faculdade nunca esteve nos meus planos — digo.

— Bem, talvez você possa pegar como matéria eletiva — responde ela com um sorriso malicioso.

Sorrio enquanto bebo a batida. Não sei qual é a sensação de estar bêbada, mas me sinto um pouquinho mais vibrante, um pouquinho mais viva, como se houvesse uma luz que me ilumina de dentro pra fora. Me sinto criativa, inspirada. Me pergunto se batida de vodca pode substituir o sorvete como minha comida inspiradora, e qual dos dois têm mais calorias.

— Queria que você me deixasse fazer uma transformação no seu visual — proponho para Annabel. — Você ficaria tão poderosa em um vestido preto bem justo com uns recortes em rosa-shocking.

Ela ri.

— Eu precisaria de, sei lá, uns cinco copos de bebida antes de vestir qualquer coisa parecida com isso.

— Nada a ver — respondo. — Ouvi dizer que a Madonna não bebe, não usa drogas e nem nada do tipo. E olha como ela se veste!

— Judy, odeio ter que te dar essa notícia, mas eu não sou a Madonna.

Como se estivesse esperando uma deixa, "Vogue" começa a tocar, e todo mundo sai correndo para dançar. Aposto que Art e Reza amam essa música. Lembro do show de *drags* ao qual eu e Art fomos com tio Stephen há milênios. Tudo parece tão distante. Eu praticamente grito a letra da música inteira, e toda vez que Madonna cita o nome de alguma estrela do cinema clássico, lembro de alguma noite de filme aos domingos com Stephen e Art. Penso em todos os filmes que já vimos. Tio Stephen e eu continuamos com a tradição e, às vezes, Jimmy também participa. Mas não é a mesma coisa sem o Art.

Quando a música termina, Cindy pega uma garrafa vazia de vodca e grita.

— EI, SEUS OTÁRIOS, VAMOS BRINCAR DE VERDADE OU CONSEQUÊNCIA!

Meu Deus, não. Por favor, não. Isso não vai acabar bem.

Todo mundo parece amar a ideia e, num piscar de olhos, um bando de garotos começa a arrastar os móveis para abrir espaço no tapete da sala de estar. Formamos um círculo. Todo mundo decide que, por ser a anfitriã, Annabel deve girar a garrafa primeiro, e depois a gente segue em sentido horário. Sendo assim, me sento à direita de Annabel para ser a última a girar essa garrafa idiota. O jogo começa. Annabel gira primeiro, e a garrafa aponta para Verena. E, para minha surpresa, elas começam a rir, vão até o centro do círculo e se beijam. À medida que o jogo vai rolando, descubro que garotas beijam garotos, garotos beijam garotas, e garotas beijam garotas. Mas garotos não beijam garotos. Quando um cara gira a garrafa e ela aponta para outro cara, eles começam a rir, fazem "ecaaaaaaa" por um tempo e depois giram de novo. Estou muito feliz por Art não estar aqui agora. Ele com certeza começaria um discurso sobre a homofobia nas festinhas do ensino médio.

Por sorte, a ponta da garrafa parece me evitar durante as primeiras rodadas. Rezo para continuar sendo poupada. Também rezo para que a brincadeira termine antes que a minha vez chegue, para que alguma música incrível faça todo mundo voltar a dançar, mas então Darryl gira a garrafa com muita força, e ela gira e gira por uma eternidade enquanto Darryl fica repetindo "Vamos lá, não me decepcione!", até a velocidade diminuir e a garrafa parar apontada para... mim.

— Judy!!!!!!! — grita Verena.

— Ei, eu não tenho sapinho — declara ele, provavelmente porque eu fiz uma careta.

É difícil não pensar que, quando ele diz que não tem sapinho, na verdade está querendo dizer que não tem aids.

— Acho melhor não. Quer dizer, ele é seu ex... — sussurro para Annabel.

— É só uma brincadeira — interrompe ela, me cortando. — E você ficaria surpresa. Ele até que beija bem.

As pessoas continuam gritando meu nome. Relutante, vou até o centro do círculo e encaro Darryl Lorde. Nós dois estamos ajoelhados, com os rostos quase colados. Posso sentir seu hálito. Tem cheio de vodca,

Doritos apimentado e ódio. Vários pensamentos passam pela minha cabeça, mas um deles é o mais alto de todos: esse será meu primeiro beijo com um garoto hétero. O quão absurdo é isso, e o quão horrível seria sempre lembrar que o primeiro cara hétero que eu beijei foi essa versão adolescente do Roy Cohn?

Quando Darryl aproxima os lábios dos meus, eu me viro.

— Desculpa, não consigo — digo.

— Qual é? — reclama ele. — Você só beija bicha?

Algumas pessoas soltam risadas constrangidas. Ouço alguns sussurros de *uau* e *deu merda*.

Fito Darryl como se minhas pupilas disparassem lasers.

— Não, mas eu tenho medo de idiotice ser contagiosa — rebato.

O que você está fazendo, Judy? Era só uma brincadeira. É isso que adolescentes normais fazem.

Caminho em linha reta até a batida de frutas e encho um copo. Viro tudo de uma vez. O álcool queima o fundo da minha garganta, mas não me importo.

— Ei, tá tudo bem? — pergunta Annabel.

— Desculpa. Sei que foi meio constrangedor.

— Não precisa pedir desculpas. Queria poder brigar com ele assim. Ninguém controla esse garoto.

— Obrigada.

— Ele não era tão ruim assim quando a gente namorou — comenta ela. — Quer dizer, já era um pouco idiota, mas ainda não tinha virado esse babaca completo. Ficou muito pior depois que os pais dele se separaram. Não que isso sirva de desculpa para as merdas que ele diz e faz.

A brincadeira termina, mas algumas pessoas continuam jogadas no tapete da sala. Alguns estão se pegando no sofá. Outros dançando. Parece que vejo duas Annabels na minha frente.

— Acho que, hum, preciso deitar — declaro.

— Vamos — chama ela, pegando uma garrafa de água mineral Evian na despensa e subindo as escadas comigo. — Acho que água mineral é a coisa mais estúpida do mundo, mas minha mãe insiste em comprar.

— Aham — confirmo, mas as palavras ecoam como se estivéssemos em uma caverna.

— Sabia que Evian ao contrário é *naive*, "ingênua"? — continua ela. — Precisa de mais alguma prova?

— Sabia que palavras que continuam iguais quando a gente lê de trás pra frente são chamadas de palíndromos? — comento enquanto ela me carrega escada acima.

— Sério?

Chegamos ao quarto. Ele tem janelas enormes com vista para os prédios de Manhattan.

— Deita aqui — indica ela.

— Eu disse para os meus pais que estaria em casa às dez.

— Você ainda tem meia hora. Acredite em mim, beba essa garrafa inteira de água ingênua e deite um pouco. Não vai querer que os seus pais te vejam nesse estado.

Encaro os prédios lá fora.

— Você acha que pessoas gays são naturalmente mais legais que pessoas hétero? — questiono.

— Como assim? Você é tão esquisita.

— É sério — insisto. — Pensa nisso.

— Bebe essa água e descansa. Volto daqui a pouco para ver como você está — diz ela me dando um beijo na testa.

Quando Annabel sai, deito em sua cama forrada com um lençol branco novinho em folha. O quarto parece de hotel. Fecho os olhos. Não tenho ideia de quanto tempo fiquei apagada quando a porta se abre e escuto uma voz grossa.

— Desculpa, eu só estava procurando outro banheiro.

Saadi. Ele parece um pouco tonto, e suas palavras saem arrastadas.

— Acho que Bobby e Rachel estão se pegando no banheiro lá de baixo, o que é um grande vacilo com quem precisa, sabe como é, mijar.

— Sim — respondo. — É.

— Minha mãe se recusa a ir a festas em lugares com menos de três banheiros — continua Saadi.

— Esperta.

Nem sei o que estou falando. Só estou puxando papo. E escutá-lo falando sobre a mãe me lembra que sua madrasta é a mãe do Reza. Bizarro.

— Você se importa se eu mijar aqui? — pergunta ele.

— Se por *aqui* você se refere ao banheiro da Annabel, sem problemas.

Ele vai até o banheiro mas não fecha a porta. Posso escutar Saadi fazendo xixi. Quando termina, ele volta até o quarto e senta na beirada da cama.

— Ei. Você está bem?

— Você não lavou as mãos — digo.

— E daí? Não é como se eu tivesse mijado nas mãos.

— Realmente é uma epidemia.

— O quê?

Lembro de quando Art me disse que caras hétero nunca lavam as mãos depois de fazer xixi.

— Nada — respondo.

Ele coloca as mãos não lavadas no meu braço.

— Então quer dizer que você curte homens persas?

— Quê? — pergunto.

— Você gostava do pequeno príncipe — comenta ele. — E ele é tipo uma versão magrela e menos atraente de mim.

— Ah. Você está…

Ele está dando em cima de você, Judy? É assim que caras hétero chegam nas garotas?

— Eu sempre achei você gata — continua Saadi. — Não entendo por que as garotas são tão magras hoje em dia. Os caras querem algo para agarrar, sabe.

— Hum, obrigada?

— De nada.

— Acho que estou um pouco confusa. Já que você adora fazer piadinhas sobre o meu peso.

— Ah, me desculpa por isso. Eu sou meio babaca de vez em quando.

— De vez em sempre — rebato.

— No que você está pensando?

Eu não sei no que estou pensando. Muitas coisas. Que, apesar de saber que não deveria, estou um pouquinho excitada. Que beijar Saadi seria a vingança máxima contra Reza e, talvez, esse seja o melhor motivo para levar isso adiante. Que qualquer outra garota nessa festa aceitaria essa oportunidade sem pensar duas vezes.

— Nada — respondo.

— Todo mundo sempre está pensando alguma coisa — diz ele.

— No que *você* está pensando? — devolvo a pergunta.

— Pra ser sincero, em como meu meio-irmão foi um idiota quando largou você.

E isso é exatamente o que eu preciso ouvir. Pego Saadi pela gola da camisa polo azul da Lacoste, puxo para perto de mim, e a gente se pega. É voraz. Nossas línguas exploram um ao outro. Então as mãos dele deslizam por todo o meu corpo, passando sobre o tecido roxo brilhante do vestido que fiz para a festa, até as coxas. A respiração dele está forte, e ele move o quadril com afobação. Sinto o que nunca senti quando beijava Reza: uma ereção. Saadi está muito duro... Ele se senta e tira a camisa polo. O corpo dele é forte. Colo as mãos em seu tórax cheio de pelos. Minhas unhas estão pintadas de roxo também, e elas ficam meio que incríveis em contraste com a pele. Saadi coloca a mão em meu rosto com uma delicadeza que me surpreende, e é aí que eu decido falar:

— Espera.

— O que foi? — pergunta ele.

— É só que... Será que... Você pode, hum, lavar as mãos? Você acabou de fazer xixi.

Saadi ri.

— Sério?

— Sério.

Ele se levanta com um salto e vai até o banheiro. Consigo ouvir a água caindo. Quando volta, ele se senta ao meu lado e aproxima a mão do meu nariz para eu cheirar.

— Agora estou com cheiro de lavanda — ironiza ele.

— Melhor do que cheiro de xixi.

Ele ri mais uma vez.

— Você é engraçada — comenta ele.

— E você é uma gracinha.

— Hum, obrigado? — diz ele, me imitando.

— Por que você é amigo do Darryl Lorde? — pergunto. — Por que fica do lado dele enquanto ele diz coisas tão horríveis?

Saadi dá de ombros.

— De quem mais eu seria amigo?

— Existem outras opções — aponto. — Você poderia ser meu amigo.

— Desde que eu lave as mãos compulsivamente.

— Não compulsivamente, só regularmente — respondo. — E, também, desde que você pare de ser homofóbico.

— Você sabe que a gente não pode mudar o mundo, né? — argumenta ele. — Algumas pessoas só aceitam as coisas do jeito que elas são.

— Entendo. Tenho certeza de que muitos alemães costumavam dizer a mesma coisa.

Ele ri.

— Você está me comparando com os nazistas?

— Se a carapuça serviu...

Para a minha surpresa, ele ri mais uma vez.

— É esquisito que quanto mais você me odeia mais eu quero te beijar? — pergunta ele.

— Hum, não sei. Você faz terapia?

Ele me puxa para mais um beijo. Exploro sua boca com a língua, sinto cada curva do seu corpo com as mãos. A aspereza da sua pele, a textura dos pelos.

— Tira meu vestido — digo, chocada com o tom de ordem da minha voz.

Ele leva os braços às minhas costas.

— Com cuidado — alerto.

— É lindo — elogia ele enquanto tira minha roupa devagar. — E você também.

Saadi olha para mim, absorvendo meu corpo. Deixo ele ficar por cima de mim, sinto sua ereção. Ele quer transar, mas digo que ainda não estou pronta.

— Talvez na próxima vez.

— Próxima vez? — pergunto.

Então ele se esfrega em mim até terminar e desaba, deitando a cabeça nos meus seios.

De relance, vejo o despertador de gatinho da Annabel. São 22h30. Se eu sair correndo agora, chego em casa perto das onze. Meus pais vão me matar. Merda.

— Desculpa, eu preciso ir — digo.

Encontro a garrafa de água ao meu lado. Só bebi metade. Pego a garrafa e bebo o resto em uma golada só, torcendo para que seja o bastante para me deixar sóbria.

— A gente vai repetir isso, né? — pergunta ele.

— Hum, talvez — digo enquanto me visto.

Corro para casa pronta para implorar pelo perdão dos meus pais. Eles *amam* Annabel, então acho que vai ser fácil inventar uma desculpa. Minha mãe está muito feliz que agora eu tenho uma amiga. Quando chego em casa, os dois estão acordados, do jeito que eu esperava. Parecem *aterrorizados*.

— Onde você estava? — pergunta minha mãe com os olhos cheios de lágrimas.

— São quase onze da noite — declara meu pai.

Ele está usando um relógio que ganhou de aniversário do pai de Annabel no mês passado. Sério, os pais dos meus melhores amigos sempre dão presentes absurdamente extravagantes para os meus pais.

— Eu estava vendo um filme com a Annabel — respondo. — Nem vimos a hora passar.

Minha mãe balança a cabeça, ainda chorando. Me aproximo.

— Mãe, eu estou bem. Desculpa se te deixei preocupada.

— A gente já estava quase saindo — diz ela.

— Saindo? — pergunto. — Pra me procurar? Gente, eu não sou mais criança. Eu consigo...

— A gente estava indo para o hospital — interrompe meu pai.

Meu coração aperta. Se a garrafa de água não me deixou sóbria, essas palavras deixam.

Corremos para o hospital juntos e somos recebidos por Jimmy, que está na sala de espera suando de ansiedade.

— Jimmy, como ele está?

— Não sei — responde ele. — Não me deixam entrar para vê-lo. Já disse que sou responsável pela saúde dele, mas disseram que não sou da família. Isso é uma grande PALHAÇADA.

A enfermeira na recepção se encolhe enquanto Jimmy a encara.

— Jesus Cristo — suplica minha mãe, e ela nunca fala o nome do Senhor em vão.

— Ele estava dormindo do meu lado — explica Jimmy. — Aí ouvi que a respiração dele ficou ofegante, como se ele estivesse buscando ar. Estava encharcado de suor, a cama estava molhada. Trouxe ele pra cá o mais rápido possível, mas... Estou muito preocupado...

Jimmy começa a chorar.

Parece que ele estava segurando toda a ansiedade até que alguém aparecesse para ajudar. Minha mãe deixa ele chorar em seus braços.

— Está tudo bem — consola ela. — Você fez a coisa certa. Vamos ver como ele está.

Minha mãe vai até a recepção, explica que é irmã de Stephen e diz que Jimmy é da família e que também vai entrar com a gente. Ela não dá nem um segundo para a enfermeira responder ou tentar se defender.

— Oi — cumprimenta Stephen quando entramos no quarto.

Ele está cercado de tubos, fios e equipamentos médicos, mas sorri como se estivesse em um palácio ou coisa parecida.

— Tio Stephen.

Tento ao máximo me manter firme. Quero passar força para ele, mas vê-lo nesse estado me destrói por dentro.

Minha mãe corre para abraçá-lo, os olhos cheios de lágrimas. Sei que ela não gosta de chorar na frente dele, mas não consegue evitar. Ela não é tão forte quanto o irmão.

— Não precisa se preocupar — zomba Stephen. — É só um início de toxoplasmose.

— Fiquei tão assustada — diz ela.

— O médico, muito atraente por sinal, disse que identificamos cedo o bastante para tratar — explica ele. — E acho que estava flertando um pouquinho comigo.

Esse é o meu tio, um homem que consegue me fazer sorrir mesmo quando está quase morrendo. As lágrimas começam a brotar em meus olhos também, e tio Stephen percebe.

— Ei, Judy — chama ele. — Você sabe que eu não iria a lugar nenhum sem me despedir de você, né?

— Eu sei — respondo. — Eu sei.

Sento ao lado dele. Minha mãe segura uma de suas mãos, e eu seguro a outra. Meu pai fica perto o bastante para mostrar apoio, mas longe o bastante para respeitar nosso momento com Stephen.

— Minhas garotas. Sou um homem de sorte — declara tio Stephen, nos abraçando com firmeza.

— E o Jimmy — acrescenta minha mãe. — Se Jimmy não estivesse com você...

— Você salvou a minha vida, gata — afirma Stephen para ele.

— E você salvou a minha, gata — responde Jimmy. — Eu já teria seguido o Walt pra fora desse inferno se não fosse por você.

— Somos muito gratos a você, Jimmy — diz meu pai com uma sinceridade dolorosa.

O médico chega para ver como Stephen está. Ele *de fato* é bonito, e *de fato* parece estar flertando com Stephen. Me pergunto se é uma forma de dar aos pacientes um motivo a mais para continuarem lutando pela vida. Enquanto o médico explica que os sinais vitais de Stephen parecem promissores, percebo como ele é parecido com José antes da doença. É bizarro. Moreno claro, cabelo preto bagunçado, sobrancelhas grossas, nariz torto, corpo atlético. Até o jeito como José mordia os lábios entre uma frase e outra. De alguma forma, o fato do médico ser tão parecido com José me dá esperança. É como um sinal de que Stephen vai resistir, de que será um dos sobreviventes e contará a história de todos os seus amigos que já se foram.

Quando o médico bonitão vai embora, Stephen se vira para mim.

— Judy — sussurra ele. — Antes de ir, tem uma coisa que preciso te dizer.

— Mas você não está indo a lugar nenhum — respondo. — O médico acabou de dizer que você está bem.

— Eu sei, mas chegou a hora de te dizer. Quero que você perdoe Reza e Art. — Eu desvio o olhar. — Principalmente o Art. Ele te ama.

— Eu sei. Mas eu não posso...

— Posso contar uma história? No colégio, eu era atormentado sem dó nem piedade por ser diferente e estava tão desesperado para provar que era hétero que namorei uma garota. Me convenci de que a amava e deixei que ela se apaixonasse por mim.

Olho para minha mãe, e ela confirma.

— Sara Massey. Era minha amiga também.

— Sara Massey — repete Stephen com melancolia. — Menti para ela por quase um ano. O que eu fiz não foi nem um pouco bonito, mas fiz porque tinha medo. Fiz porque acreditava que a alternativa era ser chamado de bicha e apanhar. E, de certa forma, eu estava tentando me convencer de que poderia ser hétero. Eu queria gostar dela.

— Certo — digo. — Eu entendo. Mas você não morava em Nova York. Eram tempos completamente diferentes. As coisas mudaram.

— Não muito — rebate ele.

Dou de ombros.

— O que você disse explica o que Reza fez. Mas não o que Art fez. Art não namorou comigo porque queria ser hétero. Ele mentiu pra mim quando éramos melhores amigos.

— Eu sei — responde Stephen. — Acho que ele se sentiu envergonhado por ter sentimentos pelo Reza e não sabia como te contar. O que ele fez não foi certo, mas isso não faz dele uma pessoa ruim. Só humano.

— Mas Reagan e Jesse Helms são seres humanos, e isso não significa que sejam nossos melhores amigos — argumento, porque é tudo em que consigo pensar.

— Eles são seres humanos? — pergunta Jimmy. — Sempre achei que fossem um tipo de subespécie.

Todo mundo ri, até meu pai, provavelmente porque nós precisamos de uma risada. Não acho que meu pai odeie o Reagan nesse nível. Ele dá ao presidente muito crédito pela queda do muro de Berlim.

— Tem uma coisa que seria muito importante pra mim — continua Stephen. — Venha para Maryland com a gente. Eu, Jimmy, Art e Reza. Nós vamos protestar no Instituto Nacional de Saúde.

— Ai, Stephen — diz minha mãe. — Isso pode não ser uma boa ideia. Você ficaria longe demais dos seus médicos.

— Esses protestos me dão forças para continuar.

— Deixa a gente cuidar de você — pede minha mãe.

— Você sabe que não sou bom nisso — responde ele. — Além do mais, vou protestar na frente do Instituto Nacional de Saúde. Se acontecer alguma coisa, quem melhor do que eles para cuidar de mim?

Minha mãe revira os olhos.

— Você é impossível.

— Concordo — diz Jimmy. — Impossível de resistir, então diz que sim, Judy. A gente quer muito que você vá. Seria importante demais para o seu tio.

Eu sei que vou. Eu daria a volta ao mundo a pé e descalça por ele. Mas não quero ser a única mulher no grupo. Cansei disso. Agora sei como é bom ter outra mulher ao meu lado, alguém que enxerga as coisas pela minha perspectiva e que pode me apoiar de formas que Art e Stephen não podem. Então digo uma coisa que surpreende até a mim mesma:

— Eu vou, mas com uma condição. Quero que você vá comigo, mãe.

Minha mãe olha para mim, surpresa.

— Eu? Eu não sou muito de protestar.

— Adorei a ideia — diz tio Stephen. — Vamos, Bonnie.

— Quando será?

— Vinte e um de maio. É uma segunda-feira, mas nós vamos no fim de semana porque estou planejando uma surpresa.

— Qual surpresa? — questiona minha mãe. — Eu odeio surpresas.

— Deixa eu cuidar de você — pede ele, imitando-a. — Pare de se preocupar.

— Judy tem aula na segunda. E eu tenho clube do livro no domingo. Não posso faltar...

— Mãe, aquelas senhoras vestidas em tons pastéis vão te perdoar por perder uma reunião do clube. Qual é o sentido de ler todos aqueles livros de autoajuda sobre ser a melhor versão de si mesma se não praticar o que eles ensinam? Isso é importante.

Minha mãe olha para o meu pai, que balança a cabeça.

— Eu estou de acordo com as minhas garotas embarcarem nessa viagem — afirma ele.

Vejo meu pai e Stephen fazendo contato visual, provavelmente porque os dois se referem a mim e a minha mãe como suas garotas. Eles têm isso em comum. Compartilharam nós duas por todos esses anos.

— Está bem — concorda minha mãe. — Como se ir para Paris não fosse me aventurar o bastante, agora vamos para Maryland. Quem eu me tornei?

— Você é Bonnie Bowman — declara tio Stephen. — Mãe e irmã do século, e a mais recente afiliada da ACT UP.

Minha mãe, a ativista. Nunca pensei que esse dia chegaria. Durante a meia hora seguinte, conversamos sobre as lembranças de Paris, sobre tudo o que comemos e vimos e todas as roupas que experimentamos mesmo sem dinheiro para comprar. Então o médico bonitão volta e diz que Stephen precisa descansar, e Stephen diz em voz alta que o doutor só está tentando se livrar da gente para que os dois possam ficar a sós. Enquanto saímos, minha mãe se volta para mim.

— Não pense que eu esqueci a hora em que você chegou em casa hoje. Quero saber de tudo.

Tudo. A bebida. O jogo da garrafa. O corpo forte e peludo de Saadi sobre o meu. Sinto meu rosto esquentar.

— *Negócio arriscado* — digo.

— O quê? — pergunta ela.

— Foi o filme que eu e Annabel vimos. É tão bom. A Annabel é doidinha pelo Tom Cruise. Ela já viu esse filme, tipo, umas vinte vezes e sabe as falas de *Cocktail* de cor.

Minha mãe me observa de canto de olho. Sei que não acredita em mim, e também sei que estou mentindo para alguém que amo. Mas digo a mim mesma que isso não faz de mim uma pessoa ruim. Só humana.

#76 MADONNA

Ela não tem vergonha, e é aí que mora o seu interminável poder. Porque a vergonha era a arma deles. Pessoas envergonhadas permanecem escondidas, e é exatamente assim que eles querem que a gente fique. Então a Madonna chegou. Logo de cara ela foi reduzida a fogo de palha, a cantora de uma música só, mas não por quem reconheceu de imediato que ela não era só uma cantora, não era só uma dançarina, não era só uma artista. Ela era, e é, uma revolução. Basta olhar a maneira que respondeu à *Playboy* e à *Penthouse* quando publicaram fotos nuas dela, tiradas em uma época em que ela era jovem e sem dinheiro. Ela disse três palavras: "NÃO TENHO VERGONHA." Essas palavras são o motivo da sua existência me dar tanta esperança para o futuro, um futuro no qual os jovens *queer* vão se assumir mais cedo, onde mais mulheres vão se sentir livres para controlar a própria sexualidade, onde, talvez, vergonha seja algo que as crianças não sentirão mais. Certa noite, antes de ficar doente, saí com José para dançar e a Madonna apareceu para cantar uma música, "Holiday". Ninguém tinha ouvido falar nela ainda, mas em segundos nós estávamos nos comunicando uns com os outros, com ela e com uma nova forma de pensar. "Você pode virar este mundo de cabeça para baixo", cantava ela com convicção. Virar o mundo de cabeça para baixo é criar uma revolução, não é? Pois ela é uma revolução em cada sentido da palavra. Uma mudança radical, um corpo celeste em órbita. Ela está virando o mundo de cabeça para baixo e nos mostrando como podemos seguir seus passos. Não sei se vergonha tem um antônimo propriamente dito — orgulho, talvez —, mas ainda não me parece certo. Então, na minha opinião, o antônimo de vergonha é Madonna.

Vida longa à rainha.

REZA

Planejamos chegar a Maryland em grupos separados. Stephen e Jimmy chegaram antes, para se prepararem para o protesto. A mãe de Judy alugou um carro, e as duas foram juntas. Art e eu estamos indo de trem. Eu amo trens. Acho que são meu meio de transporte favorito. O barulho ritmado das rodas nos trilhos, as janelas que mudam de paisagem rapidamente, passando pela vegetação, pelas fábricas, pelos estacionamentos. E o mistério. É como se estivéssemos em um livro da Agatha Christie. Tento explicar isso para Art, e seu rosto se ilumina.

— Vamos brincar de Conte as Bichas — sugere ele. — Vamos decifrar o mistério desses passageiros.

— Eu odeio essa palavra — resmungo.

— Supera. Eu já ressignifiquei, e você deveria fazer o mesmo. A gente começa lá na frente do trem e vai até o fundo. Stephen me disse uma vez que essa é basicamente a jornada de qualquer gay.

— Como assim?

— Frente e fundo, sabe? Começamos como ativos e terminamos como passivos.

— Ah — digo.

Agora eu já sei o que significa ser ativo ou passivo. Li um cartão sobre isso. Mas não sei qual dos dois eu sou. E não quero nem pensar sobre isso tudo agora. Acho que ser ativo é como invadir alguém, e ser passivo seria como ser invadido. E os dois cenários me parecem assustadores e perturbadores. Quando países são invadidos, geralmente não é legal para nenhum dos lados.

Abrimos caminho até o primeiro vagão. Art está fora de si de tão empolgado, e isso o deixa ainda mais lindo do que o normal.

— Olha só pra mim — exclama ele. — Estou longe dos meus pais, a caminho de um protesto com o homem que amo.

Agora que já dissemos que nos amamos, não conseguimos parar. Declaramos nosso amor com frequência. Com orgulho.

— Eu já sou um homem? — pergunto, lisonjeado.

— Vai ser, quando eu acabar com você — insinua ele com um sorriso malicioso.

Acabar comigo? Ele vai acabar comigo? Eu não quero que isso aconteça. Quero ficar com ele pra sempre, de preferência em um relacionamento que envolva muitos beijos e dormir agarradinhos, e nenhuma troca de fluidos corporais, exceto saliva, que eu decidi ser o único fluido corporal que é meu amigo. E suor. Gosto do suor dele. Consigo ver um pouco agora, bem debaixo das suas axilas. Eu amo o cheiro de Art. Sinto ele toda vez que estamos perto. Art está de regata, jeans pretos rasgados e botas de couro. Ele mudou o cabelo de novo. Agora as laterais estão raspadas e o topo está longo, caindo em uma onda azul sobre o lado esquerdo do rosto, como um oceano. Ele é minha Veronica Lake gay. É claro que isso é coisa dele.

Art começa sua brincadeira andando lentamente pelo corredor do primeiro vagão. Quando vê um homem sentado ao lado da esposa e seus dois filhos, sussurra para mim:

— Bicha número um.

— Ele é casado — sussurro de volta.

— Rock Hudson e Cary Grant também eram. Esse cara estava babando por nós dois.

Passamos por um grupo de homens que, segundo Art, provavelmente estão indo para o protesto. Um deles lê a revista *The Advocate*. Na capa, se vê uma foto do John Waters, que encara o leitor como se quisesse contar um segredo. Outro veste uma camiseta escrita SILÊNCIO = MORTE em um triângulo cor-de-rosa. Art sorri para eles e continua andando. À medida que vamos passando de vagão em vagão, ele aponta para vários homens: um jovem universitário no trem com os amigos, um empresário usando a maleta como travesseiro, um homem mais velho lendo uma edição desgastada de poesias do Walt Whitman. Ele parece ter um instinto para saber quem é gay e quem não é, e, quando eu o questiono, ele me diz que seu gaydar é infalível.

— Gaydar? — pergunto.

— Sim. Foi assim que eu soube de você.

O que mais posso dizer? Ele já sabia de mim mesmo quando eu não queria que ele soubesse. Quando chegamos no final do último vagão, andamos até nossos assentos.

— Eu contei dezesseis bichas — anuncia ele. — O que torna esse trem equivalente ao mundo, se for mesmo verdade que dez por cento do mundo é gay.

— Dezoito.

— Dezoito o quê? — pergunta ele.

— Você esqueceu de contar nós dois. — explico. — Com a gente, são dezoito...

Ele sorri.

— Nossa, uau. Você não consegue dizer a palavra, mas está se incluindo na lista de bichas, né?

Ele se inclina em minha direção, lambe meus lábios e me beija. Quero fechar os olhos, mas não consigo. Estou paranoico demais com toda essa gente nos observando. Tenho certeza de que vi uma mulher com cachos permanentes malfeitos balançar a cabeça com nojo, e duas adolescentes cochichando e rindo. Mas os olhos de Art estão fechados. Ele não se importa com o que essas pessoas pensam, e é o que eu mais amo nele. Queria me importar menos com os outros e mais comigo mesmo.

Quando o beijo termina, ele segura minha mão com força, e eu não solto. Ninguém conhece a gente aqui, e, de qualquer maneira, eles já viram o beijo. Olhamos bem no fundo dos olhos um do outro. O trem faz uma parada.

— Está nervoso? — pergunto.

— De jeito nenhum. Podem me prender se quiserem. Estou pronto.

— Não estou falando do protesto. Estou falando da Judy.

E aí a expressão dele vacila. Ele olha para baixo e depois para a janela; tantas árvores lá fora, tantos tons de verde passando como um borrão.

— Judy... Pois é...

— Ela não toparia vir se não estivesse disposta a perdoar você — digo.

— Mas ela não quis vir com a gente — argumenta ele. — Digo, por que está indo de carro com a mãe? Em vez de vir de trem com a gente? A mãe dela provavelmente vai colocar um audiolivro de autoajuda pra tocar e fazer Judy conversar sobre desenvolvimento pessoal e o poder do pensamento positivo.

— Eu adoro a mãe dela. Quando a gente estava junto...

Art me corta imediatamente.

— Você e Judy nunca estiveram juntos. Não era um relacionamento de verdade.

— Eu sei.

Não discuto com ele. Eu não teria chance alguma de vencer. Mas, no fundo do coração, sei que, apesar das minhas mentiras, Judy e eu tivemos um relacionamento de verdade. O afeto era verdadeiro, as risadas, a compreensão e os broches de peixe. Eu ia dizer que, quando Judy e eu estávamos juntos, a mãe dela sempre foi muito acolhedora e gentil comigo, e que parece ter passado essas características para a filha, mas então me dou conta de que os pais de Art são combativos e reacionários, e que essas características também foram passadas para ele.

— É claro que estou com medo — admite Art. — Nem sei mais o que dizer para Judy. Não quero me ver pelo ponto de vista dela. Quando penso nisso, em como ela deve me enxergar, eu também me odeio.

— Sinto a mesma coisa. Espero que ela me perdoe.

— Sim. Provavelmente ela vai, mas é diferente porque vocês não se conheciam há muito tempo. Minha traição foi muito pior.

— Talvez você tenha razão.

Mas acho que ele não entende que o que eu fiz com a Judy e o que senti por ela também são coisas importantes.

— Você já se deu conta de que a gente vai dividir um quarto de hotel? — pergunta Art. — Sabe o que isso significa, né?

— Serviço de quarto? — brinco, um pouco nervoso.

— Sim. Com certeza serviço de quarto. E sexo. Quartos de hotel são basicamente feitos para sexo.

— Por quê?

— Sei lá, eu li isso em uma história numa revista pornô. — Depois de pensar mais um pouco, ele acrescenta: — Acho que é porque as camareiras trocam os lençóis todo dia.

— Onde você... — Não termino a pergunta que está na minha cabeça.

— O quê?

— Onde você conseguiu uma revista pornô?

Art morre de rir. Ele aperta minha coxa.

— Ai, Reza. Meu inocente Reza. Eu tinha 12 anos quando vi pornografia pela primeira vez. Encontrei uma pilha de *Playboy* e *Penthouse* escondida no fundo do armário do meu pai. A *Playboy* não servia para mim, mas a *Penthouse* tinha alguns contos eróticos, e eram muito bons porque tinham homens nas histórias. — Começo a ficar excitado, e ele leva a mão até a minha virilha. — Estou só escondendo as evidências — diz ele com um sorriso.

— Talvez você possa... ler uma dessas histórias para mim qualquer dia desses. Não dá pra pegar aids lendo histórias.

Ele ri.

— Quando quiser.

Art aperta minha ereção, e me pego olhando em volta, me perguntando se alguém consegue perceber o que está rolando.

— Você nunca comprou uma revista pornô? — pergunta ele.

Balanço a cabeça negativamente.

— As revistas gays sempre ficam escondidas no fundo da banca. São incríveis. Existe pornô pra todo tipo de cara. *Ursos. Gatos. Gatos Negros. Gatos Latinos.*

— E iranianos?

— Acho que esse espaço ainda está vago na indústria. Você pode ocupar a vaga e se tornar um astro pornô.

— Isso realizaria todos os sonhos da minha mãe, não acha?

Sorrio, um pouco triste.

— Já consigo até imaginar — continua Art. — A primeira edição da revista *Gatos Iranianos*, estreando Reza, fotografado por mim.

— Combinado — digo, sorrindo.

Enquanto o trem passa pela Union Station, em Washington, penso na nossa cama de hotel. Me imagino com Art na cama, invadindo um ao outro, entendendo juntos se somos ativos, passivos ou ambos. Mas então me pego pensando... e se as camareiras forem preguiçosas e não trocarem os lençóis? E se os lençóis onde vamos dormir estiverem com sêmen de outro homem, possivelmente infectado? Esse pensamento permanece comigo enquanto pegamos um táxi para o hotel, fazemos *check in* e entramos no quarto.

Art se joga na cama como se fosse uma piscina, e, por um momento, entro em pânico. Quero inspecionar os lençóis com um microscópio para garantir que estão limpos. Mas não há tempo para a minha paranoia porque Art se levanta em um salto, me pega pela mão e me puxa para a cama junto com ele. Art me beija, explora cada centímetro da minha boca com a língua, esfrega o corpo suado e quente no meu. Ele está duro, e eu também. Ele me deita de barriga para cima e fica por cima de mim para esfregar sua ereção na minha. Sussurra meu nome em meus ouvidos, eu sussurro o dele de volta, então ambos os nomes perdem o sentido e parecem mais um gemido do que qualquer coisa. Ele se esfrega cada vez mais rápido, meu nome deixa de ser um gemido e se torna um grito, então ele desaba e rola para o lado.

— Uau — diz ele. — Acho que não vai dar pra usar essa calça hoje à noite.

Percebo a mancha pegajosa na sua calça preta e a marca molhada que ela deixou no meu jeans.

— Ah. Eu não sabia que você tinha...

Pulo pra fora da cama e vou até o banheiro. Pego uma garrafa pequena de xampu, jogo em uma toalha de rosto molhada e esfrego na mancha na minha calça. Lavo as mãos de maneira agressiva até demais. Eu me olho no espelho. Digo a mim mesmo que estou bem e que nada arriscado aconteceu.

— Tá tudo bem aí? — pergunta ele. — Você sabe que duas camadas de jeans e mais duas camadas de cuecas entre nós é, tipo, tão seguro quanto não transar, né?

— Eu sei — afirmo, mas fecho totalmente a porta. — Vou tomar banho antes de descer para encontrar todo mundo.

Ligo o chuveiro, tiro a roupa e entro no box. Enquanto me toco, imagino Art pressionando seu corpo com força por cima do meu, gritando meu nome. Fecho os olhos e deixo a água lavar todas as evidências da minha paixão.

O saguão do hotel onde estamos hospedados parece não ter sido redecorado há décadas, o que lhe confere um charme excêntrico. Art está ansioso e encosta em tudo que existe no salão, falando sobre os quadros feios e os lustres sujos. Tudo para se distrair do medo de encontrar Judy. De repente... sua voz.

— Art — diz ela, hesitante. — Oi, Reza.

Nós dois viramos ao mesmo tempo. Judy está com uma calça legging de estampa tie-dye e um vestido florido. Um cinto preto fininho, botas de couro e uma gargantilha preta completam seu visual fantástico. Está fabulosa. A mãe está ao lado dela e nos cumprimenta.

— Obrigado por terem vindo — agradece Art depois dos cumprimentos.

Sua voz carrega um tom de humildade que eu nunca ouvi antes.

— Eu vim pelo tio Stephen — declara Judy, seca. — Não por você.

A sra. Bowman se encolhe com as palavras e segura a mão da filha em apoio.

— Sei disso — responde Art, escondendo a mágoa. — Mas ainda assim estamos juntos.

— Nós não estamos juntos — rebate Judy. — Eu estou aqui com a minha mãe, e você está aqui com o Reza.

— Eu sei — diz Art. — É só que, bem...

Se ele esperava ser perdoado de cara, não vai rolar.

— Você está linda, Judy — elogio.

Minha vontade é poder tirar o sorriso estúpido da minha cara. Estou me esforçando demais.

— Obrigada — responde Judy, mas ela não parece grata. Parece que ainda me odeia. — Embora, da última vez em que você me disse isso, não tenha sido muito sincero.

— Crianças — chama a sra. Bowman, parecendo levemente desconfortável. — Vocês sabem algo dessa tal surpresa do Stephen? Eu odeio surpresas.

— Ele não disse nada — responde Art, aliviado pela mudança de assunto. — Que tipo de surpresa seria?

— É o que eu gostaria de saber — explica a sra. Bowman. — Porque se for algo tipo atirar granadas ou deitar no meio do trânsito...

— Não tem nada a ver com o protesto — anuncia uma voz.

É Jimmy. Todos viramos para olhar. Está usando uma jaqueta de veludo marrom, camiseta e calça jeans. Jimmy abraça cada um de nós, então volta a falar da surpresa.

— Stephen teve um trabalhão para conseguir uma programação para hoje à noite que tivesse um significado e, talvez, que resgatasse dias felizes de volta para nós.

— Para nós? — pergunta a sra. Bowman. — Ele não vem?

— Ele não pôde vir — declara Jimmy, com tristeza. — E, acredite, eu tentei ficar com ele, mas ele insistiu para que eu viesse. Disse que nunca me perdoaria se eu não fizesse um escândalo no Instituto Nacional de Saúde, e vocês sabem como ele é o tipo de homem que não sabe ouvir "não".

— Não entendi. Como assim ele não conseguiu vir? — indaga a sra. Bowman. — O médico disse que ele já estava de alta.

— Ele está bem? — pergunta Judy com a voz embargada.

Jimmy não consegue responder sem ficar com os olhos cheios d'água. Ele desvia o olhar por um momento antes de responder:

— Olha, ele já esteve melhor, mas vai dar a volta por cima. Como já fez outras vezes. E quer fotos da noite de hoje. Eu prometi isso a ele, Art, então é melhor você clicar cada momento fabuloso, gata.

— Fabuloso? — pergunta Art. — A gente está em Bethesda.

Jimmy coloca a mão no bolso da jaqueta de veludo e tira um envelope. Dentre todas as pessoas, ele entrega para mim.

— Ele disse que você que deveria abrir, Reza.

Minha mão treme enquanto seguro o envelope.

— Eu? — pergunto.

Por que ele iria querer que eu abrisse? Sou a pessoa menos importante aqui, o que tem menos conexão com Stephen. Por que eu?

— Bem, anda logo, Reza — diz a sra. Bowman. — Achei que ele soubesse que surpresas me deixam com o estômago embrulhado.

Quando rasgo o envelope, vários ingressos caem no chão. Seis. Pego todos e encaro, enquanto meus olhos focam em uma única palavra: Madonna. E depois: Turnê Blond Ambition. Capital Center. Landover, Maryland. Meu coração dispara.

— Ai. Meu. Deus — digo, incrédulo.

— E por Deus você quis dizer Madonna — acrescenta Art, me abraçando com empolgação. — Puta merda! Puta merda!

— Bartholomew, olha a boca — repreende a sra. Bowman.

— Eu não estou acreditando...

Judy está radiante. Dá pra perceber como ela luta contra a empolgação, não querendo parecer feliz demais na nossa frente.

— A gente vai ver a Madonna. Ao vivo. Em carne e osso. Tipo, bem na nossa frente — diz ela.

— Respirando o mesmo ar — completa Art.

Por um momento estamos unidos pela felicidade. Então a sra. Bowman olha para Jimmy.

— Esse show é apropriado para menores? Não foi ela que foi presa no Canadá porque...

— Mãe — diz Judy, irritada. — Ela se masturbou no palco, grande coisa.

A sra. Bowman recua. Então, dando de ombros, completa:

— Bem, pelo menos masturbação é sexo seguro.

Eu não poderia concordar mais.

— Parece que vamos ver a Madonna, então! — grita Judy.

Art me abraça, pulando de empolgação.

— Vamos. Ver. A. Madonna. — exclama ele, como se cada palavra merecesse pontuação própria.

Art, Judy e eu começamos a cantar. *A gente vai ver a Madonna, a gente vai ver a Madonna...*

Jimmy, achando graça da coisa toda, pega os ingressos e distribui. Percebemos que o sexto ingresso não será usado. É o ingresso de Stephen, e Jimmy sugere que a gente dê de presente para alguma diva que esteja do lado de fora do show. Quando chegamos, o local está abarrotado. Tem muita gente, a maioria mulheres e homens gays. Camisetas da Madonna por toda a parte. Pulseiras coloridas. Garotas com o sutiã por cima da camisa. Garotos com perucas loiras de rabo de cavalo até o meio das costas. Fãs desesperados perguntando se alguém tem um ingresso sobrando.

— Imagina brincar de Conte às Bichas aqui. O jogo não terminaria nunca — brinca Art enquanto tentamos decidir para quem vamos dar o ingresso.

— O que você disse, Bartholomew? — pergunta a sra. Bowman.

— Nada não, é só um jogo que a gente...

— Usar essa palavra não tem graça nenhuma — resmunga ela, interrompendo Art.

Seu tom de voz me lembra que a sra. Bowman está irritada comigo e com Art, assim como Judy. Afinal, ela é a mãe, a protetora.

— É que eu ressignifiquei a...

Mais uma vez, ela não deixa Art terminar:

— Sabe de uma coisa, Art? Eu ouvi essa palavra ser jogada contra o meu irmão como uma faca durante toda a nossa infância, e não quero escutá-la nunca mais. Então, se você vai ressignificar, espere para fazer isso quando eu não estiver por perto.

Espero pela resposta sabichona típica do Art, mas, para minha surpresa, ela não vem.

— Combinado.

— É aquele ali — indica Jimmy. — Olhem pra ele.

Jimmy aponta para um adolescente, provavelmente da minha idade, usando um suéter de lã branco que cai em seu corpo como um vestido. O suéter tem uma estampa geométrica rosa e amarela e combina com a calça branca justa e as botas de salto plataforma também brancas. Seu cabelo preto está preso em um rabo de cavalo longo com um elástico do qual se pendura um crucifixo. Queria ter a confiança para me vestir assim também. Ele anda de um lado para o outro, perguntando se alguém tem um ingresso.

— Aprovei o bom gosto dele — afirma Judy. — Esse suéter é uma mistura de Saint Lauren com noite de Natal no subúrbio. É fabuloso.

— Então faça as honras — sugere Jimmy, entregando o ingresso extra para Judy.

Nos aproximamos do garoto, e Judy coloca a mão no ombro dele.

— Oi, meu nome é Judy — diz ela. — Primeiramente, estou obcecada pelo seu estilo. Mas, mais importante do que isso, você quer um ingresso?

— Sim, mas eu só tenho cinquenta pratas...

— É de graça — responde Judy.

O garoto arregala os olhos, incrédulo. Ele abraça Judy e praticamente grita.

— Acho que eu estou apaixonado por você.

— Era tudo que ela precisava — provoca Jimmy. — Outro gay apaixonado por ela.

Caminhamos para a entrada com nosso novo companheiro, que se chama Mario, nasceu no México e não fala com os pais desde que eles o encontraram usando o salto alto da mãe. Ele saiu de casa e se mudou para Washington, onde mora com um primo que trabalha em um jornal. Antes de sair de casa, ele colocou as melhores roupas da mãe na mala.

Andamos em um círculo desajeitado enquanto decidimos quem vai sentar onde. Jimmy vai primeiro, depois a sra. Bowman, então Mario, Judy, eu e, por último, Art. Estou entre os dois, sentindo a tensão.

— Ei. — Eu me inclino para conversar com Mario. — Qual é a sua música favorita da Madonna?

— "Gambler". Quase ninguém dá valor pra ela.

— A minha é a que recebeu o meu nome — afirma Jimmy.

— Sim, mas "Jimmy, Jimmy" é, tipo, a pior música dela — critica Art, com carinho.

— E, ainda assim, é melhor do que a melhor música de qualquer outra pessoa — comenta Mario.

— Bem colocado — concorda Art.

Madonna é um assunto seguro, então conversamos sobre quais são os melhores figurinos, penteados, vídeos. Todo mundo parece engajado na conversa, menos a sra. Bowman, que confessa que, apesar de gostar de ela ser uma mulher forte, simplesmente não "entende a Madonna".

Então as luzes se apagam, e, na mesma hora, a multidão vai à loucura, mas ninguém fica mais louco do que eu. Gritamos todos em uníssono, como se enviássemos um tsunami de som para o palco. Um som que vibra com energia, como uma canção de acasalamento. Estamos chamando nossa deusa. As luzes piscam. Uma batida eletrônica começa. O palco é revelado. Os dançarinos surgem, os corpos esculturais envoltos em correntes. Então, ELA está na nossa frente. Cantando "Express Yourself". Não, ela está na *minha* frente, porque não existe mais ninguém aqui além de mim e da Madonna. Durante a primeira metade da música, não consigo tirar os olhos dela. Mas, lá pelo meio, Judy esbarra em mim. Ela está dançando, sentindo a energia. Olhamos um para o outro, cantando juntos. Alguma coisa acontece entre nós. Talvez, assim como eu, ela se lembre de quando usou aquela lingerie inspirada no clipe de "Express Yourself" e como o fim dessa história foi terrível para nós dois. Quando a próxima música, "Open Your Heart", começa, consigo sentir Judy derretendo um pouco, como se a canção estivesse literalmente abrindo seu coração. Ela sorri para mim, um sorriso de perdão e empatia, um sorriso cheio de história. Aqui neste estádio estamos dançando, estamos cantando, estamos perdoados, estamos brilhando e somos compreendidos.

Olho para a sra. Bowman algumas vezes durante o show. Ela parece fascinada enquanto assiste, mas sem qualquer conexão. Quando Madonna se masturba durante a performance de "Like a Virgin", ela cobre os olhos com as mãos e grita.

— Ai, não. Aí já é demais.

— Com certeza é demais — expressa Jimmy com felicidade. — E é por isso que nós amamos.

O show muda de rumo quando Madonna canta "Like a Prayer". Ela começa a música simplesmente olhando para o céu e chamando: *Deus?* Ela fala o nome como se fosse uma pergunta, como se estivesse se perguntando por onde Ele anda, por que está deixando o mundo pegar fogo. O show passa de divertido a desafiador. Depois de "Like a Prayer", ela canta "Live to Tell" e, a essa altura, o público já está no ápice da emoção. Ouço um choro e, quando me viro, descubro que vem da sra. Bowman. Lágrimas escorrem do seu rosto geralmente tão composto.

Um por um, todos nos viramos para a sra. Bowman, chocados em vê-la chorando. Judy segura a mão dela, que a aperta com força.

Judy também chora agora e, logo depois, eu e Art.

— Meu Deus — diz a sra. Bowman, ainda segurando a mão de Judy.

Ela apoia a cabeça no ombro de Jimmy, molhando com as lágrimas o veludo da jaqueta dele. Jimmy a conforta. É difícil ouvir o que ela está dizendo por causa da música, mas acho que consigo entender.

— Ele não vai sobreviver, vai? Ele não vai viver para contar sua história.

— Shhh, querida, está tudo bem — consola Jimmy. — Pode chorar.

E ela chora. Eu também. Porque estou tão cheio de emoções. Tão cheio de amor. Pela Madonna, pelos sonhos que ela me permite sonhar através da sua magnitude. Por Art, cuja mão estou apertando com tanta força, alguém de quem nunca vou me cansar. Por Judy, minha primeira amiga. Por Jimmy, de quem eu já tive medo que me tocasse. Pela sra. Bowman, que é tão gentil. E ainda assim o medo continua. Medo de que Stephen e Jimmy partam em breve. Medo de que estes dançarinos lindos no palco com a Madonna partam em breve. Medo de que esta celebração sagrada que estamos vivendo acabe. Medo de que, assim como a minha vida está apenas começando, ela tenha um final abrupto.

Será que vai esfriar este segredo que eu escondo?

Sinto um pouco de tudo durante as duas horas em que Madonna nos abençoa com sua presença. Alegria e orgulho, amor e medo, raiva e paixão. E uma coisa que nunca pensei que sentiria: fé. Sim, fé. Porque se o universo foi capaz de colocar essa mulher e essas músicas e esses dançarinos no mesmo lugar que eu, então o poder de criar só pode ser maior do que o de destruir.

A última música é uma homenagem à família dela, "Keep It Together". Antes de terminar, ela abraça cada membro da equipe, começando pelos operadores de câmera e de luz. Os dançarinos continuam a performance, e só então me dou conta de que a maioria desses homens lindos e extravagantes não é branca. Um deles até parece ser do Oriente Médio. E todos parecem gays.

Madonna dança até ser a última pessoa no palco e os aplausos do público serem o único som a acompanhando. E, ao som da nossa batida, ela repete um mantra, como se sua vida dependesse disso. Como se a *nossa* vida dependesse disso:

Fiquem fortes. Fiquem juntos. Para sempre e depois do sempre.

Cantamos junto. Choramos, mas, desta vez, são lágrimas de alegria. E nós continuamos de mãos dadas. Por nós quero dizer Art, Judy e eu.

Estamos juntos novamente, como Stephen planejou. Qualquer coisa mal resolvida entre nós parece ter sido curada pela música, por nossos corpos em movimento, nossas vozes em uníssono. Nossos olhares se encontram enquanto cantamos em coro. Entoar estas palavras era exatamente o que precisávamos, elas são muito mais eficazes e poderosas do que todas as desculpas e acusações. Fomos lembrados de que nossa união é importante.

ART

Bato na porta do quarto de Judy no hotel uma hora antes do combinado para irmos ao Instituto Nacional de Saúde. A sra. Bowman atende. Ao fundo, vejo Judy pintando um cartaz onde se lê CAUSA DA MORTE: HOMO.

— Bom dia, Art.

— Oi — digo.

Do fundo do quarto, Judy olha para mim com um sorriso triste e um aceno desanimado.

— Eu estava pensando se a Judy não gostaria de tomar café da manhã antes de irmos.

— Você pode terminar o cartaz, mãe? — pergunta Judy.

A sra. Bowman olha para o cartaz inacabado.

— Mas é claro — concorda ela. — Causa da morte: homo... sexualidade?

Judy e eu congelamos.

— Tô brincando! — exclama a sra. Bowman. — Será que não posso usar um pouquinho de humor ácido pra me ajudar a lidar com isso tudo?

Judy dá um abraço na mãe.

— Você é cheia de surpresas, Bonnie Bowman.

— Você ainda não viu nada — responde a sra. Bowman. — Espera só até você sair de casa e eu entrar na crise de meia-idade. Estou planejando usar uns sutiãs de cone e...

— Tchau, mãe — diz Judy, dando um beijo na bochecha dela.

— Encontro vocês no saguão — avisa a sra. Bowman, se sentando para completar o cartaz.

Judy e eu caminhamos para o elevador. Entramos no saguão em silêncio.

— Quer pegar uns croissants e dar uma volta? — pergunta ela.

— Sim. Por falar em croissants, não acredito que você foi para Paris e eu não estava lá.

— Pois é.

— E eu nem sei aonde você foi, o que comeu, o que vestiu…

Olho para Judy, e ela está sorrindo.

— Eu fui em todos os lugares. Comi de tudo. Vesti apenas Givenchy, meu amor — zomba ela, rindo. — Sério, Art, foi mágico. Foi muito mais do que uma viagem, foi tipo, sei lá… — Judy busca as palavras certas. — Foi como se eu soubesse que tudo vai ficar bem. Que existem outras cidades, outras comunidades, que existe tanta beleza no mundo. Faz sentido?

— Sim — respondo com um suspiro. — Faz todo o sentido.

— Nós fomos ao Moulin Rouge. E vimos uma apresentação louca e obscena que me lembrou muito de você.

— Mas é claro que lembrou. Você sabe que eu adoro uma cortesã.

— Os figurinos eram de outro mundo. A Torre Eiffel também. E agora eu adoro comer escargot. E talvez goste de macarons mais do que de sorvete.

— Quem sabe você não vai morar lá um dia?

— Talvez, sei lá. — Judy faz uma pausa pensativa. — Ai, meu Deus, peraí, eu preciso te contar. Tem uma ACT UP em Paris. Nós fomos em uma reunião.

— Uau — respondo. — Que incrível.

— É demais. É igual aos encontros daqui, só que em francês. Eles pediram para o tio Stephen falar e trataram ele como a estrela que sabemos que ele é. Tirei muitas fotos de tudo, fiz um álbum. Te mostro quando a gente voltar pra casa se você prometer não zombar das minhas habilidades fotográficas.

— *Moi*? Zombar *toi*? *Jamé*!

Ela ri, e o som dessa risada cura alguma coisa em mim.

Pegamos croissants de amêndoas na cafeteria do hotel e saímos para dar uma volta. Maryland não é Manhattan. Aqui não há uma multidão de gente lutando por espaço, não há ninguém nos esmagando, nenhum arranha-céu escondendo as nuvens. Parece aberto e diferente. Judy escolhe uma direção e começa a andar.

— Como estão as coisas entre você e Reza? — pergunta ela.

Não respondo de imediato. Estou planejando respostas diferentes na minha cabeça, me perguntando como elas podem ser recebidas. Tenho medo de magoá-la.

— Pode falar a verdade. Já sou uma garota grandinha.

— A gente se ama — respondo, finalmente.

— Isso é incrível, Art. — Judy me envolve com o braço, talvez para mostrar que está sendo sincera. — Sei que é meio constrangedor, e eu realmente não queria ter namorado ele antes de você, mas você merece ser amado.

— Obrigado, Frances.

Eu não me sinto merecedor dela. Sei como isso é importante para Judy. Amo tanto essa garota que quero abraçá-la e apertá-la, então é isso que faço.

Ela me empurra com uma gargalhada.

— Tudo bem, mas não precisa desse grude todo.

Dou risada porque ela está citando uma fala de *Alma em suplício*, e nenhum outro adolescente entenderia essa referência.

— Você também merece ser amada — digo. — E, a não ser que já tenha se apaixonado por um francês e não tenha contado nada pra gente, eu sei que você será.

— Nenhum francês por enquanto — responde ela. — Não foi esse tipo de viagem. A ideia era vivenciar a cidade com Stephen e, por mais estranho que possa parecer, me entrosar com meus pais. Não sei como não percebi isso antes, mas tenho pais realmente incríveis.

— Sim, eles são — digo, tentando esconder a pontada de inveja em minha voz. — Você é uma garota de sorte.

— Agora eu sei. Acho que, sei lá, é muito fácil não dar valor para as coisas quando a gente é jovem.

— Peraí, você tem quantos anos mesmo? — pergunto, e ela ri novamente.

Judy dá um tapinha no meu ombro.

— Você entendeu. E, de qualquer forma, estamos mais velhos.

Ela está certa, estamos definitivamente mais velhos.

— Mas e aí... — diz ela, descendo o tom da voz em um oitavo. — Já perdeu a virgindade? Seja lá o que isso signifique pra vocês... Eu sei que a virgindade gay é diferente.

Hesito, sem saber se estou pronto para conversar sobre isso com ela. Não quero esconder nada. Não quero trair a confiança de Reza. Mas então lembro que ela é minha melhor amiga. É a pessoa com quem devo conversar sobre esse tipo de coisa.

— Ele ainda tem medo — respondo, com tristeza. — Então a gente só se beija. Ele nem deixa eu tirar a calça dele.

Ela olha para mim com empatia genuína.

— Odeio a aids.

— Eu também — respondo.

Olhamos um para o outro em silêncio por um longo momento, sem dizer nada, deixando que nosso ódio e medo nos aproxime.

— Isso vai acabar um dia. Eu sei que vai.

Sei no que ela está pensando. Que talvez não acabe a tempo de salvar a vida do Stephen. Mas Judy não se prende à tristeza, ela muda de tom e brinca.

— E aí você vai poder tirar as calças dele.

Dou risada.

— Ah, mas eu não vou tirar as calças dele. Eu vou RASGAR. Com os dentes. Feito um tigre que acabou de ser solto do zoológico — completo.

Ela ri de novo. Meu Deus, como eu amo a risada dela. Amo o jeito como ela me faz sentir, como se eu fosse importante. Ela sempre me fez sentir assim.

— E imagina só todos esses anos de espera acumulados dentro dele... Vai ser o sexo mais insano de todos os tempos.

— Espero que não leve anos. Talvez só mais alguns meses.

— Você acha? — pergunta ela. — Acha que eles já têm a cura e estão só escondendo?

— Eu preciso acreditar nisso — respondo. — Simplesmente preciso.

— Sei que sim. E eu também. É só que... — Judy me olha intensamente, como se pudesse enxergar minha alma. — Às vezes eu perco a esperança, Art...

Stephen está no ar. Sua presença e ausência. Nós dois sabemos que ele deve estar muito mal para não ter vindo para Maryland. Ele organizou perfeitamente nosso encontro. Só espero que esse não tenha sido seu ato final de bondade. Preciso que ele continue lutando, que continue enchendo o mundo de bondade.

— Eu sei — digo.

Seguro sua mão e aperto com força, tentando passar um pouco de esperança para ela.

— Muda de assunto — pede ela com a voz trêmula. — Por favor.

— E você, hein? — pergunto rapidamente. — Nenhum cara novo, agora que é popular?

— Ai, sem essa, eu *não sou* popular — responde Judy, um pouco envergonhada. — E nem quero ser. Sempre serei uma esquisita com orgulho. — Depois de uma pausa, seu rosto fica vermelho e ela continua. — Mas, hum, talvez eu tenha dado uns beijos no meio-irmão do Reza.

— O quê? — grito, batendo palmas. — Não, sério, O QUÊ?!

— E talvez ele tenha me ligado várias vezes porque quer que role de novo.

— Desculpa, mas eu preciso de TODOS os detalhes. Como isso aconteceu?

— Bem, eu estava um pouco bêbada, então...

O rosto de Judy está ainda mais vermelho agora.

— Mas que safadinha — digo, e ela ri. — Você gosta dele?

— Não! — responde ela na mesma hora. — Mas foi divertido. Isso já é válido, né?

— Diversão é totalmente válido. Você merece se divertir.

— E foi cem por cento hétero, uma mudança renovadora para mim.

— Você também merece cem por cento hétero.

Olho para ela por uma nova perspectiva agora. Ela ainda é a Judy, mas parece diferente. Mais confiante. Mais madura.

Terminamos nossos croissants.

— Você é a primeira pessoa que ficou sabendo dessa minha história com o Saadi.

— Mas e a Annabel, sua nova melhor amiga? — pergunto, me arrependendo imediatamente do tom irônico.

— Ela é mais legal do que você imagina — responde Judy na defensiva. — Mas, ainda assim, não conheço ela há tanto tempo quanto conheço você. Não é a mesma coisa, você sabe.

— Sim, eu sei.

— Enfim, por favor não conta pra ninguém? Principalmente para o Reza. Não quero que as coisas fiquem esquisitas com ele.

— Tudo bem — confirmo.

— Acho que conquistei o direito de ter meus próprios segredos.

Levanto as mãos.

— Você certamente conquistou.

E é isto. Somos amigos novamente. Voltamos a contar nossos segredos um para o outro. Confiamos um no outro. Não será mais eu e ela contra o mundo como costumava ser. Muita coisa aconteceu. Agora eu tenho um namorado. E ela tem novas amigas. Mas nós dois estamos bem de novo. Somos "nós" mais uma vez.

— Não vai ser sempre fácil, né? — pergunta ela.

— O quê?

— Nós. Amizade.

— É tipo o que o Stephen escreveu sobre a Joan Crawford nos cartões — respondo. — Que ela era como o Sísifo empurrando aquela pedra montanha acima, só que o que ela empurrava era a ideia de "Joan Crawford".

— Acho que não entendi.

— Ela sobreviveu, e é isso que importa para a história. Nada veio de mão beijada para ela. Ela sempre trabalhou para conquistar tudo que teve. E toda vez que tentavam matá-la, ela voltava. Acho que o que eu estou tentando dizer é... conseguir tudo com facilidade é superestimado. A gente vai batalhar por isso e vai sobreviver.

Judy ri. Ela não consegue parar.

— Qual é a graça? — pergunto.

— É só que...

Mas ela não consegue conter a risada. Finalmente, recupera o fôlego e explica:

— Você literalmente virou o Stephen. Acabou de usar a carreira da Joan Crawford como uma metáfora sobre sobrevivência e amizade.

— Se é assim, nós tivemos nossa fase melindrosa e os anos de glória na MGM. Sobrevivemos aos anos terríveis de baixa bilheteria e estamos prestes a assinar nosso contrato com a Warner Brothers. Fica esperta porque ainda haverá um Oscar e um troglodita no nosso futuro.

— Estou pronta para tudo — responde ela. — Podem vir, trogloditas.

Agora eu também dou risada. Rimos juntos. Rimos pela hora seguinte inteira e, quando nosso tempo juntos termina, encontramos os outros no saguão conforme combinado. Jimmy está trabalhando com um grupo de ativistas que planeja jogar granadas militares com fumaça multicolorida na frente do Instituto Nacional de Saúde. Enquanto caminhamos, Jimmy nos explica como a ação vai funcionar.

— A principal ideia é conseguir a capa dos jornais. Muitos jornais estão imprimindo a primeira página colorida agora, sabe? O resto ainda é preto e branco, mas as capas são brilhantes e cheias de cor. Então esse grupo de ativistas teve uma ideia genial. Basicamente, daremos aos jornais uma imagem colorida que eles não poderão recusar. Um arco-íris de bombas de fumaça na frente do Instituto Nacional de Saúde.

— Mas isso é seguro? — pergunta a sra. Bowman. — Porque esse movimento quer salvar vidas e não machucar pessoas, certo?

— Ninguém vai se machucar — afirma Jimmy. — É totalmente seguro. Será apenas deslumbrante e cinematográfico.

— Pode contar com as bichas para transformar um protesto em uma exposição de arte! — exclamo, e a sra. Bowman me lança um olhar mortal. Então me corrijo: — Pode contar com os *homossexuais* para transformar um protesto em exposição de arte!

— Onde se compra granadas coloridas? — pergunta Judy.

— Pedindo pela revista *Soldado da Fortuna*. Dá para encontrar qualquer coisa em anúncios de revista hoje em dia — explica ele.

— Uau, realmente dá pra comprar de tudo nos Estados Unidos, hein? — comenta Reza.

— Exceto remédios que salvam vidas. Porque ou são caros demais, ou ainda não foram aprovados — ironiza Jimmy.

Ninguém diz mais nada depois disso. Um silêncio sombrio paira ao nosso redor, como se Stephen estivesse com a gente. Quase consigo sentir sua presença, seu cheiro, sua voz. Então imagino José caminhando ao lado dele, e Walt caminhando ao lado de Jimmy. E James Baldwin à nossa frente, e Michelangelo, e Oscar Wilde, e Judy Garland. Todos andando com a gente. Quando chegamos ao protesto, um amigo do Jimmy nos conta que mais de mil pessoas compareceram.

— É inacreditável — diz o cara. — Esse evento vai mostrar a eles o quanto a gente se importa.

Queria dizer a ele que vieram muito mais pessoas do que ele imagina, porque existem espíritos protestando ao nosso lado.

Jimmy e os membros do grupo correm até a entrada do Instituto e ativam as granadas. Estou tão hipnotizado que, por um momento, esqueço de levantar a câmera e fotografar. É bonito e poderoso nesse nível. Nós pegamos granadas, símbolos de destruição, e transformamos em símbolos de amor, de cor, de esperança.

Então, CAOS.

Pessoas gritando, exigindo mudanças na falta de participação de mulheres e de pessoas não brancas nos testes clínicos, pedindo por tratamentos melhores e mais abrangentes para todas as infecções causadas pela aids.

A polícia está a postos, pronta para decretar prisões, pronta para empurrar pessoas para o chão, algemar, silenciar.

Ativistas deitam no gramado, mais uma forma de protesto, e seus corpos caídos contrastam com a grama verde e exuberante, brilhando sob o sol de primavera.

Outros ativistas escolhem uma abordagem mais física, usando as mãos como trampolins para lançar uns aos outros contra o prédio, literalmente se tornando parte da estrutura enquanto entoam:

Saúde pública é um direito básico.

Estamos em chamas.

Tome uma atitude. Lute contra a aids.

Funcionários do Instituto Nacional de Saúde saem do prédio. Tentam conversar com os manifestantes. Palavras são trocadas, aos brados, com paixão. Ativistas fazem exigências. Muitas pessoas estão gritando, e eu só consigo ouvir partes do que cada um está dizendo.

— ... nos matando. É tóxico...

— ... DE MEDICAMENTOS MELHORES AGORA...

— ... infecções derivadas...

— ... SANGUE NAS MÃOS...

Jimmy está frente a frente com um executivo do Instituto.

— E as pessoas não brancas? Estamos sendo infectados em taxas desproporcionais, mas onde a gente aparece nos seus testes? Nossos corpos importam pra vocês? MINHA VIDA IMPORTA PRA VOCÊS?

Há um grupo de ativistas tocando cornetas em uníssono. Eles sopram o instrumento de doze em doze minutos, porque esse é o intervalo das mortes causadas pela aids.

Jimmy ainda está gritando com o executivo quando um oficial de polícia se aproxima. No momento em que os policiais se aproximam dele, Jimmy se rende, permitindo ser algemado e levado embora.

—Jimmy! — grita a sra. Bowman.

— Art, tire uma foto de mim — grita Jimmy. — Stephen quer ver tudo.

Fotografo o momento em que ele é levado, e é horrível e lindo ao mesmo tempo. Capturo tudo, cada quadro cheio de ação. Fotografo o rosto lindo de Reza, cercado de fumaça vermelha, amarela e verde. Fotografo Judy, segurando seu cartaz onde agora está escrito CAUSA DA MORTE: HOMO, a FOBIA escrita com a letra da mãe dela. Judy segura o cartaz bem no alto, e o braço da sra. Bowman cerca a filha em um gesto orgulhoso e protetor. Tiro fotos de tudo, até o meu filme acabar, até o protesto acabar.

Não somos presos, e Jimmy não fica muito tempo detido. A sra. Bowman diz que há espaço para todo mundo no carro alugado, e nós nos amontoamos dentro dele. Ela também diz que o carro tem um aparelho de som, e pergunta se algum de nós trouxe um CD. Reza tira *Like a Prayer* do seu discman e entrega a ela. No caminho de volta para a cidade, cantamos juntos, revivendo o show. Quando o álbum termina, Reza pega o *True Blue*, e nós o escutamos, cantando superalto quando toca "Jimmy, Jimmy" e encarando a estrada em silêncio durante "Live to Tell." Quando chegamos na locatária do carro, a sra. Bowman já sabe todas as letras.

Mas ainda não é hora de se despedir. Primeiro, precisamos visitar Stephen.

— Vamos pegar um táxi até o centro? — sugere a sra. Bowman.

— Ele está no hospital — revela Jimmy.

— Achei que você tivesse dito que ele ficou em casa — responde a sra. Bowman.

— Ele me pediu para dizer isso, Bonnie. Sabia que você não iria se soubesse que ele ainda está internado — esclarece Jimmy, com o olhar cheio de remorso. Ele odeia mentir. — Era importante para ele que a gente fizesse essa viagem. Prometi a ele que faríamos. E ele queria que você fosse, Bonnie. Queria que você vivesse essa experiência.

A sra. Bowman balança a cabeça.

— Vamos logo — diz ela, com urgência.

Chegamos ao hospital juntos, e quando vejo Stephen é como se meu corpo quebrasse em um milhão de pedaços. Ele parece ter envelhecido uma década nos últimos dias. Está mais magro, mais pálido, quase sem vida alguma nos olhos. Os tubos e aparelhos ao seu redor parecem trabalhar em dobro para mantê-lo respirando, e cada respiração, cada uma delas, soa como se estivesse movendo uma montanha. Ele solta um "Olá" quando nos vê. Ninguém responde. Depois percebe que Judy, Reza e eu estamos juntos e sorri.

— Vocês são amigos… de novo.

Sua voz sai tão fraca que eu queria que um desses aparelhos médicos tivesse um botão de volume que a trouxesse de volta ao normal.

— Stephen — diz a sra. Bowman, segurando as mãos dele. — Como você foi capaz de pedir para o Jimmy mentir pra gente?

— Olha pra mim — pede Stephen. — Você realmente vai… escolher este momento para me dar… um dos seus sermões?

Ele luta para conseguir terminar a frase.

Bonnie nega com a cabeça.

— Não, é claro que não. Eu só queria estar aqui com você.

— Eu quero você… comigo, também. Você e Judy… fiquem comigo… até eu partir.

— Ah, tio Stephen — diz Judy, correndo para o lado dele. — Vou dormir no chão aqui do seu lado. Não vou sair desse hospital se você me quiser aqui.

— Aqui, não. Quero ir… pra casa — anuncia Stephen, e todo mundo troca olhares preocupados. — Eu não quero partir… aqui.

A sra. Bowman olha para ele, e dá para notar que está tomando uma decisão.

— Tudo bem — concorda ela. — Tudo bem. Vou conversar com o médico. Jimmy, você que é o acompanhante dele, pode vir comigo?

— Tem certeza? — pergunta Jimmy, e Stephen confirma.

Há tanta compreensão entre os dois. Acho que é por isso que Jimmy é o acompanhante de saúde, e não a sra. Bowman. Jimmy compreende. Ele não precisa de um dicionário ou de um tradutor quando escuta palavras como citomegalovírus ou meningite criptocócica ou complexo mycobacterium avium ou toxoplasmose.

Os dois saem pelo corredor para procurar o médico. Stephen olha para Judy, depois para Reza e para mim.

— Como foi o... show?

— Foi incrível — declara Judy. — Ela é Deus, basicamente.

— Eu sou tão grato, Stephen. Foi o presente mais carinhoso que já ganhei na vida — diz Reza. — Acho que esse show, sei lá, mudou a minha vida. Parece bobagem?

— Não parece, não — anuncia Stephen e depois, olhando diretamente para mim, completa: — É o poder da... arte.

— Você estava lá — afirmo, chegando um pouco mais perto dele. — Você estava no show com a gente. E no protesto. Eu consegui sentir. Você estava bem ao nosso lado.

— Eu sei — fala Stephen. — E vocês estavam... aqui comigo, os três.

Os lábios de Reza se curvam de tristeza. Ele não conhece Stephen tanto quanto nós, já teve até medo dele, e ainda assim foi acolhido nesta família.

— Eu fotografei tudo pra você. Até usei filme colorido pela primeira vez só pra garantir que você visse as cores daquelas granadas.

— Elas eram... lindas? — pergunta Stephen.

— Eram — afirma Judy. — Como se tivessem saído de um musical em Tecnicolor. Nem Vicente Minnelli conseguiria sonhar com algo tão deslumbrante.

— Ele não, mas você vai conseguir — diz Stephen. — Todos vocês. Continuem... criando... coisas bonitas.

Todos concordamos e nos entreolhamos. Sinto essas palavras sendo cravadas no meu corpo, como uma tatuagem na alma. *Continuem criando coisas bonitas.*

A sra. Bowman e Jimmy voltam.

— Você vai pra casa, gata — anuncia Jimmy.

— Falei com o Ryan — esclarece a sra. Bowman. — E ele vai comer alguma refeição congelada. Judy e eu vamos ficar com você.

— Obrigado — sussurra Stephen com um sorriso.

— Eu vou fazer compras para encher sua geladeira — avisa Jimmy. — Algum pedido especial?

— Dieta da diarreia — responde Stephen. — Arroz... banana... Gatorade.

— Sei bem como é. — Jimmy respira fundo. — Essa viagem foi especial. Me sinto tão próximo de todos vocês. Nós vivemos um momento lindo, não foi?

Então dá um abraço em cada um e vai embora.

— Vamos indo arrumar nossas malas, Judy? — sugere a sra. Bowman.

— Tá bom — concorda Judy. — A gente se vê em breve, tio Stephen.

Elas também nos abraçam e vão embora.

Agora somos apenas eu, Reza e Stephen. Sentamos um de cada lado dele. Seu olhar vai de mim para Reza, de Reza para mim. Finalmente, ele fala:

— Estou tão feliz... por ter vivido o bastante... para ver o Art... se apaixonar.

Não consigo segurar. Lágrimas escorrem pelo meu rosto.

— Desculpa. Odeio chorar na sua frente. Eu só quero te dar felicidade.

— Você, Art... sempre me deu... muito mais do que felicidade.

O olhar de Stephen está fixo ao meu.

Afundo o rosto em seu peito.

— Eu te amo. Eu te amo. Eu te amo.

Continuo repetindo estas palavras, acreditando que elas podem curá-lo.

O amor não deveria sempre vencer?

Então deixem que vença a aids.

Reza massageia meu ombro enquanto Stephen me faz cafuné. E eu continuo repetindo as palavras.

Quero que o amor seja o bastante. E continuarei repetindo até que ele seja.

★ ★ ★

Quando eu e Reza saímos do hospital, ele segura minha mão, o que significa muito para mim. Geralmente sou eu quem segura a mão dele primeiro, principalmente em público.

— Quando Stephen morrer...

— Art, não diga isso — repreende ele. — Ele pode ficar bem.

— Seria um milagre — digo, me forçando a aceitar.

— Milagres acontecem o tempo todo.

Reza olha para o céu, como se alguém lá em cima escutasse.

— Quando ele morrer — repito, dizendo cada palavra deliberadamente. — Acho que não vou conseguir ficar aqui. Vai parecer uma cidade fantasma pra mim.

— Ele não morreu, Art. Ele não é um fantasma.

— Se eu for embora, você viria comigo? — pergunto, em desespero. — Para São Francisco, como a gente já conversou? A gente poderia começar uma nova vida. Nossa vida. Sem fantasmas.

— Art, nós não vamos conversar sobre ir embora *agora*.

Reza desvia o olhar, tentando fugir da conversa.

— Não agora — digo, irritado. — Depois que ele morrer.

— Você não pode fugir do passado, Art.

— Você fugiu — respondo para puni-lo. — Você fugiu do seu pai. Não seria mais difícil se ainda estivesse no Irã, no lugar onde moram todas as suas lembranças com ele?

— Provavelmente sim, mas eu não *escolhi* fugir. Minha mãe tirou minha família de lá.

— Mais um motivo para escolher seu próprio destino. Você não tem vontade de criar sua própria vida?

Então ele diz uma coisa que me deixa paralisado:

— E eu estaria criando minha própria vida se apenas seguisse *você* para um lugar aonde *você* quer ir? Eu não me inscrevi em nenhuma faculdade na região de São Francisco.

Merda. Ele está tão certo. Aqui estou eu pedindo para que ele me siga, sem levar em conta o que ele quer ou planejou.

— Me desculpa — digo com a voz cheia de arrependimento. — Acho que eu só quero saber se, independentemente do que acontecer, nós estaremos juntos.

Ele olha para mim com muita certeza.

— Eu não vou a lugar algum se não for com você.

JUDY

Nos mudamos para a casa dele. Somos "suas" garotas. Ele sempre usou o pronome possessivo para deixar claro seu domínio sobre nós e, por alguns dias, ele realmente é nosso dono. Ele é dono do nosso tempo, nossa energia, nossas lágrimas e nossos pensamentos. Fazemos de tudo para que ele se alimente. Nos sentamos ao seu lado e assistimos a filmes antigos até ele adormecer. De maneira bem mórbida, ele sempre escolhe filmes sobre doenças. Diz que se sente menos sozinho quando vê mulheres deslumbrantes morrendo na TV. Assistimos a *Vitória amarga* três vezes. O sofrimento é tão lindo nesse filme, cada momento de doença é tão romântico, com uma trilha sonora arrebatadora e aqueles closes épicos da Bette Davis, seus olhos misteriosos e intrigantes. Mas nada no sofrimento de Stephen é bonito. Ele cheira mal. Está sempre suado. A diarreia é tão intensa que ele não consegue mais controlar. Minha mãe limpa tudo, a roupa de cama, os lençóis, a privada. Ela o trata como se fosse um filho, e não um irmão mais velho. E vivo a estranha experiência de perceber como minha mãe deve ter sido amorosa quando eu era bebê, e me dou conta de como ela é uma mãe incrível. Às vezes, nada do que tio Stephen diz faz sentido. Ele me chama de José, ou Art, ou Bonnie. Já em outras, ele faz todo o sentido do mundo. Ele me encara, seus olhos a única parte do corpo que ainda tem algum brilho, e diz algo simples e totalmente verdadeiro.

— Judy, quando eu partir, quero que você se ame tanto quanto eu te amo.

Ele fica furioso com frequência. É um lado dele que eu raramente via. Grita com a minha mãe, comigo e, na maior parte das vezes, consigo mesmo. Ele odeia tudo que está tendo que viver. Ele não está pronto. Ele quer morrer. Ele não quer morrer. Ele odeia o Ronald Reagan. Ele odeia o Departamento de Saúde. Ele odeia que a Marilyn tenha morrido antes de conseguir provar ser a pessoa que era. Ele está furioso porque sua mãe não virá vê-lo. Ele quer machucar todos os valentões do ensino médio. E quer perdoar todos eles também. Ele está criando uma playlist com as músicas que quer que sejam tocadas no funeral. "After You've Gone" da Judy Garland, "Don't Leave Me This Way" dos Communards, "Friends" da Bette Midler, "Once Upon a Time" da Donna Summer. Músicas que são, ao mesmo tempo, tristes e celebratórias. Ele nos explica que as melhores músicas para dançar são cheias de angústia. Falam sobre o desejo de celebrar o desejo, porque a pista de dança é o lugar onde transformamos tristeza em encanto. Escutamos as músicas que ele escolhe. Às vezes, por alguns segundos, ele tem forças para dançar, então dançamos. Cantamos "The Way We Were" da Barbra Streisand a plenos pulmões, como se estivéssemos fazendo um teste para montar uma *girlband*. Nós três. Eu mal consigo dormir. Minha mãe me deixa faltar a escola e não vai ao trabalho. Estaremos aqui quando ele se for. Nós prometemos isso para ele, para nós mesmas e uma para a outra. Mas ficar aqui requer vigilância, pouco sono. A existência é uma névoa. Jimmy, Art e Reza ficam sempre com a gente. Ativistas vêm e vão. Um advogado do escritório de imigração passa para checar o testamento de Stephen. *Drag queens* sentam ao lado da sua cama e cantam. Só falta uma pessoa. A mãe dele. Minha avó. Minha mãe liga para ela duas vezes por dia, implora para que ela venha, diz que vai se arrepender para sempre se não fizer as pazes com o filho antes de ele partir. Mas ela nunca vem. Só falo com ela uma vez. Quero crer que o resultado pode ser diferente se a mensagem chegar pela neta dela. Por isso pego o telefone, digo "vovó", então me acabo em lágrimas e não consigo dizer mais nada. Nem sei ao certo se é cansaço, raiva ou desinteresse, mas me dou conta de que não consigo falar com ela. Não tenho energia para ela, para ninguém que não seja o Stephen. Agradeço aos céus por ele ter a minha mãe, e a mim, e a família que ele mesmo criou. Sua família *queer*.

— Ei, cadê aquela garrafa de vinho? — pergunta ele, a voz claramente mais forte do que já esteve em dias.

No hospital, com todos aqueles tubos na garganta, ele mal conseguia falar. Agora seu corpo ainda está fraco, mas ele consegue dizer frases inteiras sem gaguejar ou pigarrear.

Minha mãe está preparando frango assado, na esperança de fazê-lo comer algo simples. E eu sou a assistente, aprendo muito com ela. Como ajudar, como cuidar, como ser paciente.

— Stephen, vou servir mais um pouco de Gatorade para você — avisa minha mãe.

— Me dá o vinho — insiste ele. — Estou cansado dessas bebidas fluorescentes.

Minha mãe congela. Ela me olha com os olhos cheios de lágrimas.

— Judy, você pode pegar o vinho?

Não entendo sua reação, mas obedeço e procuro a garrafa de vinho especial que os pais do Art deram para os meus pais, uma garrafa que minha mãe certa vez disse que custa mais caro do que todos os vinhos que já bebeu na vida. É uma garrafa francesa vermelha, mais velha do que o tio Stephen. Olho para a data na embalagem e fico magoada. Por que esse vinho pôde viver por mais tempo do que ele? Encontro o saca-rolhas e me dou conta de que não faço a menor ideia de como usá-lo. Me atrapalho com o objeto por um tempo, frustrada. Minha mãe se aproxima, apoiando a mão no meu ombro de forma carinhosa. Mas ela não pega a garrafa da minha mão. Em vez disso, me ensina. Então enche três taças, embora a minha tenha apenas um quarto de bebida.

Sentamos ao lado dele e fazemos um brinde.

— Às minhas garotas — diz Stephen, e todos damos um gole.

O vinho tem um sabor forte e intenso, quase como se desse para sentir o quão antigo ele é.

— A você, Stephen — fala minha mãe, com a voz cheia de amor. — Que sempre viveu com muita coragem.

— Eu não tive escolha — responde Stephen.

— É claro que teve — corrige ela, passando a mão pelos cabelos dele, embaraçados e bagunçados por causa do suor. — Você poderia ter se escondido nas sombras.

— Talvez eu ainda estivesse vivo se tivesse feito isso.

Me sinto destruída. Não quero nem imaginar qual seria sua recompensa se ele tivesse vivido uma mentira. Não é assim que o mundo deveria funcionar. Meu tio é o homem mais gentil e corajoso que eu conheço, e em breve vai morrer justamente por causa destas qualidades. Morto porque ousou existir. Porque viveu de verdade.

— Tio Stephen. Não fala assim. Você ainda está vivo. Ainda está aqui.

— Eu sei. Eu sei, Judy, meu amor. Mas não consigo aguentar por muito mais tempo. E não quero que vocês tenham que lidar mais ainda com a minha deterioração.

Coloco a taça na mesa e seguro sua mão.

— Você não está me fazendo lidar com nada. Eu quero estar aqui. Aguenta firme. Amanhã é um novo dia.

— Você está citando *E o vento levou...*? — pergunta ele com um sorriso fraco.

— Só estou tentando falar a sua língua.

Eu citaria filmes antigos pelo resto da vida se isso fosse mantê-lo vivo.

— Sempre achei esse filme um pouco superestimado — comenta ele. — Ainda assim eu tenho um lugarzinho no meu coração para a Vivien Leigh. Pobrezinha, poderia ter sido tão mais feliz com uma receitinha de Prozac. A medicina falhou comigo e com ela. — Então, se virando para minha mãe, completa: — Bonnie, pode me passar o pote de jujubas?

De repente me dou conta do que está acontecendo.

— Não, mãe, não pega isso pra ele! — Ela olha para mim, confusa.
— Elas são tipo, uma representação de todo mundo que já se foi, e se ele comê-las, acabou.

— Não entendi — diz minha mãe. — Essas jujubas são...

Stephen se empurra para a frente e pega o pote de jujubas.

— Tive que achar meu próprio jeito de lidar com isso. Uma jujuba para cada alma que perdi para a aids. Talvez seja loucura, mas sanidade é uma coisa tão superestimada.

Tio Stephen coloca uma jujuba rosa na boca e mastiga. Então dá outro gole no vinho para ajudá-lo a engolir. Depois mais uma jujuba. E outra.

— Judy, você pode ligar para Jimmy, Art e Reza? Diga a eles para virem pra cá, se puderem.

— Não! — grito. — Não vou fazer isso. Não posso fazer isso, tio Stephen. Você não sabe o que está dizendo. Ainda não chegou a hora.

Já estou chorando.

Stephen se estica até a gaveta da mesa lateral, ao lado do sofá. Lá dentro existem frascos com comprimidos. Remédios para a doença e todas as infecções derivadas dela, junto com mais remédios para todos os efeitos colaterais dos outros remédios. E morfina para a dor.

— Você sabe que eu te amo — declara ele, com esforço. — Você sabe disso, né?

— É claro que sei — diz minha mãe.

— Bonnie, chegou a hora — sussurra tio Stephen. — Me deixe ir.

Minha mãe olha dentro da gaveta e respira fundo. Corro para o seu lado, então também vejo. O frasco de morfina está vazio.

— Tio Stephen! Não!

Estou aos prantos agora. Ele não diz nada.

— Mãe, a gente tem que levar ele pro hospital!

Mas minha mãe não se mexe. É como se estivesse congelada. Ela apenas olha para ele com, sei lá, determinação.

— Judy — sussurra ela. — Ligue para Art e Reza. E para Jimmy. E pro seu pai.

— Por favor, não! — exclamo, engasgando. — Por favor!

— Querida, faça o que ele está pedindo — pede minha mãe gentilmente. — O médico disse que é apenas uma questão de dias.

— Judy — clama Stephen. — Meu amor, eu quero partir cercado pelas pessoas que amo. Me deixa escolher isso. É tudo que me resta.

Como isso pôde acontecer? Não estou preparada para fazer essas ligações. Não sei como dizer a alguém que uma pessoa que ele ama está morrendo. Mas eu faço. Porque ele me pediu, e porque se for para acontecer, quero que ele tenha o máximo de amor possível ao seu redor. Ligo para todos. E, lutando contra as lágrimas, de alguma forma coloco as palavras para fora.

Quando volto para o lado de Stephen, ele conversa comigo.

— Judy, você vai realizar todos os seus sonhos e muito mais. E eu vou estar observando.

Não sei o que dizer. Queria poder enxergar o futuro, descobrir se um dia deixarei ele orgulhoso. Porque é tudo que eu quero agora. A garantia de que vou conseguir, de que vou viver uma vida digna dele.

— Se um dia você conhecer a Madonna, se um dia fizer roupas para ela, pode perguntar a ela uma coisa que sempre quis saber?

É assim que a mente dele tem funcionado, indo de um pensamento para outro sem nenhuma explicação.

— Hum, é claro — digo.

— Pode perguntar por que Joe DiMaggio está na letra de "Vogue"? Balanço a cabeça. Abro um sorriso.

— Sério, tio Stephen?

— Ele não se encaixa. Greta Garbo. Marilyn. Dietrich. Brando. Jimmy Dean. Jean Harlow. Mas DiMaggio? Ele é um atleta. Ele rebate bolas, não faz carão. Isso não faz sentido algum. Eu sei que rima, mas ela não poderia se esforçar um pouquinho mais para encontrar uma rima para, sei lá, Joan Crawford ou Barbara Stanwyck ou Ava Gardner ou a pobrezinha da Judy?

— Tio Stephen — digo com toda a convicção que tenho —, prometo que, se um dia eu conhecer a Madonna, vou perguntar isso para ela. Eu prometo.

— Muito bem — conclui ele, balançando a cabeça. — Fico tão feliz por ter vivido tempo o bastante para ouvir essa música. Saber que as crianças de hoje vão saber quem é Rita Hayworth me deixa feliz.

— Nem todas têm a sorte de fazerem noites de filme aos domingos com um tio incrível.

— O sortudo sou eu — corrige ele, sorrindo para mim com amor. — Porque pude ver você crescer e se tornar essa mulher linda.

Sinto uma dor aguda. Ainda não terminei de crescer, e não sei como continuar crescendo sem ele.

Minha mãe vira os olhos molhados para mim.

— Minha filha linda — diz ela, enxugando os olhos como se tentasse me enxergar com mais clareza. Então, olhando para Stephen, completa: — E meu lindo irmão.

Jimmy chega primeiro e corre em nossa direção. Ele se senta no chão, ao meu lado, e segura a mão de Stephen, que sorri ao vê-lo. Os dois se olham em solidariedade.

— Tem alguma coisa que você quer que eu diga para o Walt? — pergunta Stephen.

Jimmy balança a cabeça. Ele não consegue botar as palavras para fora, mas, em certo momento, gagueja:

— Diga àquele bobão que eu sinto saudades.

— Jimmy — diz Stephen. — Obrigado.

— Calado — responde Jimmy. — Eu não fiz nada além de ficar do seu lado, e você fez o mesmo por mim. E agora...

— Não desista — incentiva Stephen. — Lute com mais força do que eu. Termine de escrever aquele livro antes de partir.

Jimmy confirma.

— Vou terminar.

Meu pai é o próximo a chegar. Ele não diz muito, é um homem de poucas palavras. Mas está aqui com a gente, e é isso que importa.

Art e Reza chegam juntos. Art não está com a câmera pendurada no pescoço. Na pressa, deve ter esquecido. Ou talvez esse seja um momento que ele não queira registrar, um momento que quer viver com suas próprias lentes. Reza parece apreensivo, despreparado para estar aqui. Ainda assim, acho que é o mais experiente com a perda e com a morte. Mas talvez isso não importe. Talvez lidar com uma morte não prepare a gente para lidar com outra. A morte não é uma coisa que dá para treinar.

Art e Reza se sentam perto de mim e do Jimmy, nós quatro no chão, minha mãe no sofá. Stephen está coberto de carinho. Ele olha em volta do cômodo, para todos nós.

— Judy, Art, Reza. — Stephen diz nossos nomes lenta, metodicamente, então, ainda mais devagar, completa: — Não se esqueçam de mim.

— Você está brincando? Ninguém que conheceu você seria capaz de esquecer — afirma Art, com lágrimas escorrendo pelo rosto.

— Não só eu — retifica ele, olhando para Jimmy. — Nós. Todos nós. O que fizemos. Pelo que lutamos. Nossa história. Quem nós somos. Eles não vão ensinar isso nas escolas. Eles não querem que a gente tenha uma história. Eles não nos enxergam. Eles não sabem que somos outro país, com fronteiras invisíveis, que somos um povo. Vocês têm que fazer com que eles vejam. — Stephen recupera o fôlego, tenso. — Vocês precisam lembrar. E passar isso adiante. Por favor. O tempo passa e as pessoas esquecem. Não permita que elas esqueçam.

— Não vamos permitir — afirma Art, e eu consigo sentir o quão sincero está sendo.

Stephen fecha os olhos.

— Nós cuidamos uns dos outros, não é? — pergunta ele. — Essa comunidade. Os gays serão os melhores pais. Um dia. É só ver como cuidamos uns dos outros quando ninguém mais cuidou.

— Somos uma família — declara Jimmy.

Stephen pega as duas últimas jujubas do pote. Entrega para Jimmy.

— Essa aqui é o Walt — diz ele. — E essa outra é o José. Nossos grandes amores.

— Reduzidos a jujubas — comenta Jimmy com um sorriso triste.

Stephen olha para cada um de nós outra vez, seu olhar passando do Jimmy para o Art, para o Reza, para mim, e finalmente repousando em minha mãe, sua irmã, que nunca conheceu um mundo sem ele.

Ele fecha os olhos novamente.

Então se vai.

Posso ouvir o choro dos meus amigos ao meu redor, ou será que é o meu próprio choro? Minha mãe encosta a mão na testa dele e fala antes de todo mundo.

— Ele foi amado.

Ela está certa, mas, para mim, nada sobre este homem será no pretérito.

— Ele é amor — sussurro.

REZA

Preciso repor o estoque. Entro em uma farmácia assim que ela abre, quando ainda está vazia e livre de clientes que possam me encarar. Pego camisinhas e lubrificante. Tudo que preciso para perder a virgindade. Enquanto coloco os itens no balcão da farmácia, sinto o rosto esquentar. Não consigo nem imaginar o quão vermelho estou, como minha vergonha está extremamente evidente. Mas passo por toda a transação. Pago pelos itens. Encaro o caixa nos olhos e agradeço com o máximo de confiança que consigo transmitir.

Então preciso de um local, algum lugar que nos dê privacidade. Bato à porta do apartamento da minha irmã, a sacola da farmácia em mãos. Já havia ligado para avisar que precisava conversar sobre uma coisa importante. Tara abre a porta com um roupão de seda, o cabelo bagunçado amarrado no topo da cabeça. Ela faz sinal para que eu entre, com um bocejo e um "oi" cansado.

— A noite foi longa? — pergunto.

— Sou bartender — retruca ela, irritada. — Todas as noites são longas.

— Desculpa — lamento com sinceridade. — Eu, hum, como estão as coisas no trabalho?

— Não tem nada que eu ame mais do que ser encarada por caras grosseiros — ironiza Tara, cheia de sarcasmo. — E servir álcool para eles faz com que fiquem ainda mais grosseiros ao longo da noite. Olhando pelo lado positivo, estou bebendo menos. Ficar cercada de bêbados nojentos me fez perceber como ficar doidona não é nada atraente. E eu quero estar sempre linda.

Abro um sorriso.

— Sinto muito, parece difícil — digo, ainda nervoso, porque sei que o que estou prestes a perguntar pode ser um pouco constrangedor.

Ela me leva até a cozinha. Há uma pequena mesa de madeira ao lado da janela e, ao redor, três cadeiras que não combinam entre si.

— Bem, talvez a mamãe consiga o que ela quer e eu volte pra faculdade — conjectura ela, dando de ombros.

Escolho uma cadeira e sento.

— Chá? Café? Sobra de miojo? Eu mesma cozinhei, o que quer dizer que só joguei na panela com água quente.

Balanço a cabeça.

— Eu, hum, preciso falar com você — digo.

Ela se serve de um pouco de café e senta ao meu lado. Depois do primeiro gole, coloca a mão sobre a minha.

— Como você está? Sei que era próximo do tio da Judy. Sinto muito, Zabber. Essa doença é uma merda.

Confirmo.

— Eu conhecia ele, acho, mas... para Art e Judy foi bem pior.

— Luto não é uma competição.

Tara olha intensamente para mim, e percebo que nunca conversamos sobre a morte do nosso pai. Talvez eu fosse novo demais. Talvez guardasse muitas mágoas dela naquela época. Talvez ela também estivesse magoada comigo.

— Eu sei — respondo, balançando a cabeça. — Estou triste, mas é mais pela Judy e pelo Art e pela mãe da Judy do que por qualquer outra coisa, se é que isso faz sentido.

— Claro que faz.

Tara olha para mim por um tempo, bebendo seu café, esperando que eu diga alguma coisa. Finalmente, pergunta:

— Certo, o que está rolando? Por que você me tirou da cama?

— Eu, hum... — gaguejo. — Eu estava pensando se tudo bem por você se... É só que... Olha, é o seguinte, eu não posso ir pra casa do Art porque os pais dele não deixam a gente... E eu nem ousaria levar ele pra casa porque isso magoaria a mamãe...

— Não tem problema magoar a mamãe, sabia? Isso é quase a minha profissão. Eu moro com o Massimo, sou bartender, e vida que segue. Você é gay agora, e vida que segue.

— Mas não seria divertido pra gente — digo, vermelho de vergonha. — A gente precisa de privacidade.

— O que não seria divertido?

Então Tara arregala os olhos e começa a rir. Ela tira o elástico do cabelo e o desembaraça com os dedos, deixando-o cair sobre os ombros.

— Ai, meu Deus, você está me pedindo para usar nosso apartamento para transar com o Art?

Não consigo me ver, mas dá pra imaginar a vergonha estampada no meu rosto.

— Vai ser a primeira vez? — pergunta ela, empolgada.

Confirmo.

— Me promete que vão usar camisinha? — pede ela, sem nenhuma pontada de medo ou julgamento.

Tiro uma caixa de camisinhas de dentro da sacola da farmácia, e ela parece empolgada. Então levanta e grita de empolgação.

— Estou tão orgulhosa de você — declara ela, me puxando pelas mãos para um abraço. — Meu irmãozinho está virando um homem.

— Não sei se é bem isso — respondo.

Ouço Massimo chegar na cozinha, sua voz ríspida e exausta.

— O que está acontecendo? — pergunta ele, indo direto para o café. Ele não está vestindo nada além de uma cueca branca praticamente transparente. — Por que você está gritando?

— Vou levar você pra jantar hoje à noite — anuncia ela para Massimo com alegria.

— Tudo bem — diz ele, sem nenhuma empolgação. — É um jantar especial?

— Sim, porque, enquanto estivermos jantando, Reza e Art estarão aqui. No nosso apartamento. Mandando. Ver.

Tara começa a gargalhar, mas Massimo mal reage.

— Tudo vem, acho que já vou nessa — digo, envergonhado. — Volto hoje à noite. Obrigado.

Quando chego em casa, ligo para Art. Mal posso esperar para pedir que ele me encontre na casa da Tara. Mas é a mãe dele quem atende o telefone.

— Alô. — Sua voz me faz questionar se ela estava chorando.

— Sra. Grant, é o Reza — comunico, hesitante. — Posso falar com o Art?

— Como você está, Reza? — pergunta ela, com uma empatia que nunca ouvi em sua voz.

— Tudo bem.

— Sinto muito por sua perda.

— Obrigado.

Não sei a qual perda ela está se referindo. Será que à perda de Stephen, que ela parecia odiar? Ou à de Art, que está ameaçando ir estudar em Berkeley em vez de Yale, abandonando todo mundo para morar do outro lado do país?

— Vou passar para o Art.

— Oi — diz Art quando pega o telefone.

— Me encontra na casa da minha irmã hoje à noite? — pergunto com coragem.

— Claro, ela vai dar uma festa ou coisa do tipo?

— Não, ela não vai estar lá. Seremos só... nós dois.

Ele respira fundo enquanto liga os pontos. Então responde com um sussurro:

— Uau, Reza. Mas é claro que eu vou encontrar você no apartamento vazio da sua irmã. Você sabe que eu vou.

★ ★ ★

Agora que já tomei minha decisão, mal posso esperar pela noite. Não sei o que fazer para passar o tempo, então encho a banheira e me afundo nela. Fecho os olhos. É quando escuto um fantasma, mas dessa vez não é o Stephen. É o meu pai. Ele está do lado de fora do banheiro, gritando comigo. No Irã, eu costumava tomar banhos de banheira para fugir dos surtos de fúria, mas a voz dele conseguia invadir até a calmaria submersa. *Vai embora*, eu grito para ele em pensamento. Mas ele não vai. Está me dizendo todas as coisas que sei que diria se estivesse vivo. Que eu sou repugnante. Que sou uma vergonha, uma decepção e que morri para ele agora. *Você está morto*, penso. Você morreu. E eu estou finalmente começando a viver.

Quando saio de casa, não digo à minha mãe aonde estou indo, e ela não pergunta. Sua negação funciona desse jeito. Ela para de me perguntar qualquer coisa porque tem muito medo das respostas. Finge acreditar quando digo que vou para um grupo de estudos à noite, ou que vou para Maryland em uma viagem da escola. Ela não pergunta nada, e eu também não digo nada. Isso me deixa muito triste, mas é melhor do que raiva ou rejeição. Ao menos é isso que eu repito para mim mesmo.

Vou até o apartamento de Tara. Ela abre a porta e me dá um abraço apertado antes de sair. Massimo me dá um tapinha constrangido no ombro. Dá pra perceber que ele provavelmente não está confortável com a situação, mas ama a minha irmã o bastante para aceitar calado. Ando pelo apartamento até a campainha tocar.

Art.

O tempo que ele leva para subir as escadas parece infinito, mas no momento em que o vejo, todas as minhas ansiedades se transformam em entusiasmo. Eu já o desejo há tanto tempo. Por que tive tanto medo de me permitir?

— Oi — saúda ele, fechando a porta com um chute.

— Oi — digo, ficando vermelho.

— Então, hum, por essa eu não esperava. Quer dizer, eu não imaginava que você iria…

Interrompo sua frase com um beijo, segurando sua nuca e puxando ele para mais perto.

— Uau — diz ele depois que eu o solto. — Quem é o sem vergonha agora?

— Desculpa, passei dos limites?

Então me dou conta de que estou acostumado com ele insistindo e eu resistindo. Talvez eu não seja tão bom nessa coisa de pegada.

— Não, não — responde ele com um sorriso. — Foi perfeito.

— Tudo bem. Não sei o que estou fazendo, mas sei que quero fazer.

Levo ele para o quarto de Tara e Massimo e fecho as cortinas. Caímos na cama juntos e continuamos nos beijando. Não existe mais insistência. Nós dois tomamos todas as iniciativas, como se nossos corpos estivessem sincronizados em um mesmo ritmo. Quando me afasto e ele continua deitado, percebo seu coturno no lençol branco.

— Acho melhor tirar as botas — comento.

— Vai em frente — incentiva ele com um sorriso bobo.

Vou até os seus pés e tento puxar as botas sem sucesso. Puxo com mais força e mais força, mas não consigo. Nós rimos, e fico grato por essa descontração.

— Deixa eu te ajudar.

Art se senta e tira as botas, jogando as duas no chão com um baque. Nos sentamos um de frente para o outro por um momento.

— Acho que a gente tem que tirar o resto, né? — diz ele.

— Tudo bem.

A mera ideia de nós dois juntos, nus, gera uma onda de empolgação em mim.

Ele começa. Tira a calça jeans rasgada em um piscar de olhos e, em seguida, a regata. E, finalmente, com um sorriso, a cueca. Art gira a cueca no ar e joga para mim. Solto uma gargalhada.

— Sua vez — pede ele.

— Sim — respondo, cada parte de mim vibrando de ansiedade.

Posso sentir meus braços tremendo enquanto tiro a camiseta e a calça jeans preta lentamente. Faço uma pausa antes de tirar a cueca. Procuro no seu olhar a segurança de que preciso.

— Art — sussurro.

Quero dizer que estou assustado, mas sei que ele já sabe disso. Então apenas sussurro seu nome novamente. Gosto de como soa na minha boca.

— Art.

E de novo, ainda mais decidido.

— Art.

Deitamos lado a lado, nus, e nos beijamos pelo que parece ou uma fração de segundo ou uma eternidade. É um beijo que faz o tempo parar. Não existe mais passado ou futuro, só esse momento, só esse beijo.

O tempo volta ao normal quando ele afasta os lábios e beija minha orelha, meu pescoço, meus ombros, meu peito. Aos poucos ele vai descendo.

— Quero beijar cada parte de você.

E assim ele faz. Quando me coloca na boca, tudo quase acaba.

— Espera, vai devagar — imploro.

Então, quando ele desacelera o ritmo, eu apenas repito: "Uau. Uau. Uau." Devo parecer um idiota, mas não me importo. Não me sinto um idiota. Eu me sinto eu mesmo.

Puxo ele de volta para cima quando não consigo mais me segurar, e repito com Art os movimentos que ele fez comigo. Beijo e lambo cada centímetro da sua pele, sentindo seu corpo expandir, puxando ele para dentro de mim. No momento em que meus lábios se afastam do seu pescoço, já sinto saudades. E quando se afastam do seu peito, também sinto saudades. Quero ele por inteiro, tudo de uma vez, o tempo todo.

— Te amo — sussurro com a respiração pesada.

— Eu também — diz ele, me deitando de barriga para cima e subindo em mim.

Me viro para a mesa de cabeceira e pego uma camisinha. Entrego para ele com um sorriso.

— Nossa — comenta ele. — Nossa, eu não imaginei que...

— O quê? — pergunto maliciosamente. — Achou que eu continuaria virgem pra sempre?

Ele sorri. Repousa a mão no meu rosto e diz com delicadeza:

— *Quien es este niño?*

Me dou conta de que sou uma pessoa nova agora, a pessoa que sempre quis ser. Sinto que a coisa certa a fazer é citar Madonna de volta para ele, então o beijo mais uma vez e sussurro:

— *I'm a young boy with eyes like the desert that dream of you, my true blue.*

Seu sorriso é radiante de amor.

— *True blue* — repete ele.

Ele tenta abrir a embalagem da camisinha, mas se atrapalha. Depois, tenta rasgá-la com os dentes. Pego da mão dele e rasgo a embalagem. Tento colocar nele, dando o melhor de mim para bloquear os motivos que tornam a camisinha necessária, me esforçando para esquecer todas aquelas imagens de morte e doença. Minhas mãos tremem enquanto tento colocá-la.

Art ri.

— Acho que você está colocando ao contrário.

— Sério?

Viro a camisinha do outro lado. Finalmente ela desliza.

Ele sorri. Eu sorrio. Temos uma camada de proteção entre nós agora. Ele coloca um pouco de lubrificante nele e em mim. Envolvo seu corpo com as pernas, puxando ele para mais perto, ou mais fundo, porque ele está dentro de mim agora. Nos movemos e gememos e suamos até quase cair da cama.

— Preciso parar para respirar — diz ele. Com um sorriso, completa: — Acho que esse é o primeiro esporte em equipe de que eu gosto de verdade.

Dou uma risada.

— Acho que seu pai ficaria muito orgulhoso se você se alistasse para o time de sexo da faculdade.

Isso o faz rir.

— Tipo um atleta — brinca ele, ainda com um sussurro carinhoso.

— Reza, você está fazendo isso porque quer ou porque acha que vai me fazer ficar?

Beijo seu pescoço, provando seu suor salgado. Dou uma lambida atrás da sua orelha, um lugar escondido que parece ser todo meu.

— Talvez eu tenha pensado nisso — digo. — Mas não foi o que me fez mudar de ideia. Você indo ou ficando, eu precisava fazer isso. Você tinha que ser o meu primeiro.

Ele balança a cabeça.

— Ei, por que a gente está falando tanto? Não era para estarmos tendo relações sexuais quentes e intensas agora?

— Foi você que começou — respondo com uma risada.

— Eu? — pergunta ele com um sorriso malandro. — Você que começou a inventar esportes colegiais.

— Cala a boca — resmungo, envergonhado. — Ou eu nunca vou aceitar você no time universitário de sexo oral.

Ele ri e me beija. O calor retorna rapidamente. Ele está dentro de mim de novo, e nós estamos voando juntos, planando acima do mundo e de todos os problemas, onde não existe mais morte ou luto ou distância.

Nos abraçamos com muita força quando terminamos. Depois de um tempo, Art levanta e abre a cortina. Ele está falando comigo, mas continuo em outro mundo, flutuando.

— Isso foi incrível — comenta, e depois, com tristeza: — Queria poder contar para o Stephen.

Me arrasto para fora da cama. Sinto dor ao andar, mas de um jeito bom, como se meu corpo quisesse relembrar como é ter Art dentro dele. Ando até ele. Eu o abraço, e olhamos pela janela juntos. Não dizemos mais nada por um bom tempo. Apenas encaramos a cidade que permitiu que a gente se encontrasse.

Na manhã seguinte, coloco a peça de roupa mais festiva que tenho no armário, a camisa linda que Judy fez para mim. Stephen pediu que usássemos roupas fabulosas no seu memorial. Ele queria que fosse uma celebração da vida, e não da morte. Me encaro no espelho. Quando ela criou esta peça para mim, não me sentia digno de vesti-la. Agora tudo parece certo. Esta camisa foi feita para alguém que se ama.

Ouço uma batida na porta, o que significa que é o Abbas. Ninguém mais nessa família bate na porta.

— Pode entrar — digo.

Abbas entra. Está vestindo um terno escuro, uma camisa branca e uma gravata cor-de-rosa.

— Sua mãe e sua irmã já estão cinco minutos atrasadas.

— Porque estão se arrumando ou brigando? — pergunto.

Ele sorri e senta na cama.

— Um pouquinho das duas coisas.

Ele observa meus pôsteres, discos e revistas da Madonna, todos comprados com o dinheiro que roubei dele e, de repente, sinto uma vontade — não, uma necessidade — de confessar.

— Abbas, eu... Preciso contar uma coisa. — Ele se vira para mim, curioso. Respiro fundo. — Eu roubei dinheiro de você. Mais de uma vez. Do seu bolso enquanto você tomava banho, e...

— Eu sei — diz ele, sem demonstrar nenhuma raiva.

— Sabe?

De repente, sinto a garganta secar.

— Quando você crescer e tiver seu próprio dinheiro, também sempre vai saber quanto tem guardado no bolso — responde ele.

— Mas você não disse nada? — pergunto, em choque. — Por quê?

— De cara, eu achei que fosse o Saadi. — Abbas cruza as pernas, sentando na minha cama como um pretzel. Ele se aproxima de mim, e conclui com um sussurro: — Mas notei as coisas que você andava comprando e soube que era você.

Não posso acreditar. Esse tempo todo ele já sabia.

— Você contou para a minha mãe? — pergunto.

Ele balança a cabeça negativamente.

— Eu sabia que você não faria isso para sempre. Sabia que você precisava dessas coisas. Esses discos e esses pôsteres. Se estivesse gastando com algo que não fosse saudável, eu teria impedido.

— Nossa — digo, com surpresa e gratidão, então me sento na cama ao seu lado. — Aprendi a fazer isso com o Art. Ele rouba do pai dele. Mas o pai dele merece. Você, não.

— Obrigado — responde ele, apoiando a mão no meu joelho. — Eu agradeço. — Abbas me puxa para um abraço e declara com sinceridade: — Tenho orgulho de você.

Eu quase o empurro para longe. É muito estranho ouvir um homem que se chama de meu pai usando palavras como essas.

— Por quê? — pergunto.

— Porque é preciso ter coragem para me contar a verdade sobre o que você fez — explica ele. — E coragem para ser quem é.

— Acha que a minha mãe tem orgulho de mim?

Estou com a voz embargada. Tenho muito medo da resposta.

— Eu sei que tem — afirma Abbas com muita certeza. — Mesmo que ainda não saiba como dizer isso. — Ele olha bem fundo nos meus olhos. — Sua mãe te ama muito, mas você precisa entender que nós viemos de uma cultura onde não há nenhum histórico disso. Ela nunca foi apresentada a pessoas como você, nunca soube o que eram os direitos gays. Eu moro em Nova York há uma década. Já conheci pessoas, vi coisas. Sua mãe precisa de tempo.

— Quanto tempo?

— Não sei, Reza — diz ele, balançando a cabeça. — Ela tem medo. Medo de que sua vida seja difícil, medo de você ficar doente. Ter filhos é aterrorizante. Tudo que queremos é proteger nossas crianças, e lá fora existe tanta coisa a temer. Tanta coisa para nos culpar.

— Eu também tenho medo — revelo, à beira das lágrimas.

— Sei disso — diz ele, me puxando para mais um abraço. — É normal sentir medo.

Gosto dele. De muitas coisas a respeito dele. Sua gentileza, sua paciência, sua compreensão. A segunda chance de viver que ele deu para a minha mãe. O jeito como aceitou a mim e a minha irmã.

— Te amo, Baba.

Abbas sorri, comovido. Ele pode não ser o pai que me criou, mas é o pai que me ama. Sempre acreditei que meu próprio pai me odiasse, mas Stephen me disse que ninguém odeia de verdade. Ódio é apenas medo disfarçado, ele dizia. Então talvez meu pai só tivesse medo de mim. Abbas não tem.

— Sua mãe vai se acostumar. Só o fato de ela estar indo a este memorial já é um grande passo. Nós não o conhecíamos. Estamos fazendo isso por você.

— Eu sei.

Eu me permito ter um pouco de esperança de que talvez as coisas com a minha mãe possam melhorar em breve.

Abbas se levanta e estende a mão para mim.

— Vamos? Acho que já está na hora.

Deixo ele me levantar e, juntos, encontramos minha mãe e Tara. Minha mãe está linda em seu vestido preto. Tara está com um vestido justo, colorido e curto. Eu nunca saberia disso se não fosse por Judy, mas acho que é um Gucci. Tara está parecendo um pouco uma *drag queen*, o que é perfeito para a ocasião. E seu cabelo tem cachos permanentes, feitos recentemente por uma garota que trabalha com ela no bar.

— Gostou? — pergunta Tara, dando uma voltinha. — Vestido novo. É vintage, claro.

— Quer dizer que alguém já usou antes de você? — pergunta minha mãe, contorcendo o rosto. — Você lavou?

— E o permanente também é novo — continua Tara, ignorando minha mãe.

— Não sei por que eles chamam isso de permanente — comenta minha mãe. — Nada é permanente.

— Algumas coisas são — digo.

Ela olha para mim, curiosa. Sei que entende do que estou falando, que o que estou vivendo não é apenas uma fase. Que hoje eu sou quem sempre serei.

Massimo e Saadi, que estavam juntos na sala de estar, aparecem. Saadi está usando uma calça cáqui, camisa de botão e seu boné branco. Massimo de alguma forma parece combinar com Tara, usando uma camisa vibrante e calça branca.

— Por quanto tempo eu tenho que ficar lá? — pergunta Saadi.

— Enquanto eu estiver presente — responde Abbas.

Vamos para o memorial juntos, mas estamos em número grande demais para cabermos em um único táxi. É Abbas quem sugere que eu vá com a minha mãe, enquanto ele vai com Tara, Saadi e Massimo.

Sento com ela no banco traseiro do primeiro táxi que para na calçada. No começo, observamos a rua pela janela do carro, sem jeito, mas então ela se vira para mim e diz:

— Não quero que a vida seja difícil para você, Reza.

É apenas uma frase, mas significa tanta coisa.

— Não é difícil — afirmo, rapidamente percebendo como isso é uma mentira. — O que eu quero dizer é que, sim, é difícil, mas eu posso mudar isso. — Fecho os olhos por um segundo, desejando ser eloquente. — Acho que o que estou tentando dizer é que eu não mudaria nada, mesmo se pudesse.

— Sério? — pergunta ela, surpresa.

— Porque tem sido difícil — continuo, sentindo algo se revelar para mim. — Mas, mesmo assim, tem sido a melhor coisa que já me aconteceu. As coisas que senti esse ano, o amor, a comunidade, eu não trocaria nada por uma vida fácil. Não quero ser como Saadi, praticando esportes e sendo entediante.

— Pega leve com ele — avisa ela, gentilmente. — Ele passou por maus bocados com a mãe.

— Como assim?

— Eu não... — Ela para de falar, mas então continua. — Por favor, não repita isso, mas ela se apaixonou por outro homem e foi embora de repente. E não quis a guarda do filho. Por que você acha que ele quase nunca vê a mãe? Imagine como deve ser difícil para alguém ser rejeitado pela mãe.

— Hum, não preciso me esforçar muito para imaginar — rebato com amargura.

Ela me olha com tristeza.

— Ah, meu menino.

— Por que você não me contou isso antes?

— Abbas não gosta de falar sobre o assunto. Nem Saadi. É difícil para eles — explica ela, dando de ombros. — Talvez nossa cultura seja diferente. Nós temos os mesmos problemas que todo mundo, mas fingimos não ter.

— Definitivamente temos os mesmos problemas — concluo. — A propósito, se você for me pedir para pegar leve com o Saadi, peço a mesma coisa em relação a Tara.

Ela assente, assimilando. Quase diz alguma coisa, mas volta a ficar em silêncio. Então levanta o olhar em minha direção e finalmente diz:

— Tudo que eu sempre quis foi uma vida mais fácil. Era tão difícil. Eu queria uma vida mais fácil para mim, mas também para você e Tara. E agora eu conquistei isso, mas Tara não. Nem você.

— Mas você ama o Abbas, não ama? — pergunto.

— Claro — confirma ela, se aproximando de mim. — Eu nunca me casaria com ele se não o amasse. Nunca.

— Eu também não posso ficar com alguém que não amo — respondo. — Tara também não.

Seus olhos se enchem d'água quando ela escuta isso, como se estivesse entendendo tudo sob uma nova perspectiva. Ela segura minha mão e dá um beijo nela.

— Tudo bem.

Não dizemos mais nada. Por enquanto, é o bastante.

O memorial acontece em uma das casas noturnas favoritas do Stephen. O proprietário era seu amigo e membro da ACT UP e permitiu que o lugar fosse transformado para o evento. Quando entramos, a caixa de som está no último volume tocando "Don't Leave Me This Way" dos Communards, e algumas pessoas estão dançando. Jimmy é uma delas, mas ele parece mais a Diana Ross com seu vestido vermelho, salto alto e a peruca nas alturas. Uma verdadeira estrela. As fotografias de Art estão penduradas nas paredes. Fotos de protestos e manifestações. Fotos de Stephen e José. Fotos de Judy. Fotos de Jimmy e outros ativistas posando como estrelas de cinema fabulosas. E fotos minhas. Fico paralisado diante do meu retrato no protesto na Bolsa de Valores. Quase não me reconheço. Eu era tão jovem e, ainda assim, quase me sinto mais jovem ainda agora. Muito mais livre. De repente, sinto os braços de Art me envolverem.

— Te amo — sussurra em meu ouvido.

Eu me viro e olho para ele. Queria tanto poder beijá-lo, mas sei que minha mãe provavelmente está de olho em mim e não conseguiria lidar com isso agora.

— Seus pais vieram? — pergunto.

Ele nega.

— Eu nem imaginei que eles viriam. Ou talvez tenha imaginado. Sei lá. Achei que a morte poderia fazer com que eles enxergassem as coisas de um jeito diferente. É papel da morte unir as pessoas, né?

— Sinto muito — digo.

Sei como é ter um pai que não consegue te amar. E também sei como é ter um pai que consegue.

— Tá tudo bem — responde ele. — Olha só quanta gente o Stephen uniu. Quem precisa de mais dois?

Meus olhos encontram Judy. Ela está perto do bufê, ao lado dos pais e de Annabel de la Roche, se servindo de um prato de arroz com frango. Ela sussurra algo para Annabel e vem em nossa direção. Nós a abraçamos.

— Não foi o tio Stephen que preparou a comida — aponta ela. — Então está muito boa.

— É meio estranho almoçar dentro de uma boate — comenta Art.

— Ele deixou instruções bem específicas — revela Judy melancolicamente. — O menu. A arte. A trilha sonora.

Enquanto lista os tópicos, começa a tocar "Be With You" do Silvester e mais pessoas vão para a pista de dança. Reconheço muitas dos protestos e reuniões. Homens à beira da morte encontrando um momento de alegria através da música. Mulheres cantando com convicção e toda a força do seu amor e comprometimento. *I want to be with you forever. I want to share this love in heaven.*

Quando a dança acaba e todo mundo já comeu e se abraçou e se cumprimentou, a cerimônia começa de fato. O dono da boate faz o primeiro discurso. Diz que Stephen era um frequentador assíduo do lugar, mesmo antes de conhecer José. Então ele e José se tornaram frequentadores juntos. E depois era apenas o Stephen novamente. E agora, somos nós. Ele descreve Stephen como "alguém que sabia viver, mesmo quando estava morrendo" e eu amo isso. Uma *cover* da Judy Garland canta "Somewhere Over the Rainbow". Um homem com um violão apresenta uma versão lenta e fúnebre de "I Wanna Be Loved By You" da Marilyn. Minha irmã abraça Massimo com lágrimas nos olhos. Minha mãe e Abbas também estão com os olhos turvos. Até Saadi parece comovido, com seu boné de beisebol puxado um pouco para baixo, talvez para esconder a emoção no olhar. E eu estou imaginando coisas ou ele está de olho na Judy? Jimmy sobe no palco e explica que o velório de cinema favorito de Stephen era do filme *Imitação da Vida*, "a versão da Lana Turner e da Juanita Moore, obviamente". Então faz uma dublagem da música que toca naquela cena, "Trouble of the World" da Mahalia Jackson, sincronizando cada movimento dos lábios com tanta paixão que às vezes parece que estamos escutando sua própria voz.

Stephen pediu para Judy e Art falarem juntos. Tenho certeza de que foi intencional, para se certificar de que teriam que trabalhar juntos, lembrar juntos, viver o luto juntos. A amizade dos dois era muito importante para ele, e provavelmente é ainda mais importante agora que ele se foi.

— Oi, gente — diz Judy. — Sou a Judy, sobrinha do Stephen. Vocês sabem, a garota que ganhou esse nome em homenagem à Judy Garland. Pressionada? Imagina.

O público vibra de empolgação. Os dois falam sobre o amor de Stephen, suas orientações, seus ensinamentos. E, ao final do discurso, leem o cartão de Stephen a respeito do amor.

— A palavra de quatro letras mais importante da nossa história sempre será AMOR — afirma Judy.

— E é por isso que lutamos. É isso que somos. Amor é o nosso legado — diz Art.

Depois do discurso, mais música. Mais dança. Todas as favoritas do Stephen estão na playlist. Bette e Barbra e Grace Jones e George Michael e Diana. Então "Keep it Together" da Madonna começa a tocar, e parece que está tocando só pra gente. Judy puxa Art, Annabel e eu para a pista de dança. O sr. e sra. Bowman se juntam a nós. Jimmy se espreme para entrar no meio do nosso círculo, girando com empolgação. Chamo Tara e Massimo, e minha irmã passa o braço ao meu redor e dança comigo. Minha irmã, a primeira pessoa a me aceitar. Percebo o quanto eu a amo. Até minha mãe, Abbas e Saadi se juntam ao círculo com um pouco de resistência. Todos dançamos. Família, novos amigos, velhos amigos, mantendo as pessoas juntas para sempre e depois do sempre.

A noite termina. Abraços e despedidas.

Digo à minha família que vou ficar um pouco com Judy e Art. Antes de ir embora, minha mãe me dá um abraço demorado e sussurra algo para mim.

— Sinto muito por sua perda.

Então ela me solta, mas continua procurando alguma coisa nos meus olhos. Ela repousa a mão em minha bochecha.

— Amo você.

— Também amo você — sussurro.

Dou mais um abraço nela, porque é algo que preciso fazer. E porque ela merece meu amor e aceitação e paciência, assim como mereço a dela.

Então somos eu, Art e Judy. Nós três. Decidimos tomar sorvete. Sentamos na calçada em frente a uma casa de leitura de tarô no centro, saboreando o sorvete em silêncio por um bom tempo. Do outro lado da vitrine, a taróloga acena para nós. Queria que ela lesse meu futuro, que virasse uma carta e acalmasse todo o medo em mim. Mas não boto os pés lá dentro. Não é hora de bolas de cristal, nem de pensar no futuro. É hora de honrar o passado.

Judy recosta a cabeça no meu ombro. Art está do outro lado dela. Quando ele termina o sorvete, repousa a cabeça no colo de Judy, e ela passa os dedos pelo cabelo dele de forma carinhosa. Estamos tão conectados, mas, ainda assim, alguma coisa dentro de nós mudou, assim como alguma coisa no universo mudou. Quando alguém deixa o planeta, muita coisa vai embora junto. Tanta energia. Tanto tecido conjuntivo.

— Vamos andar — diz Art, e nós obedecemos.

Seguro sua mão esquerda, e Judy, a direita. E só quando consigo enxergar o rio novamente que me dou conta de que Art nos guiou em direção ao oeste, para a margem da ilha. Art olha adiante, não para a água, mas para além dela. Eu o observo encarando o horizonte, como se tentasse enxergar o que existe além.

JUDY

Quase duas semanas se passaram desde a morte do Stephen. A vida passou como um borrão desde então. As lágrimas da minha mãe, infinitas. A decisão do Art de ir embora, inacreditável. Às vezes penso que foi tudo apenas um sonho, mas não foi. É real, real demais.

"Quero que vocês dois venham comigo", disse Art enquanto encarava o rio Hudson. "Nós devemos ficar juntos, os três. Vamos começar do zero em São Francisco."

Eu não levei a sério. Pensei que ele só estivesse procurando um jeito fácil de fugir do luto. Respondi que não era tão simples assim.

"Talvez seja sim. Como a gente pode ter certeza se não tentar?", perguntou ele. "Nós seríamos como as protagonistas de *Como agarrar um milionário*, morando juntos no mesmo apartamento. Só que em vez de casar com milionários, vamos mudar o mundo."

Dei corda para a piada dele. Disse que se tivéssemos que ser as heroínas do filme, eu seria a Lauren Bacall. Art disse que, obviamente, seria a Marilyn, o que significa que Reza seria a Betty Grable. E Reza perguntou quem era Betty Grable. E nós conseguimos rir em meio às lágrimas.

Mas ainda existiam muitas lágrimas reservadas para nós. E muita raiva. Com o passar de cada dia, Art foi ficando mais decidido. A princípio decidiu que iria estudar em Berkeley no próximo semestre. Então avisou que não iria mais para a Berkeley de jeito nenhum. Que não iria pra faculdade, porque isso significaria ter que depender por mais tempo do dinheiro do pai, e ele já estava cansado disso.

Acho que eu sempre soube que ele teria que fugir do domínio dos pais para trilhar o próprio caminho. Só não esperava que o domínio dos seus pais se estendesse pela costa Leste inteira, e não imaginava que assim que tomasse uma decisão, ele escolheria ir embora tão rápido.

"Preciso ir antes que mude de ideia", explicou para mim.

Agora o dia da sua partida chegou. Reza e eu esperamos por Art no saguão do prédio dos pais dele.

— Como foi? — pergunto, assim que ele aparece carregando uma mala de viagem pequena.

— Tudo bem, na medida do possível — responde ele. — Meu pai me desejou sorte e me disse para nunca mais aparecer pedindo dinheiro. — Art balança a cabeça enquanto conta isso, mas então seu rosto se suaviza e seus olhos enchem d'água. — E minha mãe chorou. Muito.

— Sinto muito — digo, sentindo o coração se partir. — Seus pais te amam. Eu sei que amam.

— Mas o amor deles tem condições demais... Enfim, não são eles que vão me fazer mais falta. São vocês.

Ele encara os olhos turvos de Reza, que não diz nada. Seus lábios apenas tremem, com palavras que não vão sair.

— Antes de irmos — diz Art. — Podemos passar em uma loja de fotocópias?

Caminhamos até a Kinko mais próxima, as rodinhas da mala de Art fazendo barulho contra a calçada irregular. Quando chegamos, Art pega os cartões de anotações do Stephen. São 131, e cada um de nós pega um terço e se encaminha para máquinas de fotocópia diferentes. A pilha de Art começa com #1 Adonis e termina com #41 Divine. A minha começa com #42 DSM e termina com #83 Mineo, Sal. E a de Reza começa com #84 Minogue, Kylie e termina com #131 Woolf, Virginia. Copiamos cada cartão, um por um, fazendo cópias para nós três. As máquinas se iluminam a cada cópia, pequenas fagulhas lançadas ao mundo. Quando terminamos, temos três pilhas. Duas cópias e os cartões originais.

— Acho que os originais devem ficar com você — afirmo. — Esse seria o desejo de Stephen. Ele escreveu para você.

— Obrigado — diz Art, genuinamente surpreso.

Então segura minha mão e completa:

— Obrigado por dividir Stephen comigo. Ele era seu tio.

— Art, para — retruco. — Ele não pertencia a mim. Ninguém pertence a ninguém.

Percebo Reza encarando Art quando digo isso. Talvez Reza quisesse que Art pertencesse a ele, ou vice-versa. Sei que Reza considerou ir embora com Art. Ele até me chamou para conversar sobre a decisão. Fizemos uma lista de prós e contras. Só havia um pró na lista: Art. Mas listamos muitos contras: de forma geral, a escolha de faculdade do Reza e a família dele.

— Ei, tive uma ideia — anuncia Art, com o rosto iluminado. — Acho que ainda temos tempo.

— Que ideia? — pergunto.

Art nos conta. Fazemos mais uma cópia dos cartões e saímos espalhando pela cidade como cinzas. Deixamos #69 King, Billie Jean na cabine de um restaurante. #130 Woodlawn, Holly em uma caixa de correio. Colamos #24 Cockettes em um lava-rápido, e inúmeros cartões em portas de lojas.

Entregamos #68 Jorgensen, Christiane para um executivo.

Paramos duas modelos fabulosas e entregamos #74 Lorde, Audre a elas.

Para o motorista do táxi que nos leva até o aeroporto, deixamos #95 Provincetown.

No aeroporto, deixamos alguns nos banheiros, nas estantes de revistas, dentro de carrinhos de mala, até acabarmos com quase todos.

Todos menos um. Andamos até uma loja no aeroporto que vende revistas, remédios, bugigangas e lembrancinhas. Consideramos deixar o último cartão na frente da última edição da Vanity Fair. Anjelica

Huston estampa a capa, poderosa em um vestido vermelho que eu meio que queria ter criado. Stephen teria aprovado a ideia, mas não parece certo. Procuramos pelo resto da loja. Bonés de beisebol, camisetas estampadas com EU CORAÇÃO NY, ursos de pelúcia com o mapa do estado, chaveiros. Finalmente encontramos uma estante com centenas de miniaturas de plástico da Estátua da Liberdade alinhadas. É lá que decidimos deixar o cartão.

#75 Amor.

Olhamos para a cena como se fosse o novo epitáfio da Senhora Liberdade.

— Foi amor? — sussurra Reza para Art. — Ou foi apenas como um amor?

Percebo que estou segurando vela aqui. Pego uma cópia da *Harper's Bazaar* e vou para o canto da loja. Madonna está na capa, óbvio, o cabelo mais platinado do que nunca. Em letras vermelhas e garrafais, a capa diz "O SEXO ESTÁ VIVO e vai muito bem". Folheio as páginas e leio, mas a loja é pequena e eu ainda consigo escutá-los.

— Foi amor — confirma Art. — Amor verdadeiro.

— Então por que você vai embora? — pergunta Reza. — Quem abandona o amor verdadeiro?

Art não diz nada.

— Eu não sou o bastante? — provoca Reza.

— Você é perfeito — declara Art. — Eu é que sou fodido da cabeça. E às vezes eu me odeio, Reza. Por sempre querer mais. Por nunca estar satisfeito. Por magoar as pessoas.

— Então não magoe as pessoas — implora Reza. — Fique.

Quero pular no meio da conversa e repetir tudo o que Reza está dizendo. Não me magoe, Art. Não vá. Não me deixe nesta cidade sem meu melhor amigo. Não parta meu coração.

— Você sempre será meu primeiro — diz Art.

Reza está em prantos agora. É tão alto e tão horrível que eu quero correr e abraçá-lo. Todo mundo na loja olha para eles com preocupação mas, assim como eu, ninguém ousa interromper.

— Eu não me arrependo de nada, Reza — revela Art, abraçando o namorado. — E você?

— Não — responde ele. — Não.

Os olhos de Art se enchem de lágrimas.

— Sei como isso é louco e impulsivo. Mas eu sou impulsivo, e talvez essa seja uma das coisas que você amava em mim...

— Amo — corrige Reza. — Eu ainda te amo.

Então Art sussurra as últimas palavras do cartão que ainda está perto deles.

— Amor é o nosso legado — declara ele.

— Amor é o nosso legado — repete Reza.

Sinto uma onda de gratidão por eles dois terem se encontrado. A ideia de que Reza e eu fomos um casal um dia parece absurda. Encontrarei meu primeiro amor de verdade um dia. E quando isso acontecer, nunca vou deixá-lo como Art está deixando Reza. Nunca.

— Eu não mereci você — diz Art para Reza.

— Cala a boca — rebate Reza. — Mereceu e ainda merece. Se mudar de ideia... — Mas não termina a frase.

Se Art mudar de ideia, Reza estará esperando. E eu também.

Confiro as horas e me aproximo deles.

— Você vai perder seu voo — declaro.

Deixamos a loja e partimos para o portão de embarque. Art pega a câmera pendurada no pescoço e aponta para mim e para Reza. Bate uma foto.

— Sério mesmo? — pergunto, balançando a cabeça, mas cheia de amor.

— Quero lembrar desse momento — diz ele com um sorriso.

— É melhor você vir nos visitar — ameaço com tristeza.

— Estarei aqui para o seu desfile no MoMA ano que vem — brinca ele.

Sorrio. Art sonha alto, e sempre me deixou sonhar alto também.

— Estarei em São Francisco ano que vem. Eles vão interditar a Ponte Golden Gate e transformá-la na passarela do meu próximo desfile.

Nós dois viramos para Reza, querendo que ele entre na brincadeira, que faça um anúncio grandioso a respeito de onde estará ano que vem.

— Parem de olhar pra mim — resmunga ele. — Eu nem sei ainda o que quero fazer.

— Só fala seu sonho, então — pede Art. — Nos seus sonhos mais absurdos, o que você seria?

— Sei lá — responde ele. — Feliz?

— Todo mundo quer isso! — reclama Art. — Essa resposta não vale. Diga que quer ser um astronauta, ou que quer curar a aids, ou que quer ser uma estrela do cinema, ou o empresário da Madonna.

—Acho — diz Reza, pensativo — que quero ser pai um dia. Ter minha própria família. Isso vale?

Art parece genuinamente surpreso, como se fosse a última resposta que ele esperava.

— Sim — aquiesce Art. — Vale.

Nos entreolhamos por mais alguns momentos, até eu ter que falar.

— Sério, você vai perder o voo, Art.

— Tudo bem — diz ele. — Bem, acho que é hora dizer *adieu*.

Sorrio. Uma das músicas favoritas do Stephen é "Comment te dire adieu", e é como se ele estivesse aqui com a gente quando Art fala essas palavras.

— Tudo bem — concordo.

— Boa sorte — deseja Reza, abraçando Art.

Eles se abraçam com força, as mãos no pescoço um do outro, como se estivessem engarrafando este momento para beberem aos poucos quando estiverem separados.

Quando os dois se soltam, Art me puxa para um abraço. Sinto que eu poderia ficar aqui para sempre, nos seus braços, como se fôssemos um só, compartilhando o mesmo coração, completando as frases um do outro. Quem mais vai saber por quem eu fui apaixonada aos 10 anos, e como foi horrível a minha primeira tentativa de depilar as pernas? Quem mais vai me entender quando eu quiser citar falas de filmes antigos?

— Ei, não deixe mais ninguém te chamar de Frances — ordena ele com uma seriedade mortal. — Você sempre será a *minha* Frances.

Não sei o que dizer, então não digo nada. Apenas me afasto e olho bem no fundo dos seus olhos. Estão úmidos, assim como os meus. Sempre serei sua Frances. E ele sempre será meu melhor amigo.

Ele se afasta de nós, sem nos dar as costas, acenando até esbarrar em uma senhora, que não parece gostar muito. Então se vira para a frente, nos dando as costas, desaparecendo no meio da multidão que encara a fila da inspeção, rumo a cidades diferentes, outros países, novos começos.

Eu e Reza permanecemos ali por um momento, paralisados. Acima de nós um painel mostra todos os destinos dos voos. Alguns já estão em embarque, outros atrasados. As mudanças nos horários de partida nos deixam hipnotizados.

— Se você pudesse escolher uma cidade dessa lista para ir agora, qual seria? — pergunta Reza.

— Eu posso levar quem eu quiser? Porque o importante não é a cidade, mas as pessoas que estão comigo.

Ele confirma. Não respondo a pergunta, e ele também não.

— Hoje é domingo — declaro.

— Noite de filme? — pergunta Reza, como se pudesse ler meus pensamentos.

— Noite de filme — repito. — Talvez a Annabel apareça, mas ela adora filmes antigos. Tudo bem por você?

— Claro — concorda ele. — Ela parece legal. E três é um bom número, no fim das contas.

Saímos do aeroporto em direção ao caos da fila de táxis. O ar do lado de fora é denso com fumaça de cigarro e cheiro de perfume. Entramos no final da fila para pegar um táxi, atrás de uma mulher viajando sozinha com três crianças. Ela segura um bebê, enquanto outras duas crianças pequenas se agarram nela. Fala um idioma que eu não conheço e faz todas as suas palavras às crianças soarem musicais. A fila do táxi anda um pouco e todos nós andamos junto. Uma das crianças que está com a mulher me observa, e eu olho de volta, brincando de esconde-esconde com ela. Me pergunto quem são todos estes passageiros chegando na cidade. De onde vieram e aonde estão indo?

Quando a mulher se vira, percebo que o bebê está segurando um pedaço de papel, mastigando a beirada. Não é um papel qualquer, é um dos cartões. Um cartão de Stephen. *Amor.*

Fiz uma pergunta, e Stephen respondeu. Todos nós viemos do amor. E é para lá que vamos também. Onde estamos agora... essa é a parte complicada.

DEZEMBRO DE 2017

"É sempre errado odiar, mas nunca é errado amar."
— Lady Gaga

ART

Algumas tradições precisam acabar, mas, às vezes, no lugar da antiga, nasce uma nova. As noites de filme aos domingos não poderiam durar para sempre. Não sem Stephen, não depois que eu troquei Reza, Judy e Nova York por São Francisco. Mas começamos algo novo depois que eu parti. Todo mês de junho, no aniversário da morte de Stephen, eu, Judy e Reza nos encontramos em Nova York. Às vezes, Jimmy se junta a nós também, tendo sobrevivido o bastante para que os antirretrovirais pudessem estender sua vida apesar dos efeitos colaterais. Eu tive mais sorte, com remédios mais assertivos quando meu teste deu positivo. Mas Jimmy continua lutando, continua vivendo e continua escrevendo — cinco livros até o momento — em Paris, onde escolheu morar em meio aos espíritos de James Baldwin e Josephine Baker, dois dos seus fantasmas favoritos. Certa vez, ele me contou que, se alguém dissesse que ele viveria mais do que o Michael Jackson e a Whitney Houston, ele teria dito que não passava de uma previsão pilantra dessas que vemos na TV. E, ainda assim, lá estava ele, em junho de 2016, 16 anos após a morte de Stephen, dançando a noite inteira com a gente em uma festa ao som de música dos anos 1980 no East Village, claro. "Into the Groove" era o que tocava, e o som da voz de Madonna nos tornava jovens novamente. Os filhos de Judy dormiam profundamente naquela noite, sob os cuidados do marido dela. Os filhos de Reza estavam com o marido dele em Connecticut, onde Reza dá aulas de sociologia na cultura pop. Todos estávamos vestindo roupas extravagantes e fabulosas criadas pela Judy, a estilista favorita das estrelas do rock, *drag queens* e modelos *plus size*. Jimmy foi o primeiro a receber um alerta no celular. Um atirador abriu fogo na boate Pulse, em Orlando, um lugar que recebeu esse nome por causa do irmão do dono que morreu de aids, uma homenagem ao seu pulso para continuar vivendo, continuar lutando. Pela manhã, ficaríamos sabendo de mais detalhes. Quarenta e nove mortos. Cinquenta e oito feridos. Todos deveríamos ir para casa, mas não podíamos. Precisávamos estar com pessoas que entendiam que cada vida *queer* perdida é a tragédia das tragédias, é a perda da família, é o trauma revivido. Precisávamos estar com as pessoas que entendiam nossa história. Os cartões de Stephen serão passados para o meu filho um dia, e agora estou acrescentando mais alguns. Tanta coisa aconteceu desde que Stephen nos deixou. A Emenda 8 da Califórnia e RuPaul e a Lei de Defesa do Matrimônio e Ellen e o Don't Ask Don't Tell e Tori Amos e a Chechênia e Lavern Cox e *Will & Grace* e a PrEP e a Gaga e a Queen Bey e a boate Pulse. O que aprendi com Stephen foi o seguinte: você não está sozinho e nunca estará, porque tem uma história linda e em constante evolução, cheia de fantasmas que olham por você, que têm orgulho de você. Se um dia se sentir sozinho, olhe para o céu. José e Walter e Judy Garland e Marsha P. Johnson estarão sempre com você, junto com tantos outros. Peça para que te escutem, e assim o farão. Conte sua história até que ela esteja costurada no tecido da *nossa* história. Escreva sobre a alegria e a dor e todo acontecimento e todo artista que inspira você a sonhar. Conte sua história porque, se não contar, ela pode ser apagada. Ninguém pode contá-las por nós. E mais uma coisa: se encontrar uma pessoa mais velha andando pela rua, ou na sua frente em uma cafeteria, não desvie o olhar, não a dispense, e não pergunte apenas *como* está. Pergunte onde esteve. E escute. Porque não existe futuro sem passado.

NOTA DO AUTOR

Eu percebi que era gay antes mesmo de ter uma palavra para isso, antes de saber que existiam comunidades gays prosperando pelo mundo. Como Reza, nasci no Irã e me mudei para o Canadá, e depois para Nova York quando era novo. Mas, diferente de Reza, não fui exposto à comunidade gay da cidade. Tudo que eu conhecia dos sentimentos dentro de mim eram medo e vergonha. Tudo que via sobre a vida dos gays era a morte. Pensei que precisava fazer uma escolha entre ser eu mesmo e permanecer vivo, o que não é escolha nenhuma, pois, de qualquer maneira, você não vai viver de verdade. A minha geração não é velha o suficiente para ter estado na linha de frente no início da crise da aids nem jovem o suficiente para ter chegado à maturidade sexual com algum tipo de tratamento disponível. Explorávamos a nossa sexualidade com um medo profundamente arraigado, e isso funcionou. Este medo me protegeu de tomar decisões arriscadas, mas também aumentou minha dificuldade de me aceitar como era, já que, por boa parte da minha juventude, vi a minha sexualidade como uma sentença de morte. Escrever este livro foi uma forma de me reconectar com aquele adolescente assustado que ainda vive em algum lugar dentro de mim e de agradecer aos amigos, parentes, artistas e ativistas que me ajudaram na minha jornada de vergonha para aceitação.

A primeira representação em celebração à vida gay que vi veio de — quem mais? — Madonna. Eu me apaixonei por ela assim que seu primeiro clipe foi lançado. Obriguei meus pais a me levarem ao Virgin Tour quando era jovem *demais* para isso. Criei um "Quarto da Madonna" na nossa casa como um altar, um lugar onde poderia ficar com a pessoa que me permitia sonhar alto e parecia me entender e me aceitar antes de eu mesmo fazer isso. Sim, um Quarto da Madonna, e ainda ia demorar mais de dez anos para eu sair do armário para os meus pais! Ela era parte tão grande da minha vida que praticamente era como se fosse da família. Assim, quando ela começou, de maneira explícita e sem medo, a incluir o estilo de vida *queer* no seu trabalho, não havia como esconder aquilo de mim. Ela também foi como um portal para artistas *queer*. Graças a Madonna, descobri cineastas como Pedro Almodóvar, artistas como Keith Haring e aprendi sobre a *ball scene*, os bailes da contracultura das comunidades LGBTQ latina e afro-americana. Graças a Madonna, vi a homossexualidade não como uma sentença de morte, mas como uma comunidade e uma identidade a ser celebrada. Minha gratidão por ela é imensurável.

Durante o colégio e a faculdade, fui exposto a mais cultura *queer*. Um professor da escola me apresentou a filmes com temática gay, como *Paris Is Burning, The Times of Harvey Milk* e *Maurice*. Comecei a ler autores *queer*. O impacto destas obras e dos mentores que as compartilharam comigo não é pequeno. Este livro nunca teria existido sem a orientação espiritual de todos os contadores de histórias que deram voz aos gays e à era da aids. Esses homens e essas mulheres ajudaram a moldar a minha identidade muito antes de a ideia para *Tipo uma história de amor* surgir, e eles me guiaram conforme eu fazia pesquisas para a história. Espero que qualquer pessoa que leia e goste deste livro o use como um portal para uma exploração mais avançada, e que seja inspirada a ler as palavras de James Baldwin, Audre Lorde, Armistead Maupin, Randy Shilts, Paul Monette, Edmund White, Andrew Holleran, Sean Strub, Tony Kushner, Amy Hoffman, Tim Murphy, Patricia Powell e Cleve Jones, para nomear alguns, e então assistir a filmes como *How to Survive a Plague*,

Meu querido companheiro, *Parting Glances* — *Olhares de despedida*, *Tongues Untied*, *120 batimentos por minuto*, *Angels in America* e *Essa estranha atração*, para citar alguns.

Este livro é uma ode aos heróis e às heroínas do movimento da aids, ativistas que salvaram vidas. Sem eles, eu e muitos outros provavelmente teríamos tido destinos diferentes. Embora os protestos presentes nessas páginas sejam todos reais, escolhi inventar os ativistas. Não queria colocar palavras na boca de pessoas que admiro tanto quanto Larry Kramer, Marsha P. Johnson, Sarah Schulman, Keith Haring, Peter Staley e outros. A eles, e a qualquer pessoa que fez parte do ACT UP ou de qualquer grupo ativista, agradeço do fundo do coração. Sei que a minha saúde e a minha liberdade não existiriam sem o seu heroísmo. ACT UP era uma união de homens e mulheres de todas as raças. Sua estrutura sem líderes, seus grupos afins e suas ações em conjunto com grupos feministas indicavam um movimento democrático inclusivo e diverso, que serviu como modelo para outros grupos ativistas. Não sou historiador e este é um trabalho de ficção. Apesar de os fatos importantes retratados aqui terem sido bem pesquisados, fiz algumas pequenas mudanças para fins narrativos (por exemplo, eu posso ter mudado a data da turnê Maryland Blond Ambition da Madonna em duas semanas). Se quiser aprender mais sobre como a verdadeira história se deu, minha esperança é de que vá pesquisar esses heróis e seu trabalho. É graças a eles que muitos de nós podemos ter as vidas ricas que temos hoje.

Há outra pessoa que foi fundamental para que eu saísse do armário e me aceitasse como sou: meu primeiro namorado, Damon. Ele me forçou a me assumir para os meus pais, ameaçando terminar o namoro. Ele me fez enfrentar tantos dos meus medos e dos meus limites. Ele tinha o espírito espalhafatoso de um ativista. Também tinha um lado tremendamente obscuro, do qual me protegeu durante o nosso relacionamento. Anos depois de a gente terminar, ele morreu de overdose. Não foi o único. Conheço muitos membros da nossa comunidade *queer* que tiraram a própria vida ou morreram de overdose. Ainda há vergonha na qual precisamos trabalhar, ainda há um medo residual.

Durante a faculdade, um amigo fez um estudo em que perguntava para os colegas de classe onde cada um se via de dez em dez anos. Nenhum dos homens gays com quem ele falou, inclusive eu, concebiam uma vida para si mesmos além dos 40. Tenho mais de 40 anos agora, com a família que sempre quis, mas que nunca imaginei para mim. Um parceiro amoroso que me aceita como sou e que conhece tantas falas de *Mamãezinha querida* quanto eu. Dois filhos incríveis que iluminam minha vida e que têm um monte de músicas favoritas da Madonna. Sou abençoado por poder viver em uma época que me permite amar livremente, mas ainda há trabalho a ser feito. Quando as pessoas dizem que a história se repete, em geral estão falando isso de maneira negativa. Mas há tanta coisa que pode ser boa sobre a repetição da história. Os movimentos ativistas podem aprender com os do passado. Contadores de histórias podem se inspirar por artistas que falam para eles. Famílias e comunidades podem ser dignas de seus ancestrais. Devemos tanto àqueles que vieram antes de nós, e talvez, ao honrar o melhor do passado, podemos repetir o melhor da história em vez do pior.

AGRADECIMENTOS

Desde a adolescência eu quis escrever esta história, mas sempre tive muito medo. Comecei minha carreira como roteirista em Hollywood, e com frequência me mandavam parar de escrever sobre pessoas iranianas e *queer*. Minha editora, Alessandra Balzer, arrancou esta história de mim depois de eu sugerir inúmeras ideias que acreditava serem mais "comerciais". Sou profundamente grato a ela por me encorajar a contar uma história que é pessoal e adorada, e a todo o time da Balzer + Bray e Harper Collins por apoiar essa missão.

Escrever um livro é uma experiência solitária e insegura, mas é muito menos quando se tem um agente que te entende. Mitchell Waters sempre está ao meu lado quando preciso que alguém leia algumas páginas para conversarmos a respeito. Não haveria livros se não houvesse ele, e sou profundamente grato a ele e ao time Curtis Brown, incluindo Steven Salpeter, Anna Abreu, e uma das pessoas que mais impactou minha vida e minha carreira, Holly Frederick.

Espero sim que você julgue os livros pela capa, porque Michelle Taormina e Alison Donalty criaram capas tão lindas para os meus livros. Obrigado.

Brandy Colbert e Mackenzi Lee, vocês inspiram a mim e a muitos outros com suas palavras. Obrigado por defenderem esta história desde o começo.

Escrever sobre a vida de adolescentes em uma era tão próxima de quando eu era adolescente trouxe à tona muitas lembranças de amigos e mentores que iluminaram minha vida quando eu era jovem. Algumas amizades em particular voltaram com muita nitidez a mim enquanto eu escrevia estas páginas. Lauren Ambrose, minha primeira amiga para sempre, fez com que o meu eu adolescente se sentisse vivo e criativo, e ainda faz. Tom Collins fez com que eu me sentisse visto e aceito, e ainda faz.

Não existe presente maior para um escritor do que ler primeiros rascunhos e oferecer um feedback honesto. Obrigado Richard Kramer, Mandy Kaplan e Ronit Kirchman por arrumarem tempo para me ajudar a encontrar meu caminho.

Foi muito importante ter acesso aos dados de pessoas envolvidas na ACT UP, e agradeço a Jim Hubbard e Philip Pierce por terem fornecidos estes dados e muito mais. Obrigado a Jim e Philip pela orientação.

Enquanto escrevia este livro, James Teel me deu um suéter original da ACT UP, que foi um dos presentes mais carinhosos e inspiradores que já recebi.

Amizade e comunidade me fazem seguir em frente de muitas formas, e existem algumas pessoas sem as quais eu não estaria aqui: Jamie Babbit, Susanna Fogel, Nancy Himmel, Ted Huffman, Erica Kraus, Erin Lanahan, Joel Michaely, Busy Philipps, Mark Russ, Melanie Samarasinghe, Micah Schraft, Sarah Shetter, John Shields, Lynn Shields, Mike Shields, Jeremy Tamanini, Amanda Tejada, Serena Torrey Roosevelt e Lila Azam Zanganeh.

Muito obrigado aos autores do segmento YA, que me receberam de braços abertos. Existem muitos nomes, mas se nós fizemos uma dublagem, dividimos um painel ou comemos juntos, eu gosto muito de você.

Uma das cenas mais importantes deste livro acontece durante uma das minhas músicas favoritas da Madonna, "Keep It Together". Sempre amei a mensagem desta música sobre como a família vale ouro, provavelmente porque tenho uma família enorme que me ama e me inspira. Muito obrigado para *la famille*: Maryam, Luis, Dara, Nina, Mehrdad, Vida, John, Lila, Moh, Brooke, Youssef, Mandy, Shahla, Hushang, Azar,

Djahanshah, Parinaz, Parker, Delilah, Rafa, Santi, Tomio e Kaveh. E muito obrigado ao clã de Aubry e Kamal: Jude, Susan, Kathy, Zu, Paul, Jamie e companhia.

Toda gratidão aos meus pais, Lili e Jahangir. Eles me levaram a um show da turnê Virgin quando eu tinha 8 anos, e a outro da turnê Blond Ambition quando eu tinha 13, e isso já diz tudo que você precisa saber sobre o quanto são pessoas incríveis e de mente aberta. E um muito obrigado ao meu irmão Al, que compartilha comigo o amor por celuloide e sempre apoiou minhas maneiras de me expressar.

Tom Dolby, nossa amizade, colaboração e afinidade criativa sempre me ajudaram a crescer de tantas formas. Muito obrigado.

Jennifer e Jazz Elia, vocês são como família para mim. Amo vocês com a mesma ferocidade do novo *backhand* do Nadal.

Jonathon Aubry, eu jamais conseguiria escrever este livro se não estivesse ao seu lado. Você me inspira, torce por mim e me deixa desaparecer em quartos de hotel quando preciso de silêncio para escrever. Nada sobre nós é *tipo* uma história de amor. É uma história de amor, e eu ainda sorrio todos os dias ao saber que encontrei meu Pally. Seu coração encaixa em mim feito uma luva, e este livro é para você.

Evie e Rumi, enquanto escrevo isso, suas músicas favoritas da Madonna são "Open Your Heart" e "Crazy For You", o que é perfeito porque vocês abriram meu coração de muitas formas, e eu não poderia ser mais louco por vocês. Vocês me ensinam diariamente a ser mais paciente, amoroso e criativo. Mal posso esperar para que possam ler este livro e para que eu possa contar a vocês sobre quando não existia celular ou internet, e sobre como eu fui uma criança de olhos arregalados que sonhava alto, e nunca tive a capacidade de sonhar com o privilégio de criar as duas crianças mais incríveis do mundo. Nunca se esqueçam: *I hold the lock, and you hold the key.*

Este livro foi impresso pela Edigráfica, em 2020, para
a HarperCollins Brasil. O papel do miolo é pólen
soft 70g/m², e o da capa é cartão 250g/m².